HARDY PUNDT

Strandleiche

HOHE WELLEN Der Küstenentwicklungsplan der Insel Juist sorgt für großen Ärger. Der Anstieg des Meeresspiegels macht eine Erhöhung der Deiche in den Augen vieler Insulaner unvermeidbar. Doch während Klaus Andresen vom Amt für Küstenschutz gemeinsam mit der Initiative »pro-Umwelt« für den Schutz der Insel und ihrer Bewohner kämpft, melden sich auch zahlreiche Gegner des Deichausbaus zu Wort. Sie fürchten um die Attraktivität der Hotels und Pensionen sowie einen Einbruch der Immobilienpreise, wenn der freie Blick aufs Wattenmeer verbaut wird. Der Streit spitzt sich zu, und eines Morgens finden zwei Jungen die Leiche eines bekannten Insulaners am Strand. Inselpolizist Wagner fordert Hilfe in Aurich an, denn auf Juist gibt es weder Kripo noch Rechtsmedizin. Die Zeit ist knapp, die kommende Flut droht alle Spuren am Tatort zu vernichten. Rechtzeitig bevor das Wasser wieder steigt, landen Kommissarin Tanja Itzenga und ihr Kollege Ulferts mit einem Helikopter am Juister Strand. Bald schon sehen sie sich zahlreichen Verdächtigen gegenüber.

Dr. Hardy Pundt wurde 1964 geboren. Er wuchs mit seinen Geschwistern auf der Insel Memmert auf, wo die Großeltern und sein Vater Inselvogte waren. Seine Schulzeit verbrachte er auf der Insel Juist sowie dem ostfriesischen Festland. Es folgten Studium, Promotion und Habilitation an der Universität Münster. Sein Lebensmittelpunkt liegt heute in Schleswig-Holstein, wo er mit seiner Familie lebt. Lehre und Forschung im Bereich Geoinformatik ziehen ihn jedoch regelmäßig an die Hochschule Harz in Wernigerode. Er veröffentlichte zahlreiche wissenschaftliche Beiträge in deutscher und englischer Sprache. Außerdem sind bereits fünf Kriminalromane von ihm erschienen, in vier davon ermitteln Tanja Itzenga und Ulfert Ulferts.

Bisherige Veröffentlichungen im Gmeiner-Verlag:
Wattentod (2014)
Bugschuss (2012)
Friesenwut (2010)
Deichbruch (2008)

HARDY PUNDT

Strandleiche

Kriminalroman

GMEINER SPANNUNG

Immer informiert

Spannung pur – mit unserem Newsletter informieren wir Sie
regelmäßig über Wissenswertes aus unserer Bücherwelt.

Gefällt mir!

Facebook: @Gmeiner.Verlag
Instagram: @gmeinerverlag
Twitter: @GmeinerVerlag

Besuchen Sie uns im Internet:
www.gmeiner-verlag.de

Im Ehnried 5, 88605 Meßkirch
Telefon 07575/2095-0
info@gmeiner-verlag.de

1. Auflage 2018

Lektorat: Claudia Senghaas, Kirchardt/Katja Ernst
Herstellung: Mirjam Hecht
Umschlaggestaltung: U.O.R.G. Lutz Eberle, Stuttgart
unter Verwendung eines Fotos von: © Romana Sandner / Fotolia.com
Druck: CPI books GmbH, Leck
Printed in Germany
ISBN 978-3-8392-2341-3

Personen und Handlung sind frei erfunden.
Ähnlichkeiten mit lebenden oder toten Personen
sind rein zufällig und nicht beabsichtigt.

PROLOG

»Bitte!«

»Schnauze!«

»Das wird …«, mühevoll holte er Luft, »schlimme Folgen haben.«

»Für dich hat es schlimme Folgen, ja.«

»Wir können …«

Blut quoll aus der Wunde, die der Zelthering verursacht hatte, der unterhalb des Herzens die blasse Haut mit seiner rostigen Spitze durchbohrt und daraufhin den Weg ins Körperinnere genommen hatte. Mit jeder Sekunde hauchte er ein Stück Leben aus. Hatte er jemals Angst gehabt? Jetzt fürchtete er sich, die Luft ging ihm aus, der Tod klopfte an.

»Was wird das?«, jammerte er und sah aus dem Augenwinkel, wie sein Blut an ihm hinabrann. Er lag auf dem Boden, der zur Mitte geneigt war, wo sich ein Abfluss befand. Der Kopf lag etwas tiefer als die Füße und das Blut bahnte sich den Weg dorthin. Er bog sein Haupt nach oben, denn wenn er es hinlegen müsste, weil die Nackenmuskeln schlappmachten, würde der Blutstrom sein Gesicht umfließen. Vielleicht war es dann auch schon egal. Aber noch pumpte der wichtigste Muskel.

»Halt die Fresse, du hast ausgesabbelt«, erwiderte der Mann. Sein Aussehen, mit einem schwarzen Strumpf über dem Kopf, verhieß wenig Hoffnung auf ein gutes Ende. Dem am Boden Liegenden war nicht klar, woher sein Peiniger plötzlich aufgetaucht war und wie er hatte zustechen und ihn in diese Lage bringen können.

Die Gestalt, die Stimme. Er kannte den Mann nicht erst seit gestern, die Maskerade hätte er sich sparen können. Woher hatte der Kerl gewusst, dass er hier sein würde, gerade heute, um diese Zeit? Wer zum Teufel hätte ihm das sagen können? Hatte es überhaupt jemand außer ihr gewusst? Aber wo hätten er und sie sich begegnen sollen? Und selbst wenn, sie wechselten doch nie ein Wort.

Der Blutende begann zu bereuen. Würde man sagen, er habe ihn, der jetzt im wahrsten Sinne des Wortes über ihm stand, unfair behandelt, wäre dies noch nett ausgedrückt. Natürlich war es falsch gewesen, ihn bloßzustellen. Damals, im Dorfkrug. Er hatte sich noch damit gebrüstet! Aber jetzt verreckte er, wenn nicht bald etwas geschah. Es war idiotisch gewesen, ihn schlechtzumachen, aber nach ein paar Pils und Korn konnte das passieren, dann brachen bei ihm schon mal die Dämme. Eine solche Reaktion hätte er ihm trotzdem niemals zugetraut. Dass er überhaupt reagierte, war erstaunlich, sonst war er doch so apathisch. Und jetzt stach er ihn nieder? Dabei war seit diesem Abend so viel Zeit ins Land gegangen, genug, um zu vergessen. Er musste ihn damals unsäglich gekränkt haben. Wer vor versammelter Mannschaft als Versager gebrandmarkt wird, kann nicht verzeihen. Zeit heilt nicht alle Wunden.

Die Nackenmuskeln machten schlapp. Er senkte den Kopf, langsam, wollte es nicht, aber konnte nicht verhindern, sich in eine Lache seines eigenen Bluts zu legen. Neuer Lebenssaft floss nach. Lebenssaft, ha! Solange er nicht stoßweise aus dem Körper sprudelte, hielt er einen am Leben. Was war geschehen? Er hatte die Halle betreten, sich umgesehen. Plötzlich diese völlig unvorhergesehene Begegnung. Er war in Wut geraten, und ehe er sich versah, steckte etwas in seinem Bauch, einmal, zweimal, dreimal. Ein alter, rostiger Hering! Spitz genug, die Bauchdecke zu durchdringen.

Ein irrsinniger Schmerz durchfuhr ihn, er wollte losrennen, doch er schaffte kaum zwei Meter, dann fiel er. Noch im Fallen war ihm eine Gestalt aufgefallen, deutlich wahrgenommen hatte er sie nicht. Jetzt war er unsicher: Hatte es diese Gestalt tatsächlich gegeben? Einbildung? Wahnvorstellungen aufgrund einer unerwartet erlittenen tödlichen Verletzung? Oder war es ein kurzer Trip ins Jenseits gewesen, um vorzufühlen, wie es dort wohl ist? Es gab Menschen die behaupteten, schon einmal tot gewesen zu sein.

Nachdem er sie auf die schmerzende Stelle gepresst hatte, sah er sich seine Handflächen an. Blutig, tiefes Rot durchmischt mit Dreck vom Fußboden, Staub. Überall an seiner Kleidung klebten Blut, Spinnweben und Wollmäuse. In der Halle war lange nicht mehr sauber gemacht worden.

An ihm war gezerrt und ihm waren Hände und Füße zusammengebunden worden. Mit einem Stück Seil, fest und schneidend. Als wenn er noch irgendetwas hätte ausrichten können. Er wurde in einen anderen Raum geschleppt. Er protestierte, versuchte es zumindest. Ein alter Lappen wurde ihm in den Mund gesteckt. Er lag gekrümmt auf dem Boden, hilflos wie ein Hirschkäfer auf dem Rücken. Der Schlitz im Strumpf zeigte die Augen des Peinigers. Dunkle Augen. Sie wirkten unbeteiligt, nichtssagend, wie er sie all die Jahre gesehen hatte.

Er hatte alle Register gezogen, um den schwarzen Mann umzustimmen, hatte ihn dazu bewegen wollen, den Inselarzt zu holen. Hatte versichert, er würde die Klappe halten, behaupten, es sei ein Unfall gewesen. Schließlich verweigerten Nerven und Muskeln die Zusammenarbeit, die Sprache stockte, er verstummte, japste nach Luft. Er spürte, wie sich der Blutvorrat in seinem Körper minimierte, gleich den letzten Zentilitern Wassers, das durch den geöffneten Wannenstöpsel fließt. Er hätte ihm gern gut zugeredet, wollte ansetzen, doch der Knebel verhinderte es. Er bekam einen Tritt in die Seite und der Maskierte schrie:

»Endlich bist du still! Du machst keine miesen Sprüche mehr! Du stirbst, ist dir das klar?« Ja, er starb, er wollte es nicht wahrhaben, aber der Tod war unvermeidlich. Er ließ sich Zeit, aber er würde siegen.

Wiederholt begab sich der Maskenmann zu einem kleinen Fenster, schob die vergilbte Gardine davor ein winziges Stück nach links und lugte durch die Scheibe hinaus, von der er einen Schmierfilm aus Dreck und Staub gekratzt hatte. Das Gebäude, an der Straße zum Flugplatz gelegen, war lange nicht genutzt worden. Bis eine Gruppe von Jugendlichen sich beim Gemeinderat dafür eingesetzt hatte, in zwei Räumen, die früher einem Baubetrieb als Büro gedient hatten, einen Treffpunkt für ihre Aktionsgruppe proUmwelt einrichten zu dürfen. Dem Gebäude gaben sie den Namen ›Future House‹. Die Bezeichnung stand im krassen Gegensatz zu dessen Zustand, aber die Jugendlichen waren überzeugt, dass die Gemeinde demnächst Renovierungsarbeiten angehen würde. Schließlich machte ein derart vom Zahn der Zeit angefressenes Haus bei den Feriengästen alles andere als einen guten Eindruck. Im ›Future House‹ planten sie ihre Aktionen, die die Insulaner und vor allem auch die vielen Gäste, die auf Juist Urlaub machten, aufrütteln sollten.

Der Mann am Boden röchelte. Seiner Ansicht nach war proUmwelt über das Ziel hinausgeschossen. Die jungen Leute lenkten die Aufmerksamkeit der Kurgäste sehr erfolgreich auf Probleme, die er für weniger bedrohlich hielt als sie: der Klimawandel und seine Folgen, die Verschmutzung der Ozeane mit Mikroplastik, die ungewissen Folgen zunehmenden Unterwasserlärms für Fische und Meeressäuger. Hatte er nicht versucht, das Gespräch mit ihnen zu suchen? Es musste doch nicht sein, dass sie ihren Infostand direkt am Hafen aufbauten. Schließlich wollten die ankommenden Gäste nicht mit Problemen konfrontiert werden, zumindest nicht unmittelbar nach ihrer Ankunft auf dieser Trauminsel, in ihrem wohlverdienten, oft lang ersparten Urlaub. Doch seine Klärungsversuche gingen ins Leere. Er wurde wütend, schrie, dass diesen Mist niemand hören wolle, der die schönste Zeit des Jahres vor sich hatte. Die Gäste wünschten sich Sonne, Dünen, Strand und Meer, hatten wenig Lust, sich mit Umweltproblemen herumzuschlagen. Schließlich kämen sie auf die Insel, weil sie hier unberührte Natur vorfanden. Die Jugendlichen würden den Gästen Angst machen, die in der Folge den Fisch nicht mehr essen würden wegen der mikroskopisch kleinen Plastikpartikel, die die Meeresbewohner – angeblich! – tagein, tagaus aufnahmen und die am Ende über die Nahrungskette im menschlichen Körper landeten. Unvorstellbar, welche Folgen dies für die Restaurantbesitzer auf der Insel hatte. Und dazu kam jetzt die Sache mit der Deicherhöhung!

Er wusste, dass proUmwelt eine Aktion für den nächsten Tag geplant hatte: einen Infostand am Hafen, wenn die Fähre aus Norddeich anlegen würde. Sie wollten Flyer verteilen und so viele Leute wie möglich ansprechen. Angeblich hatten sie sich ein Megafon besorgt, damit man sie auch hörte! Als er davon erfahren hatte, hatte er getobt. Gerade morgen, wo 24 neue Gäste seines Hotels und seiner zwei Pensionen anreisten. Die kämen vom Schiff und sähen sich in Diskussionen über Mikroplastik in Fischen und Muscheln und den steigenden Meeresspiegel verwickelt. In seinem Restaurant hatten schon einige Gäste gefragt, wenn auch halb im Scherz, ob Fisch überhaupt noch genießbar sei. Und sie erkundigten sich, das allerdings mit ernsterem Unterton, wann Juist denn endgültig unterging angesichts des steigenden Meeresspiegels infolge des Klimawandels. Es hatte ihn geärgert. Was war denn bewiesen von alldem? Wer konnte denn zehn, 20, ja 50 Jahre in die Zukunft schauen, etwa ein Computer?

Nein, nicht mit ihm, hatte er sich gedacht, er wollte, er musste den Infostand verhindern. Von ihm aus sollten sie irgendwann anders dort stehen oder nachdem die Gäste das Schiff verlassen und im Dorf verschwunden waren. Am besten sollten sie gar nicht erst auftauchen. Diesmal hatte er dieses Verhalten nicht durchgehen lassen wollen, am Ende tanzten ihm diese jungen Gören auf der Nase herum. Und er war nicht irgendwer, verdammt noch mal!

Schnell war eine Idee geboren gewesen, wie er es anstellen konnte. Er musste den Handwagen, auf dem die jungen Leute ihre Plakate und Infoblätter, den Tapeziertisch und zwei Stühle sowie eine Plakatwand transportierten, außer Gefecht setzen. Nichts leichter als das. Ein Stich in die Reifen und fertig. Das würden sie morgens nicht schaffen: die Reifen flicken, aufpumpen, alles zum Hafen transportieren, rechtzeitig zur Ankunft des Schiffes. Niemals! So würde er die Protestaktion verhindern. Stattdessen hatte er geplant, mit einem Tablett Prosecco dort zu stehen und seine Hotelgäste zu empfangen. Auf diese Weise begrüßte man Urlauber auf Juist, nicht mit Märchen von belasteten Fischen und Deichen, welche die nächste Sturmflut nicht mehr überstehen würden.

Aber – was hatte er nur für Gedanken? Er würde sterben, da war alles andere egal. Er lag in seinem eigenen Blut, und all das, was ihm gerade noch blitzartig durch den Kopf gegangen war, war plötzlich völlig belanglos.

Sein Herz schlug nach wie vor, jedoch schwächer und zunehmend unregelmäßig. Er schloss die Augen. Der Vermummte am Fenster wollte ihn offensichtlich hier verrecken lassen.

Er wollte um Hilfe rufen, verzweifelt in seiner ausweglosen Situation. Doch es war nur ein kümmerlicher Laut zu hören durch den Stofffetzen in seinem Mund. So oder so würde ihn niemand hören. Es sei denn, Jugendliche von proUmwelt kämen früher als sonst zu ihrer Versammlung hierher. Mussten sie nicht bald eintreffen? Vielleicht bedeuteten ausgerechnet sie seine Rettung? Sollten sie doch jeden Tag am Hafen stehen! Er würde nichts mehr gegen ihre Aktionen sagen, ja, sie unterstützen! Schwache Hoffnung keimte in ihm auf.

*

Den Kopf schüttelnd kehrte der Maskierte von seinem Fensterplatz zurück. Er genoss den Moment, sah mit Genugtuung auf sein Opfer, ein, zwei lange Minuten. Er ließ den Blick durch den Raum schweifen. Neben den Stühlen lagen Kartons herum. An der dem Fenster gegenüberliegenden Wand stand ein Kühlschrank, in dem Getränke lagerten, ein paar Flaschen Cola, Bionade und Bier. Gegenüber war die Tür zur Halle. Hier befanden sich mehrere alte Balken, vergessene Ytongsteine und der in die Tage gekommene Handwagen, den die jungen Leute benutzten, um ihr Info- und Protestmaterial zu transportieren.

Der Maskierte entschied, dass es nun reichte. Er hatte sein Opfer leiden sehen, hatte einmal, ein einziges Mal, Macht über ihn gehabt. Sein Gewissen meldete sich. Er würde ihm die Fesseln und den Knebel abnehmen, vielleicht sollte er ihm helfen, einen Arzt holen. Aber der würde ihn … Er war doch kein Unmensch! Er wollte das Tuch aus dem Mund des am Boden Liegenden entfernen, hatte sich schon dafür hingehockt, als er Stimmen vernahm. Er erhob sich, schlurfte erneut zum Fenster. Er spähte durch den schmalen Schlitz zwischen Fensterrahmen und Gardine und sah deutlich Lichter, dort, wo die Straße zwischen dem Dorf und dem Ostende der Insel verlief. Fahrradscheinwerfer. Gleich würden die Jugendlichen das ›Future House‹ erreichen. Jetzt bemerkte er erschrocken, dass zwei von ihnen bereits vor der Haustür standen und sich unterhielten. Die sich nähernden Lichter flackerten auf dem letzten Wegstück, weil die Fahrräder und ihre Fahrer auf der unebenen Fläche, die zwischen Straße und ›Future House‹ lag, ordentlich durchgeschüttelt wurden. Er hockte sich noch einmal neben das Opfer.

»Es … es war so nicht geplant«, flüsterte er, »ich muss weg … Vielleicht können die anderen … Ach, Mist!«

Er zog den alten Lappen aus dem Mund.

»Pe-ters ho-len«, ein letztes, kraftloses Krächzen, zu mehr war der Todgeweihte nicht mehr fähig. Schnell stopfte der Maskierte das Tuch wieder hinein, befürchtend, der Sterbende würde doch noch einen Schrei abgeben können. Er begab sich beinahe lautlos zur Tür, die zur Halle führte, öffnete sie und blickte noch einmal zurück. Er zögerte. Die Fesseln, der Knebel, sie ergaben überhaupt keinen Sinn mehr … Zu spät. Weg hier, schnell. In der Halle verharrte er noch einmal kurz, unentschlossen. Es war riskant, sie waren alle direkt vor dem Haus, und er musste verschwinden. Sie durften ihn auf keinen Fall sehen! Peters holen … ja, er hätte Dr. Peters alarmieren müssen, wenn er wirklich kein Unmensch war! Doch er hatte kein Handy, und seine Flucht musste durch die Dünen erfolgen, um unentdeckt zu bleiben. Panik befiel ihn, er trat ins Freie, schloss die Tür hinter sich und rannte in die stockfinstere Nacht. Die Dunkelheit störte ihn nicht, er kannte hier jedes Apfelrosen- und Sanddorngebüsch.

*

Die Jugendlichen betraten das Haus, unterhielten sich laut.

»Das wird eine gute Aktion!«, rief Mirko, der sein Fahrrad, ohne es abzuschließen, an die Mauer des ›Future House‹ gestellt hatte. Auf der Insel brauchte man keine Schlösser. Diebstahl auf einer Insel war kaum Erfolg versprechend, zumal auf einer, die man wegen der Tide nur ein-, maximal zweimal pro Tag mit dem Schiff erreichen konnte. Wurde ein Fahrrad im Dorf gestohlen, fand es sich deshalb im nicht weit entfernt liegenden Loog wieder – und umgekehrt.

»Der Slogan gefällt mir noch nicht. Die Juister und die Gäste müssen begreifen, dass der Klimawandel hier und jetzt stattfindet, dass Mikroplastik den Meerestieren schadet und …«, sprudelten die Worte aus Reemts Mund.

»Nicht zu viel auf einmal! Du darfst nicht alles verallgemeinern. Viele haben es längst begriffen. Und immerhin tun die Kurverwaltung und der Gemeinderat mittlerweile auch eine Menge«, gab Conny zu bedenken.

»Aber jetzt wird das Rad zurückgedreht, denkt an den neuen Bürgermeister! Es gibt immer noch Leute, die es nicht wahrhaben wollen.«

»Selbst der neue Bürgermeister kann das, was auf der Insel erreicht wurde, nicht wieder umkehren.«

»Sag das nicht!«

»Wir müssen trotzdem trennen: Der Klimawandel ist eine Sache, die Meeresverschmutzung eine andere. Und Lärm ist wieder ein anderes Thema. Wir dürfen nicht mit allem auf einmal kommen«, mahnte Carsten.

»Mikroplastik schadet auch uns, wenn wir Fisch essen«, warf Conny ein.

»Muss man ja nicht unbedingt«, fand Marina, was niemanden wunderte, schließlich war sie Vegetarierin.

»Schmeckt aber gut!«, stellte Mirko fest.

»Einige Discounter bieten inzwischen keine Plastiktüten

mehr an, ich meine, das ist doch gut und …«, sagte Marina, wurde jedoch von Carsten unterbrochen.

»Weißt du, wie groß der Anteil der Plastiktüten am Gesamtaufkommen von Müll aus Kunststoff ist? Minimal! Der liegt irgendwo bei fünf, vielleicht sechs Prozent. Da bleiben noch 95 Prozent für andere Kunststoffe, vom Joghurtbecher über die Käsefolie bis hin zu Spielzeug, Kleidung, was weiß ich.«

»Immerhin ist es ein erster Schritt.«

»Ja, aber da müssen noch sehr viele folgen! Viele denken, es ist damit getan, wenn beim Einkaufen anstelle von Plastik- jetzt Papiertüten verwendet werden.«

»Kleine Schritte sind auch wichtig. Der Slogan ist not so nice, das stimmt. Das müssen wir heute Abend noch klären«, kehrte Conny zum Thema zurück. »Kommt, es ist kalt, macht die Tür zu.«

Carsten schloss die Außentür, dann warfen die jungen Leute ihre Jacken in eine Ecke des Flures und gingen in den Raum, den sie sich als Treffpunkt ein wenig freundlich gestaltet hatten.

»Ich hol uns was zu trinken. Wer will was?«, fragte Marina.

»Ich nehme ein Bier, wenn noch eins da ist«, erwiderte Mirko.

»Für mich eine Bionade«, rief Carsten.

Marina sah ihn an.

»Was ist?«, erkundigte er sich.

»Welche Bionade?«

»Holunder. Ich nehme immer Holunder.«

»Nee, neulich hast du Zitrone-Bergamotte getrunken. Sonst noch jemand etwas?«

Reemt und Conny schüttelten die Köpfe. »Vielleicht später.«

Marina öffnete die Tür und betrat den Raum, in dem der Kühlschrank stand und der auch deshalb der »Vorratsraum« genannt wurde. Sie schaltete das Licht an. Sekundenbruchteile später entfuhr ihr ein gellender Schrei.

»Was ist denn los?«, Mirko sprang auf und rannte ihr hinterher. Noch im Türrahmen blieb er wie angewurzelt stehen, stumm und bleich.

»Ach du Scheiße!«, entfuhr es Reemt, der den beiden gefolgt war und nun auf die Leiche starrte, die in einer Blutlache lag, die sich elliptisch um den Kopf herum ausgebreitet hatte.

»Ist er …?« Marina brach in Tränen aus, Carsten nahm sie in den Arm, doch auch er zitterte am ganzen Körper.

»Oh Gott! Wie …? Warum …? Das ist …« Conny war fassungslos, brachte keinen Satz heraus.

»Er sieht … noch ganz frisch aus«, stammelte Reemt.

1

Klaus und Gerda Andresen verzichteten ungern auf den abendlichen Spaziergang. In letzter Zeit hatten sie viel zu tun gehabt, er war manches Mal ausgefallen. Gerda hatte eine Menge Dinge auf dem Plan, die erledigt werden mussten. Und Klaus ging es nicht anders. An diesem Tag wollten sie aber beide unbedingt noch einmal raus, trotz oder gerade wegen des miesen Wetters. Sich durchpusten lassen, da half ein kräftiger Nordwestwind. Sie hatten sich entschlossen, die heute höher auflaufende Flut von der Deichkrone aus zu beobachten. Noch vor Kurzem war der Wind kräftig über das Meer gefegt, es mochten acht bis neun Beaufort gewesen sein. Langsam flaute er ab. Die Eheleute sprachen wenig, waren eingepackt in dicke Jacken und wärmende Mützen. Herbstwetter. Sie gingen zum Hafen, wo man am Deichdurchbruch vorsichtshalber das Schott eingesetzt hatte. Dann bestiegen sie den Deich, auf dessen Krone ein gepflasterter Weg verlief.

»Ich denke oft an die gute, alte Inselbahn«, sinnierte Klaus, nah am Ohr seiner Frau.

»Ja, ich auch«, entgegnete Gerda, »wann haben sie die Bahn abgeschafft und den neuen Deich hier vor dem Dorf gebaut?«

»Die letzte fuhr 1982, meine ich.«

»Und der Plan besagt, dass alle Deiche so wie dieser erhöht werden sollen?«

»Mindestens. Nach der Meinung einiger Forscher ist aber auch der Abschnitt hier am Hafen noch zu niedrig.«

»Dabei ist es schon so ein ungeheures Bauwerk!«, meinte Gerda und sah sich um, als sähe sie den Deich plötzlich in einem neuen Licht.

»Aber es gibt ja auch Leute, die Klimawandel und Meeresspiegelanstieg für eine Erfindung der Chinesen halten«, ergänzte Klaus voller Sarkasmus.

»Es gibt immer verschiedene Meinungen.«

»Ja, es ist ein schwieriges Thema. Dieser ausgebaggerte Schlamm«, er zeigte Richtung Osten, wo sich größere Erdmassen auftürmten, »der wird ja hier gelagert, um später für die Deicherhöhung genutzt zu werden.« Er dachte kurz nach und sprach weiter:

»Wenn man die vielen Berichte über die mögliche zukünftige Entwicklung liest, dann stößt man aber auch auf enorme Widersprüche. Die meisten Politiker sind sich ja einig und messen dem Klima insgesamt höchste Priorität bei, aber es bleiben diejenigen, die den vom Menschen beeinflussten Klimawandel ins Reich der Fabel verweisen. Und manche unter ihnen besetzen hohe Positionen.«

»Wer will auch wissen, was in Zukunft tatsächlich geschieht?«, merkte Gerda an.

»Hör mal, du schlägst dich wohl nicht auf deren Seite, oder?«

Gerda lachte und schüttelte den Kopf.

Sie erreichten die schwarze Bude, in der früher einmal die Lokomotiven der ersten motorgetriebenen Inselbahn Deutschlands gewartet worden waren.

»Heinrich und Karl …«, sagte Klaus.

»… die beiden kleinen, grünen Lokomotiven. Ob es die noch gibt?«, ergänzte Gerda.

»Keine Ahnung«, antwortete Klaus, »bevor es die beiden Dieselloks gab, haben Pferde die Waggons über die Pfahljochstrecke im Watt gezogen.«

»Lang, lang ist's her«, kommentierte Gerda.

Ihre Blicke auf das Meer gerichtet, das wie toll toste und Gischtwolken über den Deich schickte, hingen Gerda und Klaus ihren Gedanken nach. Die Wellen kamen herangerollt und liefen am Deich aus, dabei fast die Krone des Bauwerkes erreichend. Dabei würde Hochwasser erst in einer halben Stunde eintreten.

»Woran denkst du?«, fragte Gerda. »Immer noch an die Wahl?«

»Ach …«, brummelte Klaus.

»Hätte ja niemand gedacht, dass Felthuis Bürgermeister wird.«

»Wir haben es selbst vermasselt. Entweder hätte nur ich oder nur Kramer gegen ihn kandidieren sollen. So wurden die Stimmen auf uns verteilt, und deshalb konnte Felthuis gewinnen.«

»Er hat anscheinend mehr überzeugt, als wir gedacht hatten.«

»Er hat laut und ungehobelt gepoltert, wie er es immer tut. Ich glaube, einige haben ihn nur gewählt, weil er so populistisch argumentiert. Sie ahnten nicht oder haben nicht darüber nachgedacht, dass er die Mehrheit erhalten könnte. Die Wahlbeteiligung war auch schlecht. Das hat ihm ebenfalls in die Karten gespielt.«

»Man muss Wahlen ernst nehmen.«

»Sag das denen, die nicht teilgenommen haben. Immer dasselbe: Die Jungwähler in England gehen nicht zur Wahl, und der Brexit wird beschlossen. Und nun mosern sie, weil sie doch gern in der EU geblieben wären.«

»Ja, so etwas hat Folgen.«

»Felthuis' Sprüche gehen mir gehörig auf die Nerven. Du weißt, welchen Unsinn er manchmal redet. Es ist mir ein Rätsel, warum er überhaupt Anhänger hat.«

»Ich fürchte, es gibt Leute, die hinterfragen vieles nicht, sondern mögen markige Sprüche. Und es gibt diejenigen, die tatsächlich überzeugt sind, dass es den Klimawandel gar nicht gibt. Die sind natürlich gegen alle neuen Pläne.«

»Felthuis stellt alles Positive infrage, was wir mühsam erarbeitet haben: unsere Klimaschutzziele, den Generalplan Küste, die Regelungen des Nationalparks.«

»Er hatte eine Stimme Vorsprung, eine einzige!«

»Trotzdem ist er Bürgermeister geworden.«

Gerda sagte nichts, schien ein unsichtbares Ziel irgendwo im Wattenmeer zu suchen.

»Ich könnte der neue Bürgermeister sein. Wie stehen wir jetzt da mit dem Küstenentwicklungsplan, der Deicherhöhung, dem Ziel der klimaneutralen Insel? Wir haben so viele wichtige Grundsteine gelegt. Und dann kommt einer, der alles torpediert, was wir begonnen haben. Es wird viel schwerer werden.«

»Er kann doch nicht alles rückgängig machen«, meinte Gerda.

»Wenn er will … du siehst ja, dass er es schafft, Leute auf seine Seite zu ziehen.«

»Natürlich, er ist schließlich ein erfolgreicher Geschäftsmann und Hotelier auf unserer Insel. Besitzt außerdem noch zwei Pensionen an der Straße am Deich. Das imponiert vielen.«

»Wäre er doch nur dabei geblieben. Plötzlich geht er in die Politik und gewinnt!«

»Nur mit einer Stimme Vorsprung. Trotzdem kann er nicht alles machen, was er will.«

»Felthuis macht, was er will, glaub mir! Ihm ist es egal, wenn wir mit guten Argumenten kommen. Er erfindet einfach etwas, und seine Anhänger jubeln. Er schafft sich seine eigene Realität.«

»Er wird sicher zur Vernunft kommen«, erwiderte Gerda.

Klaus wechselte das Thema: »Zum Glück weht der Wind nicht mehr so stark, sieh mal, wie hoch das Wasser steht!«

»Ja, ist mir auch aufgefallen«, erwiderte sie.

Gerda war in letzter Zeit oft kurz angebunden. Es lag, da war er sich sicher, an der vielen Arbeit. Sie hatte alle Hände voll zu tun, damit das Café ordentlich lief. Ihr Haus befand sich in einer Seitenstraße des Dorfes, nicht an der Bill-, Wilhelm- oder Gartenstraße, wo die Gäste in Pensionen und Hotels komfortable Unterkunft mit Blick auf das Wattenmeer fanden. Sie mussten sich regelmäßig etwas einfallen lassen, um die Urlauber in ihr Café zu locken, da die Enno-Arends-Straße nicht zu der Gegend gehörte, wo man ein Café vermutete.

Klaus Andresen konnte sich ebenfalls nicht über zu wenig Arbeit beklagen. Er arbeitete für die Außenstelle des Niedersächsischen Landesbetriebes für Wasserwirtschaft, Küsten- und Naturschutz, kurz NLWKN, betreute die Aktualisierung des Generalplans Küstenschutz/Inseln für den Juister Teil und vertrat diesen gegenüber der Bevölkerung. Schnell hatte sich im allgemeinen Sprachgebrauch die einfachere Bezeichnung »Küstenentwicklungsplan« etabliert, und dieser Plan nahm Klaus voll und ganz ein. Viele Jahre war er bereits in diesem Job tätig, hatte manche Sturmflut erlebt und viele Bauprojekte mitgestaltet. Der neue Küstenentwicklungsplan, der von der Landesregierung veröffentlicht worden war, führte jedoch zu Turbulenzen, wie er sie noch nicht erlebt hatte. Der Deich sollte beträchtlich erhöht werden, die Prognosen zum Anstieg des Meeresspiegels sprachen aus Sicht vieler Wissenschaftler eine eindeutige Sprache. Mit dem Tag der ersten Veröffentlichung der Planungen war Willi Felthuis unerwartet in die Lokalpolitik eingestiegen, als erbitterter Gegner der Deicherhöhung und der aus seiner Sicht total überzogenen Klimaziele.

»Mir gehen die Diskussionen um den Entwicklungsplan nicht aus dem Kopf«, versuchte Klaus erneut, ein Gespräch zu beginnen. »Vielleicht sind einige Maße doch überdimensioniert, einfach übertrieben? Und welche Prognose trifft schon zu 100 Prozent zu?«, fügte er an. Sturmfluten kamen seit Jahrhunderten. Das war nichts Neues. Hatte das Meer die norddeutsche Küstenlinie nicht immer wieder angefressen, Dünen und ganze Inseln zerstört, Festlandbereiche zerrissen und Deiche zum Brechen gebracht? War der Blanke Hans – wie die Nordsee hier genannt wurde – nicht verantwortlich für die großen Buchten im Land, für riesige Wasserflächen dort, wo einst Menschen gelebt und gewirtschaftet hatten? Waren die nordfriesischen Halligen nicht das Ergebnis katastrophaler Ereignisse, bei denen die Nordsee Tausende Menschen in den Tod gerissen hatte? Die kleine Insel Memmert, Juist im Südwesten vorgelagert, war das beste Beispiel für eine beständig von Aufbau und Zerstörung geprägte Insel. Und manchmal überwog eben die Zerstörung, die zum natürlichen Repertoire der Urgewalten des Meeres zählte. Aber während auf Memmert nur der Inselvogt lebte, hatte Juist fast 1.600 Einwohner – und in der Hochsaison gute 10.000 Gäste. Eine solche Insel überließ man nicht den Naturgewalten. Im Westteil hatte es in den vergangenen Jahren immer wieder intensive Dünenschutzmaßnahmen gegeben. Die Deicherhöhung an der Wattseite war nur eine Frage der Zeit.

»Die Leute werden schon noch kapieren, dass wir handeln, bevor der Klimawandel zuschlägt«, merkte Gerda an.

»Klimawandel gab es schon immer!«

»Du weißt, wie ich das meine.«

»Mein Vater hat mir als Kind erzählt, dass es seit jeher eine Aufgabe der Menschen an der Küste war, sich gegen das Meer zu schützen. Erst haben sie einfach so gesiedelt, dann stieg der Meeresspiegel, sie haben Warften aufgeworfen, schließlich begannen sie, Deiche zu bauen.«

»Na eben, im Grunde entwickelt sich alles kontinuierlich weiter.«

»Aber wir können doch am Ende nicht mit 15 Meter hohen Deichen leben«, wandte Klaus ein.

»Wenn es sein muss? Und 15 Meter sind ja wohl ein bisschen übertrieben. Mir wird's kalt, lass uns heimgehen.«

Sie stiegen die Treppe an der Landseite des Deiches hinunter und traten den Rückweg an.

»Nach den Worst-Case-Szenarien wird …«

Gerda unterbrach ihn. »Das Worst-Case-Szenario muss nicht zutreffen.«

»Vater sagte immer: Dat kummt allens noch wat eischer!« Ja, sein Vater, dachte Klaus wehmütig. »Eisch« war ein Wort, dass er mal so, mal so eingesetzt hatte, in diesem Fall hatte er damit »schlimmer« gemeint. Er war vor vielen Jahren mit seinem Fischkutter täglich von der früheren Landungsbrücke raus auf See gefahren, um Schollen, Makrelen, Krabben oder Seezungen zu fangen. Vielleicht war es gut, wenn er die aktuelle Entwicklung und die Diskussionen nicht mehr mitbekam.

»Er hat recht gehabt. Es wird schlimmer. Sieh dir die Meeresverschmutzung an, erst jetzt wird deutlich, was wir bereits angerichtet haben.«

Klaus wusste, worauf Gerda anspielte. Sie war durch die Jugendlichen von der Umweltgruppe auf das Problem des Plastikmülls in den Weltmeeren aufmerksam gemacht worden. Als sie von Gästen gehört hatte, dass sie überlegten, keinen Fisch mehr zu essen, um nicht krank zu werden durch die sich in den Organen einlagernden Plastikteilchen, war ihr bewusst geworden, dass die Zukunft der Insel genauso von der Qualität des Wassers, das sie umgab, abhängig war wie vom Klima. Andresens Vater, der 93 Jahre alt geworden war, hatte die Anfänge dieser Debatten noch miterlebt.

Aber mittlerweile hatten die Diskussionen um den Küstenentwicklungsplan teils bizarre Formen angenommen. Klaus war überzeugt, dass der Nationalpark Wattenmeer mit den zugehörigen Schutzmaßnahmen eine gute Sache darstellte, gerade angesichts der vielen Menschen, die die Insel besuchten, und der vielen Skipper mit ihren Motor- und Segelbooten. Es musste Regeln geben, damit alles in geordneten Bahnen verlief.

Willi Felthuis sah die Dinge jedoch anders. Er hatte Widerspruch geerntet, nicht wenige hatten allerdings Beifall geklatscht.

»Wir wollen Plastiktüten von der Insel verbannen, Willi Felthuis ist dagegen. Aber insgesamt geht der Plastikmüll doch schon zurück. Zumindest habe ich den Eindruck, wenn ich den Strand entlanglaufe«, griff Klaus einen Aspekt der Diskussionen der letzten Woche auf.

»Der ist nicht weg. Das Plastik, das du als Kind noch in Form von Flaschen, Tüten oder sonst was am Strand gefunden hast, ist heute in winzig kleine Partikel aufgelöst, die jede noch so kleine Öffnung passieren. Genau das ist das Gefährliche: Das Zeug ist quasi unsichtbar geworden, aber es ist noch da. Es dauert Jahrzehnte, bis es so klein gemahlen ist, dass es unbemerkt von den Meerestieren aufgenommen wird und am Ende von uns. Man weiß noch gar nicht, welche Folgen das hat. Die Kids, die machen das richtig mit ihren Umweltaktionen. Sie weisen auf diese Zusammenhänge hin.«

»Mann«, fuhr Klaus sie mürrisch an, »Du redest, als seist du Mitglied bei Greenpeace.«

»Warum nicht?«, erwiderte Gerda, »die fand ich immer gut.«

»Man kann den Fortschritt nicht aufhalten.«

»Das will auch niemand. Sie argumentieren sachlich und veranstalten tolle Aktionen. Fortschritt muss im Einklang mit der Natur geschehen. Das wollen einige nicht einsehen.«

»Verbotene Aktionen sind das, zumindest teilweise! Auf Schornsteine klettern, sich an Fischtrawler hängen …«

»Weil sie sich sonst kein Gehör verschaffen können.«

»Es muss alles friedlich bleiben. Das gilt vor allem für die Diskussionen auf der Insel. Manchmal wird mir angst und bange, wenn Felthuis und seine Leute im Dorfkrug gegen den Entwicklungsplan poltern. Und die Kids mit ihren Aktionen würde Felthuis am liebsten auf den Mond schießen. Mann, der macht mir das Leben nicht eben leicht.«

»Felthuis meint das nicht so.«

»Warum nimmst du ihn in Schutz? Er ist ein Schreihals!«

»Ach, komm. Du musst zugeben, dass der Fisch in seinem Restaurant hervorragend ist. Das haben wir bereits öfter festgestellt.«

»Hör dir Leute wie Uphoff, Janssen, Saathoff und Felthuis an. Neulich habe ich mit Uphoff am Pumpwerk gestanden, er war zufällig dort und fing gleich wieder mit dem Entwicklungsplan an. Ich hatte noch keine drei Worte gesagt, da meinte er, dass ich die Dinge nur auf dem Papier vor mir sähe, dass die Existenz vieler Juister davon abhänge, dass nicht alles nur in Natur- und Umweltschutz gesteckt werde, und, und, und …«

»Uphoff sagt viel, wenn der Tag lang ist. Man muss eben gute Argumente haben, wenn alle überzeugt werden sollen.«

»Sag mal, auf wessen Seite stehst du eigentlich?«

»Darum geht es nicht, Klaus. Ich will doch auch nur, dass alle vernünftig miteinander reden und Frieden auf der Insel herrscht.«

»Schwer genug, alles unter einen Hut zu bekommen. Tagsüber Dienst, Außentermine, massenhaft Telefonate und E-Mails. Und abends muss man noch Argumente finden, um Leute zu überzeugen, dass unser Plan der richtige ist. Wir leben hier seit Jahrzehnten zusammen. Sind auf du und du. Und jetzt diese Widersprüche, ja Anfeindungen! Es verändert sich nicht nur die Umwelt, sondern auch das Gesprächsklima. Immer öfter gibt es Streit um den Plan.«

»Was du tust, ist richtig und notwendig. Haben wir das nicht gerade eben am Deich gesehen? Sobald das Wasser über die Deichkrone schwappt, werden Felthuis, Janssen, Uphoff und Konsorten verstummen.«

»Allerdings ist es dann zu spät.«

»Das müssen sie einsehen.«

»Wollen sie aber nicht. Weißt du, womit mir Uphoff kam? Der faselte neulich im Dorfkrug was von friesischer Freiheit. Daraufhin rief Janssen laut: ›Wi will'n keen neejen Diek, wi will'n free Sicht för free Lü.‹« Er sah Gerda an und fuhr fort: »Freie Sicht für freie Leute, ein Unsinn ist das! Danach schickte er noch ›Lever dood as Slav‹ hinterher. Lieber tot als Sklave! Das ist der alte Spruch der Friesen, als sie unter irgendwelchen Besatzern leiden mussten. Das ist reichlich überzogen, oder?«

Klaus Andresen brummelte noch ein paar Worte, die Gerda nicht verstand. Sie erreichten die Haustür und waren froh, bald wieder im Warmen zu sein. Gerda ging in die Küche, um einen Tee aufzubrühen. Mit einem Tablett in der Hand betrat sie das Wohnzimmer, wo ein Stövchen, eine Kanne, Kluntje, Sahne und zwei Tassen auf dem Tisch bereitstanden.

»So, Hochwasser ist gewesen, der Deich hat anscheinend gehalten«, sagte sie augenzwinkernd.

Klaus betrachtete seine Frau nachdenklich. Sie war klug, sie war schön. Er liebte sie. »Noch, sag ich dir, noch!«, ereiferte er sich. »Die Deiche sind schon immer erhöht worden. Geologisch gesehen senkt sich das Land. Vielleicht muss ich Leute wie Janssen und Felthuis mit dieser Entwicklung konfrontieren. Das Land senkt sich und der Meeresspiegel steigt, der Deich muss also beträchtlich höher werden. Hauke Haien, in Storms Schimmelreiter, hat die Leute ebenfalls mit Argumenten überzeugt, ein großes Vorbild, was Deichbau und Küstenschutz angeht.«

»Hat er? Viele der Protagonisten im ›Schimmelreiter‹ wollten nicht hören, was er sagte. Haien hatte arge Gegner, allen voran Ole Peters, wie du dich sicher erinnerst«, bemerkte Gerda und nahm einen heißen Schluck Tee.

»Ist lange her, dass ich es gelesen habe«, murmelte Klaus, »aber du siehst daran: Nichts ändert sich. Willi Felthuis ist heute das, was Ole Peters in Storms Novelle war.«

»Dein neuer Koog ist ein fressend Werk«, zitierte Gerda.

»Felthuis würde am liebsten mich fressen. Und die Umweltgruppe, Scheepker, Maier, all die Leute auf der Insel, die die Zeichen der Zeit erkannt haben, sie alle würde er gerne zum Mond schießen«, erregte sich Klaus.

»Na, du ihn doch auch«, reagierte Gerda gelassen.

2

Der Dorfkrug war gut besucht, an der Theke saßen einige Männer, die meisten Tische waren besetzt. Manche aßen eine Kleinigkeit, tranken ein Pils und einen Doppelkorn oder einen Küstennebel, die entschärfte Variante.

Willi Felthuis stand an der Theke. Es hatte sich eine heftige Diskussion entwickelt, die auch bei denjenigen auf Interesse stieß, die nichts beizutragen hatten. Felthuis hatte die Wortführung übernommen.

»Die Großkopferten schwingen Reden, machen hinter unserm Rücken Kohle, und wir gucken in die Röhre. Ich bin einer von euch, Leute. Ich mache jetzt Politik, weil wir auf Juist klare Kante zeigen müssen. Wir dürfen das Ganze nicht Leuten überlassen, die in ihrer Wissenschafts- und Technikgläubigkeit eher auf einen Computer vertrauen als den gesunden Menschenverstand! Wir haben in den vergangenen Jahren unglaublich viel, und, wie ich meine, wirklich genug für Natur- und Umweltschutz getan. Von mir aus können wir ja ›Klimainsel‹ sein. Wenn sich das nach außen gut macht, okay. Aber es müssen mal wieder andere Themen auf den Tisch!«

Einige der Anwesenden klopften auf die Tische.

Felthuis setzte wieder an: »Das Problem ist, dass die sogenannten Tatsachen, die euch die klugen Leute erzählen wollen, ausschließlich auf Vermutungen aufbauen. Und es sind vage Vermutungen. Die Macher des Generalplans Küste wollen uns suggerieren, der Meeresspiegel steige an und würde schon bald so hoch sein, dass unsere Deiche nicht mehr ausreichen. Leute, seht euch unsere Deiche an. Man kann nicht eine ganze Region verändern, nur weil ein paar Wissenschaftler mittels Computer berechnet haben wollen, dass das Klima sich verändert und unsere Insel demnächst unter Wasser steht. Für mich ist ein großer Teil dieser Diskussion um den Klimawandel gelinde gesagt Stuss. Keine Prognose tritt jemals mit 100-prozentiger Sicherheit ein. Niemand weiß, was morgen tatsächlich sein wird. Und ob der Meeresspiegelanstieg wirklich kommt, warten wir mal ab.«

Felthuis' Unterstützer stimmten laut zu. Das beflügelte ihn. »Ich glaube, dass viele dieser Leute noch nie ein Paar Stiefel angehabt haben und raus ins Watt gelaufen sind. Die kennen nur ihre virtuelle Computerwelt, nicht die Realität. Und die wollen uns sagen, was wir zu tun und zu lassen haben? Uns, die wir seit unserer Geburt an der Küste und auf den Inseln leben?«

»So ist das!«, rief Meinhard Saathoff.

»Ich sage euch noch etwas: Den Klimawandel gab es schon immer. Vor Jahrmillionen liefen auf der Erde Dinosaurier rum. Aber das ist es eben: vor Jahrmillionen! Bis hier etwas vom Klimawandel zu spüren sein wird, gucken wir uns seit Tausenden von Jahren die Gänseblümchen von unten an. Und das Gleiche gilt auch für die hoch auflaufende See! Sturmfluten kennen wir alle. Weshalb scheuchen ein paar Wissenschaftler die Leute auf? Sie wollen mithilfe von Computermodellen herausgefunden haben, dass demnächst unsere Deiche brechen, die doch inzwischen meistens wesentlich höher sind als in den 60er-Jahren. Das klingt ja, als stünde der Untergang von Juist unmittelbar bevor. Sollen wir uns deshalb einschränken? Sollen wir alle Maßnahmen akzeptieren, von denen man uns sagt, sie müssten sein, es führe kein Weg daran vorbei? Was heißt das denn?

Weniger Auto fahren, gut, das ist auf der Insel eh nicht so wichtig …«, einige lachten, »… und weniger Holz in unseren Kaminen verfeuern? Die Verwendung von Plastik ist auf einmal ein Verbrechen, wir sollen weniger Fleisch essen … Das sind alles unausgegorene Ideen! Dann kommen die noch ernsthaft mit Veggie-Tagen? Geht's noch? Bedenkt: keine Osterfeuer mehr, weil das zu viel CO2 freisetzt. Unsere Freunde in Nordfriesland dürfen ihre Biikefeuer nicht mehr anstecken. Ach, wer weiß schon, was den Schreibtischtätern noch alles einfällt. Hat das was mit Freiheit zu tun? Es ist maßlos übertrieben.«

»Da wirfst du aber einiges durcheinander, Willi«, meldete sich Sven Scheepker zu Wort. Das war selten. Scheepker, das wussten die meisten, hielt nicht viel von Felthuis' Reden, trotzdem schwieg er meistens und hielt sich im Hintergrund.

»Nee, nee, Sven, das hängt alles zusammen«, beharrte Felthuis, »aber denkst du nicht eigentlich auch, dass es reine Panikmache ist?« Felthuis machte eine Pause, sah fast jedem der Anwesenden tief in die Augen und verharrte bei Scheepker.

Der stand nicht gern im Rampenlicht und murmelte so leise, dass man es kaum hören konnte: »Was ich denke, musst du schon mir überlassen.«

Willi Felthuis machte eine abfällige Handbewegung und fuhr fort: »Mal ehrlich. Was hat sich groß geändert, seitdem ihr auf der Welt seid? Ich meine, in Sachen Küstenschutz? Unser Deich steht seit 50 Jahren und hält und hält und hält … Gleich nach 1962 wurde er gebaut und hält noch immer. Hamburg stand damals halb unter Wasser, wie auch Juist, die ganze Nordseeküste war bedroht. Aber seitdem steht und hält der Deich auf Juist. Ein guter Deich!«

»Den habe unsere Väter mit gebaut«, rief einer der Anwesenden.

»Und die konnten das«, bestätigte ein anderer. Felthuis lächelte und fuhr fort.

»In Hamburg, da waren die Deiche teils großer Mist. In Wilhelmsburg und Steinwerder. Ich weiß, wovon ich spreche. Mein Großvater war damals bei der Hamburger Feuerwehr. Der hat tage- und nächtelang geholfen. Der wusste, was der Grund war, dass Hamburg überflutet wurde, und hat es mir erzählt. Die Deiche waren zu niedrig, aber vor allem hatten sie noch nicht die richtige Profilierung. Sie wurden überströmt und dann von hinten angefressen, fielen schließlich in sich zusammen. Das wusste man schon seit der großen Hollandflut, aber es wurde viel zu langsam reagiert. Es ging ums Geld und die Herren Senatoren bewilligten es nur stückweise. Ich denke, die haben mal wieder lieber im Rathaus rumdiskutiert, anstatt sich selbst ein Bild zu machen …« Felthuis' Monolog wurde unterbrochen.

»So ist das eben, wenn Leute Entscheidungen treffen, die die Situation vor Ort nicht kennen«, kam aus einer Ecke des Schankraumes.

»Dann gibt's irgendwann die Quittung, genau«, nahm der neue Bürgermeister den Einwurf auf, »und deshalb waren die vielen dringend notwendigen Deichbaumaßnahmen damals noch längst nicht fertig, als die 62er Flut kam und Wilhelmsburg versank. Juist hat ja noch Glück gehabt, aber das Loog, der Flugplatz, Teile des Dorfes waren überschwemmt. Dann wurde recht zügig der neue Deich gebaut, mit korrektem Profil und ausreichender Kleischicht. Seitdem sind wir hier sicher. Übrigens kam das Wort Klimawandel nicht ein einziges Mal vor, wenn mein Großvater erzählte.«

»Wetter ist Wetter, so ist das nun mal«, rief jemand.

»Opa«, fuhr Felthuis fort, »sagte immer, er möge ohne das Meer nicht leben, obwohl es furchtbar grausam sein könne. Wenn ungünstige Bedingungen zusammenkommen, läuft das Wasser höher auf. Das ist so, das war immer so. Nordwestwind und Springtide – ist doch klar, dass wir dann einen höheren Wasserstand haben. Aber das hat nichts damit zu tun, dass das Weltklima in Gefahr ist.«

»Man muss es gesehen haben, sonst ist es zu theoretisch. Aber frag doch mal in Hannover in den Ministerien, was eine Springtide ist. Die kennen sich doch hier gar nicht richtig aus.« Es war wieder Saathoff, der sich äußerte.

»Ja, Meinhard, du siehst das genau richtig«, sagte Felthuis, dann spann er den Bogen von der Nord- zur sogenannten Südsee.

»Seht euch die Karibik an. Hurrikane gab es schon immer dort. Und auf einmal sind sie Folge des Klimawandels? Heute wird ja gleich alles darauf geschoben: wenn es mal zu warm, mal zu kalt ist oder mal extrem viel regnet. So etwas gab es immer, und damit werden wir fertig.«

»Na, in diesem Sommer war's manchmal ganz schön heiß!«, rief Reiner Janssen.

»Jo, und vorgestern der Regenguss. Da konnte man froh sein, dass das eigene Haus nicht weggeschwemmt wurde«, schloss sich Eike Uphoff an.

»Verdammtes Extremwetter«, ergänzte Meinhard Saathoff, und manche der Anwesenden lachten laut.

Felthuis konnte sich ein Schmunzeln nicht verkneifen, weil er wusste, dass diese drei Insulaner hinter ihm standen und dass sie gerade versuchten, die Diskussion um die Auswirkungen des Klimawandels ins Lächerliche zu ziehen.

»Immer schön sachlich bleiben, Leute, ich rede über ernste Dinge«, betonte der Hotelier und wollte den ewigen Zweiflern wie Sven Scheepker oder Karl Maier deutlich zeigen, dass er durchaus Unterstützer auf der Insel hatte. Leider war Klaus Andresen nicht im Dorfkrug. Der mochte ein netter Mensch sein, aber sein Küstenentwicklungsplan war für Felthuis ein rotes Tuch. Und er war Beamter beim NLWKN, also verantwortlich dafür. Wäre Andresen im Dorfkrug gewesen, hätte man ihm die Hölle heißgemacht, war Felthuis überzeugt, denn er und seine Leute waren gut in Fahrt. Bier und Korn hatten die Zungen gelöst.

Nicht alle klatschten, als Felthuis geendet hatte. Doch seine Anhänger hatten ihn genau deswegen gewählt: weil er ohne Umschweife und verständlich ausdrückte, was so mancher dachte. Keine komplizierten, langen Sätze mit vielen Fremdworten. Klare Kante eben. Felthuis stellte den Zusammenhang her zwischen dem, was geplant wurde, und möglichen ungünstigen wirtschaftlichen Auswirkungen, die jeden treffen konnten. Die Wirtschaft und deren Wachstum mussten von den Verantwortlichen auf der Insel wieder an die erste Stelle gesetzt werden!

Die Anwesenden wollten sich gerade wieder ihren Getränken zuwenden, als Karl Maier das Wort erhob. »Schön, dass wir auf der Insel jemanden haben, der schlauer ist als die Wissenschaft«, sagte er mit seiner lauten, dunklen Stimme, die von jahrzehntelangem Zigarettenkonsum eine einzigartige Rauheit aufwies.

Einige horchten auf. Jetzt wurde es interessant, denn Felthuis und Maier standen auf Kriegsfuß. Maier saß im Gemeinderat auf der anderen Seite als Felthuis, auch politisch betrachtet. Es hatte in der Vergangenheit verschiedene Situationen gegeben, in denen sie im Dorfkrug verbal aufeinandergeprallt waren, genau wie Felthuis mit Andresen. Maier argumentierte, während Felthuis sich oft demagogisch gab. Maier erläuterte, dass man den Generalplan Küstenschutz natürlich brauche und selbstverständlich müssten die Deiche verstärkt werden. Und er hatte eine Reihe von Argumenten genannt, die sich auf Dokumente bezogen, die von ernst zu nehmenden Quellen herrührten. Felthuis hatte gespürt, dass er den Sachargumenten Maiers im Verlauf des Streitgespräches immer weniger entgegenzusetzen hatte.

»Ich habe von Kindesbeinen an auf Juist gelebt«, hatte Felthuis es zuletzt auf der persönlichen Ebene versucht, »auf unserer schönen Insel. Du, Karl Maier, du kommst auch von der Insel. Mann, du kennst die vier großen Ws, Wasser, Wolken, Wind und Watt so gut wie ich. Und du liebst sie wie ich. Wie kannst du nur denjenigen zustimmen, die Daten in einen Computer stopfen und dann daran glauben, was er als Ergebnis ausspuckt? Wo die Experten doch selbst sagen, dass die verschiedenen Computermodelle eben auch unterschiedliche Ergebnisse hervorbringen. Und, weißt du, welches das richtige ist? Welches von den vielen? Das ist doch keine Grundlage. Hier an der Küste müssen doch Menschen entscheiden, die wissen, worum es geht.«

»So is dat!«, rief jemand.

»Natürlich, aber …«, begann Maier, doch Saathoff rief dazwischen.

»Willi trifft den Nagel auf den Kopf! Karl Maier, du leevst hier dien Leben lang und hesst doch keen Ahnung«, ergänzte er auf Plattdeutsch. Saathoff gefiel, wie Felthuis auf die Pauke haute und denen mal richtig Bescheid sagte, die meinten, man müsse die ganze Insel umkrempeln.

»Nur weil ein paar Schwarzseher vom Festland unterwegs sind, sollen wir hier alles ändern. Diese Pläne stammen von Sesselfurzern, die man politisch bekämpfen muss. Ich bin da ganz auf der Seite unseres neuen Bürgermeisters.« Saathoff meinte es ernst mit dem, was er sagte. Und nicht wenige dachten, dass Felthuis ihre geschäftlichen und persönlichen Interessen am besten vertrat.

»Ich warne ja nur davor«, bekräftigte Felthuis, »dass eure Häuser, teils altehrwürdige Gebäude mit langer Tradition, aber genauso die Neubauten, bei denen wir immer die von der Gemeinde erlassenen Bauvorschriften berücksichtigt haben, durch die Deicherhöhung im Wert verlieren werden. Das wird nämlich dazu führen, dass die Gäste ausblieben, weil sie den wundervollen Blick auf das Wattenmeer vermissen werden. Wir können nicht alle Dachterrassen bauen oder die Häuser aufstocken. Allein das Baurecht spricht dagegen. Und das will ich auch nicht. Juist sollte weitgehend so bleiben, wie es immer war. Und der ungehinderte Blick über den Deich gehört dazu: die freie Sicht auf das Watt, auch wenn man vom Dorf ins Loog geht oder mit dem Fahrrad dort entlang fährt. Bis zur holländischen Grenze und nach Borkum kann man den Blick schweifen lassen. Mit der Deicherhöhung wäre das vorbei, man müsste neben einer grünen Mauer entlangradeln oder gehen. Die ungehinderte Sicht auf Watt und Meer, kostbar auf einer Insel, die vom Tourismus lebt, die in den Häusern an der Wattseite residieren, wäre dahin. Klimaschutz hin oder her, wir müssen auch an die wirtschaftlichen Interessen denken, Leute! Unsere wirtschaftlichen Interessen!«

Felthuis' Leute klatschten treu und schlossen sich ihm teils an, als er sich anschickte zu gehen, denn es war spät geworden. Karl Maier blieb noch mit einigen wenigen zurück. Sie klopften ihm auf die Schulter. Was Maier am meisten beunruhigte, war, dass die Diskussionen um die Schutzmaßnahmen die Insulaner zu spalten drohten. Das Gesprächsklima im Dorfkrug, ja auf der gesamten Insel, hatte sich verschlechtert. Es hatten sich Lager gebildet. Das war nicht gut für Juist.

3

»Nun pack richtig mit an!«, ächzte Mirko.

»Mach ich doch«, schnaufte Carsten, der sich sichtlich Mühe gab, den leblosen Körper in die Halle zu verfrachten. Seine Beine schlotterten. Reemt half ihm, so gut er konnte.

Marina weinte, unfähig, sich zu bewegen. Conny saß erschüttert und durcheinander auf einem alten Stuhl.

»Wieso schleppen wir ihn überhaupt in die Halle?«, wollte Reemt wissen.

»Wir müssen ihn hier rausschaffen! Und zwar ganz raus. Aber erst einmal muss er aus unserem Besprechungsraum weg«, erklärte Mirko, als sei es selbstverständlich, vor Beginn eines Meetings eine Leiche aus dem Raum zu entfernen.

»Wir müssen die Polizei holen. Wir können nicht einfach …«, wimmerte Marina.

»Bist du verrückt?«, entgegnete Mirko. »Weißt du, was dann passiert?«

»Was schon? Wir können nichts dafür! Wir waren das nicht!«

»Nee. Aber wir sind die Einzigen, die diese Räume nutzen. Es gibt genug Leute, die das wissen. Und jetzt liegt der Typ hier rum. Ich habe keine Ahnung, wie er hierherkommt und wer das getan hat. Sicher ist, jeder wird uns für die Täter halten. Unser Dorfpolizist wird eins und eins zusammenzählen, der wird uns glatt festnehmen, und wir können uns den Mund fusselig reden, dass wir es nicht waren.«

»Ach was«, schluchzte Marina, »der doch nicht. Das kann er nicht tun, einfach so.«

»Einfach so? Hör mal, wir sind die Einzigen, die sich ein-, zweimal pro Woche in diesem gottverlassenen Haus aufhalten. Sonst ist hier niemand. Und jetzt liegt hier ein Toter! Da soll uns jemand glauben, wir hätten damit nichts zu tun? Wir wüssten von nichts? Ich würde mich totlachen bei so einer Ausrede.«

»Aber es ist doch wahr!«

»Das müssen wir erst einmal beweisen, Marina«, entgegnete Mirko.

»Dann tun wir das!«

»Und wie, bitte schön?«

Marina schwieg, Conny, Carsten und Reemt wussten auch nichts zu sagen. Mirko hatte verdammt recht.

Nach einer Weile sagte Conny: »Aber … was willst du denn nun mit ihm anfangen?«

Mirkos Blick glitt zu dem Toten, und ein Schauer lief ihm über den Rücken. »Scheiße!«, rief er.

»Also? Was tun?«, forderte Carsten einen Vorschlag.

Mirko überlegte nicht lange. »Der muss hier weg. Sagte ich doch! Und zwar ganz schnell.«

»Und wohin?«

»Irgendwohin, wo … wo der Verdacht nicht gleich auf uns fällt«, überlegte Mirko, dem die Situation über den Kopf wuchs. »Wir dürfen damit nicht in Zusammenhang gebracht werden. Ich habe keinen Bock auf Polizeigeschichten. Los, bringen wir's hinter uns.«

»Wohin denn?«, hakte Reemt nach.

»Wir beide lassen uns was einfallen.«

»Und was machen wir?«, erkundigte sich Carsten.

»Ihr putzt alles blitzblank. Es darf keinerlei Spuren geben.«

»Wieso? Wir waren es nicht, das wird die Polizei doch herausfinden können«, warf Conny ein.

»Wie blöd ist das denn? Wir sind verdächtig, höchst verdächtig. Und du weißt auch, warum, wenn du an die letzten Wochen und Monate denkst. Da gibt sich niemand mehr die Mühe, etwas herauszufinden, wenn sie uns haben.«

»Das glaube ich nicht«, stöhnte Conny, und Marina nickte zustimmend.

»Glauben bringt nichts. Er muss weg, basta!« Mirko musste sich anstrengen, ernst und stark zu wirken. Je länger er den Toten sah, desto unwohler wurde ihm.

»Noch mal: Wo bringen wir ihn hin?«, bestand Reemt auf einen Plan.

»Was weiß ich!« Mirko fiel nichts ein.

»Wir könnten ihn verbuddeln«, schlug Carsten vor.

»Viel zu auffällig«, entgegnete Reemt.

»Er muss ganz verschwinden«, nuschelte Mirko.

»Wie soll das gehen?« Conny war der Verzweiflung nahe. Sie hatten doch nur ihre nächste Aktion planen wollen, und nun das!

»Salzsäure!«, rief Carsten.

»Spinner!«, kam es prompt zurück.

»Am besten wäre es, er würde abtreiben, weit weg«, überlegte Mirko. »In der Ebbströmung. Vielleicht treibt er erst einmal wochenlang in der Nordsee rum und kommt wer weiß wo wieder an, wenn überhaupt.«

»Aber wie sollen wir ihn ans Wasser befördern?«

»Wir nehmen den Handwagen und bringen ihn zum Strand, etwa zur Wilhelmshöhe. Da herrscht starke Strömung, Richtung Seegat nach Norderney. Bei Ebbe könnte er abgetrieben werden, wenn wir ihn ein wenig tiefer ins Wasser ziehen«, entwickelte Mirko einen konkreten Plan.

»Das kann ich nicht«, wehrte Carsten ab. »Ich ziehe keinen Toten ins Wasser.«

»Nee, Leute, ohne mich«, bestätigte Marina, und Conny nickte.

Mirko sah Reemt an. Der glotzte ausdruckslos auf die Leiche. »Also?«, fragte Mirko provokativ.

»Wenn's nicht anders geht«, fügte sich Reemt dem unvermeidlichen Schicksal. Das war keine schöne Aussicht, doch die Leiche musste weg.

»Okay. Er muss an den Strand.«

»Kommt nicht alles, was bei Ebbe abtreibt, irgendwann wieder an den Strand?«

»Nicht, wenn er ins Seegat treibt. Außerdem kann er von mir aus auf Langeoog oder Helgoland angespült werden, das ist mir egal.«

»Aber unsere Spuren …«, gab Reemt zu bedenken.

»Nach der Ebbe kommt die Flut«, erwiderte Mirko, »und die verwischt alle Spuren.«

»Hoffentlich!«

»Was, wenn euch jemand sieht?«, bemerkte Conny.

»Es wird Spuren geben, am trockenen Strand und weiter oben, an der Düne«, erwog Marina ebenfalls diesen Aspekt.

»Die Spuren müssen wir verwischen. Und sobald es ein bisschen windig ist, wird man davon nichts mehr sehen. Natürlich ist es ein Risiko. Aber hier muss er schleunigst weg. Wir können uns nie wieder blicken lassen, wenn bei uns ein Toter gefunden wird und die ganze Insel denkt, wir wären das gewesen. Denkt bitte mal nach! Und die Folgen! Wollt ihr in den Knast?«

Die Jugendlichen schwiegen. Knast, das war übertrieben, oder? Es fiel ihnen schwer, klare Gedanken zu fassen, doch wahrscheinlich hatte Mirko recht.

»Ihr macht sauber. Das Blut muss weg, bis auf den letzten Rest. Hier und vor allem im Vorratsraum, eben überall, wo etwas sein könnte. Es darf nichts, aber auch gar nichts übrig bleiben.«

»Die finden doch eh immer alles. Guckt euch mal den ›Tatort‹ im Ersten an!«, meinte Conny.

»Guckst du Tatort?«, fragte Carsten verblüfft.

»Du siehst fern?«, ergänzte Reemt, der, wie viele in seinem Alter, kaum fernsah. Das Internet bot alles, was er brauchte, unabhängig von Sendezeiten.

»Sie suchen doch nicht, wenn es keinen Verdacht gibt. Den dürfen wir gar nicht erst entstehen lassen«, beharrte Mirko, und das Thema war für ihn abgeschlossen. Er plante weiter. »Putzt den ganzen Raum, nicht nur dort, wo er lag. Wir sagen später, falls jemand fragt, wir hätten mal richtig aufgeräumt und sauber gemacht. Niemand darf die leiseste Ahnung haben, dass hier ein Toter lag.«

Carsten, Conny und Marina schauderte bei dem Gedanken, die Blutlache wegwischen zu müssen. Aber sie nickten verhalten, Marina rannen erneut Tränen die Wangen hinunter. Sie alle ergriff ein Gefühl von Ekel, Beklommenheit und Angst.

Mit vereinten Kräften wuchteten sie den leblosen Körper auf den alten Handwagen und waren beruhigt, dass er tatsächlich stabil genug war, die schwere Last zu tragen. Sorgfältig deckten sie eine Plastikplane darüber und befestigten sie am Wagen. Mirko und Reemt machten sich unverzüglich auf den Weg. Ein kleines Stück die Straße entlang Richtung Flugplatz, links abbiegen, am Goldfischteich vorbei, durch die Dünen und zum Strand. Schnell zeichnete sich die Dünenkette ab, es waren nur knapp 300 Meter bis zum Strandabgang. Sie verschwanden in der Dunkelheit, begleitet vom Quaken einiger Enten und schrillen Piepsen der Austernfischer.

Ruckartig blieb Mirko stehen. Reemt stolperte nach vorn und landete mit dem Oberkörper auf der Leiche. Panisch rappelte er sich so schnell wie möglich auf. »Idiot, was machst du denn?«, regte er sich auf.

»Schrei nicht so rum!«, gab Mirko in gedämpfter Tonlage zurück. Dann sagte er lauter: »Moin.«

Erst jetzt bemerkte Reemt, das wenige Meter entfernt jemand stand.

»Moin«, kam eine Stimme aus dem Dunkel, »was macht ihr hier?«

Mirko sammelte sich, klang fast erleichtert. »Du bist das, Giesbert.«

Giesbert Focken sagte nichts.

»Wir … wir bereiten unsere nächste Aktion vor.«

»Und was?«

»Wirst du sehen, wenn du morgen zum Hafen kommst. Es geht ums Klima und die Meeresverschmutzung.« Mirko wusste, dass sich Giesbert nicht für die Aktionen der Umweltgruppe interessierte. Er musste ihn schnell loswerden werden, egal wie.

Giesbert schwieg.

»Wir müssen weiter, schönen Abend noch«, versuchte Mirko die Flucht nach vorn. Er hoffte, dass Giesbert Focken sich jetzt, wie sonst auch, nicht darum scheren würde, was auf Juist passierte.

»Was habt ihr auf dem Wagen?«, erkundigte sich Focken unvermittelt. Mirko wurde nervös.

»Ein … ein paar von unseren Sachen.«

»Ihr müsst euch ganz schön plagen!«

»Alles Sachen für … für unseren Stand. Flugblätter, Infotafeln, inklusive Tapeziertisch«, kam Reemt Mirko zu Hilfe. Der nickte zustimmend.

Giesbert schwieg wieder.

»Also echt jetzt, Giesbert, wir haben noch zu tun. Kannst ja mal vorbeikommen. Wir müssen weiter«, betonte Mirko.

»Tschüss, schönen Abend noch.« Die beiden setzten sich in Bewegung.

»Ihr gebt euch ja Mühe, so spät abends«, schickte Giesbert ihnen hinterher.

»Man muss was tun, sonst geht die Welt vor die Hunde«, brummte Reemt angespannt, »bis bald mal, sieh zu, dass du ins Bett kommst.«

»Ein bisschen leiser, verdammt noch mal! Wer weiß, wer sich hier sonst noch rumtreibt«, fauchte Mirko.

»Man, der Typ … wieso geistert der nachts draußen rum und sitzt nicht in seiner verfallenden Bude?«, japste Reemt, die halb gebückte Haltung beim Schieben strengte ihn sehr an.

»Was weiß ich? Ist eben Giesbert, der hat 'ne Macke, das wissen doch alle«, antwortete Mirko.

»Was denn eigentlich für 'ne Macke?«

»Bin ich Psychiater? Keine Ahnung.«

»Hauptsache, er hat nichts gemerkt.«

»Der doch nicht. Du kennst bestimmt die Geschichte, er sei schuld, dass seine Eltern damals tödlich verunglückt sind?«, fragte Mirko, den Kopf leicht nach hinten drehend, damit sein Freund ihn besser verstand.

»Ja, ja, Giesbert, der Mörder«, verstellte Reemt seine Stimme, um unheimlich zu klingen.

»Alles Quatsch. Der ist zu was gar nicht fähig.«

»Vielleicht doch?«, fragte Reemt. »Wer kennt ihn schon genau?«

»Vergiss Giesbert«, beendete Mirko das Thema. »Wir sind bald am Strand. Lass uns gut aufpassen, falls sich hier noch jemand rumtreibt. Das müssen wir jetzt durchziehen!«

Obwohl Reemt voller Zweifel war, schob er den Wagen über den Dünenübergang, Mirko zog mit ganzer Kraft. Dann ging es ein wenig leichter die Düne zum Strand hinunter, trotz des Pudersandes.

»Mist!«, rief Mirko und blieb wieder abrupt stehen, sodass Reemt erneut vornüberfiel.

»Was ist nun schon wieder?«

»Wer, bitte, schiebt seinen Krempel für einen Aktionsstand am Hafen über die Dünen und dann zum Strand? Der Hafen liegt exakt entgegengesetzt an der Wattseite. Das ist Giesbert bestimmt aufgefallen.«

»Scheiße! Reichlich blöd von uns.«

»Allerdings. Da brauchen wir eine gute Erklärung, falls jemand fragt.«

Kurze Zeit sagte keiner der beiden ein Wort.

»Wer soll schon fragen? Giesbert glaubt eh keiner was«, gab sich Reemt hoffnungsvoll.

»Und wer redet überhaupt mit ihm? Also, komm!« Sie setzten sich wieder in Bewegung.

*

Giesbert schloss währenddessen die Tür seines verfallenden Hauses auf und verschwand in dem alten Gemäuer. Auf dem Nachhauseweg war er noch einmal auf den Deich gegangen und dabei Sven Scheepker begegnet, doch darüber wunderte er sich nicht. Scheepker war für die elektrischen Anlagen am Flugplatz und die zugehörigen Gebäude zuständig. Wenn etwas Wichtiges zu erledigen war, hieß das eben auch, spät abends noch einmal zum Flugplatz zu radeln, um den Schaden zu beheben, damit früh am nächsten Tag der reibungslose Flugbetrieb gewährleistet war. Am Juister Flugplatz war neben Ankunft und Abflug der Linienflüge und vieler kleiner Privatflugzeuge auch eine Segelflugschule und Jugendbildungsstätte untergebracht, die sich großer Bekannt- und Beliebtheit erfreuten. Eine einwandfrei funktionierende Technik war die Grundvoraussetzung für den gesamten Betrieb, und Scheepker kümmerte sich zu jeder Tages- und Nachtzeit darum. Es war also nicht ungewöhnlich, dass er um diese Zeit aus Richtung des Flugplatzes kommend ins Dorf radelte. Das wusste Giesbert. Er trat in den Hausflur und schloss die Tür hinter sich. Er drehte sich noch einmal um und schaute durch das kleine, rautenförmige Fenster, das in die Haustür eingebaut war. Er dachte an die Begegnung mit Reemt und Mirko und flüsterte in die Dunkelheit, die draußen herrschte: »Die Welt geht so oder so vor die Hunde.«

4

»Fegst du bitte noch die Terrasse und deckst danach die Tische ein? Ach ja, achte draußen unbedingt auf die Klammern, mit denen man die Tischdecken festmacht. Sonst fliegen die uns bei dem Wind um die Ohren.«

Gerda Andresen mochte ihre neue Saisonkraft Ina, die erst seit einer Woche in ihrem Café tätig war. Ina war pfiffig, sie lernte schnell und hatte einen Sinn für das, was getan werden musste. Darüber hinaus sah sie reizend aus. Gerda fand zwar, dass sie ein bisschen zu dünn war, sie war sich jedoch sicher, dass die gute Inselluft ihr zu Appetit verhelfen würde.

Bereits nach dieser ersten Woche konnte Gerda sich das Haus kaum noch ohne Ina vorstellen. Ihr Auftreten und ihre ausgeprägte Kommunikationsbereitschaft kamen bei den Gästen gut an. Gerda Andresen gönnte Ina den Zuspruch und die Trinkgelder, mit denen sie den vereinbarten Lohn aufbesserte. Und auch sie selbst hatte etwas davon: Wer gutes Trinkgeld gab, war zufrieden mit dem Café und kam wieder.

Klaus und Gerda hatten auf ihre Initiativbewerbung hin mit Ina telefoniert. Die erzählte, worum es ihr ging: Sie benötigte einen Job in der vorlesungsfreien Zeit im Sommer. Sie wollte Geld für das kommende Wintersemester verdienen, sie studierte Jura an der Christian-Albrechts-Universität zu Kiel. Sie hatte wenig Lust, jeden Cent mehrere Male umdrehen zu müssen, wie es bei vielen ihrer Kommilitonen der Fall war. Wenn man in Kiel Freitag- oder Samstagabend auf Tour gehen wollte, war das nicht ganz billig. Die offene Art, wie Ina das erzählte, gefiel sowohl Gerda als auch Klaus, und sie luden Ina ein. Das Gespräch war gut verlaufen, sie hatten sich schnell geeinigt.

Gerda war auch deshalb froh, Ina schnell eingestellt zu haben, da sie in letzter Zeit öfter eine bleierne Müdigkeit verspürte. Es lasteten zu viele Dinge auf ihr. Vor Inas Einstellung musste sie den Einkauf für das Café machen, selbst die Bewirtschaftung der Gäste erledigen, gleichzeitig die Küche managen, außerdem gab es noch eine Ferienwohnung im Haus. Der Papierkram blieb an ihr hängen, denn Klaus hatte genug mit seinem Job am Hals. Auch die letzte Nacht war mal wieder kurz gewesen, nach reichlich Arbeit und noch mehr Gedanken, die sie in letzter Zeit plagten, hatte sie nicht einschlafen können. Sie war bei Maybrit Illners Polittalk hängen geblieben, in dem es um die oft kaum nachvollziehbaren Entscheidungen des derzeitigen amerikanischen Präsidenten ging. Schon die Aufkündigung des Pariser Klimaschutzabkommens zu Beginn seiner Amtszeit hatte Klaus unglaublich aufgeregt. Sie hatte damals sofort an Willi Felthuis denken müssen, der vom Klimaschutz genauso wenig hielt und den Klimawandel infrage stellte.

Trotz der interessanten Diskussion, die Illner geschickt lenkte, hörte sie nur halb zu, weil sie zwischendurch immer wieder an einige Dinge dachte, die in den letzten Monaten geschehen waren und die sie sehr beschäftigten. Doch sie wurde aus ihren Gedanken gerissen, als Klaus von einer Besprechung im Dorfkrug nach Hause kam. Sie merkte sofort, dass er schlechte Laune hatte, nachdem er zu ihr ins Wohnzimmer getreten war.

»Wie war's? Bist du weitergekommen?«, fragte Gerda freundlich.

»Nee. Das wird auch nix. Wir streiten uns nur. Wie soll ich einen Plan durchsetzen, von dem einige Neunmalkluge meinen, er entbehre jeglicher Grundlage und sei daher schlecht für Juist? Und die Mehrheit schweigt mal wieder. Nach der Sitzung kommen sie dann. ›Klaus, hast ja recht …‹, aber während der Diskussion halten sie die Klappe. Scheepker bekam die Zähne ebenfalls nicht richtig auseinander. Nur Karl hat mich unterstützt.«

»Du musst den Plan umsetzen, so einfach ist das. Er wird festgeschrieben werden von der Landesregierung«, meinte Gerda.

»Ich will einen Konsens erreichen. Wenn wir so gespalten bleiben, dann bin ich für die aus dem Felthuis-Lager in den nächsten Jahren nur noch der Buhmann. Dazu habe ich wirklich keine Lust«, setzte er sein unzufriedenes Gezeter fort.

»Die Leute werden es einsehen müssen. Der Klimawandel fordert Opfer.«

»Opfer! Das klingt dramatisch, damit kann man Felthuis und seinen Leuten nicht kommen.«

»Es wird dramatisch werden. Hier ist es noch nicht so weit, aber die ersten Südseeinseln versinken schon in den Fluten.«

»Die Südsee interessiert keinen von denen, wir befinden uns an der Nordsee.«

»Auch sie ist von den Veränderungen betroffen, Klaus, das muss ich dir nicht erzählen. Wenn es also notwendig ist, die Deiche zu erhöhen …«, begann Gerda, doch Klaus unterbrach sie.

»Das will er eben nicht einsehen. Felthuis posaunt hinaus: Überall herrscht nur Untergangsstimmung. Ich habe ihn mit den Fakten konfrontiert. Es stünden plötzlich Städte wie Wernigerode, Goslar, Hildesheim oder Braunschweig unter Wasser. Oder Houston und Corpus Christi. Indien und Bangladesch. Überall sintflutartige Regenfälle. Demgegenüber Dürre in Äthiopien, Somalia, Südsudan, Südafrika, Kalifornien. Man müsse sich also vorbereiten und auch wir auf Juist sollten das tun. Darauf sagte Felthuis nur, Naturkatastrophen hätte es schon immer gegeben.«

»Willi wird es einsehen, früher oder später«, entgegnete Gerda und spürte wieder ihre Müdigkeit.

Klaus ging in die Küche, um sich ein Bier aus dem Kühlschrank zu holen. Als er zurückkam, sah er abwechselnd zu Gerda und auf den Fernseher zu Maybrit Illner. Die wollte gerade den ehemaligen amerikanischen Botschafter in Deutschland aus der Reserve locken. Ihrer Frage, wie denn das Ziel der Reduzierung des globalen Temperaturanstiegs auf maximal zwei Grad erreicht werden könnte, wenn der amerikanische Präsident den Klimawandel ignoriere und sogar die Kohleverstromung wieder fördern wolle, wich er mit dem Hinweis aus, das Zwei-Grad-Ziel sei ja eher politisch motiviert.

»Das frage ich mich aber auch, Frau Illner, vielen Dank für diese Frage«, bemerkte Klaus und kommentierte: »In Eemshaven in den Niederlanden ist vor zwei Jahren ein Kohlekraftwerk in Betrieb gegangen, betrieben von RWE; und wir leben im Jahr 2018! Man kommt sich manchmal echt verarscht vor.« Er war aufgewühlt von dem hitzigen Gespräch im Dorfkrug.

Gerda gähnte und wäre liebend gern ins Bett gegangen, wollte Klaus aber nicht einfach stehen lassen.

Er schien sich zusammenzureißen, denn er fragte nun in einer sanften Tonlage: »Wie macht sich denn Ina?«

»Prima!« Gerda lächelte. »Sie ist wirklich plietsch. Sieht alles, was zu tun ist. Damit ist sie mir eine große Hilfe.«

»Schön, dann war ihre Einstellung richtig. Hast du ihr gesagt, dass du sie für plietsch hältst?«

»Nee, warum?«

»Hätte mich interessiert, ob sie es versteht.«

»Ich denke schon. Sie ist Norddeutsche, da weiß man doch, dass plietsch für so etwas wie pfiffig steht.«

»Nee, das wissen längst nicht alle. Habe ich schon öfter festgestellt. Wobei es auch nördlich von Hamburg so heißt. Wir Ostfriesen sagen ja eher snüüs, wenn wir jemanden für schlau halten.«

»Sie versteht bestimmt beides, so plietsch, oder von mir aus snüüs, wie sie ist«, sagte Gerda und lachte kurz.

»Ach ja, und Giesbert war da.«

Klaus zog erstaunt die Augenbrauen hoch. »Giesbert? Was wollte der denn? Kaffee trinken und Kuchen essen?«

»Wohl kaum. Ich habe ihn selbst gar nicht gesehen, nur Ina. Sie wusste natürlich nicht, wer er war, aber ihre Beschreibung war eindeutig. Sie hat mir auch nur deshalb davon erzählt, weil er sich wieder einmal ziemlich sonderbar benommen hat.«

»Inwiefern?«

»Sie meinte, er sei sehr langsam auf die Außenterrasse, wo sie sich aufhielt, zugekommen und habe sie angesehen, ohne etwas zu sagen. Erst als sie ihn angesprochen habe, hätte er nach dir gefragt.«

»Was will er von mir?«

»Bin ich Hellseherin?«

»Das ist wirklich komisch. Giesbert. Mit dem hat hier doch niemand etwas zu schaffen, ich schon gar nicht. Hat er sonst noch mit jemandem gesprochen?«

»Nein, nur die Frage an Ina gestellt.«

»Und dann?«

»Als sie sagte, du seist nicht da, ist er gegangen.«

»Der Typ ist mir nicht geheuer, auch wenn ich ihn gegen diejenigen, die immer nur auf ihm rumhacken, schon oft in Schutz genommen habe. Was der wohl hier wollte …«

»Nun beruhige dich. Ich habe Ina nach Feierabend auch noch einmal gefragt, sie meinte, es sei alles okay gewesen. Ihr ist aufgefallen, dass er sehr scheu wirkte, aber sonst nichts. Kein Grund zur Aufregung.«

»Er hätte aufs Amt kommen können.«

»Hätte, hätte, Fahrradkette. Giesbert würde niemals einen Fuß über die Schwelle einer Behörde setzen.«

»Was für ein seltsamer Vogel.«

»Na ja, Giesbert hat doch keine Chance hier. Er hat seinen Ruf weg. Wenn du immer gleich mit allem in Verbindung gebracht würdest, was auf der Insel mal nicht toll läuft, dann wärst du auch nicht der, der du bist. Wahrscheinlich ist er so harmlos wie ein Butt und bräuchte nur mal einen Psychologen.«

»Wenn's hier einen gäbe. Aber was sollte ein Seelenklempner auf Juist?«

»Ich kenne einige, die einen bräuchten«, bemerkte Gerda schmunzelnd.

»Du weißt ja, Giesbert hat vor Jahren …«

»Klaus, nicht diese alten Geschichten vom Bootsunfall seiner Eltern und dieser Touristin am Strand. Du weißt selbst, dass das Gerüchte sind. Bei den Ermittlungen dazu ist nie etwas rausgekommen.«

»Manche sagen, de hett nich al Koppen in't Schapp«, zitierte Klaus das, was einige Insulaner über Giesbert dachten, dabei die plattdeutsche Variante von der Redewendung der fehlenden Tassen im Schrank verwendend.

Klaus Andresen indes hielt es mit der Band »Die Ärzte«, die poppig sangen: »Lass' die Leute reden.«

»Der Typ ist total verstockt, ansonsten soll er tun und lassen, was er will«, urteilte er.

»Ich kann auch nichts mit ihm anfangen«, erwiderte Gerda.

»Keine Ahnung, was der den lieben langen Tag so treibt. Mann, das Dach seiner halb verfallenen Kate müsste repariert, die Fenster gestrichen, der Garten richtig in Form gebracht werden. Der Zaun, der das Grundstück begrenzt, wird bald in sich zusammenfallen, weil die Stützbalken verrotten. Giesbert könnte 24 Stunden am Tag arbeiten. Aber es passiert einfach nichts. Kein Wunder, dass man im Dorf über ihn ätzt.«

»Er geht eben lieber in den Dünen spazieren oder sitzt zu Hause. Lass ihn doch«, bemerkte Gerda.

»Einmal, ein einziges Mal habe ich ihn im Dorfkrug gesehen. Mann, das war wie in einem alten Western: Die Saloontür fliegt auf, Giesbert kommt rein, alle drehen sich zu ihm und schweigen. Totenstille. Er geht zur Theke, bestellt ein

Bier und trinkt wortlos. Die anderen vertiefen sich wieder in ihre Gespräche oder ins Kartenspielen, bis Willi Felthuis Giesbert schließlich anspricht.«

»Was hat Willi gesagt?«

»Er hat einen saudummen Spruch abgelassen«, Andresen dachte nach, »so etwas wie: ›Na, Giesbert, nach getaner, schwerer Arbeit auch mal ein Bierchen trinken?‹«

»Und, wie hat er reagiert?«

»Hat geantwortet, er habe genug zu tun, was lautes Gelächter zur Folge hatte. Jeder ist doch der Meinung, dass Giesbert absolut faul ist.«

»Blöde Situation für ihn.«

»Allerdings. Mit einem Schluck hat Giesbert sein Bier geleert, einen Fünf-Euro-Schein auf die Theke geworfen und ist gegangen. Beim Hinausgehen rief Felthuis ihm nach: ›Ja, ja, ein kleines Pils mit 'nem Fünfer bezahlen, Rest ist Trinkgeld, was? Ich sage immer: Wer viel arbeitet, soll auch viel verdienen. Wer hat, der hat.‹« Das verursachte erneut Gegröle. Giesbert schaute nicht zurück und verschwand.«

»Das hätte Felthuis nicht tun sollen.«

»Er kann echt ein Idiot sein.«

»Ja, wenn er trinkt. Sonst ist er nicht so.«

»Ach ...«

»Ich habe mich schon sehr vernünftig mit ihm unterhalten«, sagte Gerda.

»Du Glückliche. Vielleicht mag er dich«, frotzelte Klaus.

»Spinner!«, erwiderte Gerda und fügte schnell hinzu: »Herrje, die Kartoffeln stehen noch auf dem Herd«, und sie entfernte sich Richtung Küche.

Klaus blieb zurück, dachte nur noch kurz an Giesbert Focken. Dann galten die Gedanken seiner Frau. Gerda hatte eigentlich immer irgendetwas zu tun. Vielleicht zu viel in letzter Zeit. Darum freute er sich, dass seine Frau in Ina nun hilfreiche Unterstützung fand. Es war auch für ihn nicht unwichtig, sein schlechtes Gewissen hatte sich schon manches Mal geregt, da er Gerda im Haus und im Café wegen all der Querelen um den Küstenentwicklungsplan so gut wie gar nicht helfen konnte. Ina war da Gold wert.

5

Sie hatten sich nicht viel Zeit gelassen. Ihre Kleidungsstücke lagen verstreut im Schlafzimmer herum.

»Es war schön«, hauchte sie ihm ins Ohr, legte dann den weinroten Spitzen-BH an, zog ihre Bluse über die blasse Haut und knöpfte sie zu. Sie beugte sich vor, um nach ihrem Rock zu angeln, und er hatte keinerlei Hemmungen, ihr dabei in den Ausschnitt zu schauen. Eben hatte er ihre wohlgeformten Brüste noch geküsst.

Er umschlang sie und flüsterte ihr zu: »Schön? Es war phänomenal!« Er machte eine Pause, bevor er wieder ansetzte: »Was wir tun, ist …«

»Pst«, sie hielt ihm den Zeigefinger auf den Mund, »sag nichts. Es ist zwischen mir und …« Diesmal fiel er ihr in die Rede.

»Schon gut. Das sind die Jahre, die ins Land gehen.« Er schien kurz nachzudenken, wie er sich ausdrücken sollte, doch sie hatte seinen Gedanken bereits erfasst.

»Wir werden nicht jünger, nein. Es ist nicht, als …«

»Wir beide brauchen uns für nichts zu rechtfertigen. So war es abgemacht.«

»Ja«, erwiderte sie, »trotzdem, ich komme mir danach ziemlich mies vor.«

»Du darfst dir keine Vorwürfe machen.« Er drückte ihr einen Kuss auf die Stirn.

Sie hielten sich noch ein paar Sekunden eng umschlungen, drifteten jedoch gedanklich voneinander weg. Schließlich löste er sich.

»Ich muss los. Wenn …«

Wieder unterbrach sie ihn: »Wenn, wenn. Wir beide wissen genau, was los ist, wenn! Geh einfach. Schnell. Und lass dich nicht erwischen.«

»Ich komme wieder.«

»Ja.«

»Wenn dein Mann …«

»Lass ihn aus dem Spiel. Wir haben das besprochen.« Sie schluckte.

»Und uns tut es so gut.«

Sie zögerte. »Wir müssen damit aufhören.« Das hatte sie schon beim letzten Mal gesagt.

»Noch nicht, bitte!« Er klang beinahe flehend. »Einmal noch, ja? Im nächsten Monat. Wie immer.« Er knöpfte sein Hemd zu.

»Ich weiß nicht«, sie war unschlüssig, »einmal muss es zu Ende sein. Das Risiko ist zu groß.«

»Ich brauche dich!« Hastig suchte er die letzten Kleidungsstücke zusammen und zog sie an.

Sie wich seinem Blick aus, sah an die Wand. »Das sagt sich so leicht. Es darf nicht wieder vorkommen. Halten wir uns daran, wie wir es damals besprochen haben nach dem Fest. Es muss endlich Schluss sein.«

Er küsste sie flüchtig. »Aber noch nicht jetzt. Ich muss wirklich los.« Er griff seine Jacke.

»Ein einziges Mal noch. Dann ist Schluss, für immer! Tschüss!« Sie hauchte einen Kuss auf seine Wange.

»Bis bald«, erwiderte er und verließ das Zimmer.

Sie würde ihm nach kurzer Zeit folgen. Sie hatten ihr Vorgehen akribisch geplant. Sie nutzten die Hintertür in den Garten, der eingerahmt war von Apfelrosen, Holunder, Hasel, Kiefer und Tannen und dadurch schlecht einsehbar. Im Sommer war die Apfelrosenhecke dicht belaubt, aber auch im Herbst und Winter war durch immergrüne Lebensbäume, kleine Kiefern und Kirschlorbeer, die zwischen den anderen Pflanzen wuchsen, kaum eine Sichtlücke vorhanden. Der Garten war entsprechend gut abgeschirmt, nur die Tür im Zaun, der den Garten umrahmte, ließ neugierige Blicke zu. Jetzt, im Herbst, wurde es außerdem früh dunkel. Es war das zweite Jahr, in dem sie sich trafen, einmal monatlich, Oktober bis Januar, heimlich und unauffällig. Im Sommer war es ihnen zu riskant. Zum einen fehlte die schützende Dunkelheit, zum anderen waren all die Gäste unterwegs, manchmal bis spät in den Abend. War es Liebe? Nein, körperliches Begehren steuerte ihre Unvernunft. Sie riskierten viel. Wenn jedoch herauskäme, was sie taten, würde dies für einen handfesten Skandal im Dorf sorgen. Es wäre die Katastrophe schlechthin.

6

»Wir stellen noch eine Reihe auf«, entschied Maike, »es kommen mit Sicherheit viele Leute. Das Thema ist brennend heiß.«

»Brennend heiß ist gut«, entgegnete Malte, der recht lustlos die in einem Kellerraum gestapelten Stühle über eine enge Treppe nach oben beförderte und dann im Saal in Reih und Glied aufstellte. An diesem Abend wurde Prof. Dr. Dr. Reimar Hinrichsen, ausgewiesener Experte in Sachen Klimawandel, erwartet. Eine Koryphäe auf seinem Fachgebiet. Das Nationalpark-Haus hatte den Tipp von Klaus Andresen bekommen, der Hinrichsen bei einem Vortrag in Emden erlebt hatte. Nach Ansicht Andresens erklärte der Experte die Dinge so, dass es auch Laien nachvollziehen konnten. Er nannte anschauliche Beispiele und beantwortete Fragen ausführlich und sachlich. Er holte die Wissenschaft aus dem Elfenbeinturm. Und das, wie er bei seinen Vorträgen nicht aufhörte zu betonen, weil der Klimawandel alle anging. Andresen hoffte, dass auch Willi Felthuis und einige seiner Anhänger kommen würden, obwohl der Professor sicherlich erläutern würde, warum kein Weg daran vorbeiging, dass die Deiche der deutschen Nordseeküste erhöht würden. Als neuer Bürgermeister würde er kaum einem solchen Ereignis fernbleiben können und vielleicht, so sein Wunschdenken, konnte Hinrichsen diesen Betonkopf zumindest ein wenig zum Nachdenken anregen. Zu seinem Erstaunen hatte Hinrichsen schnell zugesagt.

Maike Könnecke lächelte über Maltes Anspielung auf die brennende Hitze. »Bis es auf Juist brennend heiß werden wird, dauert es sicher noch ein bisschen«, meinte sie.

Malte erwiderte, wenn sich nichts verändere, könnte das schneller geschehen, als so mancher denke. Und mit dem neuen Bürgermeister würde die Umsetzung der Klimaschutzziele eher behindert werden.

»Wie der gewählt werden konnte, ist mir eh ein Rätsel. Aber, Malte, Klimaschutz und Klimawandel sind zwei Paar Schuhe«, dozierte Maike.

»Sie sind kaum voneinander zu trennen.«

»Hast du gewählt?«

»Nee …«

»Siehst du, das ist fatal! Dieses Verhalten öffnete Demagogen das Feld.«

»Konnte ja niemand ahnen, dass es so ausgeht«, brummelte Malte. »Aber du hast recht, war nicht gerade schlau von mir.«

Maike Könnecke arbeitete seit knapp einem Jahr beim Nationalpark, der ein Informationszentrum auf Juist betrieb, zu dem auch der Vortragssaal gehörte. Etwa 40 Personen fanden darin Platz. Nach der erfolgreichen Beendigung ihres Biologiestudiums in Hamburg hatte sie die zweijährige Projektstelle beim Nationalpark Wattenmeer ergattert. Sie bekam alles andere als ein königliches Gehalt, aber immerhin genug, dass sie sich auf Juist ein Zimmer mit kleiner Küche und Bad leisten konnte. Das war nicht selbstverständlich, hörte man doch von Sylt, dass alteingesessene Insulaner, teils seit Generationen dort wohnhaft, ihre Heimatinsel verlassen mussten, weil ihnen die Zahlung der Mieten und Immobilienpreise nicht mehr möglich war. Maike war in Dagebüll geboren, dort, wo die Fähren nach Föhr und Amrum ablegten. Als Nordfriesin liebte sie

Meer und Küste, den Deich, Wind und Wetter. Sie genoss es sehr, auf einer Nordseeinsel zu arbeiten. Es fiel ihr nicht schwer, mit den Insulanern ins Gespräch zu kommen und ihr Vertrauen zu gewinnen. Außerdem verstand sie Plattdeutsch, auch wenn sich das hiesige vom nordfriesischen Platt unterschied. Das half manchmal bei der Kommunikation mit Einheimischen.

Schwierig konnte es werden, wenn es um inhaltliche Dinge ging. Sie war bereits mehrfach mit Willi Felthuis und Meinhard Saathoff ins Diskutieren gekommen. Zuletzt wegen ihrer Idee, eine Ausstellung zur Meeresverschmutzung im Nationalpark-Haus zu eröffnen, das im ehemaligen Bahnhof Juists untergebracht war.

»Ihr wollt doch nicht wirklich das Nationalpark-Haus nutzen, um diese Themen aufzubauschen?«, hatte Felthuis gefragt.

»Natürlich wollen wir das«, war Maikes schnippische Antwort gewesen. Felthuis konnte sie mal kreuzweise.

»Es reicht, wenn die Jugendlichen mit ihren sogenannten proUmwelt-Aktionen ständig ihren Unsinn veranstalten. Aber ihr seid doch ein seriöser Laden.«

»Die veranstalten keinen Unsinn, und wir stehen für seriöse Ausstellungen, das ist wahr. Wir haben Folgendes vor, Herr Felthuis ...« Maike wusste, dass sie ihn mit dem, was nun kam, provozieren würde. »Wir werden die Plastikreste, die in den Mägen von kürzlich an der Nordseeküste verendeten Pottwalen gefunden wurden, beispielhaft ins Zentrum der Ausstellung rücken. Es wird außerdem einen großen Haufen aus Kunststoffabfall und anderem Müll geben, der gut sichtbar platziert wird. Er symbolisiert den Unrat, der in einem halben Jahr am Strand angeschwemmt wird. Ein Hinweisschild wird über die Problematik informieren.«

»Leute, das wollt ihr nicht wirklich, oder? Müll ausstellen?« Felthuis sah sie erstaunt an.

»Doch, sicher! Dabei werden wir betonen, dass dies nur das für jeden sichtbare Plastik ist. Gefährlicher ist ja das Zeug, das man nur unter dem Mikroskop erkennen kann.«

»Man darf das doch nicht derart dramatisieren. Die Plastiktüten werden bereits abgeschafft. Was wollt ihr denn noch?«, wehrte Felthuis ab.

»Sie müssen die Tatsachen sehen, Herr Felthuis. Nach aktuellen Forschungsergebnissen lagert sich Mikroplastik in den Organen der Meerestiere ab. Vor Kurzem erst hat die renommierte Wissenschaftlerin Lucy Woodall auf entsprechende neueste Ergebnisse verwiesen. Maria Pedrotti, eine italienische Meeresforscherin, und Leute wie Gaby Gorsky, Chefwissenschaftler am Ozeanischen Institut in Villefranche-sur-Mer in Frankreich, haben Mikroplastik in der Nahrungskette festgestellt und waren entsetzt. Colin Janssen von der Uni Gent in Belgien hat Mikroplastik in Miesmuscheln entdeckt. Schlecht für die Muschel, allerdings genauso für uns Menschen, denn wir essen das gesamte Tier, also auch den Magen der Muschel. Und der kann voll mit Plastikpartikeln sein.«

»Holl mi up!«, rief Felthuis. »Das mag ja alles sein. Aber könnt ihr nicht auch mal das Positive zeigen? Die Schönheit unserer Insel? Haben wir nicht nach wie vor Tausende von See- und Zugvögeln hier? Muss es immer Katastrophenstimmung sein, die ihr verbreitet – ihr vom Nationalpark-Haus, aber genauso die Leute von der Umweltgruppe? Es gibt so viel Einzigartiges auf Juist!«

»Richtig. Aber diese Schönheit ist bedroht. Sie wird langsam zerstört werden, wenn wir nichts tun. Es gibt eine Studie aus Kalifornien, bei der Fische vom Markt, also schon gefangen und zum Verkauf angeboten, untersucht wurden.

In mehr als 25 Prozent dieser Fische wurde Plastik nachgewiesen. Es muss etwas geschehen, Herr Felthuis!«, konterte Maike.

Felthuis hatte eine wegwerfende Handbewegung gemacht, sich entfernt und dabei »Ihr habt doch alle einen an der Waffel!« gerufen.

Maike sah Felthuis kurz hinterher, wie er das Nationalpark-Haus Richtung Kurplatz verließ. Neben den alltäglichen Aktivitäten im Nationalpark-Haus schrieb sie an ihrer Doktorarbeit und beschäftigte sich mit dem Zustand und der Entwicklung der Muschelbestände im Wattenmeer vor Juist. Von der Belastung der Muscheln abgesehen gab es noch andere Probleme: neue Arten hielten aufgrund des Klimawandels Einzug. Die Pazifische Auster breitete sich im Meer aus wie die Karnickel in den Dünen zur besten Paarungszeit. Was würde das für die Europäische Auster bedeuten, die als bedroht galt?

Maike regte sich längst nicht mehr über Saathoff und Felthuis auf, die die immer gleichen Äußerungen hervorbrachten und dabei die neuesten Erkenntnisse ignorierten. Sie sprach lieber über Fakten. Sie war froh, wenn Felthuis zumindest äußerlich ruhig blieb und schließlich sagte, so wie kürzlich: »Darüber müssen wir noch mal sprechen, aber jetzt hab ich noch zu tun. Ach, mien Deern, du kommst schon noch zur Vernunft.«

Ich bin vernünftig, dachte sie und hasste es, wenn er sie »mien Deern« nannte. Sie zuckte mit den Schultern und dachte, dass bei Felthuis Hopfen und Malz verloren seien. Dass er nun Bürgermeister war, gab ihr allerdings zu denken.

Egal. Der heutige Abend war wichtig. Einen Referenten wie Hinrichsen vom Hamburger Klimarechenzentrum hatten sie auf Juist noch nicht begrüßen dürfen. Es gab noch einiges vorzubereiten. Sie war durstig, wollte sich gegenüber beim Looger Koopmann etwas zu trinken kaufen und dann die Vorbereitungen fortsetzen, als Malte sie ansprach.

»Ich kümmere mich um die letzten Stühle«, murrte er und holte sie damit in die Gegenwart zurück. Sie wusste, dass er lieber im Deichvorland unterwegs wäre, um Vögel zu bestimmen und zu zählen, als im Haus mitzuhelfen. Doch es half nichts, da musste er jetzt durch.

Maike mochte ihn. Er war nett, gesprächig, humorvoll, zeigte offen, was ihm gefiel und was nicht. Mit ihm zusammen draußen Umweltdaten zu erfassen oder Vogelberingungen durchzuführen, war eine Freude. Bei Ebbe waren sie schon öfter gemeinsam im Watt gewesen, hatten Miesmuschelbänke kartiert und Sandklaffmuscheln aus dem Boden gebuddelt. Malte hatte ihr vorgeführt, wie man Pierwürmer, millionenfache Wattbewohner, fand, aus dem Schlick zog und sie über die Hand glitschen ließ. Er war Angler und hatte schon manches Mal auf verschiedenen Nordseeinseln erfolgreich am Strand gefischt. Mit einem fetten Pierwurm am Haken konnte man manchen Dorsch, Plattfisch oder auch mal eine Meerforelle aus dem Wasser ziehen und sie abends in die Pfanne hauen, hatte er ihr bei einem ihrer Ausflüge erklärt. Sie hatte in sich hineingelächelt und kurz gedacht, dass er ja noch ganz schön jung sei mit seinen 18 Jahren – sie war 24 … dann hatte sie alle weiteren Gedanken verworfen.

Malte kam zurück mit vier Stühlen, die er aufeinander gestapelt hatte. Mit einem »Uff« stellte er sie ab. »Dass die auch im Keller stehen müssen!«

»Letzte Reihe«, sagte sie nur.

Er nickte. »Wie viele kommen denn? Ich habe 30 Stühle aufgestellt«, stöhnte er.

»Keine Ahnung, es gab keinen Vorverkauf.«

»Kostet der Eintritt was?«

»Fünf Euro.«

»Und wer kriegt die?«

»Na, die Fahrtkosten für unseren Gastredner müssen wir wenigstens berappen, wenn er schon kein Honorar verlangt.«

»Er soll froh sein, wenn viele zuhören.«

»Werden bestimmt viele kommen – bei dem Thema. Passt doch super zum Küstenentwicklungsplan, der ja so manchen gegen den Strich geht. Und er ist ein Experte auf diesem Gebiet.«

»Wer sich nicht so alles Experte nennt. Außerdem gibt es doch schon einen auf Juist. Aber Willi Felthuis verheimlicht ja immer seine akademischen Titel, die er sicherlich hat, schließlich weiß er alles besser«, lachte Malte.

Maike stimmte mit ein. »Man muss keinen akademischen Titel haben, um Bescheid zu wissen. Ich freu mich jedenfalls auf heute Abend. Du auch?«

»Weiß noch nicht, ob ich überhaupt da sein werde«, wich Malte aus.

»Das ist doch fast so etwas wie eine Pflichtveranstaltung! Du bist Angestellter des Nationalparks.«

»Ich … habe eventuell was anderes vor.«

»Und was, wenn man fragen darf?« Maike rückte die Stühle zurecht, sodass sie exakt auf derselben Höhe standen.

Malte zögerte. Dann rang er sich durch und sagte: »Ein Date.«

Maike zuckte zusammen. Sie hatte es geahnt. In den letzten Tagen war Malte ihr gegenüber zurückhaltender als sonst gewesen. »Ach, mit wem denn?«, rutschte es ihr heraus. »Entschuldigung – brauchst du mir natürlich nicht zu sagen«, schob sie schnell hinterher, als ihr bewusst wurde, dass es sie im Grunde nichts anging.

»Lieb von dir, aber Juist ist nicht Hamburg. Spätestens in zwei Tagen weiß die ganze Insel sowieso Bescheid, da kann ich es auch gleich sagen. Bei Andresens hat eine Neue angefangen.«

Maike verspürte einen Stich. Aber wie sollte Malte auch wissen, dass sie etwas für ihn empfand? Sie hatte keine Ahnung, ob und wie sie es ihm zeigen sollte. Die Neue bei Andresens, Maike hatte sie schon gesehen. Attraktives Mädel, das musste sie zugeben.

»Aha«, murmelte sie.

»Was ist? Was dagegen?«

Maike blickte auf. »Nee, wieso sollte ich etwas dagegen haben, wenn du ein Date hast?«

»Das meine ich nicht.«

Maike sah ein, dass Malte an alles Mögliche dachte, nur nicht daran, ob sie ihn mochte.

»Ich meine, ob du etwas dagegen hast, wenn ich heute Abend nicht bei dem Vortrag bin.«

»Ach so ... Ist doch egal, was ich meine, oder?«, erwiderte sie ein wenig zu heftig, »der Chef fände es sicher gut, wenn alle Mitarbeiter da sind.«

»Okay. Ich schau mal. Das Thema interessiert mich schließlich. Aber so ein Date ist mir auch wichtig, gerade bevor das Klima komplett verrücktspielt und unser Planet unbewohnbar wird.«

»Haha!«, kam es von Maikes Seite stakkatoartig.

»Du verstehst mich doch, oder? Die Lady ist wirklich süß.«

Oh Mann, dachte Maike, hör bloß auf! Süß! Er hatte nicht die leiseste Ahnung, was er ihr gerade antat. Was wollte er? Ihren Zuspruch?

»Sie sieht ganz gut aus. Aber ich habe sie nur flüchtig gesehen«, nuschelte Maike.

»Sie sieht großartig aus«, schwärmte Malte.

»Das ist ja wohl nicht alles«, rief Maike und stellte den letzten Stuhl mit Nachdruck auf seinen Platz. Leiser fuhr sie fort: »So, wir sind fertig.«

»Meinst du, die Stühle reichen?«

»Sicher.« Maike war nicht mehr bei der Sache.

»Vielleicht boykottieren Felthuis und seine Kumpane auch den Vortrag.«

»Oder eben gerade nicht.«

»Das könnte dann tatsächlich interessant werden. Vielleicht kann ich Ina überreden mitzukommen.«

Was für eine wunderbare Idee, dachte Maike und lächelte verkrampft. Sie hoffte auf Hochbetrieb in Andresens Café, sodass Ina absolut unabkömmlich war.

Während Maike weitere Stühle zurechtrückte, obwohl sie schon ordentlich in Reihen standen, spürte sie, wie sehr es sie schmerzte, dass er offensichtlich eine andere im Kopf hatte.

Sie zwang sich, an die abendliche Veranstaltung im Nationalpark-Haus zu denken, bei der es nicht um lautstarkes Krakeelen von Leuten wie Felthuis oder Saathoff ging, wie es manchmal im Dorfkrug passierte, sondern um Sachwissen, Fakten und wissenschaftlich fundierte Erkenntnisse. Malte und Ina waren das eine, der Vortrag das andere.

7

Es war erneut ein kühler Abend, als Willi Felthuis an der Haustür von Andresens Gästehaus klingelte. Der Herbst kam langsam, aber sicher über die Insel. Gerda Andresen öffnete, und nachdem Willi sie mit einem kurzen »Moin, Gerda« begrüßt und ihr ein Küsschen auf die linke Wange gedrückt hatte, erwiderte sie: »Moin, Willi. Klaus müsste jeden Moment kommen.«

»Ich kann ja bei dir warten«, sagte Felthuis freundlich, »oder?« Er wartete eine Antwort nicht ab und fuhr fort:

»Ich kauf dir ein schönes, kühles Becks Gold ab und setze mich auf eure kleine, aber feine Terrasse.«

»Ist dir das nicht zu kalt?«

»Ich will eine rauchen.«

»Auf deiner Terrasse mit Blick auf die Weite des Wattenmeeres ist das natürlich schöner«, bemerkte Gerda. Vor seinem Hotel hatte Willi eine Terrasse angelegt, die für mehrere Tische ausgelegt und an warmen Sommerabenden immer voll besetzt war. Sie ermöglichte einen fabelhaften Blick auf das Treiben der Vögel im Watt in der abendlichen Dämmerung. Davor grasten friedlich die Pferde, die tagsüber vor Kutschen und Transportwagen im Einsatz waren und sich einen geruhsamen Feierabend verdient hatten. Autos gab es hier so gut wie keine – alles wurde mit dem Pferd gemacht. Am Horizont wiederum konnte man Segelboote erspähen. Währenddessen in aller Ruhe ein Glas guten Wein trinken, den er von einer Winzerei in der Pfalz bezog, deren Besitzer er persönlich kannte. Das bedeutete Urlaub pur.

»Ja, noch, Gerda. Noch kann man das Wattenmeer sehen. Wenn erst einmal die grüne Mauer steht, dann ist Sense. Dann will da niemand mehr sitzen. Dann macht auch das Spazierengehen an der Wilhelm- und der Billstraße keinen Spaß mehr, das Radfahren kannst du vergessen.«

»Mal doch nicht den Teufel an die Wand, Willi. So schlimm wird es schon nicht werden. Man kann zum Flugplatz oder zur Bill radeln und hat so viel Weitsicht, dass man gar nicht weiß, wohin man gucken soll.«

»Ja, aber das ist nicht alles. Und das weißt du. Und deshalb bin ich hier. Ich muss noch einmal mit Klaus reden. Der Küstenentwicklungsplan darf so nicht umgesetzt werden.«

»Da wirst du bei ihm auf Granit beißen.«

»Ich versuche es trotzdem. Er muss auch das Wohl und die Zukunft Juists sehen, nicht nur das, was die Landesregierung für richtig hält. Ich bin jetzt Bürgermeister. Er kann mich nicht übergehen. Das werde ich ansonsten heute Abend genauso sagen.«

»Versuche es«, erwiderte Gerda und sie wusste, worauf Willi anspielte. Er wollte mit Klaus über den abendlichen Vortrag des Professors reden, wollte versuchen, Andresen zu einem Deal zu überreden: Wenn er, Klaus, sich bei der Notwendigkeit der Aktualisierung und anschließenden Durchsetzung des Generalplans Küstenschutz zurückhielte, würde er, Willi, versuchen, sich bei der Kritik der sehr wahrscheinlich vom Redner präsentierten Thesen ebenfalls in die Defensive begeben. Es würden, da war Felthuis sich sicher, doch wieder Kurven und Diagramme gezeigt, die die Temperaturen der letzten und der nächsten 100 Jahre zeigten, und dann würde der Professor sagen, welche dramatischen Folgen in Hinblick auf den Meeresspiegelanstieg, die Veränderung von Flora und Fauna und die Zunahme von Extremwetterereignissen, inklusive verheerender Sturmfluten, zu erwarten wären. Felthuis wollte diesmal aber nicht gleich wieder lospoltern, er hatte sich fest vorgenommen, seine Spontanität und Launenhaftigkeit im Zaum zu halten. Dem Vortrag würden ja auch die im Moment hier weilenden Kurgäste lauschen, da wollte er sich seriös, verständnisvoll und einfühlsam geben. Das fiel ihm schwer, er wusste das, und im Dorfkrug war es nicht nötig, wenn die Einheimischen unter sich waren, die kannten ihn. Aber an diesem Abend sollte es sachlich und harmonisch zugehen, das sei für die anwesenden Badegäste wichtig. Außerdem hoffte Felthuis insgeheim immer noch, Klaus Andresen am Ende doch auf seine Seite ziehen zu können, ihn wenigstens von den aus seiner Sicht viel zu drastischen Forderungen der staatlichen Planungen abzubringen. Gerda hatte schon versucht, ihm diesen Zahn zu ziehen, schließlich kannte sie Klaus besser als jede andere, doch Felthuis gab nicht auf. Vielleicht würde sein Ansatz, mit Klaus Andresen zusammenzuarbeiten dazu beitragen, dass die gegensätzlichen Meinungen und Interessen sich ein wenig anglichen und dadurch die Inselgemeinschaft wieder gestärkt würde. Daran habe er als neuer Bürgermeister schließlich elementares Interesse. Das meinte er sogar ehrlich. Das Problem waren eben nur diejenigen, die anders dachten als er. Es war schwer für ihn zu akzeptieren, dass es andere Meinungen gab.

»Wie ist Klaus denn heute so drauf?«, erkundigte er sich, als Gerda Andresen ihm sein Bier brachte.

»Wie soll er drauf sein, wie meinst du das?«, fragte sie.

»Na ja, ist er kampfeslustig, oder …«

»Kampfeslustig? Klaus?«, sie blickte den großen, kräftigen Mann mit undurchdringlichem Blick an. »Nein.«

»Alles gut mit dir?«, Felthuis warf ihr einen freundlichen Blick zu.

»Mit mir ist alles in bester Ordnung«, sagte sie, mit Nachdruck in der Stimme. »siehst du doch, oder? Und Klaus ist froh, dass Professor Hinrichsen da ist und seine Sicht der Dinge vorträgt. Er erhofft sich Rückenwind. Das ist doch klar. Und du wirst dir die Sache auch ernsthaft anhören müssen.«

»Ja, ja. Im Grunde weiß ich schon, was er erzählen wird. Immer dieselbe Leier. Klimawandel, Gefahr für unser Leben. Mir ist wichtig, dass wir auf der Insel alle im Gespräch bleiben«, gab Felthuis zurück.

»Das wäre schön, das stimmt. Du trägst selbst nicht immer dazu bei, dass es harmonisch zugeht.«

»Oha, Frau Andresen, Sie sprechen mit dem Bürgermeister, also bitte!«

»Der Bürgermeister sollte Kritik einstecken können und moderieren statt zu polarisieren.«

»Kann ich. Aber ich sage meine Meinung, laut und deutlich. Du siehst ja, dass mir viele zustimmen.«

»Es war eine verdammt knappe Wahl, Klaus hätte allein antreten sollen.«

»Hätte … hätte. Ist mir egal. Gewonnen ist gewonnen.«

»Das stimmt.«

»Kannst du nicht auf Klaus einwirken?«

Gerda Andresen, die sich schon anschickte, hinter die kleine Theke zurückzukehren, setzte sich kurz an den Tisch, obwohl ihr fröstelte.

»Hör zu, Willi, Klaus hat seine Meinung, du hast deine. Und ihr seid eben nicht auf einer Linie. Ihr seid sowieso …«, sie hielt inne.

»Ja?«, drängte Willi Felthuis.

»So … so unterschiedlich«, schloss Gerda.

»Klaus muss einsehen, dass sein Plan der wirtschaftlichen Zukunft Juists schadet.«

»Tut er das? Ob du falsch liegst, hast du dich nie gefragt?«

Willi Felthuis nahm einen großen Schluck Bier.

»Wenn ich aus meinem Fenster im Restaurant schaue, Gerda, blickt man über die Terrasse und sieht in die Ferne, kann die untergehende Abendsonne und riesige Schwärme von Vögeln, die sich in die Luft erheben und gleich einer schwarzen Wolke beeindruckende Kapriolen vollführen, beobachten. Ein herrlicher Anblick. Das wollen die Leute. Das ist Urlaub, wie er im Buche steht. Urlaub auf der schönsten Sandbank der Welt.«

Gerda Andresen wusste, dass Willi Felthuis auch eine Seite hatte, die sich von dem ruppigen, oft unerbittlich und leider allzu oft unfair auftretenden Polterer unterschied und bewies, dass er ein Auge für die schönen Seiten des Lebens hatte.

»Aber so etwas wird man«, setzte er fort, »nicht mehr sehen können, wenn der neue Deich erst einmal steht, den Klaus bauen will.«

»Er will ihn doch nicht bauen. Er begleitet die Planungen. Wenn er erst einmal steht, muss man halt auf den Deich steigen, um all die Schönheiten des Wattenmeeres zu sehen. Auf dem Festland ist das normal! Und da gibt es auch Kurgäste, von den Niederlanden bis nach Dänemark.«

»Das ist etwas anderes. Der Reiz liegt doch gerade darin, bei einem guten Essen den Blick auf das Wattenmeer zu genießen. Oder vom Balkon aus. Aber die geplante Deicherhöhung wird ja so sein, dass man Angst haben muss, sogar vom ersten oder zweiten Stockwerk aus nichts mehr vom Wattenmeer zu sehen. Zähl mal nach, wie viele Ferienwohnungen sich auf dieser Höhe befinden, Gerda, all die Terrassen und Balkone. Das ist nicht unerheblich. Daran hängen Gäste, die bevorzugt hierher kommen. Und die Immobilienpreise! Womit werben denn die Makler? Mit dem herrlichen Blick aufs Wattenmeer! Wenn ich das aber nur noch aus der Dachluke sehen kann …«

»Willi, jetzt übertreibst du schon wieder«, unterbrach Gerda, »außerdem makeln mir die viel zu viel herum. Es wird ja bald wie auf Sylt sein, da ziehen die Einheimischen weg, weil Wohnraum nicht mehr bezahlbar ist.«

»Deshalb müssen wir unseren Wohnraum so attraktiv wie möglich halten. Der Blick aufs Meer spielt da eine ganz, ganz wichtige Rolle. Wir bringen Juist damit nach vorne, vor Sylt. Juist first, sozusagen. Und überhaupt sind Insel und Festland zwei Paar Schuhe. Wir müssen unseren Vorteil sehen und nutzen.«

»Dann findet einen Kompromiss«, urteilte Gerda, stand auf und verließ den Tisch. Felthuis blickte nachdenklich in sein Glas, bevor er einen weiteren Schluck nahm.

Gerda verharrte noch einmal kurz und kam zum Tisch zurück.

»Das nächste Bier musst du bei Ina bestellen«, informierte sie Felthuis.

»Ina?«

»Unsere Neue.«

»Oh, die kenne ich noch gar nicht.«

»Ist auch erst seit gut einer Woche auf der Insel, aber du hast sie bestimmt schon gesehen, sie nur nicht bei uns eingeordnet.«

»Woher kommt sie?«

»Hamburgerin.«

»Und dann kommt die hier nach Ostfriesland auf die Insel?«

»Will mal was anderes sehen.«

»Ob die Insulaner schon aufrecht gehen, oder was?«, juxte Felthuis.

»Mach dir selbst ein Bild«, ging Gerda nicht auf seinen Spaß ein, »ich habe zu tun.«

»Tu nicht zu viel, schon dich«, riet Felthuis und zwinkerte ihr zu. Ein Lächeln huschte über ihr Gesicht, dann begab sie sich in die Küche.

Er hatte das Glas bald geleert, was Ina schnell bemerkte.

»Moin«, sagte die Studentin, »darf es noch eines sein?« Er freute sich auf ein weiteres kühles Bier und Ina, fand er, hatte ein großartiges Äußeres.

»Ein großes Pils, bitte«, orderte Willi und nahm sich vor, darauf zu achten, ob das Pils bis zum Anstrich gefüllt serviert wurde. Das gehörte sich so, dachte er. Darüber hinaus wollte er Inas Performance kritisch prüfen und dann entscheiden, ob und wie viel Trinkgeld passend wäre. Er wusste schließlich, worauf es in der Gastronomie ankam.

Als Ina ihm mit einem »Bitteschön und wohl bekomm's« ein Glas serviert hatte, dachte Willi Felthuis längst wieder über die Zukunft Juists nach. Er hatte noch etwas im Kopf. Er wusste, dass man letztlich nichts an Andresen vorbei unternehmen konnte. Der Küstenentwicklungsplan war Landessache und der Plan würde durchgesetzt, egal, ob er, Felthuis, dagegen war oder nicht. Aber viel entscheidender war etwas anderes. Andresen war, anders als er, allseits beliebt auf Juist. Er war derjenige, der moderieren konnte, der nicht polarisierte. Er war einer, der mit fast allen konnte. Felthuis sah strategisch bedeutende Vorteile, wenn es ihm gelänge, Andresen auf seine Seite zu ziehen. Wenn der Felthuis bei seinem Widerstand gegen den neuen Küstenentwicklungsplan beistand oder wenigstens die harschesten Forderungen, allen voran die extrem übertriebene Deicherhöhung, zurücknahm, wäre sehr viel gewonnen. Leute, die jetzt noch zögerten, die Argumente der einen wie der anderen Seite als gewichtig ansahen und sich nicht endgültig festlegen wollten, würden ihn dann, da war er sich sicher, unterstützen. Oder es gelänge ihm sogar, sich selbst und Andresen als Verfechter der besten, eben der Kompromisslösung, darzustellen. Aller Streit hätte ein Ende, der Frieden auf Juist wäre wiederhergestellt und Kritiker aus dem Nationalpark-Haus und jugendliche Umweltgruppen würden kleinere Brötchen backen müssen. Der Professor würde seinen ersten und letzten Auftritt auf Juist gehabt haben.

Andresen war bei einer der Diskussionen im Dorfkrug doch schon auf den Vorschlag eingegangen, den Deich 30 Zentimeter weniger zu erhöhen. Vielleicht könne man dahingehend argumentieren, hatte er eingeräumt. Man müsse am Ende Kompromisse finden, ja, aber 90 Zentimeter wären außerhalb jeglicher Diskussion. Letzteres hatte Felthuis eingebracht. Er hatte gepeilt und gemessen, ab welcher Deichhöhe man noch aus seinem Restaurant auf das Meer blicken konnte. Er hatte sogar eine Erhöhung der Terrasse in Betracht gezogen, was einen beträchtlichen baulichen und finanziellen Aufwand bedeutet hätte. Von der einzuholenden Baugenehmigung mal ganz abgesehen. Gut, er war jetzt Bürgermeister, aber … Außerdem musste man erst einmal versuchen, die Deicherhöhung gänzlich zu verhindern. Wenn das nicht gelänge, könnte man immer noch Kompromisse prüfen.

Plötzlich stand Klaus vor ihm, sagte mit seiner kräftigen Stimme »Moin« und setzte sich. Ina kam mit dem großen Kühlen, stellte es korrekt ausgerichtet vor Willi Felthuis und lächelte ihn an.

»Bitte schön, dann mal Prost«, sie schwenkte zu Klaus. »Darf ich Ihnen auch etwas bringen?«, sie lächelte verschmitzt. Schließlich war er ihr Chef.

»Ich nehme auch so eines«, erwiderte er und sie verschwand.

»Perfektes Auftreten, Klaus. Glückwunsch für deine neue Kraft! Und sie ist Hamburgerin, spricht nicht Polnisch.«

»Ja, sie hat sich gut eingeführt, kann was. Ob sie Polnisch spricht, weiß ich gar nicht«, sagte Andresen.

»Du weißt, wie ich das meine. Aber ich will gleich zur Sache kommen. Ich bin nicht immer ganz fair zu dir gewesen. Aber wenn es um Juist geht, Klaus, um unsere Insel, dann müssen wir doch zusammenhalten, oder? Die Pläne dürfen so nicht genehmigt werden.«

»Du siehst das zu einseitig, Willi«, entgegnete Klaus. »Es ist etwas dran an den Plänen, wir müssen an die Zukunft denken. Der Küstenentwicklungsplan sichert sie.«

»Wir müssen vor allem verhindern, dass zu viele Leute glauben, was diese Klimaschützer da erzählen, diese Märchen …«

»Willi, das sind keine Märchen«, unterbrach Klaus, »es gibt Zahlen, Messungen, konkrete Ergebnisse. Der Trend geht zur Erwärmung. Der Deich muss erhöht werden. Wat mutt, dat mutt.«

»Blödsinn, Klaus. Wir müssen allen zeigen, dass der Küstenentwicklungsplan unser Untergang ist.«

»Ich sage: Er ist unsere Rettung. Ohne den Plan droht uns der Untergang.«

»Das glaubst du doch wohl selber nicht, oder?«

»Und wie ich das glaube!«

»Du bist auch Juister Pensionsbesitzer.«

»Das Haus gehört Gerda.«

»Ja, ja, egal. Du willst doch nicht, dass euer traditionsreiches, schönes Haus hinter einem viel zu hohen Deich verschwindet.«

»Wir haben das Problem ja nicht, weil wir in der Seitenstraße liegen. Wir müssen eben Fantasie entwickeln. Unsere

Insel bietet genug Schönes, da kann man beim Frühstück oder abends beim Wein auch mal auf den Blick aufs Wattenmeer verzichten.«

»Fantasie entwickeln! Mann, Klaus, du laberst schon genauso einen Scheiß wie unsere Jugend, der auch irgendjemand diesen ganzen Mist in die Köpfe gesetzt hat. Aber was soll man von den jungen Lehrern auch erwarten, die sind ja schon mit lauter Flausen im Kopf groß geworden. Hängen nur am Smartphone rum. Und was die heute so alles in der Schule lernen. Ich war ja auch dafür, ein Jugendtreff im alten Bauhof einzurichten. Aber nun trifft sich unsere Inseljugend dahinten, um Aktionen für Klimaschutz und gegen Meeresverschmutzung zu planen.«

»Das ist doch toll! Wir haben es ihnen zur Verfügung gestellt, ganz offiziell sogar, per Gemeinderatsbeschluss. Eine der guten Entscheidungen!«

»Ich dachte, die wollten da Feten feiern. So schaden sie der Insel.«

»So ein Quatsch! Es ist gut, dass sie sich engagieren.«

»Meinetwegen, sollen sie. Für einen Partykeller, für eine Skaterbahn, was weiß ich. Aber doch nicht diesen Stuss von wegen Klimaschutz und so.«

»Die machen sich eben ernsthafte Gedanken und haben nicht nur den eigenen Vorteil im Kopf.«

»Nun bleib mal ernst!«

»Das war ernst gemeint. Du kannst nicht alles einfach so abtun, Willi. An dem, was proUmwelt verbreitet, ist etwas.«

»Ach was«, fuhr Felthuis Andresen über den Mund, »und der Gemeinderat hat ihnen das Haus auch noch zur Verfügung gestellt«, bedauerte er.

»Die alte Bruchbude braucht doch eh niemand mehr. Und noch mal: Ich finde es gut, dass sie so aktiv sind. Ist doch auch besser, als wenn sie nur rumhängen und Haschisch rauchen.«

»Haschisch. Auf Juist. So weit kommt das noch! Ich hätte dagegen gestimmt, als es um dieses … wie nennen die das auch noch?«

»Future house.«

»Ja, genau, als es um das Haus ging. Ich traue denen nicht. Und nun handeln sie zum Schaden der Insel.«

»Sie sind überzeugt, dass sie der Insel und ihrer Zukunft dienen. Und das ist auch gut so.«

Felthuis schüttelte heftig den Kopf, trank einige große Schlucke Bier, sodass sein Glas beinahe schon wieder leer war.

»Ich finde, die reden genauso ein hirnverbranntes Zeug wie diese Möchtegern-Wissenschaftler, die meinen, die nächsten einhundert Jahre auf drei Nachkommastellen genau berechnen zu können. Ich bin ja mal gespannt auf den Hinrichsen. Die Jugendlichen müssen mal wieder auf die richtige Spur gesetzt werden. Unsere Insel braucht den Tourismus. Tourismus und Naturschutz müssen zusammengehen, da stimme ich zu. Aber der Naturschutz darf nicht mehr gelten als das, womit wir unser Brot verdienen. Und das sind die Gäste. Und die Gäste …«

»Willi, ich kenne deinen Standpunkt.« Was wollte Felthuis nun eigentlich, ging es Andresen durch den Kopf. »Hör dir mal den Hinrichsen an. Da kannst du etwas lernen.« Felthuis ging ihm mit seinen Sprüchen schon wieder auf die Nerven.

»Den brauch ich mir nicht anhören. Ich weiß auch so Bescheid.«

»Denkst du! Erkenntnisse sind Erkenntnisse. Punkt.«

»Man kann die Zukunft nicht berechnen«, warf Felthuis forsch sein immer wieder vorgebrachtes Argument ein und machte Ina, die gerade vorbeikam, deutlich, dass er noch ein Bier wolle. Die nickte.

»Also Klaus«, versuchte Felthuis einen versöhnlichen Ton anzuschlagen, »wir müssen ja nicht ein und derselben Meinung sein. Aber es wäre schon gut, wenn du – gerade du – mit uns gegen den Küstenentwicklungsplan kämpfen würdest.«

Andresen lachte laut auf.

»Wie soll das denn gehen? Während des Dienstes stehe ich für den Küstenentwicklungsplan und nach der Arbeit bin ich dagegen?«

»Warum nicht? Du bist zwar öffentlich Bediensteter und musst ja Pläne von oben durchsetzen, aber wir sind ein freies Land. Warum kannst du nicht dagegen sein? Was du in deiner Freizeit tust, kann dir niemand vorschreiben.«

»Nee, Willi. Das geht nun wirklich nicht. Ich habe eine Verpflichtung gegenüber meinem Arbeitgeber. Davon abgesehen bin ich ganz und gar nicht deiner Meinung.«

»Dennoch kannst du doch dagegen sein, dass hier …«, Andresen ließ ihn nicht ausreden.

»Nein, Willi. Schluss jetzt. Ich sehe die Unsicherheiten bei all den Prognosen. Aber im Großen und Ganzen bin ich für den Plan. Wir müssen vorsorgen, können nicht einfach die Hände in den Schoß legen. Ich werde dafür kämpfen!«

»Nun übertreib mal nicht, Klaus. Das kann doch nicht dein Ernst sein! Der Plan schädigt uns. Euer oder von mir aus Gerdas Haus, es wird an Wert verlieren, definitiv.«

»Das warten wir mal ganz in Ruhe ab. Du bist auf dem Holzweg.«

»Das sagt einer, dessen Pension nicht unmittelbar an der Wattseite liegt.«

»Das hat doch damit nichts zu tun.«

»Natürlich hat es das. Deine Gäste wissen, dass sie erst einmal ein paar Schritte gehen müssen, um das Wattenmeer oder die Nordsee zu sehen. Meine gehen davon aus, dass sie das eine zumindest von der Terrasse, aus dem Restaurant und ihren Zimmern sehen können. Das ist mein Kapital!«

Klaus Andresen schüttelte den Kopf.

»Das Kapital hier ist unsere Insel, insgesamt. Mit dem Strand, den Dünen, dem Wattenmeer dahinter und der Nordsee davor. Und dem Nationalpark. Die Natur ist unser Kapital, Willi! Denk doch nicht, es kommt keiner mehr, nur weil der Deich erhöht wird und die Gäste nicht mehr von ihren Sesseln aus aufs Meer schauen können.«

»Ich sage ja: Du hast dein Haus in einer Seitenstraße, dich betrifft das nicht so wie mich«, er zögerte, »wie uns, also die Hoteliers und Pensionsbesitzer an der Bill-, der Wilhelm- oder der Gartenstraße. Und noch zahlreiche andere. Wer an der Carl-Stegmann-Straße ein Haus hat, konnte früher auch über den Deich gucken, eigentlich war das ja gar keiner. Und heute, nachdem man den neuen Deich im Rahmen des Hafenbaus angelegt hat? Aus der Dachluke vielleicht!«

»Willi, du kannst mich nicht zum Gegner meiner eigenen Arbeit machen.«

»Dich kennen alle hier, du hast einen guten Ruf. Ich habe gewonnen, aber nur knapp, das weiß ich doch. Wenn du dich gegen den Plan aussprichst, oder wenigstens die extremen Maße, die dort vorgeschlagen werden, reduzieren hilfst, ist die Sache doch geritzt. Dir trauen die Leute.«

Klaus Andresen sah Felthuis mit großen Augen an.

»Dir nicht? Das würde mir zu denken geben, wenn ich Bürgermeister wäre. Du hättest es gern, wenn ich plötzlich den Leithammel für dich spielte, oder?«

Felthuis zögerte.

»So kann man das nicht sagen. Ich könnte mir aber manches an Überzeugungsarbeit sparen, wenn die Leute wüssten, dass du auf der Seite derjenigen bist, die das Richtige für die Insel tun.«

»Das tue ich, sonst wäre ich nicht gegen dich angetreten. Und Berend Kramer auch nicht. Wir waren Idioten, dass wir uns nicht auf einen von uns geeinigt haben.«

»Du musst doch begreifen …«, aber Felthuis brach ab, nahm den ersten großen Schluck aus dem Glas, das Ina soeben vor ihm abgestellt hatte.

»Nein, Willi. Das ist meine Überzeugung. Wir sind auf dem richtigen Weg. Deine Ziele sind falsch.«

Felthuis zuckte mit den Schultern.

»Schade«, sagte er nur und trank sein Glas in einem Zug leer. Dann setzte er noch einmal an.

»Du steigst also nicht in das gemeinsame Boot?«

»Warum sollte ich mich in ein sinkendes Boot setzen?«, hielt Andresen ihm entgegen und bemerkte deutlich Felthuis' ablehnendes Mienenspiel zu dieser Äußerung.

»Es wäre vernünftig, wenn wir alle uns nicht die Köpfe einhauen, sondern einen guten Mittelweg finden«, Andresen war allerdings bewusst, dass weder Landesregierung noch NLWKN in Sachen Deicherhöhung Spielraum sahen.

»Ach, nicht so butterweiche Konsenslösungen, da mache ich nicht mit. Nicht in dieser Frage.«

Felthuis erhob sich, schüttelte wiederum heftig den Kopf. Plötzlich schlug er mit der Faust auf den Tisch, sodass die Gläser – seines war schon wieder leer – fast umkippten. Er beugte sich über den Tisch und sah Andresen in die Augen.

»Klaus Andresen«, sagte er und schien sich dabei aufzuplustern, »ich sage dir jetzt noch einmal: Der Küstenentwicklungsplan ist falsch. Er schadet uns Insulanern, weil er dazu beitragen wird, dass der Tourismus über kurz oder lang sehr, sehr nachteilige Folgen spüren wird. Der Deich wird erhöht, das Deichvorland ist schon lange tabu, die Dünen ebenso. Was sollen die Touristen hier denn noch machen, warum sollen sie nach Juist kommen? Die fahren dann nur noch nach Teneriffa und Malle«, er holte Luft, »entschuldige, dass ich dich nochmals belästigt habe. Kommt nicht wieder vor.«

Felthuis warf einen Zehn-Euro-Schein auf den Tisch, machte kehrt und ging.

Andresen schloss kurz die Augen. Manchmal verspürte er ein unsagbares Bedürfnis nach absoluter Ruhe. Felthuis war einfach nicht von seiner Meinung abzubringen. Und dann so ein gewaltiger Abgang, sodass alle es hörten. Ina kam zögerlich zum Tisch.

»Das hat er dagelassen«, sagte Andresen und drückte Ina den Schein in die Hand.

Ina schickte sich an, Wechselgeld herauszugeben, doch Andresen wehrte ab.

»Ach, vergiss es. Stecks ein. Die Biere gehen aufs Haus.« Klaus Andresen begab sich zur Küchentür. Ina hörte noch, wie er »dieser Idiot« murmelte.

8

Hauptkommissar a. D. Lasse Thiesfeldt aus Lübeck schlenderte am Strand entlang. Urlaub an der Nordsee! Helgas Empfehlung war exzellent gewesen.

»Ich war so oft an der Ostsee, jetzt will ich mal an die andere Seite Schleswig-Holsteins gucken«, hatte er ihr mehr scherzhaft mitgeteilt. Es war nicht so, dass er nicht schon an der Nordseeküste gewesen war. An der nordfriesischen Küste hatte er Föhr und Amrum besucht, die Halligen Langeneß und Hooge, und auf ostfriesischer Seite kannte er Langeoog, aber da war er noch sehr jung gewesen. Thiesfeldt hatte sich in den Kopf gesetzt, alle deutschen Inseln zu besuchen, solange seine Gesundheit es zuließ. Im Moment ließ sie nichts zu wünschen übrig, und Helgas Tipp, Juist, entpuppte sich als einmalig gut. Die lange, schmale Insel gefiel ihm. Ein 17 Kilometer langer, natürlicher Strand ohne jegliche menschliche Eingriffe, das Dorf und das kleine Loog, in denen man verschiedene nette Plätze aufsuchen konnte, um eine Kleinigkeit zu essen oder einen Tee zu trinken, ja, so stellte er sich Urlaub vor. Helga Hinrichs, seine Kollegin und Nachfolgerin bei der Lübecker Kripo, war im vorigen Jahr auf Juist gelandet, ein Hinweis einer Freundin. Sie kam begeistert zurück. Da er und sie sich einmal im Monat in Lübeck auf einen Kaffee trafen, hatte er schnell von ihrem Aufenthalt auf dem Töwerland, dem Zauberland, wie der Werbeslogan der Insel lautete, erfahren.

Als Thiesfeldt mit der Frisia IX, deren Kapitän sich ein lautes Begrüßungssignal nicht nehmen ließ, wegen dessen er Theo Tuut genannt wurde, im Hafen angelegt hatte, war ihm schnell die Gruppe Jugendlicher aufgefallen, die dort ein Plakat präsentierte, auf dem »Stoppt die Meeresverschmutzung mit Plastik!« zu lesen war. Das war ein interessantes Thema, und er hatte sich bei einem der jungen Mädchen erkundigt, was sie dachten und taten. Marina, so hieß sie, erinnerte er sich, denn das passte gut zum gleich neben dem Fähr- gelegenen Jachthafen.

Kurz bevor Thiesfeldt in Pension gegangen war, hatte man ihn endlich zum Hauptkommissar befördert. Nachdem er feierlich aus dem Polizeidienst entlassen worden war, hatten er und Helga vereinbart, sich nicht aus den Augen zu verlieren. Und es gab noch einen weiteren Grund, warum Lasse Thiesfeldt es sich auf gar keinen Fall mit der Kollegin verderben wollte. Er konnte seine alte Tätigkeit einfach nicht vergessen, es juckte immer noch in seinen Fingern, wenn er von Mordfällen oder anderen Verbrechen hörte. Natürlich hatte er keinen Zugriff mehr auf die polizeilichen Daten und Dienste, konnte die alten Kolleginnen und Kollegen nicht aktivieren, so wie früher, als er einfach angeordnet hatte, dass die Spusi kommen, eine KTU oder aber eine Recherche durchgeführt werden musste. Er hatte nach wie vor den scharfen, polizeilichen siebten Sinn, und es gelang ihm, Helga das ein oder andere Geheimnis zu entlocken, wenn er etwas über einen neuen Fall aufgeschnappt hatte.

»Vertraulich«, sagte Helga mahnend.

»Selbstverständlich«, versicherte Thiesfeldt lächelnd.

Thiesfeldt wollte die Tage auf Juist nutzen, um sich rundherum zu erholen, Seeluft zu schnuppern und den lieben Gott einen guten Mann sein zu lassen. Er wanderte zum Dünenübergang und entschied, ins Dorf zurückzugehen und sich nach einem schönen Platz umzusehen, wo er Tee trinken und ein Stück Apfelkuchen mit Sahne essen konnte.

Vielleicht sollte er es mal in dem netten kleinen Café in der Seitenstraße des Ostdorfs versuchen, das aufgrund seiner Lage im Vergleich zu den größeren, teils mondäneren gastronomischen Einrichtungen etwas im Nachteil zu sein schien, was Laufkundschaft anbetraf. Auch fehlte dort der Blick aufs Meer. Da er bereits eine Tageszeitung gekauft, aber noch nicht gelesen hatte, wäre ihm das heute nicht so wichtig.

Thiesfeldt lief den Weg an der katholischen Kirche vorbei und beschloss, eine Runde durch das Dorf zu drehen, bevor er sich zum Café begab. Er wählte immer wieder neue Pfade, so lernte er fremde Orte besser kennen. Der ein oder andere Pad, wie man hier die kleinen Fußwege nannte, verband die Straßen. Nachdem er ein ums andere Mal abgebogen war, fand er einen schmalen Gang, der zwischen dichtem Buschwerk verlief. Es konnte nicht mehr weit bis zu dem Café sein, er musste nur aufpassen, eine der nächsten Möglichkeiten zu nehmen, an denen er abbiegen konnte.

Thiesfeldts ging seinen Gedanken nach, blickte währenddessen in einen kleinen Garten auf der linken Seite. Selbst jetzt im Herbst blühten dort noch Blumen. An einer Lücke in der Hecke rechts von ihm sah er ein Paar, das sich heftig auf der Treppe zur Haustür küsste. Überzeugt, dass er angesichts des dichten Buschwerks nicht zu sehen war, denn das wäre ihm peinlich gewesen, verharrte er kurz. Er musste an seine Frau denken, die vor zwei Jahren verstorben war. Wie oft hatten er und sie sich einen kurzen Kuss gegeben, wenn er morgens ins Kommissariat gegangen war. Er blickte in den Himmel, dachte an das Lied von Roger Cicero, der ebenfalls viel zu früh verstorben war, und die Zeilen: »… und schau nach oben, denke, wo du gerade bist, und wie es da wohl ist.« Thiesfeldt seufzte und schlenderte weiter. Es war sicher gut dort oben, hoffte er.

Kurze Zeit später entdeckte der ehemalige Polizist, dass

links eine nicht gepflasterte Straße abbog. Die Richtung stimmte, er schwenkte ein und hatte im Nu das Café gefunden. Es musste die andere Seite des Hauses sein, in dessen Garten er eben geblickt hatte. Der Pensionär trat ein, setzte sich an einen kleinen Tisch am Fenster. Eine junge Frau kam und fragte, ob er etwas bestellen wolle. Beinahe hatte er vergessen, was er sich am Strand überlegt hatte. Richtig, Tee und Apfelkuchen.

»Kommt sofort«, sagte Ina und Thiesfeldt bedankte sich schon einmal im Voraus. Er nahm die Tageszeitung aus seinem Rucksack, lehnte sich entspannt zurück und las die Schlagzeile: »Landesregierung reagiert auf den Klimawandel: Umweltminister betont Notwendigkeit von Schutzmaßnahmen an der gesamten deutschen Küste und den Inseln.« Gleich daneben entdeckte er einen Artikel über den amerikanischen Präsidenten Donald Trump, der erneut die Richtigkeit seiner Entscheidung unterstrich, aus dem Pariser Klimaabkommen auszusteigen.

Er war sehr vertieft, als Ina an seinen Tisch zurückkehrte und die Bestellung lieferte.

»Danke«, sagte Thiesfeldt und Ina entgegnete: »Bitte sehr, lassen Sie es sich schmecken.«

»Ganz bestimmt! Der Kuchen sieht sehr gut aus.«

»Ist er auch«, bestätigte Ina mit einem Lächeln und kehrte in die Küche zurück.

Als sie die Tür öffnete, kam ihr eine Frau entgegen. Die beiden sprachen kurz miteinander, dann verschwanden beide in der Küche. Thiesfeldt hatte die Szene beobachtet und erkannte die Frau, die vorhin im Garten ihren Mann mit einem Kuss verabschiedet hatte. Sie schien hier beschäftigt zu sein. Thiesfeldt nahm den Apfelkuchen ins Visier und packte die Kuchengabel. Er nahm ein Stück und führte die Gabel langsam zum Mund, als wolle er den Moment, bis der Kuchen dort verschwand, möglichst lange ausdehnen. Der Kommissar a. D. kaute lustvoll und spülte die Krümel mit einem Schluck Tee herunter. Dann vertiefte er sich wieder in die Tageszeitung.

9

»Wir müssen den Tatsachen in die Augen sehen, meine Damen und Herren. Der Trend ist deutlich, egal, welche Computersimulationen sie zugrunde legen, denn es gibt verschiedene Modelle und Szenarien. Doch allen ist gleich, dass die Temperaturen im langjährigen Mittel steigen. Unklar ist nur, wie hoch diese Steigerung ausfallen wird. Deshalb hat man sich politisch ja auf maximal zwei Grad geeinigt. Die Konsequenzen scheinen klar: Anstieg des Meeresspiegels, Veränderung des Artenspektrums bei Pflanzen und Tieren, Zunahme von Extremwetterereignissen«, führte Prof. Dr. Dr. Karl-Georg Hinrichsen aus. Das Publikum im Nationalpark-Haus lauschte aufmerksam, alle Reihen, die Maike und Malte mühevoll in dem kleinen Saal aufgebaut hatten, waren besetzt. Klaus Andresen freute sich, dass diesmal nicht er diese Dinge erläutern musste. Willi Felthuis rutschte nervös auf seinem Stuhl hin und her. Zum Glück war der Professor endlich bei der Zusammenfassung angelangt, doch als er die Planungen zur Erhöhung der Deiche guthieß, wäre Felthuis beinahe geplatzt. Aber er hatte sich fest vorgenommen, diesen Abend in Ruhe und Frieden vonstatten gehen zu lassen, auch wenn Andresen nicht auf seinen gut gemeinten Vorschlag eingegangen war.

Professor Hinrichsen näherte sich dem Ende seiner Konklusio.

»Es gibt eine Reihe negativer Konsequenzen des Klimawandels, die wir natürlich auch nur mit gewisser Unsicherheit voraussagen können. Aber mit jedem Jahr werden die wissenschaftlichen Prognosen besser, und bislang hat sich alles eher bestätigt, was wir auch vor Jahren schon vorausgesagt haben. Das hat übrigens auch mein Kollege Mojib Latif festgestellt, sie kennen Herrn Latif ja sicher aus Funk, Fernsehen, Presse und Internet?«, Hinrichsen legte eine kleine Pause ein, um die Reaktion abzuwarten. Einige Anwesende nickten, andere saßen regungslos da und starrten auf den Hamburger Wissenschaftler.

»Die Notwendigkeit der Erhöhung der Deiche ist nur eine Frage der Zeit. Angesichts der Bauzeiten, die es brauchen wird, drängt sie jedoch. Bedenken Sie dabei auch folgendes: Wir können uns einen umfangreichen Küstenschutz leisten. Größere Gefahren sehe ich für Entwicklungsländer, die die Ressourcen, auch finanzieller Art, gar nicht aufbringen können, um sich gegen den Meeresspiegelanstieg zu schützen. Denken Sie an Staaten wie Bangladesch, Jemen, Somalia, die Inselstaaten im Pazifik oder auch der Karibik, die teils nicht finanzkräftig sind. Eben erst haben wir außerdem im Binnenland ungeheure Katastrophen gesehen, in Indien, Peru und Kolumbien beispielsweise. Aber auch bei uns gibt es viel zu tun: Hochwasser an Elbe und Donau sind ja nichts Unbekanntes und selbst kleine Bäche schwappen schnell über, wenn in kurzer Zeit große Regenmengen herunterkommen. Wir hatten das ja gerade im Harz und im Hildesheim-Braunschweiger Raum.«

Hinrichsen zeigte, während er sprach, noch einige aktuelle Bilder, die Schlammlawinen, zerstörte Ufermauern und Wehre sowie überbordende Flüsse zeigten.

Schließlich beendete er seine Ausführungen, bedankte sich für die Aufmerksamkeit und forderte die Zuhörer zu Fragen auf.

Felthuis war nicht zu halten, aber er wahrte die Form.

»Werter Herr Professor«, ließ er sich hören, während er sich erhob, »das ist ja sehr beeindruckend, was Sie erzählt haben. Und ich bin ja im Vergleich auch eher ungebildet …«, ein Raunen ging durch den Saal, »aber erklären Sie mir doch bitte mal, wie Sie Extremwetterlagen auf 20 und mehr Jahre voraussagen können. Ich kann Ihren Kurven und Diagrammen, die Sie gezeigt haben, einfach nicht glauben, weil ich bisher noch niemanden getroffen habe, der so genau die Zukunft voraussagen konnte. Sie sind ja nun auch kein Prophet!«

Einige Lacher bestätigten Felthuis in seinem Ziel, die Erkenntnisse, die der Professor vorgetragen hatte, zumindest ein kleines bisschen in Zweifel zu ziehen.

»Nein, ein Prophet bin ich nicht. Ganz im Gegenteil. Ich verlasse mich im Gegensatz zum Propheten, der im Zweifel Gott oder andere übernatürliche Wesen anruft, nur auf Tatsachen und einwandfreie Daten.«

»Aber wie können Daten, die das Klima in 20, 30 oder gar 50 Jahren voraussagen, heute als einwandfreie Daten gelten? Das ist aus meiner Sicht, entschuldigen Sie vielmals, nicht möglich.«

»Nun lassen Sie mich erst einmal ausreden«, reagierte Hinrichsen ein wenig heftig, der grundlegende Zweifel des Zuhörers traf ihn.

»Die Simulationsmodelle, die entwickelt wurden, sprechen eine eindeutige Sprache …«, Felthuis unterbrach ihn erneut.

»Aber Simulationsmodelle sind menschengemacht, oder?«

»Ja, sicher. Hervorragende Softwareentwickler, gut ausgebildete Informatikerinnen und Informatiker, stecken dahinter. Sie müssen jedoch mit den Klimaexperten eng kooperieren, damit fachlich und inhaltlich alles auf festen Füßen steht.«

»Sie enthalten also Daten, die wir bis zum heutigen Tage gesammelt haben. Das ist gut. Aber mit diesen Daten berechnen Sie dann, weiß der Teufel wie, wie die nächsten Jahrzehnte aussehen? Das scheint mir doch mehr Weissagerei zu sein, also doch das, was Propheten tun. Und die können Richtiges, aber genauso gut Falsches prophezeien. Das zeigt die Bibel, das zeigt die Geschichte.«

»Keinesfalls«, konterte Hinrichsen, »die Modelle basieren auf jahrzehntelanger Forschung und einer immer besser werdenden Datengrundlage. Aber Sie haben recht, zunächst müssen solche Modelle anhand historischer Daten kalibriert werden. Wenn das erfolgt ist, gelten sie als hinreichend sicher, auch zukünftige Entwicklungen vorauszusagen.«

»Können Sie uns erklären, was hinreichend sicher bedeutet?«

»Nun, was tatsächlich in 20 Jahren passiert, kann keiner voraussagen …«, rüde fuhr Felthuis dazwischen:

»Da haben wir es ja! Danke, keine weiteren Fragen!«

Jetzt griff Klaus Andresen ein. Er sah sich veranlasst, die Veranstaltung zu beenden, bevor es im Ton zu ruppig wurde. Er bedankte sich bei Hinrichsen für dessen interessante und warnende Hinweise. Während es in Sachen Klimaschutz fünf vor zwölf sei, gehe es hier auf Juist jetzt auf halb elf. Der Saal müsse noch aufgeräumt, die Stühle weggeschafft werden, überhaupt würden sich die Mitarbeiterinnen und Mitarbeiter des Nationalparks über einen Applaus freuen, sie hätten die gesamte Organisation dieses lehrreichen und interessanten Abends durchgeführt. Andresen dankte den Gästen für ihr Kommen und wünschte noch einen schönen Abend.

Felthuis ging zufrieden. Er war überzeugt, dass er die Thesen des Professors deutlich infrage gestellt hatte und dass vielleicht nicht nur seine Anhänger zweifelten. Diese Skepsis würde dann auch dem Küstenentwicklungsplan gelten.

Andresen hingegen ging mit gemischten Gefühlen nach Hause. Warum konnte Felthuis nicht einfach mal die Klappe halten? Hätte er nicht wieder rumgemosert und Bedenken geäußert, wäre die Diskussion ganz in seinem Sinne gewesen. Das hätte ihm in den nächsten Wochen und Monaten die Argumentation pro Küstenentwicklungsplan leichter gemacht.

Er erreichte sein Haus, das Café im Untergeschoss hatte Gerda längst geschlossen, die Lichter gelöscht. Er öffnete die Tür, hängte seine Jacke an die Garderobe und schlich sich ins Wohnzimmer. Oft schlief Gerda vor dem Fernseher oder einem Buch ein, er wollte sie nicht abrupt wecken. Doch sie war noch wach.

»Hallo«, begrüßte er sie.

»Wie war's?«

»Der Vortrag war klasse, aber Willi hat danach wieder seine Meinung zu den Simulationsrechnungen kundgetan«, erläuterte Andresen, »was soll's, damit müssen wir eben leben. Lass uns über was anderes sprechen. Wie war's bei dir? Alles klar hier?«

»Ja, ja, alles in Ordnung«, sagte Gerda, sie schien müde vom Tagwerk.

»Ich trinke noch ein Bier, dann gehe ich schlafen. Soll ich dir eines aus dem Keller mitbringen?«, fragte er.

»Ich wollte gerade schlafen gehen … nein danke«, sie erhob sich.

Andresen hätte gern ein bisschen mit ihr geredet, aber er verstand, dass sie erschöpft war. Haus, Gästezimmer und Café forderten vollen Einsatz, auch wenn sie mit Ina hervorragende Unterstützung hatte.

»Gute Nacht!«, sagte Gerda und verließ das Wohnzimmer. Nicht einmal für den obligatorischen Kuss auf die Stirn hatte sie noch Kraft.

10

»Ihr habt ihn also tatsächlich ins Wasser geworfen? Inzwischen glaube ich, dass das eine schlechte Idee war«, gab sich Marina sehr nachdenklich, als Mirko seine Schilderung des Abtransportes der Leiche beendet hatte.

»So hatten wir es abgesprochen«, erwiderte Reemt und wunderte sich über Marina. Zweifel waren jetzt nicht angesagt.

»Man muss einen Gegenstand schon ein weites Stück hinausbringen, damit er nicht wieder antreibt. Egal, was es ist. Eigentlich war es eine Schnapsidee.«

»Ach, auf einmal«, ließ sich Mirko hören.

»Nichts ›Ach‹«, regte sich Marina auf, »wenn er gleich wieder am Strand liegt, bringt das doch nichts.«

»Hättest du ja mal früher sagen können«, konterte Reemt.

»In der Situation habe ich nicht darüber nachgedacht.«

»Jetzt bringt dein Gekeife auch nichts mehr«, Reemt grollte, dabei war ihm selbst nicht ganz wohl bei der Geschichte. Ja, eigentlich war auch er sich sicher, dass sie einen großen Fehler begingen. Zugeben mochte er es jedoch nicht.

»Ich keife nicht!«, erregte sich Marina, »wir hätten das alles lassen sollen.«

»Wie wäre es gewesen, wenn du das vorher gesagt hättest? Tu jetzt bloß nicht so, als stündest du nicht mehr hinter der Sache! Und reg dich nicht künstlich auf. Selbst wenn er wieder antreibt – wer sollte das mit uns in Verbindung bringen?« Mirko sah keinerlei Anlass, der gemeinsam beschlossenen Vorgehensweise zu misstrauen.

»Bei der Polizei können die ganz schnell feststellen, wie er dorthin gekommen ist. Die haben alle nötigen Methoden. Guckt euch doch mal ›Tatort‹ an, die finden alles, auch die kleinsten Spuren.«

Mirko reagierte cool.

»›Tatort‹ hat mit der Realität so viel zu tun wie Ronaldo mit Federball. Keine Bange, wir haben aufgepasst, die Leiche nie angefasst, jedenfalls nicht mit bloßen Händen. Uns hat niemand gesehen, und dann hat das Salzwasser doch sowieso jede Spur verwischt. Der treibt jetzt friedlich in der Nordsee, ist auf dem Weg nach Helgoland oder sonst wohin.«

»Stimmt nicht so ganz«, warf Reemt ein. Sofort richteten sich alle Blicke auf ihn.

»Wie meinst du das?«, wollte Conny wissen.

»Erstens«, begann Reemt zögerlich, denn einerseits wollte er Mirko nicht in den Rücken fallen, andererseits hatte er es damals wirklich so angemerkt, »habe ich gleich gesagt, dass der Typ sofort wieder am Strand liegt, egal, wo du ihn ins Wasser wirfst.«

»Wir haben ihn bei ablaufend Wasser …«, wollte Mirko einwenden, doch Reemt unterbrach ihn.

»Na und? Du weißt so gut wie ich, dass auch bei Ebbe meistens alles wieder ans Land zurückkommt. Vielleicht nicht an derselben Stelle. Aber es kommt zurück an den Strand.«

»Könnte aber auch auf der nächsten Insel sein«, maulte Mirko säuerlich, weil sie sich plötzlich nicht mehr einig waren.

»Oder man bringt so einen … Typen weit genug hinaus. Das habt ihr anscheinend nicht getan«, fauchte Marina.

»Hätten wir mit ihm rausschwimmen sollen? Nee, mit ’ner Leiche … Man, ist doch scheißegal, Leute! Noch einmal:

Wer, bitte, soll das mit uns in Verbindung bringen? Dazu gibt es keinerlei Grund. Macht euch nicht in die Hosen«, Malte war genervt von all den Bedenken.

»Wir müssen aufpassen, Malte. Denn, zweitens, hat uns schließlich jemand gesehen«, warf Reemt ein.

»Euch hat … was?«, Conny verschlug es die Sprache.

»Wer hat euch gesehen?«, wollte Marina wissen.

»Das ist doch alles halb so wild, regt euch nicht auf«, winkte Mirko ab.

»Ich bin mir nicht so sicher«, räumte Reemt ein.

»Ihr seid euch ja richtig toll einig! Nun sagt schon, wer?«, forderte Conny.

»Giesbert ist plötzlich aufgetaucht. Stand einfach da, als käme er aus dem Nichts«, sagte Reemt.

»Hat er die Leiche gesehen?«

»Spinnst du? Natürlich nicht!«

»Sicher?«

»Ja, absolut. Wir haben sie sorgfältig zugedeckt, so, dass man überhaupt nichts unter der Plane entdecken konnte. Außerdem war's dunkel.«

»Wollte er nicht wissen, was ihr da macht und was auf dem Wagen ist?«

»Doch, wollte er. Sonst interessiert er sich ja einen Scheißdreck für das, was auf der Insel passiert. Ach, Giesbert, der hat doch eh 'ne Macke. Total unwichtig, der Typ«, Mirko machte auf lässig.

»Sag das nicht«, schätzte Marina die Sachlage anders ein, »ich glaube, der ist schlauer, als wir alle denken. Er hat mich mal im Vorbeigehen an einem unserer Plakate auf einen Rechtschreibfehler aufmerksam gemacht, den wir alle nicht gesehen haben. Wenn der etwas ahnt! Und auch wenn er 'ne Macke haben sollte: Gerade solche Leute haben oft einen siebten Sinn.«

»Siebter Sinn? Der? Der kann froh sein, wenn er nur einen hat. Was soll er ahnen?«, regte sich Mirko auf, den es genauso wie Reemt sehr gestört hatte, als Giesbert ihnen bei ihren nächtlichen Aktivitäten begegnet war, »der ist viel zu … blöd, um etwas zu ahnen.«

»Du kennst ihn doch gar nicht genau«, ärgerte sich Conny.

»Hat Giesbert auf Juist jemals irgendetwas Bedeutendes gesagt oder getan?«, fragte Mirko.

Die anderen schwiegen.

»Stille Wasser sind tief«, sinnierte Conny, »ich habe wirklich Angst, dass er etwas mitgekriegt hat. Er hat es vielleicht nur nicht gesagt.«

»Selbst wenn es so wäre: Glaubst du, der rennt zur Polizei?«

»Was weiß ich, was der tut.«

»Vielleicht war er es sogar. Er soll das Boot, mit dem seine Eltern verunglückt sind …«, begann Mirko.

»So ein Scheiß!«, rief Reemt, »das sind doch alles hirnrissige Märchen, die die alten, verstockten Insulaner, leider auch unsere Eltern, erzählen. Keiner weiß, ob da irgendetwas Wahres dran ist.«

»Ich wollte nur sagen, dass er keinen Grund hat, zur Polizei zu rennen«, wiegelte Mirko die zunehmende Gereiztheit des Gespräches ab.

»Keine Ahnung. Aber ich denke auch, dass Giesbert ungefährlich ist. Ihm ist das egal. Und er hat nichts gemerkt, bestimmt nicht.« Auch Reemt wollte verhindern, dass Streit zwischen ihnen ausbrach.

»Komm«, beschwichtigte Conny, »setz dich hin, Mirko. Es ist sicher besser, wenn wir ab jetzt so tun, als sei nichts passiert. Wir müssen zusammenhalten.«

»Wieso so tun? Es ist nichts passiert«, entgegnete Mirko, das ›ist‹ betonend.

»Du bist gut. Wir hatten hier den toten …«

»Hatten wir. Nun ist er weg. Und jetzt denken wir nicht mehr daran. Keine Sau wird jemals merken, dass er überhaupt in dieser Hütte war. Von uns war es keiner, das ist entscheidend, Leute. Also ist nichts passiert.«

»Ich möchte wissen, wer …«

»Das möchte ich auch«, sagte Reemt.

»Vielleicht …«, begann Conny nachzudenken. Die Blicke der anderen sagten ihr, dass sie ihre Gedanken laut äußern sollte.

»Ich meine, Mirko könnte doch recht haben. Warum läuft Giesbert hier nachts rum?«

Ihre Freunde sagten nichts, die Gedanken kreisten um das schreckliche Ereignis, aber es gab nichts, was konkret auf einen Täter hinwies.

»Der geistert doch ständig über die Insel. Aber, meinst du … na klar!«, schien Reemt ein Licht aufzugehen.

»Was, na klar?«, tappte Mirko noch im Dunklen.

»Wir alle wissen, dass Giesbert und der Tote nicht gerade freundschaftlich verbunden waren.«

»Wer ist schon freundschaftlich mit Giesbert Focken verbunden? Der hat doch niemanden.«

»Es gibt diese Story, dass Giesbert mal im Dorfkrug vor allen Leuten ziemlich veräppelt wurde. Zuletzt wurde er Versager genannt.«

»Ja, so etwas habe ich auch gehört. Giesbert im Dorfkrug? Kann ich mir gar nicht vorstellen. Woher weißt du das?«, schaltete sich Carsten erstmals in das Gespräch ein.

»Von Vaddern. Er hat es mal beim Abendbrot erzählt.«

Es folgte Schweigen. Jeder ging seinen Gedanken nach. Man wusste nicht, was Giesbert Focken dachte, wie er fühlte. Vielleicht hatte er doch mitbekommen, welche Last Reemt und Mirko transportiert hatten?

»Mal angenommen, er ist der Täter. Wie hat er sich rein- und wieder rausschleichen können, ohne das wir etwas gemerkt haben?«, brach Marina die Stille.

»Er kennt sich hier überall aus, oder? Aber vielleicht«, mutmaßte Mirko, »hat er ihn umgebracht, bevor wir da waren. Als wir ankamen, haben wir uns doch alles andere als ruhig verhalten. Da konnte er leicht entwischen. Und vielleicht hat er es sogar drauf angelegt, uns zu treffen, damit wir später aussagen, er sei uns ganz woanders begegnet.«

»Aussagen? Warum sollten wir aussagen?«, fragte Conny.

»Hast recht, warum …«, antwortete Mirko.

»Eben«, ergänzte Marina, »euer grandioser Plan besagt, dass auf uns deswegen niemand mehr zukommt, weil sich in diesem Haus ja nie eine Leiche befunden hat.«

»Genauso ist es«, sagte Mirko. »und jetzt lasst uns diesen Scheißfall vergessen. Wir haben alles getan, was wir tun konnten. Und wer es nun wirklich war, muss die Polizei herausfinden.«

»Wolters?«, fragte Reemt mit einem Unterton, der allen sagte, dass er den Inselpolizisten kaum für fähig hielt, einen solchen Kriminalfall zu lösen.

Alle lachten, denn ihnen fiel die Belehrung von Enno Wolters ein, die er Reemt, Mirko und Carsten gegeben hatte, nachdem sie vor einigen Jahren nach einem Ladendiebstahl – es ging um Kaugummi – erwischt und zur Polizeistation beordert worden waren. Allzu beeindruckt waren sie nicht gewesen.

»Gruselig, das alles«, sagte Conny. »Lasst uns endlich über anderes nachdenken. Was machen wir als Nächstes? Bereiten wir die nächste Aktion vor, so, als sei nichts gewesen?«

»Genau so«, bestätigte Mirko, »als sei nichts gewesen.

Am besten, wir reden nie wieder drüber. Sollen sich andere einen Kopf machen. Wir haben nichts gesehen und nichts gehört.«

11

Endlich Herbstferien. Folke und Hayo hatten ihre Fahrräder vor dem Dünenabgang in den Strandhafer geworfen und rannten die Düne herunter, so schnell sie konnten. Schließlich ließen sie sich in den weichen Sand fallen. Hier war der Strand breit und erstreckte sich bis zum Horizont.

»Komm, wir suchen den Strand ab. Irgendetwas findet sich immer«, rief Folke, als er wieder aufgestanden war und sich den Sand von der Hose geklopft hatte.

»Wer zuerst etwas Brauchbares findet, hat gewonnen.«

Folke zögerte.

»Und was soll etwas Brauchbares sein?«

»Ein Tau, ein Netz, ein Eimer Farbe, eine Fischkiste. Irgendetwas eben, was angeschwemmt wurde und was man noch brauchen kann.«

»Gelten auch große Muscheln?«

»Nee, ohne Muscheln. Es gilt nur etwas aus Holz, Plastik oder Metall.«

»Gut. Ich gehe Richtung Osten, du Richtung Westen.«

»Nix da. Im Westen gibt's ja weniger zu finden. Da sind mehr Leute unterwegs, die mitnehmen, wenn sie was finden.«

»Quatsch, da gibt's nicht weniger als im Osten.«

»Wir gehen beide Richtung Osten. Da wird der Strand breiter und es liegt mehr rum.«

»Toll, dann finden wir gleichzeitig etwas, und wer hat dann gewonnen?«

Hayo fiel zunächst keine Antwort ein.

»Wer zuerst da ist.«

»Du bist schneller, das ist ungerecht.«

»Egal«, resignierte Hayo, »wir suchen einfach so. Und große Muscheln gelten auch.«

Folke nickte und die beiden liefen Richtung Wasserkante. Die Ebbe hatte eingesetzt und das Meer gab mehr und mehr Strandfläche frei.

»Da hinten ist etwas«, rief Hayo.

Folke schaute in die Richtung, in die Hayo gezeigt hatte.

»Ein Seehund. Komm!«, fügte er hinzu.

»Für einen Heuler ziemlich groß.« Heuler, junge Seehunde, die, mitunter vom Muttertier verstoßen, manchmal aber auch nur auf diese wartend, allein am Strand lagen und die, wenn nötig, von Leuten vom Nationalpark in die Seehundaufzuchtstation nach Norddeich gebracht wurden, waren nichts Ungewöhnliches.

»Vielleicht eine Kegelrobbe, die sind größer als Seehunde.«

»Klugscheißer!«

»Und auf keinen Fall anfassen!«

Die beiden Jungen rannten los. Es lief doch auf ein Wettrennen hinaus und Folke zog den Kürzeren. Schnell näherten sie sich dem vermeintlichen Meeressäuger.

»Ganz schön groß«, schnaubte Hayo, die Geschwindigkeit reduzierend, aus irgendeinem Grund wollte er plötzlich gar nicht mehr gegen Folke gewinnen.

»Vielleicht doch eine Kegelrobbe«, rief Folke.

»Ich weiß nicht«, erwiderte sein Freund. Nach wenigen Metern stoppte Hayo jäh.

»Was ist los?«, staunte Folke, als er hechelnd seinen Freund eingeholt hatte. Er hatte sich erneut in den Sand fallen lassen.

Hayo antwortete nicht. Er sah mit großen Augen nach vorn.

»Was ist denn?«, ließ Folke nicht locker. Er wunderte sich über Hayos plötzliche Veränderung, während er sich mühsam aufrichtete. Das schnelle Rennen nahm ihm vorerst den Atem.

»Guck mal genau hin!«, raunte Hayo, Erregung schwang mit einem Mal in seiner Stimme.

Folke nahm die Kegelrobbe, immer noch knapp 100 Meter von ihnen entfernt, ins Visier.

»Siehst du es?«, fragte Hayo.

Folkes Antwort kam zögerlich und unsicher.

»Was ist das?«

»Kein Seehund.«

»Eine Kegelrobbe auch nicht.«

Folke sah wie erstarrt in Richtung der Wasserkante. Dann bekam er ein beklemmendes Gefühl.

»Lass uns abhauen!«

»Das geht nicht!«

»Warum nicht?«

»Weil … weil … wir müssen den Polizisten holen.«

»Gut. Lass uns ins Dorf gehen und Wolters Bescheid sagen.«

»Aber er wird wissen wollen, wer das ist. Und ...«

»Der ist sicher angetrieben. Woher sollen wir wissen, wer das ist? Und was noch?«

»Und wenn der ... der da nur liegt, weil ...«

»Weil?«

»Was weiß ich, weil er verletzt ist? Wir müssen ihm helfen!«

»Der bewegt sich gar nicht. Der ruft nicht. Der ist tot.«

»Echt?«

»Bestimmt. Ich will hier weg!«

Folke wurde unwohl.

»Wir müssen uns das erst ansehen.«

»Das will ich nicht.«

»Angsthase. Ich gehe.«

»Ich nicht.«

Hayo plusterte sich auf.

»Mann, dass du so viel Muffensausen hast. Das werde ich in der Schule erzählen, wenn die Ferien zu Ende sind«, Hayo witterte einmal mehr die Chance, seine Überlegenheit gegenüber Folke zu demonstrieren. Er war schneller, stärker, war ihm in der Schule in den meisten Fächern überlegen und hatte augenscheinlich auch die besseren Nerven.

»Das wirst du nicht!«

»Und ob! Ich habe den dann gefunden. Wenn er wirklich verletzt ist, komme ich in die Zeitung.«

»Du bist gemein.«

»Wieso? Ich gehe. Falls er wirklich tot ist, kann er niemanden etwas tun.«

»Aber ... ich will da nicht hin!«

»Du kannst ja hier warten oder schon zurücklaufen«, sagte Hayo mit großer Entschlossenheit und fügte an: »Schisshase!«

Folke haderte. Dann nahm er allen Mut zusammen.

»Ich komme mit.«

Die Jungen näherten sich langsam dem zuvor falsch eingeordneten Objekt, und je deutlicher sich abzeichnete, was sie schon wussten, desto zögerlicher wurden sie. Sie setzten kleiner werdende Schritte, einen vor den anderen. Zehn Meter vor dem menschlichen Körper, der dort, noch mit den Füßen im Wasser, lag, blieben sie stehen.

»Ein Toter!«

»Der ist gefesselt.«

»Und im Mund steckt auch was.«

»Ich will hier weg«, krächzte Folke. In seinem Hals bildete sich ein Kloß, der ihm die Sprache zu verschlagen drohte. Eine Leiche, die in ihrer ungewöhnlichen Haltung entsetzlich aussah.

»Nun warte doch mal«, sagte Hayo und setzte sich wieder in Bewegung. Ihm schauderte – und doch zog ihn der Anblick an.

Der Kopf des Toten, der auf dem Bauch lag, war seitlich weggedreht und die Augen hatten für einen winzigen Moment Hayos Blick gekreuzt, als habe die Leiche den Jungen angesehen. In dem Augenblick lief es ihm kalt über den Rücken. Er bekam es mit der Angst, urplötzlich, sie fuhr ihm wie ein Blitz in alle Glieder. Er macht umgehend kehrt und rannte weg. Folke folgte ihm, ohne sich noch einmal umzudrehen, fast so schnell wie Hayo. Erst einen halben Kilometer später, schon fast auf Höhe des Wasserturmes, verringerten sie ihre Geschwindigkeit. Völlig außer Puste schritten sie schließlich in Richtung des Strandaufganges am Meerwasserhallenbad.

»Was sollen wir jetzt tun?«, überlegte Folke.

»Na was wohl? Wir gehen zum Polizisten«, erwiderte Hayo. »Der muss alles aufnehmen.«

»Aufnehmen?«

»Na, Bilder machen und so. Und uns befragen.«

»Das will ich nicht.«

»Da kannst du gar nichts gegen machen. Wir sind die Zeugen. Er ist der Polizist. Was er sagt, wird gemacht.«

Sie beschleunigten ihren Schritt, es war nicht weit bis zur Juister Polizeistation. Hoffentlich machte Enno Wolters nicht gerade Mittagspause. Aber selbst wenn es so war, würde er sie garantiert unterbrechen. Denn dass Willi Felthuis tot am Strand von Juist lag, wo er ihn kürzlich noch quicklebendig in verbalen Auseinandersetzungen mit den Jugendlichen von proUmwelt gesehen hatte, wäre für Wolters erst dann Gewissheit, wenn er es selbst gesehen hatte.

12

Der Pilot setzte den Hubschrauber gekonnt auf den flachen Strand. Noch während sich die Rotorblätter drehten, wurde die Schiebetür geöffnet. Ein kräftiger Mann, der ein paar

Kilo zu viel auf den Rippen hatte, stieg aus dem Helikopter. Er stellte sich, den Kopf ein wenig eingezogen, neben die Tür und half einer blonden Frau aus dem Flugobjekt. Als sie am Strand stand, streckte sie sich und stemmte dabei die Hände in die Hüften. Ihr Kollege fragte sie irgendetwas, worauf sie das Gesicht verzog.

»Ich merke immer noch den Hexenschuss«, jammerte Hauptkommissarin Tanja Itzenga, nachdem sie sich mit ihrem Kollegen ein Stück weit entfernt hatte und auf Enno Wolters, den Inselpolizisten, zuging. Wolters trug Uniform und war somit unschwer als verantwortlicher Ordnungshüter vor Ort zu erkennen. Die Hauptkommissarin, mit einer Jeans und einem beigefarbenen Mantel bekleidet, um den Hals einen grünlich-blauen Schal geworfen, und ihr Kollege, der ebenfalls Jeans und einen schwarzen Mantel trug, näherten sich der kleinen Menschengruppe, die um die Strandleiche herum stand.

»Moin, mein Name ist Itzenga, Mordkommission Aurich«, begann sie und fuhr fort, auf ihren Kollegen zeigend, »das ist Kommissar Ulferts. Man sollte sich ja freuen, nach Juist zu kommen, wir hätten uns allerdings einen angenehmeren Anlass gewünscht.« Sie machte eine kleine Pause, sah in die Runde, setzte dann wieder an.

»Wir hatten Glück, dass der Hubschrauber uns fliegen konnte. Ich hoffe, am Tatort ist alles so, wie es vorgefunden wurde. Wir haben nicht viel Zeit, Niedrigwasser ist gewesen, die Flut kommt. Ist der Tote tatsächlich der …«, sie wandte sich Wolters zu, »Bürgermeister der Insel?«

»Moin, Frau Hauptkommissarin«, erledigte der Inselpolizist kurz und bündig den protokollarischen Teil der Begrüßung, »der Anlass Ihres Besuches ist wahrlich nicht schön. Aber das kennen Sie ja aus Ihrem Berufsleben. Es ist der Bürgermeister, tatsächlich. Also, gerade erst dazu geworden. Unbegreiflich! Hier neben mir steht übrigens Dr. Peters, unser Inselarzt. Er hat die Leiche obduziert.«

»Oh nein«, korrigierte Peters, »guten Tag erst einmal. Ich bin weit von einer Obduktion entfernt, wie sollte das auch gehen? Das könnte ich hier auf Juist nicht leisten, selbst wenn ich Rechtsmediziner wäre, was nicht der Fall ist. Ich kann nur von außen auf den Leichnam schauen. Herr Wolters wollte sagen, dass ich …«

»Jedenfalls hast du den Tod festgestellt«, warf Wolters ein.

»Das ist aber auch schon alles. Dabei habe ich gesehen, dass es kein natürlicher Tod war. Dementsprechend haben wir Sie sofort alarmiert. Gut, dass Sie so schnell auf die Insel kommen konnten«, erläuterte Dr. Peters.

»Ist er Insulaner, ich meine, manchmal kommen neue Bürgermeister ja von wer-weiß-wo, weil sich sonst einfach niemand findet?«, fragte Itzenga.

»Willi Felthuis. Hotelier, Pensionsbesitzer, seit Kurzem Lokalpolitiker. Lebte schon immer auf der Insel«, bestätigte Wolters.

»Das ist ja ein Ding«, wunderte sich Itzenga. »Gerade zum Bürgermeister geworden und jetzt tot. Wer dabei nichts Böses denkt«, sie besah sich den leblosen Körper an und befand:

»Der Leichnam muss so schnell wie möglich in Ihre Praxis, Herr Dr. Peters. Der Hubschrauber kann ihn nicht mitnehmen. Sie sehen ja, es ist ein MK-3 Helikopter mit nur drei Sitzen. Also muss das per Schiff gehen, aber die Wasserschutzpolizei kann erst morgen früh ein Boot schicken, wegen der Tide. Heute Nacht wollen sie nicht kommen wegen des Ostwindes.«

»Wir können sie in den Kühlraum der Leichenhalle der Kirche legen«, stammelte Wolters, dem die Situation ganz und gar nicht gefiel. Er fuhr fort: »Der ist im Moment leer.

Ach übrigens, damit Sie Bescheid wissen, Frau Hauptkommissarin. Die Damen und Herren hier sind von unserer Inselfeuerwehr. Sie haben den Tatort gesichert.« Mit ein wenig Stolz wies der Polizist auf einige uniformierte Feuerwehrleute, die freundlich lächelten.

»Vielen Dank!«, Itzenga warf den Männern und Frauen von der Juister Inselfeuerwehr einen warmen Blick zu. Wolters hatte sie, nachdem Folke und Hayo ihm den Weg zur Leiche gezeigt hatten, sofort angerufen, um die Fundstelle zu sichern.

Alle weiteren Personen befanden sich außerhalb des Flatterbandbereiches und waren Kurgäste oder Insulaner, die herbeigeeilt waren, um die Sensation live mitzuerleben. Ein Toter am Strand! Die Angehörigen der Feuerwehr hatten teils Mühe, sie zurückzudrängen, denn der Voyeurstrieb ließ sie immer wieder Schritt um Schritt nach vorne machen, das grausige Strandgut war gleichermaßen unheimlich wie anziehend. Die Prominenz der Leiche tat dabei ein Übriges, um auch den müdesten Hund hinter dem Ofen herzulocken. Von Weitem sah man weitere Menschen kommen.

»Die Hände sind zusammengebunden, und im Mund ein Knebel«, stellte Itzenga fest.

»Sieht furchtbar aus«, bestätigte Peters.

»Hat man ihn oft am Strand gesehen?«, fragte die Hauptkommissarin und zeigte auf den Toten.

»Nee, das wundert mich auch. Er war sehr selten am Strand. Felthuis war ein Hans-Dampf-in-allen-Gassen, ständig unterwegs, immer beschäftigt. Aber meistens hatte er im Dorf zu tun. Den Strand sah er manchmal tagelang nicht und wenn, dann von der Aussichtsplattform vor dem Kurhaus. Da stand er gern mit Gästen oder wichtigen Leuten, um ihnen diesen einzigartigen Blick auf die Nordsee zu ermöglichen.« Wolters hielt inne, sah kopfschüttelnd auf den Leichnam. »Er war ein streitbarer, aber anerkannter, alt eingesessener Juister Geschäftsmann«, fügte er hinzu.

»Und Politiker«, ergänzte Itzenga.

»Das jedoch erst, seitdem die Pläne zur Deicherhöhung bekannt wurden. Vorher hat er kein Amt bekleidet. Er wusste, was zu tun war, wenn er etwas erreichen wollte, und hat sich dann im Hintergrund mit den Gemeinderatsmitgliedern oder anderen wichtigen Leute getroffen. Er führte, wie ich schon sagte, ein großes Hotel, mit besonders gutem Restaurant. Es liegt an der Wattseite, herrlicher Blick aufs Wattenmeer.«

»Na ja«, funkte der Arzt dazwischen. Das überhörte Ulferts nicht.

»Sie sind anderer Meinung?«, wandte er sich an Peters.

»Das klingt so, als sei er stets damit beschäftigt gewesen. Aber die meiste Arbeit im Hotel und in den beiden Pensionen, die ihm gehören, hat seine Frau Frederike gemacht. Felthuis hatte viele andere Dinge zu tun.«

»Letztlich hat er sich immer vor allem für seine Häuser eingesetzt«, stellte Wolters seine Sicht dar.

»Richtig, aber in die Politik ist er doch auch nur gegangen, um gegen die neuen Planungen zu stänkern, weil er dadurch Nachteile für seine Pensionen befürchtete.«

Wolters zuckte mit den Schultern, er wollte hier keinen Clinch herbeiführen. Offenbar waren sich die beiden nicht ganz grün. Die Kommissare nahmen die verschiedenen Wahrnehmungen über den neuen Bürgermeister zur Kenntnis, aber mussten sich nun um die Leiche kümmern.

Tanja Itzenga hatte sich zwischenzeitlich hingehockt, um Details der Strandleiche in Augenschein zu nehmen. Ulferts machte Fotos. Sie waren dermaßen überstürzt nach Juist geflogen, dass niemand von der Spusi hatte mitkommen können. Es wäre angesichts des einzig verfügbaren, kleinen

Helis auch nicht möglich gewesen und derart kurzfristig, noch vor Einsetzen der Flut, hatten sie ohnehin niemanden abrufen können. Der Personalmangel machte sich immer dann besonders bemerkbar, wenn mehrere Fälle gleichzeitig aufzuklären waren. Und am Ewigen Meer, inmitten Ostfrieslands, hatte man an diesem Morgen eine Leiche im Moor gefunden. Andererseits hatte es Hauptkommissarin Itzenga als sehr wichtig eingeschätzt, die Leiche von Felthuis am Fundort zu begutachten. Wolters hatte am Telefon betont, dass er am Vortag noch mit Felthuis gesprochen und dieser sich bester Gesundheit erfreut hatte. Er brachte damit auch die Erkenntnis Dr. Peters' zum Ausdruck, dass ein natürlicher Tod auszuschließen sei.

»Gefunden wurde die Leiche von zwei Jungs?«, erkundigte sich die Hauptkommissarin.

»Folke Heeren und Hayo Poppinga«, erwiderte Wolters. »Sie spielten am Strand und sind nach ihrem Fund sehr aufgebracht zu mir gekommen. Na ja, wer rechnet schon damit, einen Toten am Strand zu finden. Und sie sind Kinder, kein Wunder, dass sie ziemlich fertig waren.«

»Wo sind die Jungs jetzt?«

»Die sind zu Hause, der eine zitterte wie Espenlaub. Sie haben beide zum ersten Mal in ihrem Leben eine Leiche gesehen.«

»Ich brauche die Adressen«, sagte Itzenga.

»Ich kann sie hinbringen«, parierte Wolters.

»Danke, das machen wir morgen. Sie sagen, er sei erstochen worden?«, fragte Itzenga, sich an den Inselarzt wendend.

»Ist er, sehen Sie, hier«, er begab sich an die andere Seite des Leichnams, bewegte den leblosen Körper vorsichtig ein kleines Stück zurück, sodass der Bauchbereich sichtbar wurde. Der große dunkle Fleck war unübersehbar.

»Schauen Sie«, begann Peters, »da ist kein kreisrundes Loch im Stoff, das ist eher eine Art Riss. Das kann ein Messer gewesen sein, möglicherweise eher stumpf. Jedenfalls spitz genug, dass es tödliche Wunden verursachte«, war sich Peters sicher.

»Die Obduktion wird letzte Gewissheit bringen«, murmelte Itzenga. Ihr Blick schweifte vom Gesicht des Toten, dem immer noch der Knebel im Mund steckte, zur vermeintlichen Stichwunde und zurück.

Ulferts war hinzugetreten und begutachtete Willi Felthuis ebenfalls.

»Gibt es irgendwelche Hinweise, irgendetwas Verdächtiges oder Verdächtige?«, fragte er, sich Wolters zuwendend, der nervös und etwas abseits stehend eine Zigarette rauchte. Der Polizist schüttelte den Kopf.

»Nach Aussage der Jungs war keine Menschenseele am Strand, als sie ihn fanden. Die Leute kommen erst später, nach dem Frühstück. Jetzt im Herbst ist eh nicht mehr so viel los.«

»Am Tag vorher haben Sie aber mit Herrn Felthuis gesprochen?«

»Ja, am Hafen. Er hatte mit den Leuten von der Naturschutzjugend diskutiert …«

»Diskutiert klingt gut, Naturschutzjugend auch«, warf Dr. Peters mit sarkastischem Unterton ein.

»Du weißt, wie ich das meine«, erwiderte Wolters, konnte jedoch nicht weitersprechen, weil Itzenga sich einschaltete.

»Was wollen Sie damit sagen, Herr Peters? Was hat es mit der Naturschutzjugend auf sich?«

Wolters sprang ein.

»Ach«, zögerte er, »das ist nicht so wichtig. Hier gibt es ein paar Jugendliche, die sich stark für den Naturschutz engagieren. Klimaschutz, Vermüllung der Meere und so.«

»Gibt es eine NABU-Gruppe auf Juist?«, fragte Ulferts.

»Hat mit BUND oder NABU nichts zu tun. Sie haben das eigenständig ins Leben gerufen und nennen sich pro-Umwelt Juist«, erklärte Peters.

»Ist doch gut, wenn sich die Jugend engagiert«, meinte Itzenga, »aber was hat das mit der Leiche zu tun?«

»Ich wollte nur erläutern, was Herr Wolters meinte, als er Naturschutzjugend sagte.«

»Worüber haben Sie mit Herrn Felthuis gesprochen, als Sie ihn gestern am Hafen trafen?«, fragte Ulferts.

»Ich kam eher zufällig hinzu. Er diskutierte mit den Jugendlichen. Er und die, Himmel, wie soll ich die denn nun nennen?, Naturschutzjugend waren sich nicht immer grün«, er warf Dr. Peters einen grimmigen Blick zu.

»Diskutiert? Worüber?«, wurde Itzenga neugierig. Immerhin ging es um die letzten Lebensstunden von Willi Felthuis.

»Felthuis wollte deren Aktionen vom Hafen weghaben. Aber gerade deshalb bauten die Jugendlichen besonders gern ihren Stand dort auf, verteilten Infoblätter. Felthuis regte sich sehr darüber auf, er sprach von Agitation, gerade dann, wenn die neuen Gäste kommen. Er fand das schlecht, die Gäste zuallererst mit Umweltproblemen zu konfrontieren, gerade, wenn sie ihren Urlaub auf der Insel antreten.«

»Das hast du aber noch sehr freundlich ausgedrückt«, fügte Dr. Peters hinzu.

»Sie scheinen einen anderen Eindruck zu haben?«, stellte Itzenga fest.

»Willi Felthuis und proUmwelt waren sich spinnefeind, um es mal deutlich zu sagen.«

»Es hat also Streit gegeben?«, fragte Ulferts.

»Die haben sich manchmal gefetzt. Aber so richtig«, bestätigte Dr. Peters.

»Was Sie nicht sagen. Waren Sie dabei?«, wollte Itzenga wissen.

»Ja, war ich. Felthuis konnte ganz schön schnell in Rage geraten. Und die Jugendlichen, zumindest Mirko und Reemt, waren nicht schlecht im Kontern. Manchmal haben sie auch bewusst provoziert. Und der Frau Könnecke vom Nationalpark, der konnte er argumentativ kaum etwas entgegensetzen. Das ärgerte ihn sicher sehr.«

»Wenn Sie das so sagen, glauben Sie, diese Jugendlichen oder diese Frau Könnecke könnten etwas mit dem Tod zu tun haben?«, gab Itzenga eine nahe liegende Vermutung zur Diskussion frei.

»Um Gottes willen, nein«, rief der Inselarzt, »so darf man das nicht verstehen. Die Jugendlichen engagieren sich, und da gibt es Konflikte mit einigen Insulanern, die eben nicht ihrer Meinung sind. Das ist doch ganz normal. Das Gleiche gilt für Maike Könnecke, die Frau ist so friedlich wie ein Fisch im Wattenmeer. Sie hat es eben drauf.«

»Ich würde gerne die beiden Jungen, Folke und Hayo, und die Leute von der Umweltgruppe sowie Frau Könnecke befragen«, sagte Itzenga, »aber mein Kollege und ich müssen auch noch unsere Pension beziehen. Können Sie uns dorthin bringen?«, sie hatte sich Wolters zugewandt. So bestätigte sich für ihn seine schlimmste Vorstellung. Der wohlverdiente Feierabend, den er in den vergangenen Jahren eigentlich immer gegen 16 Uhr eingeläutet hatte, würde heute und wahrscheinlich auch in den kommenden Tagen ausfallen.

»Sicher«, nuschelte er.

Tanja Itzenga überlegte einen Augenblick, dann blickte sie zu Wolters.

»Wie bekommen wir die Leiche weg? Sie muss morgen früh am Hafen sein, bis dahin soll sie in die hiesige Leichenhalle.«

»Der Wagen kommt schon, sehen Sie, da hinten.« Wolters zeigte Richtung Osten. An der Wilhelmshöhe gab es einen breiten Strandabgang. Tanja Itzenga glaubte ihren Augen nicht zu trauen.

»Das ist … ein Pferdewagen!«, wunderte sie sich.

»Der Krankenwagen läuft im Moment nicht, braucht 'ne neue Zylinderkopfdichtung, keine leichte Sache. Der würde durch den weichen Puddelsand an der Düne aber auch gar nicht kommen. Und mit einem der Feuerwehrwagen an den Strand, na ja … Gesetzlicherseits müsste es ohnehin ein Leichenwagen sein. Insofern liegen wir richtig, auf Juist wird der Leichenwagen von Pferden gezogen. Wie, mit wenigen Ausnahmen, alles andere auch mit echten Pferdestärken transportiert wird, ganz ohne Dieselgestank und Feinstaub. Nur Pferdeäppel, und die sind rein pflanzlich. Und ich hoffe, das bleibt auch so. Es wird immer schwieriger, Leute zu finden, die den Transport von Waren, Menschen, also, vor allem natürlich lebenden und sonstigen Gütern mit Pferdewagen auf der Insel langfristig übernehmen wollen.«

»Ja, ich erinnere mich. Ich war vor einigen Jahren einmal hier, wenn auch nur für wenige Stunden«, fiel Itzenga ein, während Ulferts eher belustigt auf das Fuhrwerk blickte, das sich dem Tatort näherte. Ein Zinksarg blinkte im Abendlicht.

Dann machte sich der Kommissar auf, um zwei Taschen aus dem Hubschrauber zu holen. »Ho!«, befehligte der Führer des Pferdefuhrwerkes die beiden kräftigen Holsteiner. Missmutig schaute er auf die Leiche.

»Wat'n Schiet!«, brummte er.

Der Kutscher und ein anderer Mann, der sich als der Totengräber des Inselfriedhofs herausstellte, bugsierten den Zinksarg so vorsichtig vom Wagen, als läge bereits eine Leiche darin. Sie stellten ihn neben den toten Körper von Willi Felthuis und beide warfen Enno Wolters einen fragenden Blick zu. Der wiederum erwartete die Genehmigung seitens der Hauptkommissarin. Sie sprach kurz mit Ulferts, nickte Wolters zu, der zu dem Brummbären sagte:

»Nu kann de Dode in de Blechkist.«

Wolters und Ulferts halfen dem Kutscher und dem Totengräber, Willi Felthuis' sterbliche Hülle in die Metallschale zu legen.

Wolters schüttelte den Kopf.

»Der Zinksarg ist noch nie benutzt worden. Im letzten Sommer habe ich meinen kleinen Enkeln Wasser hineingefüllt. Da konnten sie bei gutem Wetter drin rumplantschen.«

»Im Zinksarg? Ist ja 'ne tolle Idee«, rutschte es Tanja Itzenga heraus. Dann fügte sie an: »Na dann los. Es nützt ja nichts. Die nächste Flut kommt und dann ist hier, wo der Tote liegt, alles vom Salzwasser bedeckt.«

Die beiden Männer legten den Deckel auf den Sarg und hoben ihn mit Hilfe von Wolters und Dr. Peters sowie Ulferts auf die Ladefläche des Pferdewagens.

»Morgen früh kommt das Polizeiboot«, sagte Itzenga. »7 Uhr.«

»Ja«, antwortete Wolters mit Resignation in der Stimme, »ich weiß.« Sonst begann er seinen Dienst um 9 Uhr, mit der Tageszeitung und einer Tasse guten Kaffees.

Der Pilot des Helikopters gab indes zu verstehen, dass er gerne den Rückflug antreten würde. Nach dem Start des MK-3 setzte sich die Gruppe der am Strand Verbliebenen Richtung Dorf in Bewegung und folgte dem Leichenwagen, dessen Zugpferde mitsamt Sarg durch den Sand stapften und dabei den Eindruck machten, als hätten sie weit mehr als nur zwei PS.

»Ich hätte nicht gedacht, dass es auf einer so beschaulichen Insel Mord und Totschlag gibt«, nahm Itzenga das Gespräch auf, nachdem sich alle einige Meter schweigend fortbewegt hatten.

»Gab es auch nur selten. Vor einigen Jahren hatten wir hier mal einen Mord. Ist lange her, eine Beziehungstat. Es waren aber keine Insulaner betroffen«, erwachte Inselpolizist Wolters aus den Gedanken darüber, wie die kommenden Tage seinen Routinedienst verändern würden.

»Ich hätte gern mehr über die Konflikte zwischen der Naturschutzjugend und dem Toten erfahren.«

»Sie engagieren sich für die Umwelt. Das ist sicher gut, weil sie so nicht nur mit dem Smartphone abhängen. Die Konflikte darf man nicht so hoch hängen. Willi Felthuis war ein Hitzkopf, konnte sich unglaublich aufregen, auch wenn es sich gar nicht lohnte. Der war manchmal in zehn Sekunden von Null auf 100. Aber das legte sich auch wieder. Und dann konnte man ganz vernünftig mit ihm reden.«

»Wie muss ich mir diese Konflikte vorstellen?«, entgegnete Itzenga. »Ernsthafter Streit?«

»Manchmal eskalierte es, aber nur verbal. Sie hatten eben total verschiedene Meinungen.«

»Die Mitglieder der Umweltgruppe hatten anscheinend allen Grund, sauer auf diesen Felthuis zu sein«, bemerkte Itzenga.

Wolters schluckte.

»Frau Itzenga, ja, aber Sie wollen sie nicht verdächtigen, oder? Ich bitte Sie! Die sind 15, 16, vielleicht 17 Jahre alt. Noch einmal: Unsere Inseljugend, es sind ohnehin wenig genug mittlerweile, ist aktiv, sie haben ambitionierte Ziele, wollen dem Klimawandel trotzen. Sie übertreiben für meine Begriffe manchmal ein wenig und ihre Sprache ist auch so … na ja, ist eben heute so. Aber wir sind in unserer Jugend auch mit der Erwachsenenwelt angeeckt, oder? Ansonsten sind die lieb, nett und friedlich. Die bringen niemanden um.«

»Ich sammle nur Hinweise, Fakten, Meinungen. Das ist meine Aufgabe. Muss ich Ihnen ja nicht erklären.«

Wolters schüttelte den Kopf.

»Jugendliche morden nicht. Und unsere Juister schon gar nicht. Wir sind doch nicht in Chicago! Das ist völlig undenkbar.«

»Ich verstehe Sie ja, Kollege Wolters. Sie kennen die von klein auf, nicht wahr?«

»Ich war hier schon Inselpolizist, da haben die ihre ersten Schritte am Strand geübt.«

»Schönes Terrain zum Laufenlernen. Hinfallen tut nicht weh.«

»Ist lange her«, in Wolters Stimme klang Melancholie, »und nächstes Jahr bin ich Rentner.«

»Und ausgerechnet jetzt ein Mordfall auf Juist.«

»Sie sagen es. Gefällt mir gar nicht.«

»Kann ich mir vorstellen. Aber wir übernehmen ja, Herr Wolters.«

»Und wer macht die …«, er zögerte.

»Drecksarbeit?«, ergänzte Itzenga.

»So wollte ich das nicht sagen.«

»Wollten Sie doch. Wir bemühen uns, dass es nicht zu schlimm für Sie wird, Herr Wolters. Aber ihre Unterstützung werden wir dringend brauchen. Sie kennen hier alles und jeden.«

Wolters antwortete nicht. Er stapfte durch den Sand und stierte lustlos nach vorn.

»Die Jugendlichen haben damit nichts zu tun«, bemerkte er noch einmal.

»Irgendjemand muss es getan haben. Und mein Kollege Ulferts und ich, wir verlassen Juist nicht, bevor wir den Täter oder die Täterin gefunden haben.«

Wolters entgegnete nichts. Er hoffte sehr, dass das schnell gehen möge.

13

Sie gingen sehr behutsam vor. Es wäre fatal gewesen, hätte jemand ihr Geheimnis enthüllt. Und selbstverständlich, sie hatte ein schlechtes Gewissen. Sie mochte es nicht, wenn er sagte, es ginge um Sex, das körperliche Verlangen fordere Tribut. Das klang so … belanglos, als sei es etwas, was man mal eben zwischendurch bewerkstelligte. Aber so war es ja. Von Liebe hatten sie nie gesprochen. Sie hatte nicht eine Sekunde daran gedacht, ihre Ehen zu gefährden. Was definitiv nicht stimmte, denn die Entdeckung ihrer Beziehung hätte manches zerstört.

Die Zeiten passten sie ab. Die Wahrscheinlichkeit, dass jemand sie sah, ging gegen Null. Darüber hinaus hatten sie sich passende Ausreden zurechtgelegt. Es stand viel auf dem Spiel, verdammt viel.

»Es ist riskant. Wir müssen es beenden«, endlich hatte sie es gesagt.

Und doch kribbelte es, wenn sie daran dachte, wie sie sich im Bett gewälzt hatten. Aber danach kam es schnell. Ein Gefühl, das lange blieb und die kurzlebigen Freuden vorher schnell vergessen machte. Er konnte besser damit umgehen, oder anders. Und er hatte gedrängt, ja, gebettelt! Einmal, nur einmal noch.

14

»Er hat sicher im Wasser gelegen, aber ich glaube kaum, dass er ertrunken ist. Die Stiche haben ihn vorher getötet«, sagte der Inselarzt, »das kann sogar ich Ihnen versichern. Er muss schnell sehr viel Blut verloren haben.«

Der leblose Körper von Willi Felthuis lag in der kleinen Leichenhalle des Dünenfriedhofs. Hier war nicht der Platz für Untersuchungen, aber der Pastor hatte sich verabschiedet und die Polizisten waren sich mit dem Inselarzt einig, dass man einen kurzen Blick auf die Leiche werfen sollte, nachdem am Strand alles sehr schnell gehen musste. Morgen früh würde die Wasserschutzpolizei kommen und den Leichnam abholen, um ihn zwecks Obduktion durch Rechtsmediziner nach Aurich zu bringen.

Tanja Itzenga und Ulfert Ulferts zeigten sich interessiert, während Enno Wolters etwas Abstand genommen hatte. Er haderte nach wie vor mit der Situation. Ein Fahrrad ohne ordnungsgemäße Beleuchtung, Männer, die betrunken nachts allzu laut sangen oder Kaugummidiebstahl in einem der Lebensmittelgeschäfte. Das waren die Vergehen auf Juist. Ein Toter am Strand, und beileibe nicht irgendjemand, sondern ein Insulaner, ein namhafter zumal! Das war ihm in all den Jahrzehnten vorher nicht untergekommen.

»Willi Felthuis ist erstochen worden. Ich könnte weitere Vermutungen anstellen, lass es aber lieber. Holen Sie sich letzte Gewissheit von den Kollegen in Aurich«, erklärte der Inselarzt, während Hauptkommissarin Itzenga die Einstichwunden aus verschiedenen Perspektiven betrachtete.

»Können Sie nichts Genaueres zur Stichwaffe sagen?«, fragte sie.

»Nicht wirklich. Ein Gegenstand, der zumindest so spitz war, dass er die Haut durchdringen konnte. Es sieht nicht wie ein spitzes Messer aus. Man muss die Einstiche genau untersuchen, das kann ich hier nicht, ist auch nicht meine Aufgabe. Fragen Sie lieber die Kollegen in Aurich.«

»Ist er am Strand erstochen worden?«, wollte Ulferts wissen.

Inselarzt Peters schüttelte den Kopf. »Kann ich auch nicht sagen. Auch in dieser Frage sollten wir das Urteil der Rechtsmediziner abwarten.«

»Es wird wichtig sein, dass die Kollegen die Ermittlung des Todeszeitpunktes genau genug hinbekommen. Ich meine, wo die Leiche hier nun einige Stunden liegen wird«, sinnierte Ulferts.

»Die können ja rechnen«, lächelte Inselarzt Peters.

»Na ja«, nahm Tanja Itzenga den Faden auf, »es ist natürlich bedeutsam. Eine Angabe wie ›zwischen 15 und 21 Uhr‹ wäre sehr ungenau. Da kann viel geschehen.«

»Wann er das letzte Mal gesehen wurde, ist klar und wann die Jungs ihn gefunden haben, ist auch klar«, meinte Ulferts, »das sind ja schon mal erste Anhaltspunkte.«

»Dazwischen liegen einige ungewisse Stunden. Die sind entscheidend.«

»Da stehen Sie vor einer Herausforderung«, stellte Peters fest. »Für mich ist das alles völlig unverständlich. Und ich kann im Augenblick auch nicht mehr für Sie tun und würde ehrlich gesagt gerne nach Hause gehen.«

»Ja klar«, Tanja Itzenga deckte die Leiche sorgsam mit dem weißen Tuch ab und wandte sich dem Allgemeinmediziner zu.

»Sie haben sich Ihren Feierabend verdient.«

»Also dann, bis morgen. Ich werde hier sein, wenn Felthuis abgeholt wird. Wer weiß, vielleicht gibt's ja noch irgendwelche Fragen, bei denen ich helfen kann.«

»Gern, dann trotz allem noch einen schönen Abend«, Itzenga reichte ihm die Hand, Ulferts beließ es bei einem »Tschüss«.

Auch die beiden Polizisten verließen die Leichenhalle, nicht ohne sie zu verschließen. Der Pastor hatte ihnen den Schlüssel anvertraut, am nächsten Morgen würde er ebenfalls vor Ort sein, dann könnten sie ihm den Schlüssel zurückgeben.

Wieder an der frischen Luft, begann Tanja Itzenga mit neuen Überlegungen.

»Wer macht so etwas auf einer derart reizenden Insel? Wenn er am Strand umgebracht wurde, müssen wir herausfinden, wieso er um die Zeit überhaupt am Strand war. Es ist Herbst, kalt und ungemütlich. Wollte er sich mit jemand treffen? Einem, der ihm nicht eben zugetan war?«

»Der vielleicht etwas gegen ihn in der Hand hatte? Er war ja gerade Bürgermeister geworden.«

»Eine politische Intrige? Eine Erpressung, weil dieser Jemand etwas wusste, was für den Hotelier gefährlich oder wenigstens unangenehm werden konnte?«

»Im Moment wissen wir leider nichts, Tanja. Davon abgesehen, der Strand ist doch gar nicht schlecht für so eine Tat. Und abends ist es dunkel, keine Menschenseele weit und breit, also keine Zeugen. Wenn er am Strand war und der Mörder ihm dort aufgelauert hat?«

»Aber was sollte Felthuis nachts am Strand tun, wenn er sich dort doch sonst wenig sehen ließ, wie wir mittlerweile wissen?«

»Gerade deshalb konnte es ja ein guter, heimlicher Treffpunkt sein. Aber vielleicht war er öfter am Strand, als man allgemein wusste. Er war offenbar viel beschäftigt, ständig auf Achse. Da muss man mal runterkommen, wie man so schön sagt. Politiker, Hotel- und Pensionsbesitzer, immer unter Strom, viel zu viel zu tun. Was gibt es da Besseres, als abends an der Wasserkante zu stehen, dem Anrollen und Brechen der Wellen und den in der Ferne verhallenden Schreien der Möwen und Austernfischer zu lauschen?«

»Ulfert, an dir ist ein Poet verloren gegangen.«

»Du kennst mich eben auch nach Jahren der Zusammenarbeit noch nicht richtig.«

Itzenga ging nicht darauf ein.

»Wir müssen noch einmal zum Fundort. Vielleicht gibt es Hinweise, die wir übersehen haben.«

»Im Sand Spuren zu finden, kannst du vergessen. Ein bisschen Wind nur, und sie sind nach wenigen Minuten verwischt. Und da, wo Felthuis lag, ist längst die Nordsee rübergegangen. Ebbe und Flut verschlingen alle Spuren.«

»Vielleicht inspiriert es zu neuen Ideen«, Itzenga lächelte ihren Kollegen an. Dieses Lächeln, das er so mochte, mit den kleinen Grübchen und den leuchtenden Augen.

»Wir müssen morgen mit seiner Frau sprechen.«

»Falls sie den ersten Schock überwunden hat.«

»Das sind ja schon zwei Termine morgen. Und die Jugendlichen von proUmwelt, die beiden Jungs, die ihn gefunden haben. Aber heute können wir kaum noch etwas erreichen. Was machen wir jetzt?« Tanja Itzenga dachte, dass man den Rest des Tages mit angenehmeren Dingen zubringen sollte, es war eh nicht mehr viel davon übrig.

»Endlich eine gute Frage«, witzelte Ulferts, »wir gehen ein kühles Pils trinken, in einem schönen Lokal, wo man eine Kleinigkeit essen und auf das Wattenmeer gucken kann.«

»Gute Idee, aber bis wir da sind, ist es dunkel.«

»Wir haben fast Vollmond und wolkenfreien Himmel. Weißt du, wie herrlich es ist, wenn sich das Mondlicht im Wasser spiegelt und Vogelschwärme vor der hellen Kulisse des Erdtrabanten entlang ziehen?«

Tanja Itzenga sah ihren Kollegen mit kritischem Blick an.

»Langsam machst du mir Angst, Ulfert. Willst du vielleicht den Beruf wechseln? Lyriker? Schriftsteller?«

»Um Gottes willen? Da verhungere ich ja«, lachte Ulferts, »und das möchte ich nicht.« Er rieb sich seinen Bauch, von dem er immer wieder sagte, er müsse weg, was er bislang nur mit mäßigem Erfolg geschafft hatte.

»Wäre auch blöd, wenn ich einen lieben Kollegen verlieren würde.«

Ulferts sagte nichts, aber die Worte gingen runter wie Öl.

»Dann mal los.«

Sie setzten sich Richtung Dorf in Bewegung, der Dünenfriedhof lag zwar nicht weit entfernt, aber zu Fuß würden sie sicher knapp 15 Minuten benötigen, bis sie dort waren, wo auch zu dieser Jahreszeit noch Restaurants geöffnet hatten.

»Wohin sollen wir gehen?«

»Vielleicht in Felthuis' Restaurant?«

»Das hatte zumindest gestern geschlossen, heute sicher auch noch. Immerhin gab es einen Todesfall, Ulfert.«

»Na ja, es soll einen schönen Blick aufs Wattenmeer haben.«

»Es gibt auch noch andere.«

»Die machen teils aber früh zu. Schließlich ist Nachsaison.«

»Wir können ja einfach mal gucken. Es wird schon etwas offen haben.«

»Und sonst der Imbiss in der Nähe des Rathauses, den wir auf dem Hinweg gesehen haben. Pommes Schranke geht immer.«

»Ich würde schon gerne etwas Gesünderes essen.«

»Ab und an eine Pommes …«, doch Ulferts kam nicht weiter.

»Immer, wenn wir in Georgsheil sind, gehen wir zum Grillfriesen und essen Pommes Schranke.«

»Ballauf und Schenk essen auch immer Pommes und Currywurst an der Bude am Rhein.«

»Ach Ulfert«, tat Itzenga, als sei der Kommissar ein hoffnungsloser Fall, »das ist Film, da muss das so. Und überhaupt. Willst du sie mit uns vergleichen? Wer ist denn Ballauf und wer Schenk?«

»Hmmm«, überlegte Ulferts und sah auf seinen Bauchansatz, »ich wäre wohl eher Schenk, was?«

»Und ich Ballauf? Er ist okay, aber, nee, der will ich nicht sein. Es gab doch mal einen ›Tatort‹ mit Lindholm und Borowski. Den 500. oder so. Das passt besser. Ich wäre dann wohl Charlotte Lindholm, die ist ja auch echt nordisch cool. Und du Borowski, auch ein großer Klarer aus dem Norden.«

»Es war der 1.000. Aber stimmt. Ich als Borowski, da wäre ich endlich Hauptkommissar!«

Tanja Itzenga lachte, knuffte Ulferts in die Seite. Schon hatten sie die evangelische Kirche erreicht und bogen in die Wilhelmstraße, wo ein paar Kurgäste flanierten, die noch einen Deichspaziergang genossen haben mochten und nun in ihre Hotelzimmer oder Ferienwohnungen strebten, um nach einem Glas Wein schlafen zu gehen. Die gute Inselluft machte wohlig müde.

15

»Drei Stiche«, notierte Tanja Itzenga. Sie telefonierte mit Cord Jensen, dem Rechtsmediziner in Aurich. Er war neu auf diesem Posten, und Itzenga stellte fest, dass er redselig war. Das war ihr bei den ersten, kurzen Begegnungen mit dem neuen Kollegen nicht aufgefallen. Die Hauptkommissarin kam kaum hinterher, sich Notizen zu machen. Die von Jensen beschriebene Tatwaffe entsprach nicht dem stumpfen Messer, das Dr. Peters vermutet hatte. Jensen sah eher eine spitze, dünne Eisenstange oder einen rostigen, großen Nagel, 20 bis 30 Zentimeter lang, einer, wie man ihn auf dem Bau benutzte. Der Mediziner konnte auch Aussagen zur Position des Angreifers machen.

»Einen Augenblick, Herr Jensen, ich schreibe eifrig mit … okay, weiter. Was können Sie noch sagen?«

»Er war bereits tot, bevor er ins Wasser geworfen wurde. Es ist kein Wasser in der Lunge, auch sonst keine Hinweise darauf, dass er Wasser geschluckt oder welches in die Bronchien gedrungen wäre. Hätte er noch gelebt, als er im Wasser lag, wäre das nachweisbar. Es sei denn …«

»Ja?«

»Es könnte natürlich das geschehen sein, was man gemeinhin als Badetod bezeichnet. Also einerseits Kreislaufstörung oder Herzstillstand ausgelöst durch kaltes Wasser oder Wasserdruck. Es kann natürlich auch reiner Zufall sein, wenn ein Herzstillstand gerade im Wasser stattfindet. Er wäre dann auch eingetreten, wenn das Opfer nicht im Wasser gewesen wäre.«

»Aber das würde doch voraussetzen, dass das Opfer freiwillig im Wasser ist, beim Baden eben.«

»Deshalb kommt es auch wohl nicht in Frage, es sei denn, der Herr war begeisterter Kaltwasserschwimmer, solche Leute gibt es ja, sogar Eiswasserschwimmer.«

»Ich glaube, das war er nicht, aber ich werde mich erkundigen. Was ich bislang gehört habe, war er eher selten am Strand, im Wasser schon gar nicht.«

»Badetode sind die einzigen Ertrinkungsfälle, sogenannten Ertrinkungsfälle müsste ich sagen, bei denen die typischen Symptome der Inspiration und Aspiration fehlen.«

»Aspiration?«

»Inspiration ist das Einatmen von Luft, Aspiration das von Wasser. Typisch für den Ertrinkungstod: Man sinkt unter, atmet Wasser ein, taucht meistens noch ein-, zweimal auf, atmet Luft ein, dann sinkt man wieder, bis die Kraft fehlt. Das kann man leicht nachweisen. Fehlt aber bei dieser Leiche. Daher sage ich, er war tot, bevor er in Berührung mit der Nordsee kam.«

»Also hat der Mord am Strand oder vorher stattgefunden.«

»Vermutlich.«

»Gibt es darauf weitere Hinweise?«

»Also, die Klamotten sind natürlich mit Salzwasser vollgesogen.«

»Wie lange lag er im Wasser?«

»Nicht sehr lange. Das sieht man weniger an der Kleidung, als vielmehr an der Haut des Toten. Ich würde vermuten, allenfalls wenige Stunden.«

»Genauer?«

»Vielleicht nur ein bis zwei. Es findet sich viel Sand in der Kleidung. Ich vermute nach dem, was Sie mir erzählt haben, dass er vorwiegend im Flachwasserbereich herumgewabert ist, da, wo durch die Wellen Sand aufgewirbelt wird, in der Brandungszone.«

»Brandung war nicht viel, es war wenig Wind«, Tanja Itzenga notierte und versuchte parallel, die genannten Fakten in einen möglichen Ablauf des Geschehens zu packen. Aber da fehlte noch zu viel.

»Da ist noch etwas«, sagte Jensen.

»Reden Sie nur«, forderte Itzenga den Rechtsmediziner freundlich auf.

»Auffällig sind Kratzer an den Fersen. Der Mann hatte weder Schuhe noch Socken an, richtig? Ich vermute, er wurde ein Stück weit über den Strand gezogen. Es könnte ihn jemand an den Schultern gepackt haben, sodass die Leiche nach oben guckte …«, Jensen verharrte einen Moment, »soweit man das so sagen kann.« Ein seltsamer Gluckser ließ Itzenga den Versuch eines Lachers vermuten, der Jensen jedoch misslang.

»Jedenfalls wurde er über den Strand geschleift, ein Stück weit zumindest. Daher rühren die Kratzer an den Fersen. In einigen der Kratzer stecken Sandkörner, auch winzige Muschelreste. Sie stecken so unter der Haut, dass es nur den Schluss zulässt, dass sie sich während des Schleppens des Körpers darunter festgesetzt haben müssen.«

»Er war gefesselt.«

»Ja, und dadurch war sein Oberkörper gekrümmt. Wenn man ihn also ein Stück weit ziehen musste, dann so, dass die Hacken über den Sand schleiften.«

»Er könnte erstochen worden sein, danach wurde er ins Wasser gezogen.«

»Ich sage nur, dass er ein Stück weit über den Strand gezogen wurde und dass er nicht ertrunken ist.«

»Die große Frage ist, wer außer ihm noch am Strand war, und weshalb er sich überhaupt dort aufhielt. Und die Tatsache, dass es kein scharfes Messer war, könnte darauf hinweisen, dass der Mord spontan geschehen ist. Der Täter hat etwas genommen, was gerade herumlag.«

»Ich bezweifle, dass am Strand ein langer, rostiger Nagel lag. Aber die Schlüsse müssen Sie ziehen, Frau Itzenga. Dafür bin ich nicht zuständig. Einige Detailanalysen stehen übrigens noch aus, da müssen wir uns noch gedulden.«

»Seltsam, dass er keine Jacke anhatte«, verfolgte die Hauptkommissarin plötzlich einen anderen Gedanken.

»Vielleicht hat man sie ihm ausgezogen, weil Blut daran klebte, das wiederum an Hände oder Kleidung des Täters gelangt sein könnte. Das ist ja nicht ungewöhnlich, dass dem Opfer Sachen ausgezogen und anderweitig vernichtet werden.«

»Da haben Sie recht«, sah Itzenga ein. »Hat sich irgendetwas an den verbliebenen Kleidungsstücken gefunden?«

»Dass er im Seewasser gelegen hat, macht die Spurensuche nicht eben leichter«, Jensen räusperte sich, »an den Hosenbeinen, aber auch an Hemd und Pulli sind Sand, Algenreste und so etwas zu finden. Andererseits hat der Aufenthalt im Wasser möglicherweise Spuren verwischen können.«

»Der Mörder könnte die Leiche ins Wasser geworfen haben, gerade mit dem Ziel, Spuren zu verwischen.«

»Möglich. Übrigens waren auf dem Pullover, den er über dem Oberhemd trug, Staub- und Dreckreste haften geblieben. Die muss ich mir genauer ansehen. Sogar ein paar Spinnweben haben sich gehalten.«

»Spinnweben?«

»Die sind hartnäckig. Das kennen Sie vielleicht? Wenn man durch ein Spinnennetz läuft oder auch nur durch einen quer über einen Weg gesponnenen Faden, ist es verdammt schwer, die Spinnweben von der Kleidung herunterzubekommen.«

»Ist das von Bedeutung?«

»Durchaus. Die sitzen manchmal sehr fest, weil Spinnen sie als Sekret abscheiden. Außerdem sollen sie ja kleben, damit sich Insekten darin verfangen können. Deshalb waren sie trotz des Wassers noch am Pullover. Wenige, aber sie sind da. Die könnten wichtig sein, um Hinweise auf einen vorherigen Aufenthaltsort zu bekommen.«

»Im Hotel von Felthuis und auch in ihrer Wohnung werden sicher keine Spinnweben sein. Da soll alles picobello sein.«

»Man muss jedoch bedenken, dass die gemeine Nordseestrandspinne ihre Netze gerne an der Wasserkante baut.«

»Die Nordseestrandspinne?«, fragte Itzenga den Mediziner erstaunt.

»Ein geniales, aber mit Vorsicht zu genießendes Tier. Zirka 25 Zentimeter lange Beine, großer, rötlicher Körper, mit Schuppen gepanzert. Lebt in der strandnahen Zone und kann gefährlich werden. Sie ist nicht heimisch, wandert mit den Klimaveränderungen, die stattfinden, ein. Je wärmer es wird, desto mehr Pflanzen und Tiere finden bei uns eine neue Heimat, darunter nicht nur angenehme Arten, Sie kennen sicher den Riesenbärenklau. Die Nordseestrandspinne beißt sehr unangenehm zu und sondert dabei ein Gift ab. Ihre Netze breitet sie über dem Strand aus, sodass sich Strandflöhe darin verfangen, die sie gerne frisst. Wenn man nun jemanden über den Strand zieht, eine Leiche beispielsweise, bleiben selbstverständlich Fäden an der Kleidung hängen.«

»Die wandert ein? Giftige Tiere hat es hier doch nie gegeben. Muss man vor der nicht warnen?«, fragte Itzenga entsetzt.

Jensen erwiderte mit ernstem Unterton:

»Sicher, sollte man.«

»Können Sie feststellen, ob es sich um die Weben dieser Nordseestrandspinne handelt?«

»Nein, leider nicht.«

»Aber wieso nicht?«

»Sorry, Frau Itzenga. Das war ein Scherz. Die Nordseestrandspinne gibt es nicht. Nichts für ungut, aber mir war gerade danach.«

Für einen Moment verschlug es Itzenga die Sprache. Witzbold! Dann musste sie lächeln. Sie war ihm auf den Leim gegangen.

»Trotzdem sagt Ihr Scherz etwas aus«, reagierte sie keinesfalls beleidigt. »Die Leiche könnte, bevor sie an den Strand und ins Wasser gelangte, woanders gewesen sein. Wir könnten Ihnen Spinnweben von den Orten liefern, die in den nächsten Tagen möglicherweise als Tatorte in Frage kommen. Vielleicht gibt es einen Zufallstreffer und ein Vergleich bringt Hinweise auf den vorherigen Aufenthaltsort von Herrn Felthuis.«

»Gerne, das können Sie aber so oder so tun. Ich schreibe an einem Artikel über dieses Thema, für die kriminaltechnische Zeitschrift. Deshalb interessiere ich mich sehr dafür. Spinnweben weisen interessante Strukturen auf. Die Moleküle sind spiralförmig angeordnet, das macht die Weben elastisch. Und dann sind sie noch wechselnd angeordnet, wie ein Blatt, dass man mehrfach faltet. Diese Struktur ist unbeweglich und bringt die Stabilität, aber auch Härte der Spinnweben mit sich. Denken Sie an ein ebenes Blatt Papier und an ein gefaltetes – welches hat mehr Stabilität? Diese Anordnungen, also einerseits spiralförmig, andererseits gefaltet, wiederholen sich oft, und in einer einzelnen Spinnwebe sind viele Spinnenseidenfasern miteinander verbunden. Spinnweben sind deshalb materialtechnisch und architektonisch wahre Wunderwerke. Man sollte sie nicht einfach wegsaugen«, lachte Jensen, anscheinend immer noch belustigt, dass er die Hauptkommissarin für kurze Zeit aufs Glatteis geführt hatte. »Ich komme oft gar nicht zum Putzen. Ich vermute, in meiner Wohnung würden Sie allerhand interessante Spinnweben finden«, ging Itzenga auf die Auskünfte Jensens ein.

»Sorry, manchmal rede ich wohl zu viel. Er hat sehr viel Blut verloren. Dort, wo er erstochen wurde, müsste man Reste finden, und seien sie noch so klein.«

»Meistens wird versucht, derartige Spuren zu eliminieren.«

»Nie alles, Frau Itzenga. Das ist sehr schwierig. Der Mann

hat bäuchlings auf dem Boden gelegen, nachdem er erstochen wurde. Ach ja, er hatte eine leichte Prellung im Brustbereich. Als habe dort jemand draufgetreten. Er ist nicht geboxt, also geschlagen geworden, eher getreten. Aber nicht als Tritt in engerem Sinne, eher so, dass er schon lag und dann hat sich jemand mit Gewicht mit einem Fuß auf die Brust gestellt, vielleicht, um ihn ruhig zu halten. Und …«, Jensen schien auf seinem Schreibtisch zu suchen, dann hörte man ein Nuscheln, das wohl nicht für Itzenga bestimmt war. Schließlich hörte sie: »Unter den Fingernägeln habe ich Fusseln eines alten Teppichs gefunden.«

»Teppichfusseln? Das ist ja eine Kombination. Muschelreste, Spinnweben, Teppichfusseln.«

»Es sieht so aus, als habe er sich mit den Fingern in dem Teppich festgekrallt. Die Flusen saßen so fest, dass ich sie gezielt unter den Nägeln wegziehen musste. Deshalb konnte ihnen das Wasser auch nichts anhaben. Bringen Sie mir also auch da Vergleichsmaterial und wir wissen, wo er war, bevor er an den Strand gezogen wurde.«

»Aber das hieße, dass er in irgendeinem Haus, also da, wo normalerweise Teppiche liegen, erstochen wurde.«

»Ich kann Ihnen nur bei den Analysen der Indizien helfen. Aber, Frau Itzenga, Leichen-Dumping kommt in Frage. Es dient dazu, einen Mord zu vertuschen und einen Ertrinkungstod vorzutäuschen.«

»Ich weiß, ja.«

»Aber ein Ertrinkungstod war es nicht.«

»Sagten Sie ja schon.«

»Möglicherweise geschah es in einem Haus, in dem nicht permanent gesaugt wird und wo alte Teppiche liegen.«

»Ich finde, das ist nicht unwahrscheinlich. Und nach dem Mord musste die Leiche verschwinden«, dachte Itzenga halblaut nach.

»Dann wäre es ein Lehrbuchbeispiel für Leichen-Dumping.«

»Für den Moment einerseits wunderbar, andererseits noch verwirrend, was Sie mir da präsentieren, Herr Jensen. Eine Menge Anhaltspunkte. Haben Sie weitere Überraschungen?«, Itzenga lächelte.

»Ganz fertig bin ich tatsächlich noch nicht.«

»Nun?«

»Aufgeschnippelt hatte ich ihn ja schon. In der Lunge habe ich Fasern gefunden.«

»Er war geknebelt.«

»Die Fasern geben natürlich Hinweise auf den Stoff, mit dem er geknebelt wurde. Könnte ein Stoff sein, wie man ihn für einen Vorhang nehmen würde, eher grob.«

»Das ist gut. Wenn wir nur wüssten, wo auf Juist solche Vorhänge zu finden sind.«

»Er wird durch den Mund weitergeatmet haben, dadurch gelangen Fasern in die Lunge.«

»Er hat durch den Mund geatmet, trotz Knebel?«

»Die Nase war voller Blut. Das wird die Nasenatmung erschwert, wenn nicht weitgehend verhindert haben. Also Mundatmung, die war wiederum durch den Knebel sehr gehemmt. Er wäre noch quälender gestorben, hätten die Stiche nicht vergleichsweise schnell zum Tod geführt.«

»Danke, Herr Jensen. Ich glaube, ich muss mir erst ein paar Gedanken machen. Vielleicht gibt es ja bald noch mehr Hinweise von Ihrer Seite.«

»I'll do my very best«, lachte Jensen am anderen Ende der Leitung, »tschüss dann und viel Spaß noch auf dem Eiland! Und sorry wegen der Nordseestrandspinne.«

»Schon gut. Apropos Spaß, leider sind Morde meistens nicht besonders spaßig. Aber wem erzähle ich das? Tschüss, bis bald.«

16

»Ich kann es immer noch nicht glauben«, stöhnte Klaus Andresen, als er mit seiner Frau am Abendbrottisch saß.

Gerda starrte auf die angebissene Schwarzbrothälfte, die mit Butter und einer Scheibe mittelaltem Gouda belegt war. Sie schwieg.

»Dass Willi tot ist, mit einem Mal. Er war ja nun wirklich nicht bei jedem beliebt, mir hat er manchmal die Hölle heißgemacht. Aber man muss ihm lassen, dass er sich immer für die Insel eingesetzt war. Sein Hotel, das Restaurant, die Pensionen, alles Topadressen.«

»Mann, immer dieser Bezug zum Besitz, zum Geld. Gibt es nicht auch andere Dinge, die einen Menschen wichtig machen?«, erwiderte Gerda, ihre Miene versteinert.

»Ich meine ja nur. Er war ein bedeutender Juister …«

»Macht nur das Geld jemanden bedeutend?«

Gerda reagierte sensibel auf den Mord. Natürlich stand die ganze Insel kopf, seitdem die Nachricht die Runde gemacht hatte. Er dachte ein Stück weiter.

»Wir müssen uns Sorgen machen, denn der Täter muss noch auf der Insel sein.«

»Den Gedanken hatte ich auch schon.«

Plötzlich begann sie zu weinen.

»Na komm, er muss ja nicht noch jemanden umbringen«, versuchte Klaus recht ungeschickt, seine Frau zu trösten.

»Es reicht ja wohl, wenn einer stirbt, oder?«, reagierte Gerda heftig.

»Ja, sicher, oder … nein, das ist schon zu viel«, Klaus wusste nicht, wie er sie beruhigen sollte.

»Die Polizei wird den Mörder sicher bald finden, er kann ja gar nicht weg von der Insel.«

»Ist das nun gut oder schlecht? Ich kann das nicht begreifen«, schluchzte sie, »Willi konnte ein Sturkopp sein … Ich meine, wir haben uns doch auch oft ganz normal mit ihm unterhalten. Er war einer von uns, ein Insulaner. Er hat ausgeholfen, wenn er konnte.«

Klaus streichelte über ihr Haar, verließ jäh den Raum, ging in die Küche und brühte einen Tee auf. Er starrte dabei aus dem Fenster. Er bemühte sich, den kurz aufkeimenden Gedanken, dass seine Arbeit jetzt leichter würde, da der heftigste Gegner des Küstenentwicklungsplanes nicht mehr existent war, zu unterdrücken. Egal, wie man zueinander stand, mit dem Tod machte man keine Geschäfte. Außerdem war es für die Insel gewiss Negativwerbung. Die Gäste fragten alle und jeden, wie das denn passieren konnte und ob man mit mehr rechnen musste. Sie kamen auch schnell auf den Gedanken, dass, solange der Mörder nicht gefasst war, er sich auf der Insel verstecken musste, wenn er nicht sogar unbehelligt unter ihnen weilte. Die Verunsicherung war groß, solange die Polizei keine Ergebnisse vorweisen konnte.

Als er zurückkehrte, hatte sich Gerda wieder im Griff. Sie putzte sich die Nase, nahm schweigend den Tee, den Klaus ihr brachte und schlürfte ein wenig daran herum.

»Besser?«, fragte er.

Sie sah ihn flüchtig an, senkte den Kopf wieder.

»Nein. Es ist ein Schock, es ist schrecklich!«

»Ja, du hast recht.«

»Hast du die Kommissarin gesprochen, die aus Aurich?«

»Wieso sollte ich?«

»Sie werden alle vernehmen wollen.«

»Wie, alle?«

»Alle, die Willi kannten.«

»Soweit ich weiß, werden Leute vernommen, die verdächtig sind.«

»Du und Willi, ihr hattet oft Meinungsverschiedenheiten.«

»Das ist normal, damit macht man sich nicht verdächtig«, entgegnete er, »und ich denke nicht, das wir darüber nachdenken müssen, wie die Polizei vorzugehen hat.«

»War nur so ein Gedanke.«

»Warten wir's einfach ab.«

»Wer es wohl war?«, fragte Gerda und sah Klaus an, die Augen rot vom Weinen.

»Gute Frage, nächste Frage«, versuchte Klaus, die negative Stimmung zu lindern, die im Raum lastete.

»Trifft dich sein Tod nicht?«, fügte Gerda eine unerwartete Frage an.

Klaus sah verblüfft auf.

»Doch … natürlich.«

»Man merkt es dir nicht an.«

»Du weißt, Willi und ich …«

»Er ist tot! Das ist etwas anderes«, rief Gerda gereizt.

»Ja, klar. Willis Tod ist bedauerlich. Den Tod hat niemand verdient«, druckste Klaus herum, »zumindest keinen gewaltsamen.«

Seine Frau biss lustlos in ihr Brot. Dann schob sie den Teller zurück, erhob sich und ging mit den Worten »Ich gehe schlafen, ich fühle mich nicht gut. Und morgen wird es wieder ein arbeitsreicher Tag.«

»Ja, ich geh auch bald.«

Gerda verließ den Raum und ließ ihren Mann zurück, der über das Gespräch und ihre letzten Worte nachdachte. Er begann, den Tisch abzuräumen. Himmel ja, wie lange hatten sie Willi gekannt, mit ihm gestritten, aber auch so manchen Spaß gehabt. Er war einer von Juist gewesen, einer von ihnen. Und sicher würden die Kommissare bald bei ihnen auftauchen. Warum, verdammt noch einmal, hatte Willi ihn immer persönlich mit den Planungen zur Deicherhöhung in Verbindung gebracht?

17

»Er wollte noch in den Dorfkrug, hat er gesagt, aber …«, Frederike Felthuis konnte nicht weitersprechen. Zu nah lag das schreckliche Ereignis. Tanja Itzenga versuchte, so gefühlvoll wie möglich vorzugehen. Natürlich musste zuallererst die Witwe befragt werden, und die Hauptkommissarin war froh, dass sich Frau Felthuis bereit erklärt hatte. Sie wusste am besten über ihren Ehemann Bescheid, konnte sagen, was ihr Mann an dem Abend vorhatte, an dem er zu Tode gekommen war.

»Er ist aber nicht im Dorfkrug gewesen«, sagte Itzenga behutsam.

Frau Felthuis hatte Mühe, sich auf das Gespräch zu konzentrieren.

»Nein, anscheinend nicht. Ich nahm es aber an.«

»Der Gastwirt hat es uns gesagt. Haben Sie eine Idee, wo er ansonsten hätte hingehen können?«

»Nein«, kam es prompt zurück. »Woher denn auch, wenn er mir sagt, er ginge in den Dorfkrug?«

»Hatte Ihr Mann Freunde, Bekannte, die er vielleicht spontan besucht haben könnte?«

»Willi kannte alle, und alle kannten ihn. Es kam vor, dass er mal hier, mal da war, so über den Tag verteilt. Aber wenn er mir sagte, er wolle zu irgendjemand, dann war das auch so«, Frederike Felthuis sprach plötzlich überraschend klar. Eine Welle der Trauer schien ausgelaufen, aber eine nächste würde sicher bald folgen. Wie am Strand, dachte Itzenga, an der Wasserkante.

»Er wird ja nicht einfach so irgendwohin gegangen sein. Gibt es Personen, die er bevorzugt aufsuchte, vor allem, wenn er es spontan tat?«

»Willi engagierte sich in Tausend Dingen. Jetzt, wo er plötzlich und unerwartet Bürgermeister war, dachte er, dass er sich um alles kümmern müsste.«

Plötzlich und unerwartet, dachte die Hauptkommissarin, das passte zur Situation.

»Er musste ständig mit irgendwelchen Leuten reden, sie von etwas überzeugen. Er hat eigentlich nie Pause gemacht«, ergänzte Frau Felthuis.

»Er hatte nicht nur Freunde auf der Insel.«

Frau Felthuis sah auf, blickte sekundenlang in die Augen Tanja Itzengas. Dann schwenkte sie ihren Blick in eine andere Richtung.

»Politik war plötzlich wichtig für ihn. Aber wenn man Politik macht, macht man sich eben nicht nur Freunde. Er wollte nichts vom Klimawandel wissen. Die Deicherhöhung war ein rotes Tuch. Das hat ihn auf den Plan gebracht. Vorher ging es ihm nur um die Wirtschaft, den Tourismus. Man muss aber auch sagen, dass er das, was er tat, aus Überzeugung machte. Er hat sich Zeit seines Lebens für Juist eingesetzt, mit aller Kraft!«

»In letzter Zeit gab es oft Streit wegen des Deichprojektes.«

»Der Deich … Seine Streitereien mit Andresen und den Jugendlichen von der Umweltgruppe kreisten ständig um den Deich und um den Klimawandel. Ich konnte es schon nicht mehr hören.«

»Haben Sie mit Ihrem Mann darüber gesprochen?«

»Na sicher! Er hatte ja manchmal für nichts anderes Zeit. Da konnte ich alles Mögliche ansprechen, er wollte es nicht hören. Das musst du regeln, sagte er mir, ich muss mich um unsere Insel kümmern«, wiederholte Frederike Felthuis offenbar Worte, die sie öfter zu hören bekommen hatte.

»Der Gastwirt sagte, Ihr Mann habe ziemlich Stimmung gemacht, im Dorfkrug, auch am Hafen, wenn die Gäste kamen. Er war nicht der Meinung, dass der neue Küstenentwicklungsplan notwendig ist.«

»Es ist ja nicht verboten, unterschiedlicher Meinung zu sein.« Frederike Felthuis stand auf.

»Mein Gott, ich habe Ihnen gar nichts angeboten. Möchten Sie einen Kaffee?«, schob sie nach.

»Danke. Ein Glas Wasser wäre nett.«

Sobald Frederike Felthuis das Zimmer verlassen hatte, zückte Tanja Itzenga eine kleine Schere und schnitt unter dem Tisch ein paar Flusen des Teppichs ab. Er sah noch recht neu aus, Itzenga versprach sich nicht viel davon. Sie schaffte es gerade eben, sich wieder normal hinzusetzen, als Frau Felthuis hereinkam. Sie setzte das Wasserglas vor der Kommissarin ab.

»Er ist erstochen worden?«, fragte die Witwe unvermittelt.

»Ja.«

»Wissen Sie, womit?«

»Mit einem spitzen Gegenstand, mehr wissen wir im Moment nicht. Möchten Sie mehr Details wissen?«

Frederike Felthuis setzte sich langsam, schien abwesend.

»Nein. Es ist egal. Jetzt ist er tot.«

Tanja Itzenga knüpfte ihre nächste Frage an:

»Klaus Andresen und Ihr Mann waren wegen des Küstenentwicklungsplanes oft aneinander geraten, nicht wahr?«

Frederike Felthuis schwieg, starrte auf den Tisch vor ihr.

»Frau Felthuis?«, hakte die Hauptkommissarin nach. Sie schreckte auf.

»Entschuldigung, was sagten Sie?«

Itzenga wiederholte ihre Frage.

»Willi wollte Klaus zwischenzeitlich überzeugen, dass sie zusammen arbeiten sollten. Eigentlich hatte ich das vorgeschlagen, um das Gesprächsklima auf der Insel nicht allzu sehr unter die Räder kommen zu lassen. Er hat das eingesehen. Als Bürgermeister, sagte er mir, müsse er für alle da sein. In dem Moment wollte er wirklich keinen Streit. Aber er wollte auch, dass Klaus auf ihn einging. Dass der Deich nicht, zumindest nicht so sehr, erhöht wurde. Und dass die Umweltgruppe ihre Aktionen doch woanders, zum Beispiel im ›Future House‹, aber nicht im Hafen machen könnte. Das waren seine Ideen. Er hatte jedoch Mühe, sie mit Ruhe und Bedachtsamkeit umzusetzen.«

»Es konnte laut werden?«

Frau Felthuis starrte wieder auf einen Fleck vor sich, an dem es wohl nur für sie etwas zu entdecken gab.

»War das so?«, hakte Itzenga nach.

»Willi konnte aufbrausend sein«, Frederike Felthuis stockte wieder. Sie schluckte, schluchzte, dann kullerten erneut einzelne Tränen über die Wangen.

»Reden Sie einfach weiter, Frau Felthuis. Wenn es geht. Ich will Sie nicht drängen.«

Sie putzte sich die Nase.

»Willi wollte nur Gutes für Juist. Und dass sich die Gäste wohlfühlen.«

»Deshalb wollte er die Umweltgruppe nicht am Hafen haben?«

»Er wollte sie am liebsten gar nicht haben. Und, ja, die standen immer am Hafen, natürlich dann, wenn die Gäste ankamen. Alles andere ergäbe wenig Sinn. Nur wenn neue Gäste kommen, die alten abfahren, ist richtig was los am Hafen.«

»Da erreicht man die größte Aufmerksamkeit.«

»Klar. Ich kann das auch verstehen. Aber Willi eben nicht.«

»Sie konnten das verstehen? Dass die Jugendlichen mit Plakaten auf die Umweltprobleme aufmerksam machten?«

»Sie haben recht.«

»Aber Ihr Mann …«

»Ja, mein Mann fand, dass sie nicht recht haben. Die Zeiten sind vorbei, wo eine Frau immer Ja und Amen zu dem sagen muss, was ihr Mann sagt, oder?«, Frederike Felthuis' Stimme klang kraftvoller, als sie dies sagte.

»Das hoffe auch ich sehr, ja«, wollte Itzenga keinesfalls falsch verstanden werden, »aber hat das nicht zu Zwist geführt? Ich meine zwischen Ihnen und Ihrem Mann?«

Wieder schluckte Frederike Felthuis, ihre Augen wanderten eine Weile unruhig hin und her, als denke sie sehr angestrengt nach.

»Geht Sie das etwas an?«

»Das überlasse ich Ihnen.«

»Wir waren mehr als 20 Jahre verheiratet. Sie würden mir kaum glauben, wenn ich Ihnen erzählen würde, wir hätten niemals Streit gehabt, oder?«

»Geht mich tatsächlich nichts an.«

»Das sehe ich genauso.« Das hatte Frau Felthuis sehr deutlich ausgesprochen.

»Ich will nicht in Ihre Privatsphäre eindringen, aber wir müssen uns ein Bild von Ihrem Mann machen. Die Probleme …«, doch die Hauptkommissarin wurde jäh unterbrochen.

»Es gab so einige Probleme«, befand die Witwe. »Willi war nicht immer leicht zu nehmen, nein. Willi hielt nichts von der Klimadiskussion, behauptete, es sei nichts bewiesen, das Klima habe sich immer schon verändert und das Ganze sei nichts anderes als Panikmache. Das war so, ja. Ich habe übrigens eine andere Überzeugung. Und ist es nicht gut, dass wir trotzdem das Leben gemeistert haben? Ein Hotel, zwei Pensionen, wissen Sie, wie viel Arbeit es ist, den Laden zusammenzuhalten? Jeden Tag von Neuem für das Restaurant bestellen, natürlich in Absprache mit dem Koch. Das Personal einteilen, kontrollieren, zwischendurch hier ein Gespräch, dort ein Schnack. Aber das muss auch sein. Die gesamte Buchführung lastet auf meinen Schultern. Das müssen Sie sich mal vorstellen!«

»Ja, das ist wahnsinnig viel Arbeit, Frau Felthuis.«

Eine Weile schwiegen die beiden Frauen und Tanja Itzenga überlegte, das Gespräch besser zu beenden. Frederike Felthuis schien sehr angespannt.

»Willi war zu sehr von der Sache eingenommen«, sagte die Gattin des Ermordeten plötzlich.

Tanja Itzenga bemerkte die Betonung des ›zu‹.

»Hätte er anders reagieren können?«

»Nein«, sie dachte kurz nach und wiederholte: »Nein. Es war sein Naturell. Ich habe ihm allerdings oft gesagt, es helfe mehr, wenn er besonnener wäre.«

Frau Felthuis warf der Polizistin einen beinahe feindseligen Blick zu.

»Haben Sie alles, was Sie brauchen, Frau Hauptkommissarin?«

»Ich verstehe, wenn Sie jetzt Ihre Ruhe wollen. Dann werde ich gehen.«

»Das wäre sehr zuvorkommend.«

»Gut. Ich werde aber sicher noch einmal vorbeikommen müssen.«

»Sagen Sie bitte vorher Bescheid.«

»Selbstverständlich.«

Itzenga und Felthuis erhoben sich, die Witwe wollte die Polizistin zur Haustür begleiten, blieb aber vor dem großen, zum Deich gerichteten Fenster stehen. Die Frau war angespannt. Der Tod ihres Mannes war das eine, die darauf keine Rücksicht nehmende Arbeit das andere. Sie würde Erholung brauchen, wusste aber, dass die nächsten Bestellungen aufgegeben und die verbliebenen Gäste gut versorgt werden mussten.

»Ich weiß im Moment nicht, wie ich das alles schaffen soll«, sagte sie, und Tanja Itzenga wunderte sich, dass sie das ausgerechnet ihr beichtete.

»Sie sollten sich Ruhe gönnen«, versuchte sie einen gut gemeinten Tipp.

»Wie denn?«, fauchte Felthuis, »der Laden muss doch weiterlaufen!«

»Ja, sicher«, erwiderte die Hauptkommissarin leise.

Frederike Felthuis starrte aus dem Fenster.

»Darum ging es ihm«, sagte sie mit einem Seufzer.

»Was meinen Sie?«, verstand Itzenga nicht.

»Schauen Sie mal aus dem Fenster.«

Tanja Itzenga staunte über die wechselnden Stimmungen dieser Frau. Eben noch hatte sie hart und abweisend geklungen und nun sprach sie mit sanfter, fast versöhnlicher Stimme. Itzenga schob es auf die arge Belastung, unter der sie stand. Dass sie aus dem Fenster schauen sollte, erstaunte sie, denn es war mittlerweile dunkel geworden und außer trübem Licht einer der Straßenlaternen nichts zu entdecken.

»Nun«, begann sie, doch Frederike Felthuis ließ sie gar nicht zu Wort kommen.

»Ich habe gar nicht bemerkt, dass es schon dunkel ist. Hätten wir Tageslicht, würden Sie einen grandiosen Blick über den Deich auf das Vorland und das Wattenmeer haben. Würden die Seevögel beobachten und den Segelbooten am Horizont hinterher träumen können.«

Wundervoll ausgedrückt, dachte Itzenga und bestätigte:

»Sicher ein traumhafter Blick, so stellt man sich das Töwerland vor.«

»Sehen Sie«, sagte Frederike Felthuis, »genau dieser Blick geht für viele verloren, wenn der Deich erhöht wird. Und Willi hat …«, sie zögerte, »hatte sich in den Kopf gesetzt, dass genau dies für den Tourismus auf Juist sehr nachteilig werden könnte. Die Gäste wollten vom Frühstückstisch auf das Meer gucken können. Sie wollten abends beim Bier oder Wein sehen, wenn die untergehende Sonne das Meer in tausenderlei Farbtöne taucht. Und das gilt auch für die Radfahrer, Spaziergänger und Wanderer, die auf der Wattseite unterwegs sind, solange sie am Deich entlang fahren oder gehen.«

»Aber was nutzt es, wenn Juist seine Sicherheit riskiert? Höherer Meeresspiegel, höherer Deich, das scheint unausweichlich.«

»Sehen Sie, Frau Itzenga, spätestens nach dieser Äußerung wäre Willi laut geworden«, sagte Frederike Felthuis und schob ein leises »Tschüss dann« hinterher.

Frederike Felthuis schob Tanja Itzenga geradezu auf den Flur. Ohne Worte nickten sich die beiden Frauen zu, und die Polizistin ging zur Treppe, hinunter ins Erdgeschoss und verließ das Haus. Auf dem Weg zur Unterkunft ließ sie das Gespräch Revue passieren. Dann fiel ihr Ulferts ein. Der wartete sicher auf sie und hatte, wie fast immer, Hunger. Vielleicht hatte er bei seinen Recherchen Interessantes erfahren. Sie zückte ihr Smartphone, startete WhatsApp, suchte seinen Namen und tippte: »Treffpunkt in zehn Minuten am Imbiss? Habe heute Lust auf Pommes Schranke.« Die Antwort ließ keine 20 Sekunden auf sich warten: »Bin gleich da! Bestell schon mal.«

18

»Red keinen Unsinn!«, empörte sich Karl Maier, der nicht sicher war, ob Sven Scheepker Spaß machte oder ihn provozieren wollte.

»Du hattest allen Grund, Felthuis umzubringen, oder?«

Die beiden Männer waren sich auf der Wilhelmstraße kurz hinter der schwarzen Bude auf dem Fahrrad begegnet, Scheepker war stehen geblieben: »Karl, wart mal eben!«

»Stimmt doch, du und Felthuis, das war wie Wasser und Feuer. Genau wie bei Klaus.«

»Was redest du für einen Unfug? Kommst du aus dem Dorfkrug und hast dir einen genehmigt?«, entgegnete Maier.

»Es würde doch passen. Ein Störenfried weniger«, rutschte es Scheepker hinaus.

»Felthuis konnte eine ganz schöne Nervensäge sein. Aber beim Tod hört der Spaß auf, also halt dich zurück mit solchen Sprüchen.«

»Felthuis war ein harter Knochen. Du und er, ihr wart euch spinnefeind.«

»Er regte mich auf mit seinem Getöne. Dich doch auch. Er wollte nicht einsehen, dass die Fakten für sich sprechen. Das nervt auf Dauer. Das ging dir doch genauso. Was willst du überhaupt? Bisher waren wir uns immer einig, wir und Klaus gegen Felthuis.«

»Aber so richtigen Streit hatten nur du und Klaus mit ihm.«

»Weil du zu gern den Schweigsamen spielst. Wenn wir unsere Insel erhalten wollen, brauchen wir einen höheren

Deich. Diese simple Tatsache wollte Felthuis nicht wahrhaben. Und wenn unsere Kinder und Enkel noch Fisch essen wollen, müssen wir aufhören, unseren Plastikscheiß in die Ozeane zu kippen. Ich habe neulich sonntags einen Test gemacht: Lauf mal an unserem schönen Strand entlang und sammle alle Kunststoffstückchen zusammen, die du findest. Nicht nur Fischkisten, Eimer und Tetrapacks, auch die kleinen, feinen Teile. Schön langsam laufen, genau hinsehen. Du wirst dich wundern, was alles an kleinem Zeugs zwischen Algen und Muscheln mitschwimmt. Und wie schnell du einen ganzen Batzen zusammenhast, wenn du alles aufsammelst. Das sieh dann mal im weltweiten Maßstab. Ich habe neulich eine Dokumentation über eine Küstenstadt in Bangladesch gesehen. Da gehen jeden Tag Hunderte Kilo Müll in einen Fluss und von dort ins Meer. Direkt, und nicht aus Versehen oder Faulheit, sondern weil die Leute nicht wissen, wohin mit dem Schiet. Da gibt es keine entsprechende Infrastruktur, von wegen Restmülltonne und gelber Sack! Das muss aufhören. Betonung auf muss! Die reichen Länder müssen den armen helfen! Das ist wichtiger, als Superbomben in den Bergen Afghanistans abzuwerfen. Und wenn Leute das nicht wahrhaben wollen, muss man es Ihnen sagen. Unsere Juister Gruppe proUmwelt, die machen das richtig, ich sage: weiter so! Und was fiel Felthuis dazu ein? Der wollte sie verjagen.«

»Das weiß ich doch, Karl. Aber«, Scheepker kam näher an Maier heran, »einer muss es ja gewesen sein.«

»Ich war einer der wenigen, die Felthuis offen widersprochen haben. Offen, wohlgemerkt. Die meisten haben ja gekuscht vor dem hohen Herrn! Du hättest dich auch mehr engagieren können, aber was nicht ist …«

»Ja, Karl, da hast du recht.«

»Ach, jetzt doch?«

»Nein, schon immer«, Maier machte eine entschuldigende Handbewegung, aber Scheepker setzte fort: »Felthuis hat sich seine eigene Realität zusammengebaut, so, wie sie ihm gefiel.«

»Es gibt keine individuelle Realität, es gibt nur die eine Realität.«

»Sicher? Aber wahrscheinlich hast du recht. Ich habe ein wenig Bedenken, dass diese Kommissare uns auch bald an die Hacken wollen. Eben weil wir nicht auf einer Linie mit Felthuis waren.«

»Quatsch. Es wäre doch wohl seltsam, wenn 100 Prozent der Juister einer Meinung wären?«

»Klaus wird es jetzt leichter haben.«

»Sven, holl up. Den Tod darf man niemanden wünschen, auch wenn es noch so ein großer Idiot …«, Maier hielt inne. »Ach, jetzt wo er tot ist, mag ich auch nicht mehr schlecht über ihn reden.«

»Das ehrt dich, Karl. Trotzdem, wir müssen achtgeben.«

»Worauf. Ich habe mir nichts vorzuwerfen. Du etwa?«

»Unsinn, nein«, erwiderte Scheepker empört, »ich meine ja nur. Ich habe da auch noch was, das könnte Licht in die Geschichte bringen. An dem Abend, in der er umgekommen ist, war ich noch am Flugplatz. Ich musste etwas an der Beleuchtung reparieren. Ich bin also dahin, mit dem Rad.«

»Und?«, Maier kannte sich mit alldem nur zu gut aus, warum erzählte Scheepker ihm das?

»Auf dem Rückweg kam mir Giesbert Focken entgegen.«

»Giesbert! Der läuft doch immer dort hinten herum. Er wohnt hinterm Ostdorf. Was soll's.«

»Was läuft der mutterseelenallein herum, wo es doch schon stockdunkel war und die Witterung nicht eben toll.«

»Wer weiß schon, was Giesbert treibt?«, fragte Maier und sah dabei auf die Uhr. Er wollte in der Domäne Loog, einem alten Bauernhof und heutigem Café und Restaurant am Deich, noch einen Tisch für den nächsten Abend bestellen, da sein Sohn mit Frau und Enkelkind kommen würde. »Bitte am Fenster, mit Blick auf den Heller und das Wattenmeer«, hatte sein Sohn ihn beauftragt. So hatte er nicht mehr viel Zeit, mit Scheepker über Giesbert zu schwadronieren.

»Eben, wer weiß schon, was Giesbert so treibt? Das sagst du ganz richtig, Karl. Er begegnete mir auf der Flugplatzstraße ungefähr auf der Höhe, wo man Felthuis an der Strandseite gefunden hat.«

»Und?«

»Giesbert könnte …«

»Sven, nun mal langsam. Willst du behaupten, dass Giesbert etwas mit dem Tod von Felthuis zu tun hat?« Maier sah Scheepker scharf an.

»Ich finde es nur seltsam, dass er gerade zu dem Zeitpunkt herumstromerte, bei Bedingungen, bei denen man sonst niemanden hinter dem Ofen wegbekommt.«

»Es war ein bisschen windig, nass und kalt. Nordsee ist nicht Karibik. Wahrscheinlich läuft er lieber über die Insel, als in seiner Bruchbude zu hocken«, vermutete Maier, »kann ich sogar nachvollziehen.«

»Da sagst du was. Die Hütte sieht ja verboten aus. Und der Garten! Rasen gemäht wurde da seit zehn Jahren nicht mehr. Ich verstehe das nicht. Einer, der so mit seinem Besitz umgeht, der …«

»Ist sein Bier, nicht deines, nicht meines. Scher dich nicht drum. Mir ist es schnurzpiepe. Ich habe genug eigene Sorgen. Giesbert mag ja ein bisschen komisch sein. Aber nur, weil er nicht ständig Rasen mäht, Hecke schneidet und das Grüne zwischen den Steinen wegbrennt, ist er ja kein schlechter Mensch. Das sind doch nicht die Dinge, die wichtig sind.«

»Doch, das finde ich schon. Eigentum verpflichtet.«

»Das sieht der eine so, der andere so. Mann! Da fegt einer nicht regelmäßig und schon steckt er in einer Schublade. Traurig genug.«

»Sag das nicht, du kennst die Geschichte mit dieser Frau …«

»Nee, komm mir nicht damit. Erstens ist ihr nichts, rein gar nichts passiert, und zweitens hat niemals jemand belegen können, dass sie von Giesbert belästigt wurde. Wahrscheinlich hat sie sich das alles ausgedacht«, Maier reagierte säuerlich und schob nach:

»Warum, meinst du, hat Giesbert damit etwas zu tun?«

»Weil … es ihm plötzlich zu viel wurde?«

»Was?«

»Dass er hier keinen Fuß auf den Boden bekommt?«

»Ich glaube, das war und ist ihm schietegal.«

»Was ist mit dem Bootsunfall seiner Eltern?«

»Ein Bootsunfall eben. Sie sind jahrelang mit einem Seelenverkäufer ans Festland geschippert. Und dann ist er aus Altersschwäche gesunken. Pech, ist passiert.«

»Sein Vater soll nicht eben zimperlich mit ihm umgegangen sein. Da kann sich was aufgestaut haben, was er jetzt an einem anderen abgelassen hat.«

»Bist du unter die Psychologen gegangen? Das sind doch alles nur Mutmaßungen. Keiner weiß etwas Genaues. Die Fockens sind doch nur in das negative Blickfeld geraten, weil sie sich nicht so in die Inselgemeinschaft integriert haben, wie man das von einem ordentlichen Insulaner – was immer das sein mag – erwartet. Sie lebten eben anders. Nur weil jemand anders ist, ist er nicht schlecht.«

»Ach, Karl, diese Sprüche!«

»Das sind keine Sprüche. Es wäre wichtig, dass das mal alle kapieren. Und nicht nur hier! Grundlose Vorurteile sind Grund für Streit und Zwist bis zum Krieg, weltweit. Ein Trauerspiel, das die Menschheit bietet. In ihrer ganzen Geschichte nix dazugelernt.«

»Es ist doch nicht richtig, wenn ich Haus und Hof verkommen lasse und mit den anderen im Dorf nix zu tun haben will!«, erregte sich Scheepker, »da lässt sich doch einiges herauslesen.«

»Und was, bitte? Es nicht verboten, Sven, nicht am Gemeinschaftsleben der Insel teilzunehmen. Wenn he neet will, denn will he neet. So is dat! Und es ist auch nicht verboten, den Rasen vor dem Haus wachsen zu lassen. Du willst doch letztlich auch nicht, dass man dir vorschreibt, wie du dich verhalten sollst, oder?«

»Nee, aber ich verhalte mich ja auch nicht so. In einer Gemeinschaft muss man sich eben ein bisschen anpassen, wenn man dazugehören will.«

»Das wollten die Fockens allem Anschein nach nicht. Ist das schlimm? Lass doch jeden so leben, wie er möchte. Wenn das alle täten, wäre diese Welt besser, glaub mir.«

Scheepker sah sein Gegenüber verdutzt an.

»Ich weiß nicht«, murmelte er, »aber mit Giesbert stimmt irgendetwas nicht. Da bin ich mir ziemlich sicher.«

Maier sah erneut auf seine Uhr.

»Verrenn dich nicht, Sven. Du, ich muss jetzt wirklich los. Mal was anderes: Felthuis war ein alter Insulaner, jetzt ist er nicht mehr da. Ihm gebührt eine ordentliche Trauerfeier, immerhin war er zuletzt Bürgermeister, außerdem der Besitzer eines großen Hotels und zweier Pensionen am Deich. Er hat auch viel Gutes getan, die Feuerwehr tatkräftig unterstützt, den Sportverein gesponsert. Er wollte Gutes für die Insel, leider lag er nicht immer richtig, aber er wollte auch Gutes.«

»Ich bin erstaunt, solche Worte von dir zu hören. Wo du eher Grund hattest, ihn über den Jordan zu schicken.«

»Sven, tu mir einen Gefallen und behalt deine nicht zutreffenden Vermutungen für dich. Insbesondere, falls die beiden Auricher Kommissare dich tatsächlich fragen sollten.«

»Aber wir müssen ihnen doch helfen, die Sache aufzuklären. Ich meine, Juists Ruf leidet jetzt schon. Mord auf unserer sauberen Insel. Ist doch Mist, so etwas.«

»Wenn es ernst zu nehmende Hinweise gibt, dann kann man der Polizei helfen. Reine Vermutungen, die zudem auf Vorurteilen und vagen Andeutungen aufbauen, helfen nicht weiter.«

»Ich habe doch keine Vorurteile. Ich habe nur gesehen, dass Giesbert unterwegs war, genau in der Tatnacht.«

»Du doch auch.«

»Ich musste dienstlich zum Flugplatz.«

»Und Giesbert wollte vielleicht Glühwürmchen fangen.«

»Blödmann, ich mein das ernst. Und Glühwürmchen gibt's hier doch gar nicht.«

»Siehst du, Sven: Genauso, wie du Giesbert und mich in den Kreis der Verdächtigen aufnimmst, würde ich dich auch aufnehmen. Wer schleicht da nachts über die Insel?«

»Ich schleiche nicht. Aber der Giesbert, der schleicht. Ich bin nur meinem Job nachgegangen.«

»Das erzähl mal einem Juristen. Egal jetzt, ich muss wirklich los. Tschüss Sven!«

»Ich habe die Reparaturen eingetragen. Das kann ich nachweisen.«

»Du kannst wer-weiß-was eintragen. Das ist alles andere als ein Beweis.«

»Nee, nee, man hat ja auch ein Berufsethos.«

»Hör auf. Nochmals: Verrenn dich da nicht in abstruse Gedanken! So, jetzt muss ich aber endgültig los.«

Scheepker schien nicht überzeugt.

»Tschüss Sven. Die Polizei wird herausfinden, was sich zugetragen hat.«

»Hauptsache, es trifft keinen von uns«, rief Scheepker Maier hinterher, doch der trat bereits kräftig in die Pedale, der Westwind erforderte Gegenwehr. Scheepker starrte über den Deich auf den Heller und das in der Ferne glitzernde Wasser.

»Keinen von uns«, nuschelte er sich nochmals in den Bart.

19

»Das hast du ihm erzählt? War das schlau?«, maulte Conny.

»Es entspricht den Tatsachen«, knurrte Mirko. Er merkte, dass seine Handlungsweise erneut in Frage gestellt wurde, und das ging ihm auf den Wecker.

»Na ja, fast jedenfalls.«

Sie saßen im ›Future House‹, aber es war anders als sonst, der Fund der Leiche von Willi Felthuis steckte allen in den Knochen, das konnte man nicht einfach abhaken. Mirko und Reemt hatten sich die Stelle, wo der Tote gelegen hatte, immer wieder angesehen. Conny, Marina und Carsten hatten sauber gearbeitet, zu sauber vielleicht, man sah auf dem Teppich, wo wild gescheuert worden war, um das Blut wegzubekommen. Sie waren sich sicher, dass alle Spuren des Toten entfernt worden waren, und den hellen Fleck konnte man mit dem Umkippen einer Rotweinflasche und nachfolgender Reinigung begründen, falls jemals jemand fragen sollte. Auch der Weg in die Halle, wohin sie den Leichnam befördern mussten, um ihn auf den Handwagen zu legen, war von ihnen mehrfach gefegt und gewischt worden.

»Ich finde das nicht gut«, empörte sich Marina.

»Und wieso bitte schön nicht?«, ranzte Mirko zurück.

»Du bringst Giesbert in Verruf.«

»Den kann man nicht mehr in Verruf bringen.«

»Damit schürst du die Vorurteile gegen ihn nur noch weiter.«

»Man wird ihn verdächtigen«, pflichtete Conny bei.

»Vielleicht mit Recht«, verteidigte Mirko seinen Standpunkt, »ich habe nur zu Scheepker gesagt, Reemt und ich hätten Giesbert gesehen. Und so ist es gewesen. Da ist nichts Falsches dran.«

»Wieso eigentlich Scheepker?«, fragte Carsten.

»Ich habe ihn auf der Flugplatzstraße getroffen. Er hat mich gefragt, ob wir vor Kurzem eines unserer Treffen gehabt hätten. Das habe ich bestätigt. Das weiß doch jeder auf der Insel, wann wir das machen.«

»Das wollte er wissen?«, erkundigte sich Marina.

»Ja. Dann hat er mir erklärt, er habe neulich Licht im ›Future House‹ beobachtet, als er auf dem Weg zum Flugplatz war. Seine nächste Frage betraf Giesbert. Ob wir ihn gesehen hätten, er sei ihm nämlich auf der Straße begegnet.«

»Und du hast natürlich Ja gesagt.« Conny litt fürchterlich. Willi Felthuis' Leiche und der spontane Plan, ihn wegzuschaffen, lasteten mehr und mehr auf ihrer Seele. Sie wusste, dass es Marina genauso ging. Mirko und Reemt schienen jedoch voll und ganz überzeugt zu sein, richtig gehandelt zu haben.

»Na klar. Es stimmt ja auch. Giesbert ist uns begegnet, definitiv.«

»Scheepker wird das doch gleich der Polizei erzählen. Damit ist Giesbert geliefert.«

»Ach was! Giesbert wird erklären müssen, wann er wo war und was er gemacht hat. Wenn er das nachweisen kann, passiert ihm nichts. Und wenn nicht ... ich meine, wir sind uns doch einig, dass er es gewesen sein könnte.«

»Sind wir nicht«, ereiferte sich Marina.

»Eure Vermutungen sind das, unsere nicht«, fügte Conny hinzu.

»Ach, jetzt geht es schon so: eure, unsere ... Er ist immerhin der Einzige, der sich hier abends rumtreibt. Hier, am Ende des Dorfes, wo um die Zeit kaum noch jemand rumläuft«, gab Mirko zu bedenken.

»Das war doch Zufall, dass ihr Giesbert gerade vor der Kreuzung des Weges zum Strand und der Straße zum Flugplatz getroffen habt. Das hätte man ...«, doch Marina kam nicht weiter, denn Mirko unterbrach sie rüde.

»Es reicht mir langsam. Zufall hin oder her. Wir haben Giesbert getroffen, und Scheepker ist ihm begegnet. Es war nicht viel Zeit dazwischen. Was hätte ich sagen sollen? Scheepker kann eins und eins zusammenzählen. Warum hat er denn gefragt? Hätte ich Nein gesagt, dann wäre ihm das verdächtig vorgekommen. Ich habe also gesagt, wie es war, Punkt. Und es ist nicht einmal gelogen.«

»Was ist, wenn Scheepker nicht nur Giesbert getroffen, sondern auch uns gesehen hat? Wenn er dich prüfen wollte?«, fragte Reemt, was besorgte Blicke der anderen hervorrief.

»Ja, wenn er euch beide gesehen hat, mit dem Wagen«, ergänzte Conny mit kritischem Unterton.

»Unsinn, nein«, beschwichtigte Mirko, »das hätte er doch gesagt. Er sprach nur von Giesbert.«

»Logisch. Er wollte prüfen, ob du etwas zu dem Wagen sagst, mit dem wir da nachts umherfuhren. So hast du nur gesagt, dass wir unterwegs waren, mehr nicht.«

»Und wieso sollte er so geheimnisvoll tun?«

»Giesbert dort zu treffen ist nicht verwunderlich.«

»Und das gilt auch für uns. Es war der Abend, an dem wir uns immer im ›Future House‹ treffen«, rief Mirko.

»Aber normalerweise sind wir nicht mehr mir unserem Wagen unterwegs, zumal in der Dunkelheit. Im schlimmsten Fall hat er uns gesehen, als wir schon Richtung Strand abgebogen waren. Da wird er sich gedacht haben: Was wollen die mit ihren Infotafeln am Strand? Und dann noch nachts? Er wollte sehen, ob du ihm eine Erklärung dafür lieferst.«

»Nun seht nicht überall Gespenster. Er hat uns nicht gesehen«, behauptete Mirko fest.

»Scheiße. Wenn doch, dann können wir uns bald auf viele dumme Fragen gefasst machen«, warf Conny resigniert ein.

»Wir müssen sagen, was wir getan haben«, meinte Marina.

»Nee, Leute, ohne mich. Wir bleiben bei unserem Plan. Scheepker hat uns nicht gesehen, da bin ich mir sicher«, Mirkos Blick zeigte Verärgerung, aber ein wenig Verunsicherung mischte sich unter.

»Was hat er sonst noch gesagt?«, wollte Carsten wissen.

»Eigentlich nichts. Wir haben noch von unserer Aktion am Hafen gesprochen, da war das andere schon kein Thema mehr.«

»Na siehste, Reemt hat recht. Er wollte nachforschen, ob du von dir aus erzählst, warum Reemt und du mit dem

Handwagen in Richtung Strand gegangen seid. Eine Prüfung, ob du die Wahrheit sagst.« Carsten hatte bislang geschwiegen, doch auch in ihm stiegen die Zweifel darüber, ob sie richtig handelten, von Minute zu Minute.

»Vielleicht wird er Giesbert verdächtigen, etwas mit dem Tod von Felthuis zu tun zu haben. Aber uns eben auch«, meinte Carsten.

»Bist du bekloppt? Natürlich wird er uns nicht verdächtigen. Er hat nichts bemerkt, Leute. Garantiert! Und wenn, Scheepker ist nicht die Polizei.«

»Nee, aber er kann die Polizei informieren. Und dann stehen die ganz schnell vor der Tür und wollen wissen, was du und Reemt nachts auf dem Weg zum Dünenübergang getrieben habt.«

»Noch einmal: Sie werden uns nicht verdächtigen.«

»Wieso bist du dir so sicher?«

»Weil wir alles richtig gemacht haben. Gibt es irgendwelche Beweise für das Gegenteil?«, Mirko setzte eine überlegene Miene auf.

»Beweise vielleicht nicht, aber Motive: Wir haben uns nicht nur einmal mit Felthuis gefetzt«, antwortete Carsten.

»Schwachsinn! Scheepker stand selbst nicht auf dessen Seite«, rief Mirko, stand auf, ging hinaus und warf die Tür laut knallend hinter sich zu. Ihm reichte es. Erst sagten alle Ja und Amen – und im Nachhinein wurde alles infrage gestellt.

»Beweise hätte Scheepker ja wirklich nicht«, überlegte Marina, nachdem sie sich von dem geräuschvollen Abgang Mirkos erholt hatten, »aber wir sollten uns etwas Überzeugendes zurechtlegen, wie wir begründen können, dass Reemt und Mirko nachts mit dem Handwagen zum Strand gezogen sind.«

»Stimmt, dafür brauchen wir eine handfeste, saubere Erklärung, Leute. Aber noch mal zu Giesbert. Wir haben Felthuis tot gefunden und kurz danach hat Scheepker, aber Reemt und Mirko ja auch, Giesbert getroffen. Ist schon auffällig, oder? Da wir wissen, dass wir es nicht waren, wer käme ansonsten infrage?«

Alle blickten Reemt an. Keiner erwiderte etwas. Sein Gedanke war nachvollziehbar.

»Scheepker«, ließ sich Carsten hören.

»Der? Ich weiß nicht«, sagte Conny, »der ist immer so freundlich.«

»Pfft«, ließ Carsten hören.

»Ich habe keinen Bock mehr auf die ganze Sache«, flüsterte Marina.

»Wir müssen das durchziehen«, entgegnete Mirko, der nach kurzer Zeit hereingekommen war.

»Warum?«, war Conny alles andere als überzeugt, »wir waren es nicht. Das ist die Wahrheit, und …«, doch Reemt unterbrach sie.

»Eben! Und wenn sonst niemand weiß, was wir gemacht haben, wird es auch niemals jemand erfahren.«

»Aber Giesbert gerät ins Zwielicht, wegen Mirkos Aussagen. Und wenn Scheepker auch noch so etwas behauptet?«

»Na und? Er ist der Einzige, der mir einfällt, so etwas getan haben zu können. Immerhin hat er seine Eltern auf dem Gewissen.«

»So ein Scheiß«, Conny sprang auf und warf Reemt ein altes Sofakissen an den Kopf. »Mann, dich hätte man prima im Dritten Reich gebrauchen können. Wer anders ist, muss weg. Egal, was mit Leuten passiert, die sich nicht anpassen. Am Ende reicht es, mit einer falschen Religion geboren worden zu sein. Alle sagen, Giesbert hat 'ne Macke, also weg mit ihm.«

»Jetzt reicht's mir! Das ist absoluter Schwachsinn, den du da verzapfst, total überzogen«, schrie Reemt.

»Nee, ist es nicht. Giesbert haben alle auf dem Kieker, also kann nur er Felthuis umgebracht haben. Der wird dann in den Knast gebracht. Und irgendwo sitzt einer, der sich ins Fäustchen lacht, weil Giesbert eh niemand glaubt.«

»Dazu braucht es Beweise. Vorher sitzt Giesbert nicht im Knast. Wir leben nämlich in einem Rechtsstaat«, betonte Reemt, immer noch aufgebracht von Connys Äußerung.

»Es gibt nur einen vernünftigen Weg: Wir sollten morgen zu Wolters gehen und ihm alles beichten«, empfahl Conny.

»Das tun wir nicht«, polterte Mirko dazwischen.

»Wir ziehen das Ding durch. Scheepker hat uns nicht gesehen, wir ihn nicht. Wir haben nur Giesbert getroffen. Punkt, aus. Leute, wir müssen zusammenhalten. Dann kommt nichts raus. Und irgendwann werden die Bullen den Mörder schon finden. Dann ist die Sache geklärt. Ob Giesbert oder sonst wer! Wir sind dann jedenfalls endgültig raus aus der Geschichte.«

Die fünf jungen Leute schwiegen ein, zwei lange Minuten.

»Wir dürfen uns nicht zerstreiten«, sagte Conny schließlich.

»Find ich auch. Dann also so, wie Mirko es gesagt hat?«, fragte Marina, ohne den Kopf dabei zu heben.

»Das ist die einzige Chance, ohne Folgen aus dem Schlamassel herauszukommen, glaubt mir«, unterstützte Mirko Marinas Vorschlag.

»Reemt …«, begann Mirko.

»Schon gut. Ich mache sowieso mit«, bestätigte Reemt schnell.

»Und du?«, Mirko wandte sich Carsten zu.

»Und wenn wir doch der Polizei die Wahrheit sagen? Die können uns doch nichts anhaben.«

»Sie werden außer uns niemand anderen haben, der Felthuis um die Ecke gebracht haben könnte. Oder hast du eine Idee? Wer weiß, ob Giesbert nicht ein handfestes Alibi hat?«

»Okay. Machen wir's so«, schloss Carsten.

»Also dann. Jetzt sollten wir unsere Aktion für morgen planen. Wir haben das Plakat zum Klimawandel. Was ist mit den anderen Dingen? Medikamente und Mikroplastik im Meerwasser? Nitrate, Phosphate, Schwermetalle?«

»Wir haben letztes Mal gesagt: Nicht zu viel auf einmal.«

»Ach Leute, jetzt können wir doch voll ausholen. Uns stört keiner mehr, Felthuis ist ex und hopp.«

Nach diesem Satz starrten alle auf Mirko, als sei er von einem anderen Stern.

20

Tanja Itzenga lehnte sich zurück, während Ulferts am Fenster stand und den Blick auf Himmel und Meer genoss.

»Was haben wir?«, begann Itzenga, die Erkenntnisse der vergangenen Stunden zu rekapitulieren.

»Die Leiche war ein bedeutender Mann auf Juist. Er nahm kein Blatt vor den Mund, polarisierte. So macht man sich Freunde, so macht man sich aber auch Feinde.«

»Er war entschieden gegen den Generalplan und Sprachführer der Gegner«, ergänzte Ulferts,

»Das hat er immer wieder unmissverständlich deutlich gemacht, zuletzt als Bürgermeister und damit in neuer, nicht unbedeutender Position«, vollendete Itzenga.

»Plötzlich liegt er tot am Strand«, dachte Ulferts laut, was Faktum war.

»Aber er wurde sonst selten am Strand gesehen. Nach Jensens Indizienauswertungen ist er vielleicht auch gar nicht am Strand umgebracht worden.«

»Ist das sicher?«, zauderte Ulferts.

»Sand und Muschelreste an den Kratzspuren der Fersen, Teppichfusseln unter seinen Fingernägeln, Spinnweben an der Kleidung. Das weist auf einen anderen Tatort hin. Er war gefesselt und geknebelt. Macht man so etwas in aller Einsamkeit am Strand?«

»Die Fasern in der Lunge und die Teppichfusseln.«

»Das wären prima Indizien, aber willst du durch jedes Haus, durch jedes Zimmer auf Juist gehen und Proben nehmen?«

»Wenn's nicht anders geht.«

»Ich habe eine Teppichprobe aus Felthuis' Wohnung mitgenommen.«

»Da wird er wohl kaum ermordet worden sein.«

»Wer weiß, Ulfert.«

»Was ist mit seiner Frau? So ein Hitzkopf, einer, der leicht ausrastet. Vielleicht hat er sie geschlagen?«, mutmaßte Ulferts.

Tanja Itzenga wehrte ab.

»Nein, zwar wäre ich nach dem, was ich bisher von ihm

weiß, nicht gern mit ihm verheiratet gewesen, aber so weit wird er nicht gegangen sein. Man hätte Frau Felthuis etwas anmerken müssen.«

»Sagtest du nicht, sie habe erzählt, dass sie durchaus nicht immer mit ihm übereinstimmte? Er wollte bestimmen, wo es langgeht. Und wehe, jemand widerspricht, das ließ er sich nicht gefallen, von seiner Frau vielleicht auch nicht. Ein Macher, ein echter Kerl eben.«

»Scherzkeks. Einen echten Kerl stelle ich mir anders vor. Aber er war sehr vermögend, das kann auch attraktiv machen«, gab Itzenga schmunzelnd zu bedenken und fügte an:

»Dass sie ihn umbringt, das kann ich mir bei Frau Felthuis nicht vorstellen. Und wie sollte das passiert sein? Sie hätte ihm auflauern müssen. Am Strand, oder, wenn nicht dort, woanders. Dann aber hätte sie ihn von dort zum Strand bringen müssen. Und das wäre ihr ohne Hilfe nicht möglich gewesen. Ich habe mit ihr gesprochen. Sie hat ehrlich geantwortet. Sie hatten nicht immer dieselbe Meinung, aber sie war sehr erschüttert über seinen Tod und hat auch eine Menge Gutes über ihn vorgebracht.«

»Man muss weiter bohren«, begann Ulferts.

»… bei denjenigen, die nicht gut auf Felthuis zu sprechen waren«, beendete Itzenga dessen Gedanken.

»Wir sollten an weitere Teppichproben denken.«

»Die Spinnweben gehen mir nicht aus dem Kopf. Man könnte sich das mit den Teppichen sparen, wenn wir wüssten, woher die Spinnweben stammen.«

»Und umgekehrt. Aber sehen die nicht überall gleich aus?«

»Frag mal Jensen nach Spinnweben. Der weiß unglaublich viel über sie und ihre Verursacher. Er sagt, es seien überwiegend sehr alte gewesen, viel winzig kleines Zeugs klebe daran. Anhand der Partikel, die an den Weben kleben, kann man mit Glück eindeutig den Ort feststellen, an denen die achtbeinigen Tierchen einst ihr Domizil hatten.«

»Schön gesagt, Tanja. Gerade wenn man bedenkt, dass du von Spinnen sprichst. Was man so alles feststellen kann«, bemerkte Ulferts.

»Und noch viel mehr. Du musst mal in Lukaschewskis Kompendium der Kriminalistik schauen. Da steht alles drin, wirklich alles«, lobte Itzenga das dreibändige Werk.

»Ich weiß, es ist sehr beeindruckend.«

»Ganz große Klasse, allein die Bilder. Allerdings nichts für zarte Seelen«, bewertete die Hauptkommissarin. »Befragen, suchen, ausspähen, verdächtigen, festnehmen … Komischer Beruf, dem wir nachgehen, oder?«, murmelte sie, plötzlich nachdenklich.

»Wirst du philosophisch? Das macht bestimmt die Inselluft. Unser Beruf ist doch immer noch besser als vieles andere«, war Ulferts überzeugt.

»Ich hätte mir auch Biologin vorstellen können.«

»Spezialgebiet Spinnentiere, vermute ich.«

»Warum nicht? Aber als ich die Schule beendet habe, hat man vom Biologiestudium abgeraten. Man fände keine Stelle.«

»Jetzt hast du wenigstens ein ordentliches, sicheres Gehalt auf dem Konto, Monat für Monat.«

»Es geht doch nicht nur ums Geld.«

»Ich glaube an die deutsche Bank, denn …«

»… die zahlt aus in bar, ha!«, beendete Itzenga das Zitat aus dem Song von Marius Müller-Westernhagen.

Ulferts lachte.

»Sag mal, schweifen wir gerade total ab?«

»Muss auch mal sein.«

»Was tun wir als Nächstes?«, holte Tanja Itzenga ihren

Kollegen und sich selbst in die raue Arbeitswelt der Ermittler zurück.

»Mal anders gedacht. Was ist, wenn es ein Unfall war?«, ging der Kommissar nicht genau auf die Frage seiner Kollegin ein.

»Felthuis ist am Strand auf einer Qualle ausgerutscht und schwer auf den Sand aufgeschlagen, ist dabei in mehrere zufällig nebeneinander und aufrecht stehende Schwertmuscheln gefallen, die ihm die Stichwunden zugeführt haben. Eine Riesenkrake, zufällig in der Nähe des Strandes, hat ihn gefesselt und geknebelt, kein Problem mit so vielen Armen. Dann hat ihm noch eine Strandkrabbe in den großen Zeh gezwickt und ihm überdies Muschelreste unter die Haut geschoben. Daraufhin sofortiger Todeseintritt?«

»Haha, sehr witzig! Es muss ja nicht am Strand gewesen sein, das haben wir doch festgestellt. Er könnte tatsächlich aufgeschlagen sein, unglücklich gefallen. Vielleicht ist er mit jemanden in Streit geraten, wegen der altbekannten Themen. Einer seiner Lieblingsgegner wiederholt seine Argumente, provoziert Felthuis. Der behauptet natürlich das Gegenteil. Die Diskussion wird erhitzter, schließlich flippt Felthuis aus und wird handgreiflich. Das ist ihm zuzutrauen. Der Jemand wehrt sich, greift sich das erstbeste Verteidigungswerkzeug. Das Opfer fällt, bewegt sich nicht mehr, Ansprache nicht möglich, keine Atmung. Mister Jemand bekommt Panik, also, ab an den Strand mit Felthuis, in die Nordsee. Soll er abtreiben, irgendwohin.«

»Er ist erstochen worden, Ulfert.«

»Ja, eben. Mit einem rostigen und spitzen, aber nicht genau definierten Gegenstand. Das könnte alles Mögliche gewesen sein.«

»Und Herr oder Frau Jemand hat so etwas Spitzes gerade zufällig bei sich?«

»Ich sage doch: Es könnte eben auf eine spontane Tat hinweisen. Zufällig liegt irgendetwas herum. Felthuis will sein Gegenüber schlagen, der findet etwas Spitzes und sticht zu. Notwehr.«

»Klingt nicht sehr wahrscheinlich. Und das mit dem Abtreiben hat ja nicht funktioniert.«

»Wer könnte sein Gegenüber gewesen sein? Andresen, Scheepker, Maier ... oder einer von den Umweltaktivisten«, zählte Ulferts auf.

»Umweltaktivisten klingt komisch, wenn ich mir die Kiddies so ansehe.«

»Irgendwie müssen wir sie ja nennen.«

»Deine Unfalltheorie hat aus meiner Sicht genauso wenig Überzeugungskraft wie die spontane Tat in Notwehr.«

»Danke, Frau Kollegin.«

»Nun sieh doch ein ...«, aber sie kam nicht weiter.

»Schon gut. Ich sehe das genauso wie du«, zeigte sich Ulferts selbst nicht überzeugt von der Unfalltheorie. »Sag was Besseres.«

»Ich war bei Frau Felthuis, du warst beim Inselpolizisten. Die nächsten könnten Andresen und Scheepker sein. Wer geht wohin?«

»Wollten wir nicht beide ...«, Ulferts sah beinahe enttäuscht aus.

»Richtig, klar. Also heute Nachmittag zu Scheepker, okay? 17 Uhr?«

»Oder eher?«

»17 Uhr sollte er zu Hause sein. Er hat ja viel zu tun auf der Insel. Er ist für die elektrischen Anlagen auf dem Flugplatz zuständig. Ein verantwortungsvoller Job. Und so weit ich es mitgekriegt habe, hilft er auch an anderen Stellen öfters aus, unter anderem am Hafen.«

»Da richten sich die Dienstzeiten nach Ebbe und Flut.«

»Stimmt auch wieder. Weißt du was? Wir schlendern zum Hafen, vielleicht treffen wir ihn dort und machen einen Termin aus. Wenn nicht, schnappen wir einfach ein bisschen gute Nordseeluft.«

»Prima Idee«, urteilte Ulferts. »Ich hol meine Jacke.«

»In zehn Minuten vor dem Hotel. Dann kannst du mir auch erzählen, was der hiesige Kollege noch so erzählt hat.«

»Yep.«

Ulferts rauschte aus dem Zimmer. Er hatte große Lust, nach draußen zu gehen, um frische Nordseeluft zu inhalieren. Er liebte es, die im Hafen liegenden Schiffe anzusehen, nach ihren Heimathäfen zu forschen oder die gekonnten Manöver zu beobachten, wenn in der Enge des halb zugeschlammten Hafens zwei Fähren umeinander herum tänzelten, die eine ankommend, die andere mit Andrea Bocelli, dessen »Time to say goodbye« durch knarzige Lautsprecher tönte, den Weg zum Festland nehmend. Besonders angetan war er aber von den alten holländischen Plattbodenschiffen. Im Moment lag keines im Hafen, aber er hatte morgens gesehen, dass ein alter, zum Segelschiff umgebauter, niederländischer Frachter festgemacht hatte, die Store Baelt aus Harlingen. Der Skipper des Zweimasters hatte wahre Glanzleistungen vollbracht, um eine letzte Lücke im kleinen Hafen zu füllen. An Bord waren wohl 30 Gäste, die an zwei Tischen oder über der Kajüte auf einer Art Sonnendeck saßen. Fröhliche Menschen, die grillten, Bier oder Aperol-Spritz tranken und gut gelaunt trotz Herbstes einen wundervollen Tag auf See ausklingen ließen. Ach, ein paar Tage mit einem solchen Schiff und lieben Menschen auf dem Wattenmeer rumschippern, das wäre eine wunderbare Alternative zum Herumstochern in Mordsachen, dachte er.

21

»Dicke Freunde waren wir sicher nicht«, urteilte Karl Maier, als Hauptkommissarin Itzenga und ihr Kollege Ulferts in seinem Wohnzimmer Platz genommen hatten. Einen Termin mit Scheepker hatten sie nicht machen können, weil der im Hafen nicht zu finden gewesen und auch nicht ans Telefon gegangen war. Wahrscheinlich reparierte er irgendwo in einem der Inselhäuser einen elektrischen Schaden, jeder wusste, dass so mancher 20-Euro-Schein über den Tisch ging, wenn er mal schnell die eine oder andere Reparatur durchführte. Die Kommissare hatten daraufhin bei Karl Maier angerufen und der hatte gegen ihren Besuch keine Einwände. Der Weg zu Maiers Haus an der Gräfin-Theda-Straße war nicht weit und er hatte freundlich geöffnet.

Das Wohnzimmer war geräumig, ordentlich und wirkte mit dem Parkettfußboden, der auch im Flur und in der einsehbaren, offenen Küche verlegt war, geradezu klinisch rein.

»Buche?«, hatte Ulferts gefragt.

»Ja. Sehr robust. Ich bin gegen Hausstaub allergisch. Daher spare ich mir Textilien in der Wohnung, wenn es geht.« Itzenga stellte fest, dass Maier Ledermöbel besaß und auf Fenstergardinen und -vorhänge verzichtet hatte. Jalousien und Rollos taten ihren Dienst. Sie fiel, nachdem Karl Maier jedem einen Becher Kaffee gebracht hatte, mit der Tür ins Haus.

»Wir wissen mittlerweile, dass Sie und Willi Felthuis des Öfteren aneinander geraten sind. Wir haben von Anhörungen zum Generalplan Küste im Dorfkrug gehört, bei denen sie beide heftig gestritten haben.«

»Das kann man wohl sagen«, bestätigte Maier und lieferte den beiden Kommissaren unaufgefordert einen Vortrag zu seiner Sicht der Dinge.

»Es ist nicht so, dass er nur Blödsinn redete. Er war ein guter Geschäftsmann, und auf diesem Gebiet hatte er immer passable Ratschläge und mitunter gute Ideen zur Entwicklung unserer Insel parat. Das haben hier alle anerkannt. Dass er sich als Bürgermeister bewarb, hatte aus meiner Sicht mit zwei Dingen zu tun: Er wollte einzig und allein den Generalplan, auf jeden Fall die Zielsetzungen für Juist, verhindern. Wenn man an den Schalthebeln der Macht sitzt, kann man außerdem für sich selbst ja auch mehr erreichen. Aber das ist meine persönliche Ansicht. Der Konflikt entstand, als er die Sinnhaftigkeit des Küstenentwicklungsplans anzweifelte. Er begann plötzlich, viel dessen, was wir bereits erreicht haben, in Frage zu stellen. Wir sind Klimainsel, das ist zertifiziert, haben dahingehend ehrgeizige Ziele. Der alte Bürgermeister wollte aktiv gegen die Verschmutzung der Meere angehen, ärgerte sich öffentlich über ein neues Kohlekraftwerk an der niederländischen Küste bei Eemshaven. Mehrere ostfriesische Inseln unterstützten eine Erklärung, die gegen das Anfahren des Kohlekraftwerks gerichtet war. Juist war dabei, gut so! Und was tat Felthuis, an dessen Wahl ja niemand wirklich geglaubt hat? Sagt, wo kein Klimawandel, da braucht man auch keinen Klimaschutz, die Meeresverschmutzung sähe er nicht so dramatisch und bezüglich des Kohlekraftwerkes müsse man auch an die Wirtschaft denken. Man kann unterschiedlicher Meinung sein, wenn es Pros und Kontras für das eine, wie das andere gibt. Aber Tatsachen kann man nicht einfach unter den Teppich kehren. Jetzt müssen wir umkehren, jetzt! Und Felthuis fühlte sich schlauer als alle Klimatologen dieser Welt. Ich habe ihm gesagt: Im Pazifik sind einige Inseln längst bedroht, warum soll uns das an der ostfriesischen Küste demnächst nicht ähnlich gehen? Selbst wenn dort Inseln, die auf Korallenriffen sitzen, mit dem steigenden Meeresspiegel mitwachsen, was nutzt das, wenn die Korallen absterben, wie es großflächig am Great Barrier Reef längst der Fall ist? Felthuis hat müde gelächelt und daraufhin Szenarien entwickelt, dass der gesamte Küstentourismus zusammenbricht, wenn alles nur in die Umwelt gesteckt würde und ein Verbot das nächste jage. Sehr populistisch, muss ich sagen. Einigen gefiel das aber anscheinend. Dabei ging es ihm einzig und allein darum, dass die von seiner Terrasse und dem Restaurant schöne Sicht aufs Meer verloren geht. Die gibt es selbstverständlich bei einem höheren Deich nicht mehr. Und das trifft für alle zu, die ihre Pensionen in diesen Lagen haben. Aber, Himmel, dann ist es eben so. Dass ich mit ihm aneinandergeraten bin, liegt daran, dass ich neben Klaus Andresen der einzige war, der gegenüber Felthuis den Mund aufgemacht hat. Mich konnte er mit dem dummen Zeug, dass er zu diesen Themen daherredete, auch auf die Palme bringen, das können Sie mir glauben.«

»Auf die Palme bringen kann ja viel heißen«, bemerkte Ulferts schnell, auch um zu verhindern, dass der Redeschwall Maiers weiterging. Er hielt vieles für richtig, aber sie mussten zum eigentlichen Thema kommen.

»Wie meinen Sie das?«

»Blieb es bei verbalen Auseinandersetzungen?«

Maier musste lachen.

»Wir haben uns nie geprügelt«, er schien belustigt, »nee, mit Felthuis hätte ich mich dahingehend auch nicht anlegen wollen. Das war ein großer, kräftiger Mann. Aber

Sie haben ihn ja gesehen, zumindest … also … er war ja schon tot.«

»Verbale Angriffe können auch Schmerzen verursachen«, meinte Ulferts.

Maier sah den Kommissar verblüfft an.

»Das haben Sie ja blumig ausgedrückt«, bemerkte er, »aber keine Sorge, ich habe ein dickes Fell. Mir kann man so einiges an den Kopf werfen. Und wenn ich mich aufgeregt habe, dann deswegen, weil Felthuis so uneinsichtig war. Ich habe ihm gesagt, er solle Verena Mohaupt besuchen, die habe diejenigen eingeladen, die vom Klimawandel nichts wissen wollen.«

»Verena Mohaupt? Ist wer?«, fragte Tanja Itzenga verdutzt.

»Sie arbeitet beim bekannten Alfred-Wegener-Institut und leitete drei Jahre die Station für Arktisforschung in Ny-Ålesund in Spitzbergen. Sie hat einmal auf die Frage, ob sie nach diesen drei Jahren schwärzer sähe, was den Klimawandel angeht, geantwortet, wer noch irgendwelche Zweifel daran habe, dem rate sie, nach Spitzbergen zu kommen. Da könne man den Klimawandel unmittelbar sehen. Fjorde frieren nicht mehr zu, Gletscher verschwinden, kein Schnee bis Ende November und so weiter. Und sie ist sehr kritisch, sagt selbst, man müsse das Klima natürlich langfristig betrachten, da reichten drei Jahre nicht aus. Aber der Vergleich mit alten Messungen oder auch Bildern mache schon deutlich, dass sich etwas ändere, und das ungewöhnlich schnell. Willi Felthuis hat das alles nicht ernst genommen, wollte davon nichts wissen. Dabei sind das doch nun Tatsachen, fotografiert, dokumentiert, gemessen! In dieser Frage war er ein Betonkopf par excellence. Sein anderes Gesicht: Wir konnten auch ganz normal schnacken. Hätte ich ihn gefragt, ob ich seinen Kärcher ausleihen könnte, weil meine Terrasse vermoost ist, hätte er ihn persönlich vorbeigebracht. So konnte er auch sein, bürgernah.«

Karl Maier legte eine kurze Pause ein. Dann fuhr er fort: »Felthuis hätte gerne eine große Koalition geschmiedet, so nach dem Motto: alle Juister sind gegen den Küstenentwicklungsplan.«

»Das hat er aber nicht geschafft«, stellte Itzenga fest.

»Nee, wie auch? Wir waren und sind stolz auf die Titel Klimainsel und nachhaltiges Urlaubsziel.«

»Andere anscheinend nicht.«

»Vielleicht sind sie nur uninteressiert oder naiv. Da gibt es übrigens eine neue Aktion, haben Sie davon gehört? Umweltschützer wollen die Trash-Isles gründen und sie zum UNO-Vollmitglied machen.«

»Die Trash-Isles? Was soll das sein?«, wunderte sich Itzenga.

»Die Müll-Inseln. Ein Gebilde zwischen Japan und Hawaii, dort, wo sich im Ozean nachweislich die größten Mengen an Mikrokunststoffen bewegen. Man hat schon eine Währung, ein Wappentier, eine Flagge und Al Gore ist prominentester Unterstützer.«

»Also Inseln, die es gar nicht gibt.«

»Genau – eine Protestaktion, aber sehr wirksam. Das, was ich interessant finde, ist, dass diese Inseln ja nur aus Müll im Meer bestehen. Wenn man sie betreten würde, versänke man im Wasser. Insofern taugen sie sogar als Bild dafür, was passiert, wenn wir uns nicht an den Klimawandel anpassen. Es könnten Partnerinseln für Juist werden, ich meine symbolisch. Mit so etwas kann man die Leute doch aufrütteln.«

»Das hätte Felthuis sicherlich nicht mitgemacht.«

Maier lachte laut auf.

»Keinesfalls, da haben Sie recht! Aber es gibt viele Menschen, die sich kümmern, zum Glück. Wie unsere proUmwelt-Gruppe, denen wir das sogenannte ›Future House‹ zur Verfügung gestellt haben, worüber ich froh bin. Felthuis war das übrigens nicht, er werde keinen Fuß über die Schwelle setzen, hat er gesagt, weil die Jugendlichen auf dem Holzweg seien. Ich bin sicher: Auf dem war er unterwegs. Aber es ist leider so, dass sich andere nicht um diese Dinge scheren. Klimainsel? Von mir aus, aber wozu es gut sein soll … so, nach diesem Motto. Das hat Felthuis ausgenutzt und sich selbst in Stellung gebracht. Was er sagte, war wahrscheinlich besser greifbar für seine Unterstützer, klarer, was weiß ich. Klimainsel ist abstrakt. Wenn man sich nicht damit beschäftigt, was das heißt, kann es einem fast egal sein, es bleibt Titel, mehr nicht. Andresen, Scheepker und ich haben versucht, allen klarzumachen, dass etwas dahintersteckt, Ziele, Aufgaben, Maßnahmen. Wir waren offenbar nicht erfolgreich genug. Herr Scheepker, eigentlich ein ganz ordentlicher Kerl, hat in der Öffentlichkeit leider kaum den Mund aufgemacht. Da blieben nur Andresen und ich. Gegen Felthuis mochten die wenigsten aufstehen. Er war erfolgreicher Hotelier, der Macher, ebenso plötzlich und unerwartet Bürgermeister geworden, wie er verstorben ist …«, Maier verharrte, »sorry, das war wohl nicht so passend. Aber, na, mit Felthuis wollte es sich eben auch niemand verscherzen. Viele, zu viele, wagen immer nur, etwas zu sagen, wenn man mit ihnen allein ist.«

»Herr Scheepker war somit auch nicht mit dem einverstanden, was Felthuis so von sich gab?«, hakte Itzenga nach.

»Das kann man so sagen.«

»Er ist ja auch oft östlich des Dorfes unterwegs …«

»Beruflich, ja. Er muss oft zum Flugplatz, zu jeder Tages- und Nachtzeit.«

»Da könnte ihm etwas aufgefallen sein.«

»Er hat mir tatsächlich erzählt, dass er an dem Abend Giesbert Focken begegnet ist.«

»Ach nein? Das ist interessant.«

»Finde ich nicht. Focken ist dort ständig unterwegs, das ist nichts Besonderes.«

Ulferts lenkte das Gespräch in eine andere Richtung.

»Wir haben mittlerweile alle Gäste, die am Vortag und nach dem Leichenfund abgereist sind, überprüfen lassen. Niemand ohne Alibi. Ergo muss sich der Mörder nach wie vor auf der Insel befinden, wenn er nicht weggeschwommen oder heimlich weggepaddelt ist.«

»Ich versichere Ihnen: Beides ist unwahrscheinlich«, Maier lächelte, dann wurde er ernst. »Das macht einem schon Angst.«

»Können Sie sich vorstellen, wer zu so etwas fähig wäre? Sie leben seit vielen Jahren auf Juist.«

»Mein Leben lang«, korrigierte Maier leise. Dann sah er zunächst Itzenga, daraufhin Ulferts an. Er senkte den Blick, sagte eine Zeit lang nichts, dachte nach. Schließlich hob er den Kopf.

»Ich habe nicht die leiseste Ahnung«, räumte er ein.

»Wo waren Sie an dem Abend?«

Maier lachte laut auf.

»Sie meinen … ich? Ich bin kein Mörder!«

»Nun?«

»Ich war hier zu Hause.«

»Kann das jemand bezeugen?«

»Natürlich nicht. Ich lebe allein.«

22

Giesbert Focken bewegte sich lautlos. Er schlich. An diesem Abend war niemand im ›Future House‹. Also konnte er sich noch einmal umsehen. Es hatte ihm keine Ruhe gelassen. Ihm waren nicht alle Einzelheiten im Kopf geblieben, nachdem er sich für kurze Zeit völlig vergessen hatte. An diesem furchtbaren Abend war er wie berauscht gewesen. Eine innere Kraft hatte ihn gepackt, als sei er plötzlich von einem Dämon besessen. Jetzt bereute er zutiefst, was er getan hatte. Ein paar Minuten war ihm alles außer Kontrolle geraten, nur ein paar Minuten eines ganzen Lebens. Doch es ließ sich nicht mehr ändern und er musste aufpassen, dass er nicht in die Sache hineingezogen wurde. Hatte er an alles gedacht? Nichts liegen gelassen und keine verräterischen Spuren verursacht? Er musste das noch einmal prüfen. Die Dunkelheit und die Einsamkeit störten ihn nicht, hatten ihn noch nie gestört. Allein sein hieß Frieden, Seelenruhe, Äquilibrium. Er hatte sich durch die Dünen geschlängelt, die zwischen seinem Anwesen und dem ›Future House‹ lagen. Er kannte im Ostteil Juists jede Düne, jedes Tal, jeden Sanddornbusch und jedes Apfelrosendickicht. Mit dem Otto-Leege-Lehrpfad waren in den vergangenen Jahren einige gepflasterte Fußwege hinzugekommen. Doch er wich gerne davon ab, abends und nachts, in der Dunkelheit. Beinahe täglich machte er seine Runden.

Als er mitbekommen hatte, dass Felthuis ins ›Future House‹ gehen würde, hatte er sich entschlossen, auszukundschaften, was der Hotelier dort wollte. Anschleichen, lauschen, spähen und lautlos verschwinden waren für Giesbert Focken leichte Übungen. Was für ein glücklicher Zufall, dass er von Felthuis' Besuch erfahren hatte. Normalerweise mied der neue Bürgermeister das ›Future House‹ wie die Pest.

Behutsam war Focken an dem Abend zum Haus gegangen, nachdem Felthuis das alte Gebäude durch die Hintertür betreten hatte. Woher er einen Schlüssel hatte, wusste Focken nicht. Oder hatte Felthuis, ebenso wie er, Kenntnis von dem Versteck, in dem die Jugendlichen den Schlüssel hinterlegten? Unter einem Backstein an der Außenmauer des Hauses, keine zwei Meter von der Hintertür entfernt? Durch die kleinen Fenster an der straßenabgewandten Seite konnte er sehen, wie Felthuis den ehemaligen Lagerraum für Baumaterial betrat. Und er sah noch etwas, was ihn überaus verwunderte, denn Felthuis war nicht allein. Da war eine zweite Person, deren Ankunft ihm verborgen geblieben war. Das war ungewöhnlich. All das lag nur wenige Tage zurück. Es kam ihm wie eine Ewigkeit vor.

Jetzt betrat Giesbert geräuschlos das ›Future House‹. Diesmal war er sich sicher, dass niemand im Haus war. Aber dennoch verhielt er sich vorsichtig. Er fühlte nach der kleinen Taschenlampe, pulte sie aus seiner Jackentasche. Die Batterien waren bereits sehr beansprucht worden, sie leuchtete nur schwach. Er ging alle Orte ab, die Halle, die ehemaligen Büroräume, selbst den Sanitärraum, in dem ein altes Klo mit Wasserspülung stand. Die Kette, mit der man die Spülung auslöste, war längst durch ein Stück Wäscheleine ausgetauscht worden. In dem Raum, in dem er vor wenigen Tagen Felthuis gefesselt und geknebelt hatte, verharrte er. Es schien alles in Ordnung zu sein. Die Jugendlichen hatten gut gearbeitet. Er entdeckte nichts, was andere darauf hätte bringen können, dass er hier gewesen war.

Er rückte die vergilbte Gardine an dem Fenster gerade, aus dem er die Jugendlichen hatte kommen sehen. Er leuchtete den Boden ab. Der alte Teppich war sauber geschrubbt. Zu sauber, fand Giesbert. Man sah, dass an diesem Teppich intensiv gearbeitet worden war. Dort, wo sich das Blut Felthuis' ausgebreitet hatte, war der in vielen Jahren von Tausenden Tritten malträtierte Stoff deutlich blasser als der Rest des Bodenbelags. Giesbert überlegte, dass man auf diese Weise auch Verdachtsmomente erzeugte. Andererseits war die Polizei bisher wohl überhaupt nicht auf die Idee gekommen, dass Felthuis im ›Future House‹ gewesen war.

Giesbert lauschte. Und erschrak. Ein neues Geräusch, klar erkennbar. Die Haupteingangstür wurde geöffnet, fiel wieder ins Schloss. Daraufhin Schritte. An diesem Abend war das nicht zu erwarten. Einmal in der Woche, mittwochs, wurde das ›Future House‹ durch die Jugendlichen aufgesucht. Manchmal an Samstagen. Sonst nie. Polizei? Hatten sie eine Spur? Mussten sie nicht irgendwann zwangsläufig auf das ›Future House‹ kommen? Aber so schnell? Hatte Scheepker irgendetwas gesagt, was sie veranlasste, hierher zu kommen? Oder waren sie den Teenies auf die Schliche gekommen? Wahrscheinlich hatten die sich verplappert. Wenn sie schwiegen, würde er auch schweigen. Aber sie waren vermutlich viel zu nervös, hatten nicht genug Mumm, um es durchzuziehen.

Für Giesbert wurde es brenzlig. Falls es die Auricher Kommissare waren und sie ihn hier im Dunklen anträfen, käme er in Argumentationsnot.

»Verdammt«, flüsterte er vor sich hin. »So ein Mist!«

Er wollte sich pianoforte auf den Weg zur Hintertür machen, als die Zimmertür geöffnet wurde. Das Licht flammte auf. Giesbert erstarrte zu einer Eissäule.

Dem Eintretenden fuhr ein Schreck in die Glieder und er stieß spontan einen Schrei aus. Reemt hatte niemanden erwartet, wähnte sich allein im Haus. Zumal alles dunkel war, als er sein Rad an der Mauer des alten Baugeschäftes abgestellt hatte.

Zunächst verschlug es ihm die Sprache. Doch nach kurzer Zeit fand er sie wieder.

»Was hast du hier zu suchen?«

Giesbert schwieg.

»Sag mir, was du hier tust«, schrie Reemt, der Schreck, der ihm in den Gliedern saß, ging in Nervosität über.

»Nichts«, nuschelte Giesbert.

Reemt stürzte sich auf Giesbert, packte dessen Jackenrevers. Er schüttelte ihn, schrie, lauter: »Red keinen Scheiß, Mann! Ich weiß, was du hier willst. Spuren verwischen. Du warst es. Du hast Felthuis umgebracht!«

Giesbert schwieg, wehrte sich nicht.

»Ich sage die Wahrheit, stimmt's?«, Reemt war außer sich. Doch Giesbert blieb eine Eissäule.

Er ließ von ihm ab.

»Was bist du für ein Typ?«, doch Reemt erwartete keine Antwort. Er ging ein paar Schritte zurück, zitterte, weil er von jetzt an überzeugt war: Giesbert Focken war gemeingefährlich. Ein Kranker, der in die Psychiatrie gehörte. Dieser Irre hatte Willi Felthuis umgebracht und das ›Future House‹ aufgesucht, weil er womöglich irgendwelche Spuren hinterlassen hatte, die schnellstens zu kaschieren waren.

»Wie kommst du überhaupt hier rein?«

Plötzlich löste sich Giesberts Zunge.

»Es war offen, hinten.«

»Quatsch keinen Müll! Wir schließen immer ab, alle Türen. Oder …« Reemt verharrte, »… oder weißt du etwa, wo wir den Schlüssel verstecken?«

Ihm wurde noch mulmiger bei dem Gedanken, dass Giesbert, der Mörder, schon immer Zugang zum ›Future House‹ gehabt haben könnte.

Giesbert erwiderte, ganz ruhig:

»Ich kann dich genauso fragen, was du hier machst.«

»Wieso? Wir nutzen das Haus, ganz offiziell. Aber du? Du hast keinen erwartet, was? Hast dich hier reinschleichen wollen, um Spuren zu verwischen. Du Arschloch! Ich habe das Netzteil meines Handys nach unserem Treffen hier vergessen. Jetzt ist der Akku leer. Deswegen bin ich hier. Aber du …«

Giesbert sah ihn unverwandt an.

»Wie bist du reingekommen?«, zischte Reemt, doch der Mann rückte mit nichts heraus.

»Hast du einen Schlüssel oder einen Dietrich? Hast du hier, in diesem Raum, Felthuis gekillt? Felthuis konnte dich nicht leiden. Und du ihn nicht. Deshalb hast du ihn erstochen. Genau wie deine Eltern. Du bist ein Mör…«

Wie eine Furie stürzte sich Giesbert auf Reemt, warf ihn zu Boden, drückte ihn auf den Teppich, auf dem vor Kurzem Felthuis verblutet war. Focken trommelte mit den Fäusten auf Reemt ein, der Mühe hatte, sich zu verteidigen. Vor Giesberts Mund bildete sich Schaum, sein Sabber tropfte in Reemts Gesicht und auf seinen Pullover.

»Habe ich nicht! Habe ich nicht!«, schrie er, dabei boxte er weiter auf Reemt ein.

»Aufhören!«, röchelte Reemt, und noch einmal »Aufhören! Du bringst mich auch noch um!« Giesbert hielt tatsächlich inne, richtete sich ein wenig auf, doch er blieb auf Reemt sitzen.

»Lass mich los!«, krächzte der, und erstaunlicherweise erhob sich sein Peiniger. Reemt richtete seine Kleidung, atmete ein paar Mal tief durch. Giesbert beobachtete ihn,

Reemt fühlte die stechenden Blicke, die auf ihn gerichtet waren. Doch er ließ Giesbert ebenfalls nicht aus den Augen. Wie zwei wilde Tiere, die auf den richtigen Augenblick zum Angriff warteten, schlichen sie umeinander herum. Eigenartigerweise und für Reemt unerwartet ergriff Giesbert das Wort und drehte den Spieß dabei um.

»Wer sagt, dass du nicht Spuren verwischen wolltest? Ihr könnt ihn auch umgebracht haben. Ihr wart alle hier! Und ihr habt euch nie mit Felthuis verstanden«, mutmaßte Focken. Reemt ging nicht darauf ein.

»Blödsinn!«, sagte er nur, wischte immer wieder durch sein Gesicht, weil er das Gesabber Giesberts, das längst entfernt war, noch auf seinen Wangen zu fühlen glaubte, was einen Brechreiz auslöste. Zwischendurch rieb er sich Schultern und Arme, die Giesbert mit seinen Fäusten malträtiert hatte. Glücklicherweise hatte Focken ihn nicht ins Gesicht geschlagen. Jetzt konfrontierte er Reemt mit den Tatsachen.

»Du und Mirko, mit dem Handwagen, da war was Schweres drauf. Das sah man, so wie ihr euch anstrengen musstet.«

Reemt gefror das Blut, als er Giesbert in die Augen sah. Er bekam teuflische Angst. Der wusste genau, was sie transportiert hatten. Und ihm wurde klar: Er und Mirko hatten für Giesbert Focken den Abtransport der Leiche organisiert. Sie hatten die Spuren entfernt, und Focken wollte jetzt nachschauen, ob sie es gut gemacht hatten. Wie idiotisch sie gehandelt hatten! Wären sie doch nur unmittelbar zu Wolters gegangen. Der Kriminaler hätte Giesbert sofort festsetzen können, und sie wären raus aus der Geschichte. Stattdessen hatten sie jetzt ein dickes Problem.

»Es gab eben viel zu transportieren. Unser ganzes Infozeugs …«, stammelte Reemt.

»Schon gut«, sagte Giesbert, ruhig, gelassen, als habe es die Prügelei gerade nie gegeben, »das kannst du ja mal der

Polizei klarmachen. Auch den Umweg zum Hafen, über den Strand, nachts.«

Er drehte sich um, ging stracks zur Tür und verließ den Raum. Reemt hörte noch, wie er die Hintertür öffnete und hinter sich zuschmiss.

Reemt schmerzte der ganze Körper, Giesbert hatte mit seinem ganzen Gewicht auf ihm gelegen. Er würgte. Die Grimasse des wütenden Mannes hatte er noch vor sich, sein Gesabber ekelte ihn. Er raffte sich auf, begann die Suche nach dem Netzteil. Er fand es und wankte zur Haustür, schloss ab. Eigentlich musste er die Hintertür auch absperren, das war die Vereinbarung, der Letzte macht die Tür zu. Aber er wollte nur noch weg. Die Gefahr, dass Giesbert Focken ihm da hinterm Haus auflauerte … Nein, weg hier, schleunigst!

Als er sich aufs Rad geschwungen und mit maximaler Geschwindigkeit ins Dorf rauschte, an der katholischen Kirche die Kurve nach links, danach gleich wieder scharf nach rechts nahm, am evangelischen Gotteshaus vorbei und dann in die Wilhelmstraße, begann sein Gehirn zu arbeiten. Giesbert hatte Felthuis umgebracht. Also war er, Reemt, der Einzige, der wusste, wer der Täter war. Zur Polizei gehen? Nicht möglich! Wie sollte er erklären, dass er und Mirko Felthuis' Leiche an den Strand geschafft und ins Wasser geworfen hatten? Und wieso hatten sie das getan, wenn Giesbert doch der Mörder war? Das würde Wolters fragen, und noch viel mehr. Wie sollte er beweisen, dass er Giesbert angetroffen und dabei erwischt hatte, als er Spuren beseitigen wollte? Was, wenn Giesbert das Gegenteil behauptete? Es war ein Leichtes für ihn, auszusagen, er habe die beiden mit etwas sehr Schwerem auf dem Handwagen getroffen, auf dem Weg zum Strand. Und da hatte Felthuis gelegen. Aller Verdacht wäre auf ihn, Mirko, und die ganze Gruppe gefallen. Sie hatten oft genug Streit mit Felthuis gehabt. Der hatte ihnen gedroht.

»Scheiße!«, schrie Reemt, gerade die Spelunke, eine bekannte Kneipe im Juister Dorf, passierend. Hier hätte sein Schrei niemanden besonders gewundert. Aber im Moment war eh kein Mensch unterwegs.

Er trat weiter mit voller Kraft in die Pedale. In wenigen Minuten wäre er zu Hause. Der Schweiß begann über die Stirn und am Rücken herunterzulaufen, obwohl es herbstlich kühl war. Was sollte er tun? Er kam immer wieder zu dem gleichen Schluss. Sie konnten es der Polizei nicht sagen. Giesbert konnte locker Argumente aufbringen, und er und Mirko würden nichts beweisen können. Reemt trat schneller, er stand unter Hochspannung. Aber jetzt nach Hause und ins Bett? Unmöglich! Er musste mit Mirko sprechen. Er bog in den Schoolpad ein. Hier wohnte Mirkos Familie. Er stoppte jäh. Sein Herz raste. Ihm wurde klar: das Letzte, was Giesbert brauchte, waren Zeugen.

23

Der Kluntje knisterte, Gerda Andresen schenkte den Tee mit Bedachtsamkeit ein. Tanja Itzenga freute sich auf das Wulkje, das die Sahne auf der Oberfläche des ostfriesischen Nationalgetränks bilden würde.

»Sagen Sie mir, wie ich Ihnen helfen kann«, begann Klaus Andresen das Gespräch, nachdem er einen Schluck getrunken hatte.

»Herr Andresen, Sie sind derjenige, der die Aktualisierung des Küstenentwicklungsplans auf Juist voranbringen muss. Herr Felthuis war Ihr erbittertster Gegner in dieser Hinsicht. Wir fragen uns, oder vielleicht anders gesagt, wir müssen uns fragen, ob …« Doch Andresen unterbrach Tanja Itzenga.

»Sie wollen darauf hinaus, dass ich höchstverdächtig bin?«

»Sie wissen ja: Wir ermitteln in alle Richtungen. Wie war Ihr Verhältnis zu Willi Felthuis?«

»Er wollte den Plan nicht, weil er Angst hatte, dass der neue Deich den freien Blick aufs Meer verhindert. Aber das ist der Preis, den wir für die Sicherheit der Insel zahlen müssen. Felthuis, und das vor allem habe ich ihm angekreidet, hat gerne übertrieben. Er hat es so dargestellt, dass die Pensionsbesitzer pleite machen, wenn der Deich erhöht wird. Und dass Juist dermaßen an Attraktivität verlöre, das niemand mehr kommen wolle. So ein Unsinn! Aber der neue Deich wird erheblich höher sein als der jetzige. Das muss so sein, weil wir die Deichhöhe den Verhältnissen anpassen müssen. Alle Trendmeldungen zeigen, dass der Meeresspiegel steigt. Neuere Zahlen weisen sogar eher darauf hin, dass er noch höher sein müsste als jetzt geplant. Deshalb treiben wir auf der Insel Klimaschutzmaßnahmen voran. Und die Experten sagen klipp und klar, dass ausschließlich regenerative Energien und Hausdämmung nicht ausreichen werden, es brauche eine negative Emmissionsentwicklung. Davon sind wir meilenweit entfernt. Im Gegenteil, an der holländischen Küste, gut von Juist aus sichtbar, produziert ein Kohlekraftwerk Strom, ein Treppenwitz der Geschichte!«

»Herr Andresen …«, unterbrach Itzenga, und er reagierte.

»Ja, das wollen Sie im Moment alles nicht wissen. Ich wollte nur darlegen, wo der Konflikt zwischen Felthuis und mir lag. Er wollte mich schließlich überzeugen, dass die Hälfte der geplanten Deicherhöhung doch auch ausreiche. Das ist nicht machbar. Außerdem habe ich immer wieder versucht, ihm zu erklären, dass nicht ich diesen Plan verfasst habe. Aber er sagte, auch in der Öffentlichkeit, ich sei der Mann vom Amt, also hätte ich die Dinge in der Hand, zumindest könne ich die Bedenken der Insulaner artikulieren. Mein Argument, es seien nicht die Insulaner, sondern allenfalls ein Teil, die er vertrete, ließ er dabei einfach unter den Tisch fallen. Er war auch kein erbitterter Gegner von Natur- und Umweltschutz, er sah den Wert der Natur für die Insel. Aber er stellte heraus, man dürfe diesen Zielen nicht alles andere unterordnen. Der Nationalpark hielt aus seiner Sicht schon viel zu viele Restriktionen in Hinblick auf den Tourismus vor.«

»Man sagt, es hätte echten Zoff zwischen Ihnen und Felthuis gegeben.«

Gerda schenkte Tee nach. Sie starrte auf die Tasse, als hätte sie große Angst, Tee zu vergießen. Andresen atmete indes tief durch.

»Felthuis war ein Dickkopf, unbelehrbar. Einerseits war er nicht dumm, ein guter Geschäftsmann. Andererseits konnte er wie ein Monolith am Tresen stehen und immer wieder die gleichen, tumben Sprüche bringen. Ich glaube, er war Taktiker und wusste, wie er einige auf seine Seite ziehen konnte. Hat ja auch geklappt, er ist Bürgermeister geworden. Ausgerechnet der! Wir hatten weitblickende Bürgermeister auf der Insel, und jetzt so einer! Dann kam ich mir vor, als argumentiere ich gegen eine Wand. Ganz schwierige Diskussionen, sage ich Ihnen, ganz schwierig. Wenn Ihr Gesprächspartner jeglichen Willen zur Annahme von Tatsachen vermissen lässt, hat man keine Chance.«

»Uns wurde erzählt«, Tanja Itzenga sah mit Wohlwollen der nächsten Tasse Tee entgegen, »Herr Felthuis habe Ihnen gedroht.«

»Gedroht? Wer hat das erzählt?«

»Gegenfrage: Stimmt es denn?«

»Gedroht?«, murmelte Andresen, dachte kurz nach. »Das darf man nicht so ernst nehmen. Er hat mir gedroht, mich fertigzumachen, genauso wie die Umweltgruppe. Er würde sie mitsamt ihrem Infostand ins Hafenbecken werfen oder aber im Gemeinderat erwirken, dass sie das alte Haus im Ostdorf nicht mehr nutzen dürfen. Ach, so war Felthuis. Er sagte viel, wenn der Tag lang war. Einmal drüber schlafen, dann hatte er sich meistens wieder beruhigt.«

»Fertigmachen klingt gefährlich.«

»Das dürfen Sie nicht zu ernst nehmen. Im Grunde hatte Felthuis auch seine guten Seiten.«

»Es wird ja oft nur das Negative gesehen«, schaltete sich Gerda unvermittelt ein.

»Herr Felthuis behinderte Ihre Arbeit, oder?«

»Sie haben immer noch Ihren Verdacht im Kopf? Ich wollte ihn aus dem Weg schaffen? Frau Itzenga, ich bin

Staatsdiener und töte niemanden. Das vorweg. Selbstverständlich behinderte er meine, also unsere Arbeit, wir sind hier ja zu zweit. Aber, ach …«, Andresen überlegte, »wir wollen höchstmögliche Akzeptanz für unsere Maßnahmen erreichen. Leute wie Felthuis, die dann noch versuchen, andere Insulaner auf ihre Seite zu ziehen, fördern diesen Prozess nicht gerade.«

»Sagen Sie es doch mal deutlich: Sie waren erbitterte Feinde in dieser Frage.«

»Erbitterte Feinde, Sie machen wirklich aus einer Maus einen Elefanten!«, rief Andresen, »das ist doch meilenweit übertrieben. Ich sagte doch, Felthuis beruhigte sich auch wieder. Man musste ihn zu nehmen wissen.«

»Er hat ja auch viel auf der Insel geleistet«, warf Gerda Andresen unvermittelt ein.

»Zum Beispiel?«, hakte Itzenga nach.

»Er hat sich sehr für andere Belange eingesetzt. Die Renovierung der Kurhalle, die Erneuerung der Bänke an den Strandabgängen und der Promenade, neue öffentliche Toiletten. Die Kiddies im Sportverein hätten nicht ihre Trikots, wenn er nicht gewesen wäre.«

»Das klingt sehr positiv«, kommentierte Itzenga.

»Ich sage ja, er war kein grundsätzlich schlechter Mensch. Aber er hat die Herausforderungen der Zukunft nicht begriffen«, klagte Klaus Andresen.

»Sie haben sehr viel mit dem Opfer zu tun gehabt, und Sie haben sich arg gestritten«, wollte Itzenga ein Resümee ziehen, aber auch eine klare Stellungnahme Andresens zu ihrem Verdacht hören.

»Felthuis fürchtete um die Gäste seiner Unterkünfte. Und darum, dass sie an Wert verlieren. Seine Gegnerschaft zum Plan und sein Engagement für andere Dinge hatten immer nur damit zu tun, dass er wirtschaftlich profitiert.«

»So kann man das doch nicht sagen, Klaus«, warf Gerda ein.

»Aber sicher kann man das«, widersprach Andresen.

»Er ist tot, da soll man nicht schlecht über die Menschen reden«, erwiderte Gerda leise. Sie schickte sich an, die dritte Tasse Tee einzuschenken.

»Ich habe ihm gesagt: besser ein Hotel hinter einem hohen Deich als demnächst gar kein Hotel mehr, weil die nächste Flut es weggespült hat«, sagte Andresen mit hörbarem Sarkasmus. »Da ist er fast ausgeflippt! So war das mit Felthuis. Es sollte ja ein Scherz sein, mein Gott!«

»Herr Andresen, wir müssen das fragen. Wo waren Sie am Mittwoch zwischen 21 und 23 Uhr?«

Andresen sah die Hauptkommissarin entgeistert an. Er wandte sich seiner Frau zu.

»Sie verdächtigen mich immer noch, Gerda.«

Seine Frau sagte nichts, sah entsetzt auf ihren Mann, dann auf die Hauptkommissarin.

»Das darf doch nicht wahr sein«, erregte sich Andresen, »also, um es kurz zu machen: Ich war hier, zu Hause.«

»Zeugen?«, fragte Itzenga.

»Meine Frau«, Andresen sah Gerda an. Die nickte.

»Sie waren den ganzen Abend hier?«, wandte sich Itzenga an Gerda Andresen.

»Doch, ja«, antwortete sie nach kurzer Überlegung.

»Das hört sich ein wenig zögerlich an, Frau Andresen«, bohrte Itzenga.

»Ich war ganz … ganz kurz weg, zwischendurch. Aber Klaus war immer im Haus.«

»Wo waren Sie, als sie ganz kurz weg waren?«

Gerda wirkte nervös.

»Bei einer Freundin. Etwas abholen.«

»Und wie lange war das ganz kurz?«

»Höchstens ... 20, 30 Minuten.«

»Immerhin. Können Sie mir Namen und Adresse dieser Freundin geben?«, fragte Ulferts, Gerda Andresen nickte. Dann hob sie umständlich einen Kluntje aus der kleinen Porzellanschüssel heraus, wollte ihn in die Tasse ihres Mannes geben, doch er rutschte ihr aus der Hand und fiel auf den Boden. Sofort wollte sie sich bücken, doch Tanja Itzenga hielt sie zurück.

»Lassen Sie mal, der Kluntje liegt hier bei mir«, sagte sie und war blitzschnell unter die Tischplatte getaucht. Sie suchte und richtete sich dann, mit dem Kluntje in der Hand, auf.

»Danke«, sagte Gerda Andresen.

Tanja Itzenga verzog plötzlich ihr Gesicht, hielt sich das Kreuz, brummelte etwas wie »uuh«.

»Kenn ich, kommt vom vielen Sitzen«, bemerkte Klaus Andresen.

»Hatte einen Hexenschuss«, sagte Itzenga.

»Vielleicht lassen wir es für heute gut sein?«, wandte sich Ulferts seiner Kollegin zu.

»Ja, wir haben sicher lange genug gestört. Sie müssen verstehen ...«

»Schon gut, sie machen ja auch nur Ihre Arbeit«, entgegnete Klaus Andresen matt.

»Wir werden Ihre Freundin befragen«, wirkte Itzenga fast entschuldigend, als sie sich Frau Andresen zuwandte. Die nickte bejahend.

»Sie müssen Ihre Pflicht tun, selbstverständlich«, reagierte Klaus Andresen, »wir sind alle Staatsbedienstete.«

»So ist das wohl«, bestätigte Ulferts.

Itzenga und Ulferts verabschiedeten sich und verließen das Haus mit dem Ziel, in Felthuis' Restaurant zu Abend zu essen, falls das unter den gegebenen Umständen möglich war. Felthuis' Frau hatte beim letzten Gespräch gesagt, sie müssten doch weiter öffnen. Schließlich könne man das Personal ja nicht mir nichts, dir nichts nach Hause schicken. Und es seien nach wie vor Gäste im Haus, auch wenn einige vorzeitig die Abreise angetreten hatten, weil ihnen der Mordfall nicht ins Urlaubskonzept passte.

»Andresen war es nicht«, befand Ulferts, als sie ein Stück weit gegangen waren.

»Man hat schon Pferde kotzen sehen«, entgegnete Tanja Itzenga.

»Hier auf Juist sicher, gibt ja genug davon«, lachte Ulferts, und bald standen sie vor dem Restaurant von Willi und Frederike Felthuis.

24

»Bitte, du musst«, bettelte Gerda Andresen.

»Das klingt, als hättest du etwas zu verbergen«, erwiderte Femke.

»Im Moment ist nur wichtig, dass du bestätigst, dass ich bei dir war.«

»Warum sollte ich das tun?«

»Weil du meine Freundin bist.«

»Das bin ich. Aber ich sehe nicht ein …«

»Bitte!« Das kam so dringlich, dass es der Freundin Furcht einjagte.

»Du kannst mir doch wenigstens sagen, warum ich das tun soll.«

»Ich erkläre es dir später.«

»Hast du was angestellt?«

»Ich sage es dir noch, ehrlich! Nur nicht jetzt.«

»Und wenn herauskommt, dass es nicht stimmt und ich dich gedeckt habe? Ich weiß ja nicht, warum ich für dich lüge.«

»Es kommt nicht heraus, bestimmt nicht.«

»Das sagst du so! Ich weiß nicht, worauf ich mich einlasse.«

»Wenn es herauskommt, was nicht passieren wird, werde ich bestätigen, dass ich dich darum gebeten habe. Ich werde sagen, dass ich dich angebettelt, an deine Freundschaft appelliert habe und dass ich dich schließlich weichgeklopft hätte. Dann kann dir niemals irgendjemand etwas vorwerfen.«

»Immerhin beziehst du die Möglichkeit ein. Wieso vorwerfen? Du sprichst wirklich so, als hättest du etwas verbrochen«, sie sah der Freundin eine gewisse Verzweiflung an, konnte sich jedoch keinerlei Reim darauf machen. Vorgestern noch hatten sie in aller Ruhe eine Tasse Kaffee gemeinsam getrunken.

»Es geht nur darum …«, sie überlegte, »… ein Missverständnis aus der Welt zu schaffen. Die Kommissarin denkt, dass Klaus vielleicht, na, weil er und Willi sich doch öfter mal gestritten haben.«

»Ich versteh nur Bahnhof. Was meinst du? Denkt die Polizei, dass Klaus Willi Felthuis ermordet hat?«

»Er wird verdächtigt, ja.«

»Ach du Schreck!«, sie schluckte, »ausgerechnet Klaus. Der friedliebendste Mensch, den ich kenne, immer um Ausgleich bemüht.«

»Ja, ein Irrwitz, eben! Sie denken es nur, weil er sich öfter mit Willi gezankt hat.«

»Da war er ja nicht der Einzige. Aber warum tust du so geheimnisvoll? Was habe ich damit zu schaffen? Wieso brauchst du ein Alibi?«

»Versteh doch: Ich habe bestätigt, dass Klaus an dem Abend, an dem der Mord passierte, zu Hause war. Das stimmt ... nicht ganz. Deshalb habe ich erzählt, dass ich kurze Zeit nicht im Haus war. Da war ich bei dir.«

»Glatte Lüge!«

»Ja, aber ...«

»Wo warst du denn?«

»Das spielt doch im Moment keine Rolle.«

Die Freundin sah sie zweifelnd an.

»Kann man der besten Freundin nicht alles sagen?«

»Kann die beste Freundin nicht einfach mal etwas tun, um was man sie bittet?«

»Du bist ja lustig! Ich kann den Mund halten, das weißt du. Ich wüsste nur gerne, warum.«

»Im Moment ... ich habe gerade nur sehr wenig Zeit, weißt du?«

»Was ist das für eine Freundschaft, bei der du etwas von mir verlangst, ich aber nicht weiß, wieso ich das tun sollte?«

»Vertrau mir, wir kennen uns doch seit Jahrzehnten«, Gerda begann zu weinen.

Femke spürte Skepsis, andererseits tat ihr die Freundin leid.

»Nun wein nicht gleich, ihr werdet doch widerlegen können, dass Klaus ...«, flüsterte sie und nahm ihr Gegenüber in den Arm.

»Ja, wenn bestätigt ist, dass er den ganzen Abend zu Hause war.«

»War er das nicht?«

»Ich weiß nicht einmal mehr, wann er nach Hause gekommen ist.«

»Aber du … du denkst doch nicht, dass er …«

»Um Gottes willen, nein! Klaus kommt nach Hause, wenn er all seinen Verpflichtungen nachgekommen ist. Ich habe seinen Terminplan nicht im Kopf. Ich habe genug mit dem Café um die Ohren.«

»Warum sagt du der Polizei dann so etwas?«

»Ich will Klaus helfen! Wenn erst einmal der Verdacht auf ihm liegt … am Ende verliert er seinen Job als Beamter.«

»So ein Quatsch, Gerda, wirklich. Wer nichts zu verbergen hat, der kann offen reden.«

»Das sagt sich so leicht«, Gerda Andresen biss sich auf die Lippen.

»Nun beruhige dich erst mal, und morgen können wir ja einen Tee zusammen trinken«, empfahl Femke.

»Die Kommissarin hat angekündigt, dass sie dich fragen wird. Wenn du kurz und bündig bestätigst, dass ich kurz bei dir war, 20, 30 Minuten, dann wird sie das glauben – und alles ist gut. In so kurzer Zeit kann er nicht mal eben jemanden umbringen.«

»Verdammt, ihr braucht kein Alibi, wenn ihr nichts damit zu tun habt.«

»Aber der Verdacht besteht doch. Bis er ausgeräumt ist, also der wahre Täter gefunden, brauchen wir es. Wenn ich sage, ich wüsste nicht, ob Klaus zu Hause war, dann sitzt er doch in der Patsche.«

»Wo war er denn? Kann das nicht jemand bestätigen?«

»Er war sicher noch im Büro …«

»Du weißt es gar nicht?«

»In diesem Augenblick weiß ich es nicht, nein«, kam es sehr leise und zögerlich.

»Ich werde den Gedanken nicht los, dass du zumindest in Erwägung ziehst, dass Klaus Felthuis …«

»Nein, Klaus wäre nicht fähig dazu. Das hast du doch selbst eben gesagt«, rief Gerda Andresen energisch, dann fügte sie sehr viel leiser an: »Vielleicht kommt diese Kommissarin auch gar nicht zu dir. Aber wenn, sag es bitte, ja?«

Femke zögerte. Dann lenkte sie ein:

»Okay, dies eine Mal!«

»Danke!«

Femke sah ihre Freundin an, voller Zweifel. Sollte Klaus Andresen tatsächlich etwas mit dem Mord an Felthuis zu tun haben?

»Tschüss, ich muss gehen«, Gerda drückte Femke kurz und machte sich auf den Weg zur Tür.

»Bis bald«, sagte Femke. Gerda Andresen verließ hastig das Haus.

25

»Wie lange wohnt Giesbert Focken schon allein in dem alten Haus?«, fragte Hauptkommissarin Itzenga, als sie mit Ulferts im Restaurant des Hotel Felthuis saß und beide eine Portion Matjes mit hausgemachtem Kartoffelsalat einnahmen.

»Seitdem seine Eltern bei dem Bootsunfall ums Leben kamen. Sie hinterließen ihm das kleine Haus, etwas abseits der Flugplatzstraße. Da, wo es zum Otto-Leege-Pfad geht, hinter diesem Gasometer, oder was das ist. Es liegt hinter hohen Apfelrosen, ist in keinem guten Zustand, ein wenig verdeckt.« Jutta Wenzel arbeitete seit mehreren Jahren in Felthuis' Restaurant. Sie kannte die Insel und viele ihrer Bewohner gut. Im Moment war weniger zu tun als sonst. Auch in der Nachsaison war das Felthuissche Hotel eigentlich immer gut besucht. Doch der Tod des Hausherrn hatte zu einer Schockstarre in der Belegschaft, aber auch unter den Gästen geführt. Zurzeit wollten nur wenige im Trauerhaus zu Abend essen.

»Es geht ziemlich oft um Giesbert Focken, der geistert ständig um uns herum«, stellte Ulferts kauend fest. Tanja Itzenga mochte diese Eigenschaft ihres Kollegen überhaupt nicht. Sie hatte ihm schon mehr als einmal gesagt, er möge doch bitte erst zu Ende kauen, anschließend schlucken und dann sprechen. Aber wenn Ulferts einen Gedanken loswerden wollte, dachte er nicht daran.

»Dieser Focken ist ein eigenartiger Typ«, tuschelte Jutta Wenzel. »Der soll sich mal an eine Urlauberin rangemacht haben. Und seine Eltern, die sind auf ganz ominöse Art umgekommen.« Die Bedienung senkte ihren Kopf zu den beiden Kommissaren herunter, tat, als rede sie mit Leuten von der CIA.

»Ominös? Wie meinen Sie das?«, machte Itzenga das Spiel mit und sprach ähnlich leise.

Die Story hatten sie nun schon verschiedentlich gehört, doch in Nuancen wurde sie neu geschildert. Ulferts spülte währenddessen mit einem Schluck Bier einen Happen Kartoffelsalat den Schlund herunter.

»Ach, ich will nichts Falsches sagen. Ich weiß nur, was man auf der Insel erzählt. Das Boot der alten Fockens ist gesunken, als sie von Juist ans Festland fahren wollten.«

»Ja, aber es ist nicht klar, was tatsächlich geschehen ist, oder?«, bemerkte Ulferts.

»Als man es gehoben hat, waren ein paar Planken sehr locker … Man sagt, Giesbert sei das gewesen, weil er Probleme mit seinen Eltern hatte, insbesondere mit dem Vater. Das erzählt man sich hier.«

»Wer hat Ihnen das erzählt?«, wollte Tanja Itzenga wissen.

»Weiß ich gar nicht mehr. Aber alle wissen es. Entschuldigung, ich muss an den Nebentisch«, Jutta Wenzel verschwand.

»Karl Maier hat es mir auch erzählt«, sagte Itzenga zu Ulferts, der die Speisekarte genommen hatte, um nach einem geeigneten Dessert zu schauen.

»Ach, den hätte ich nicht so eingeschätzt.«

»Wie meinst du das?«

»Dass er bei der Verbreitung von Gerüchten mitmacht.«

»Nein, nein, versteh es nicht falsch. Er hat die Story erwähnt, aber gleich dazu gesagt, dass er davon nichts hält. Das Boot ist aus Altersschwäche gesunken. Giesbert sei erst später mit dem Unfall in Verbindung gebracht worden. Wie Gerüchte eben so entstehen.«

»Und dann wabern sie jahrzehntelang herum, bis alle glauben, was doch nicht wahr ist.«

»Ja, leider ist es oft so.«

»Hat Maier sonst etwas Brauchbares erwähnt?«

»Er schilderte, dass auf diesem Focken viel herumgehackt wird, das sei schon immer so gewesen. Vorher habe man seine Eltern oft schlecht geredet, und seitdem die tot waren … und so weiter. Er meint, der sei friedlich wie ein Murmeltier, allenfalls etwas nachtaktiver. Maier hat ansonsten alle Fragen beantwortet, und schließlich sind wir sogar ein wenig ins Reden über dies und das gekommen.«

»Ich denke, man kann ihm glauben, oder?«

»Er hat mich vor der Gerüchteküche gewarnt. Focken lebt allein, hatte weder Freunde, noch Freundin, arbeite nicht. Und er kommuniziere nicht. Das mache ihn zu einem Außenseiter, aber so sei er eben.«

»Muss man eine Freundin haben?« Ulferts lächelte Tanja Itzenga an.

»Es ist doch seltsam, wenn ein Mann noch nie eine Beziehung hatte, oder? Focken ist mittlerweile an die 50.«

»Vielleicht ist er einfach schlau! Ich lebe auch beziehungslos«, lachte Ulferts und machte der Bedienung ein Zeichen, dass sie noch zwei Bier bringen möge.

»Für mich nicht mehr«, beeilte sich Tanja Itzenga zu sagen, froh, auf diese Weise nicht auf das Letztgesagte eingehen zu müssen.

»Zu spät«, erwiderte Ulferts, die Bedienung hatte sich tatsächlich schon Richtung Theke aufgemacht.

»Zwei Bier haben noch niemanden geschadet, Tanja!«

»Hoffentlich hast du recht. Morgen gehen wir zu Giesbert Focken und sehen uns den Typ näher an.«

Die Bedienung kam mit den zwei Bieren. »Jutta Wenzel«, las Ulferts auf dem kleinen silbernen Schildchen an ihrer weißen Bluse und wollte sich den Namen merken.

»Sie sprechen immer noch von Giesbert Focken?«, erkundigte sie sich, als sie die beiden Pils platzierte.

»Ja, aber jetzt sind wir mit ihm durch.«

»Dem möchte man so etwas zutrauen.«

»Was meinen Sie?«

»Na, so einen Mord.«

»Wie kommen Sie darauf?« Itzenga sah die Worte Maiers schneller bestätigt, als sie geglaubt hätte.

»Giesbert Focken«, sie beugte sich zur Kommissarin vor und sprach leiser weiter: »Man soll ihn in der Nacht gesehen haben, ich meine, in der Nacht, als Felthuis ums Leben gekommen ist.«

»Ach nein?«, schaltete sich Uferts ein, »wann und wo soll das gewesen sein?«, wollte er wissen.

»Und, Frau Wenzel, wer hat ihn gesehen?«, erweiterte Tanja Itzenga die Frage.

»Das weiß ich nicht so genau. Am besten fragen Sie den Sven Scheepker. Der hat ihn gesehen.«

»Sie wissen aber wirklich über alles Bescheid, was auf Juist passiert«, stellte Ulferts lächelnd fest.

»Die Insel ist klein«, erwiderte Wenzel, es war etwas Säuerliches darin. »Aber ich kann Ihnen das auch erklären. Scheepker und ich sind in der Theatergruppe der Insel. Unser Koch, Herr Bartmann, übrigens auch. Wir hatten gestern Probe …«, sie kam nicht weiter.

»Da wird ein Insulaner ermordet, der auch noch Ihr Chef ist, und sie machen Theaterprobe?«, fragte Ulferts erstaunt.

»Natürlich war es uns nicht möglich, das neue Stück einzuüben. Der Schock sitzt bei allen sehr tief. Zumal mein Chef die Theatergruppe einige Male großzügig unterstützt hat. Er hat Bühnenmobiliar und Kostüme bezahlt. Wir haben den ganzen Abend da gesessen und uns unterhalten. Über Felthuis und dass er doch viel für die Insel getan hat.«

»Großzügig, ja. Und als sie gestern Abend zusammensaßen, hat Herr Scheepker erzählt, er habe Giesbert Focken gesehen.«

»Nee. Wir haben, als die anderen aufgebrochen waren, noch ein bisschen geschnackt. Da hat er es mir erzählt.«

»Wo hat er Focken gesehen?«

»Auf der Flugplatzstraße. Fragen Sie lieber ihn. Ich weiß nur, dass Giesbert abends unterwegs war.«

»Gut, aber Herr Scheepker war ja genauso unterwegs. Was hatte er dort zu schaffen?«

»Er ist für alles Elektrische am Flugplatz zuständig. Er sagte, es sei etwas kaputt gewesen, was dringend repariert werden musste. Auf dem Rückweg sei er auf Focken gestoßen.«

Tanja Itzenga machte sich ein paar Notizen, während sie sich bei Jutta Wenzel weiter erkundigte.

»Wo wohnt Herr Scheepker?«

»Gleich am Anfang der Dellertstraße. In dem Haus mit dem Eingang, an dem zwei alte Walknochen stehen. Nicht zu übersehen.«

»Okay. Wir werden ihn mal besuchen.«

»Dieser Focken, wissen Sie, ich glaube, der ist plemplem.« Dabei drehte Jutta Wenzel ihren rechten, ausgestreckten Zeigefinger im Bereich ihrer Schläfe im Kreis. »Und ich möchte nicht wissen, wie es bei dem im Haus aussieht.«

»Haben Sie mal mit ihm gesprochen?«

»Mit dem? Nee.«

»Aber plemplem ist er.«

Jutta Wenzel sah kurze Zeit nach unten.

»Na ja, was so geredet wird.«

»Wir werden morgen mal zu ihm fahren.«

»Das ist gut. Da muss mal jemand Offizielles hin. Ihm Bescheid sagen. So geht das doch nicht. Was sollen denn die Kurgäste denken, wenn sie das Haus so verkommen sehen?«

»Wir gehen sicher nicht dorthin, um ihm zu sagen, dass er aufräumen und den Rasen mähen soll, Frau Wenzel.«

»Wäre aber nicht schlecht. Aber jetzt muss ich bei den anderen Gästen schauen, auch wenn's leider nicht viele sind. Wie sieht es denn mit einem Dessert aus?«

Über Ulferts' Gesicht huschte ein Lächeln. Er hatte bereits etwas ausgesucht.

»Für mich die rote Grütze«, sagte er.

»Mit Sahne?«

Ulferts zögerte, dann sagte er »Ja, bitte«.

Tanja Itzenga lächelte, da sie sich erinnerte, dass Ulferts noch vor Kurzem erneut den Plan geäußert hatte, mindestens zehn Kilo abzuspecken. Darum joggte er ja seit Neuestem. Sie nahm rasch die Karte zur Hand, war jedoch voller Gedanken. So legte sie sie gleich wieder weg und sagte nur: »Die nehme ich auch.«

»Danke, kommt gleich«, entgegnete Jutta Wenzel und rauschte davon.

»Also morgen zu Scheepker«, stellte Itzenga fest.

»Vielleicht zunächst zu Focken? Dann können wir den besser einschätzen.«

»Wenn wir erst den Elektrikbeauftragten befragen, können wir Focken mit Scheepkers Behauptung konfrontieren.«

»Wir könnten würfeln.«

»Blödsinn. Jetzt essen wir erst die Grütze.«

Jutta Wenzel war an den Tisch gekommen und stellte den beiden Polizisten jeweils eine ansehnliche Portion rote Grütze mit Sahne vor die Nase. Itzenga und Ulferts begannen, sie mit großem Genuss zu verspeisen.

»Fehlt nur noch ein Aquavit zum Abschluss«, bemerkte Ulferts zwischendurch.

»Nee, Ulfert, jetzt ist Schluss, morgen wird es ein anstrengender Tag«, entgegnete die Hauptkommissarin, »ich muss gleich ins Bett.«

»Spielverderberin«, nuschelte Ulferts und entfernte mit der Zunge Schlagsahne, die oberhalb der Lippe einen kleinen weißen Bart verursacht hatte.

26

Die beiden Auricher Kommissare klingelten zum dritten Mal. Irgendwo im Inneren des Hauses surrte eine Schelle, die ihre besten Tage hinter sich hatte. Sie knarzte, als versuche sie, den Rost von ihrer Oberfläche zu schmirgeln. Die Polizisten wollten schon kehrtmachen, als die Tür geöffnet wurde. Giesbert Focken füllte den Türrahmen beinahe aus, er hatte eine zu große Hose an, es musste eine XXL-Größe sein. Die Statur des Mannes hätte durchaus eine Hose erfordert, die weit geschnitten war. Diese flatterte dennoch um seine Beine. Ein verwaschenes Hemd hatte er locker über ein in grauer Vorzeit weißes T-Shirt geworfen, dessen aufgeribbelter Kragen ebenfalls von seinem Alter zeugte.

»Herr Focken, dürfen wir stören?«, versuchte Tanja Itzenga einen freundlichen Ton anzuschlagen. Focken nickte wortlos.

»Wir sind von der Kriminalpolizei«, Itzenga und Ulferts zeigten ihre Ausweise, »mein Name ist Itzenga und das hier ist mein Kollege Ulferts.«

»Ich habe nichts verbrochen«, beeilte sich Focken zu sagen.

»Das behaupten wir ja gar nicht«, setzte Itzenga fort, »aber Sie können sich denken, dass wir wegen des Todes von Willi Felthuis hier sind. Sie haben das sicher mitbekommen.«

»Ja.«

»Sie wohnen außerhalb des Dorfes und haben vermutlich gehört, dass die Leiche am Strand unweit des Überganges gefunden wurde, den man erreicht, wenn man die Straße, an der Ihr Haus liegt, weitergeht.«

»Und?« Focken gab sich mürrisch.

»Unsere Frage ist, ob Sie an dem Abend, an dem Herr Felthuis starb, hier in der Gegend oder gar an der Straße, irgendetwas Ungewöhnliches bemerkt haben. Ist Ihnen etwas aufgefallen?«

»Nein.«

»Vielleicht denken Sie noch einmal nach? Oft fällt einem etwas im Nachhinein auf. Hier ist doch abends oder nachts nichts los, da hört man alles, was vom Alltäglichen abweicht.«

»Denken Sie? Ist aber nicht so. Erst gestern Abend zogen hier einige Jugendliche erst zum Strand, nach Mitternacht zurück. Sie waren betrunken und haben viel Lärm gemacht. Das passiert öfter mal. Da höre ich gar nicht mehr hin.«

»Sehen Sie, es fällt also auf, wenn etwas passiert. Und?«

»Und? Nichts.«

Itzenga sah kurz Ulferts an, der reagierte. Mit forschem Ton setzte er an:

»Können wir nicht vielleicht reinkommen? Da lässt es sich besser sprechen.«

»Lieber nicht.«

»Herr Focken, hier so zwischen Tür und Angel«, doch Ulferts kam nicht weiter.

»Muss das sein?«

»Ja, muss es«, bestimmte Ulferts. Himmel, was war das denn hier? Es nieselte und er wollte ein Dach über dem Kopf.

»Brauchen Sie nicht einen Durchsuchungsbefehl?«, fragte Focken, dabei keinerlei Emotion zeigend, als sei das ganze Leben die pure Langeweile. Seine Stimme ließ jegliche Schwingung vermissen.

»Wir wollen Ihr Haus nicht durchsuchen. Wir wollen kurz mit Ihnen sprechen. Das ist alles«, erklärte Tanja Itzenga.

»Und wenn ich Nein sage?«

»Dann können wir nichts tun, aber …«, begann Ulferts, doch Itzenga warf ein:

»Es ist nicht eben gemütlich hier draußen, bitte, können wir nicht wenigstens in den Flur gehen?« Itzenga mochte diesen Tag, ein Herbsttag im Norden, wie er im Buche stand, ebenso wenig wie ihr Kollege.

»Gut … in die Küche«, beschied Focken. »Ich habe nicht aufgeräumt.«

»Das schert uns nicht«, sagte Ulferts, jetzt mit aufmunternder Tonlage, »Hauptsache trocken und warm.«

»Habe den Ofen noch gar nicht angemacht«, nuschelte Focken, drehte sich um und ging den dunklen Flur knapp zwei Meter entlang, um sich dann umzudrehen und den beiden Polizisten anzudeuten, dass sie ihm folgen sollten. Er öffnete eine Tür und bat die beiden in die Küche. Hier herrschte pures Chaos. Überall stand nicht abgewaschenes Geschirr herum. Auf dem Tisch lagen neben Zeitungen Werkzeug und mehrere Bücher. Dazwischen Comics, auch uralte Asterix- und Lucky Luke-Hefte. Letzteres sprach bei all dem Durcheinander allerdings für ihn, dachte Ulferts, der das eine wie das andere ab und zu gerne las, wenn er nach einem anstrengenden Tag am Abend schachmatt ins Bett kroch. Zwischen dem Sammelsurium standen außerdem Schalen, in denen sich irgendetwas zum Essen befunden haben mochte. Es roch nicht besonders angenehm, und der Blick zu Herd und Spüle hätte einem jeglichen Appetit verdorben. Die Fliesen, in einem beigen Farbton gehalten und wohl aus den 60ern stammend, hatten einen Grauschleier, der teils ins Schwarze überging. Der Spüle sah man an, falls zwischen Geschirr, Töpfen, Tassen und Gläsern ein Blick darauf erhaschbar war, dass sie seit Monaten keinen Wischlappen gesehen hatte. Der Teppich war alt und verschlissen. Itzenga fiel auf, dass es weder Anzeichen dafür gab, dass Focken rauchte, noch dass er Alkohol trank.

»Bitte«, sagte Giesbert und zog zwei Stühle unter dem Tisch hervor. Itzenga und Ulferts setzten sich, und Ulferts konnte sich vorstellen, dass Tanja gerade im Moment bedauerte, den Vorschlag gemacht zu haben, ins Haus zu gehen. Der letzte Hausputz musste Jahre zurückliegen. Nieselregen und Kälte wären doch besser gewesen als diese Küche.

»In der Tatnacht …«, begann Itzenga zögerlich und entdeckte vor sich eine Schale, aus der Schimmel lugte. Sie schob sie mit dem Zeigefinger ein Stückchen weg, so weit, wie es die vielfältigen sonstigen Utensilien, die den Platz auf dem Tisch einnahmen, zuließen. Sie vollendete ihren Satz: »… hat man Sie auf der Flugplatzstraße gesehen.«

»Mich? Wer?«

»Herr Scheepker.«

»Hat er das gesagt?«

»Nicht direkt, aber das ist auch nicht wichtig. Wir wissen es.«

»Na, wenn's nicht wichtig ist.«

»So meine ich das nicht. Warum waren Sie zu so später Stunde unterwegs? Zumal auch an dem Abend das Wetter alles andere als schön war?« Allerdings ging Itzenga in diesem Moment durch den Kopf, dass sie wahrscheinlich auch lieber unterwegs wäre, als lange Herbstabende in dieser Wohnung zuzubringen.

»Ich gehe gern spazieren.«

»Ja, wir hörten davon. Deshalb unser Gedanke, Sie hätten vielleicht etwas wahrgenommen. Etwas, was anders war als sonst.«

»Nein.«

Itzenga musste an ihren Lehrgang zum Umgang mit schwierigen Gesprächspartnern denken, den sie vor Jahren gemacht hatte. Ein Wochenende auf Fehmarn, mit Kollegen aus mehreren Bundesländern. Sie hatte eine junge Schutzpolizistin kennengelernt und sich gleich gut mit ihr verstanden. Sie kam aus Itzstedt bei Bad Segeberg. Die Vorsilbe führte dazu, dass Itzenga sich den Namen gut merken konnte, es war allenfalls mit Itzehoe zu verwechseln. Franziska Wilde, so hieß die junge Kollegin, erinnerte sie sich. Beim Bier am Abend hatte Wilde ihr eine Geschichte mit einer Leiche in einem Klärschlammbecken irgendwo in einem Dorf nahe der Stadt der Karl-May-Spiele erzählt. Sehr bizarre Umstände, das hatte sie noch im Gedächtnis. Obwohl sie am Ende des Lehrgangs vereinbart hatten, in Kontakt zu bleiben, war er dennoch abgebrochen. Tanja hatte damals gesagt, sie würde mal nach Bad Segeberg kommen, Franziska besuchen und sie könnten gemeinsam zu den Festspielen am Kalkberg gehen. Sowohl die Spiele, als auch der Berg waren einzigartige Besonderheiten, die die Stadt zu bieten hatte. Aber es war dabei geblieben. Ob Franziska immer noch bei der Segeberger Polizei war und in Itzstedt lebte?

»Herr Focken, jede Beobachtung. Jeder Hinweis kann wichtig sein«, Ulferts Frage holte die Hauptkommissarin aus ihren Gedanken zurück in die reale Welt.

»Scheepker hat mich gesehen?«, fragte Focken sinnloserweise. Er war aufgestanden und stand an die Spüle gelehnt. Das wird Spuren auf seiner Hose hinterlassen, dachte die Polizistin. Er sah die zwei Kommissare abwechselnd an. Ulferts fiel auf, wie gut dieser Mann und diese Küche zusammenpassten. Eine Einheit, die sich im Laufe der Jahre harmonisch entwickelt hatte. Er und seine Kollegin waren völlig fehl am Platz.

»Und Sie spazieren abends, bei jedem Wetter, einfach so über diesen einsamen Teil der Insel?«

»Mache ich oft.«

»Tatsächlich?«, warf Ulferts ein, um zu zeigen, dass er an der vermeintlichen Ziellosigkeit Fockens zweifelte.

»Spazieren gehen. Frische Luft ist mir wichtig. Ich liebe die Dünen.«

Das war für Ulferts und Itzenga leicht nachvollziehbar, wenn man den Blick durch diese verwahrloste Küche schweifen ließ. Itzenga fiel Jutta Wenzels Spruch ein: »Wie es da wohl drinnen aussehen mag?«

»Möchten Sie etwas trinken?«, fragte Giesbert unvermittelt.

»Nein, danke«, kam es wie aus der Pistole geschossen von Tanja Itzenga, und Ulferts bestätigte: »Für mich auch nicht, vielen Dank.«

Ulferts bemerkte einen Löffel, der in einem ausgetrockneten Becher stand, in dem Kaffee gewesen sein mochte. Er steckte ihn ein. Angesichts des Durcheinanders würde Focken den Löffel kaum vermissen. Itzenga griff den Faden wieder auf. Von sich aus gab Focken offensichtlich nichts preis.

»Man sagt, Sie wären nicht besonders gut auf Herrn Felthuis zu sprechen gewesen.«

»Das stimmt.«

»Weshalb?«

»Er ist ein Arschloch«, er besann sich, korrigierte: »Er war eines.«

Diese harte Aussage wunderte die Kriminalen dann doch. Tanja Itzenga fiel auf, dass Fockens Augen begannen, unruhig zu zucken. Er schien erregt.

»Können Sie uns das erklären?«, wollte Ulferts diesen Aspekt gern weiter besprechen.

»Ja, aber ich möchte es eigentlich nicht.«

»Weshalb nicht?«

»Eigentlich ist es egal, er lebt ja nicht mehr.«

»Uns ist es nicht egal.«

»Aber mir. Es ist meine Sache.«

»Wenn Sie ihn für ein Arschloch hielten, dann ist sein Tod für Sie wenig bedauerlich, oder?«

»Mir war er schon immer egal.«

»Sie beschreiben ihn sehr negativ. Was war der Grund?«

»Er war ein Mistkerl.« Focken sagte das in einem Ton, der aufkommende Aufregung vermuten ließ.

»Arschloch, Mistkerl. Harte Worte. Herr Focken, was hatte Felthuis Ihnen getan, dass Sie ihn so darstellen?«, drängte Ulferts.

Focken schwieg, überlegte, dann sagte er:

»Ich will nicht darüber sprechen.«

»Uns würde es schon interessieren.«

»Er hat viele Leute nicht gut behandelt. Mich auch nicht. Seitdem hielt ich ihn für das, was er war. Ein Arschloch.«

»Seitdem?«

»Seitdem er mich im Dorfkrug verspottet hat. Und nicht nur dort.«

»Wir hörten von diesen Auseinandersetzungen …«

»Von wem?«, warf Giesbert mit lauterer Stimme ein.

»Das ist doch jetzt nicht wichtig. Hatten Sie Streit mit Herrn Felthuis?«

»Streiten? Mit dem? Wozu? Er war der mächtigste Mann auf dieser schlimmen Insel.«

»Schlimme Insel? Wieso denn das?«, staunte Ulferts.

»Die Dünen, der Strand, der Deich und der Heller sind schön. Die Menschen sind schlimm«, Giesbert Focken sagte das in einem Ton, den weder Ulferts, noch Itzenga einordnen konnten. Sonderbar war Focken tatsächlich, da hatten weder Jutta Wenzel noch Karl Maier untertrieben.

»Die Menschen hier gefallen Ihnen nicht?«, erkundigte sich der Kommissar.

»Sie sind mir egal.«

»Aha … aber Sie haben doch mit Ihnen zu tun?«

»Selten.«

»Himmel, Sie müssen ja mal einkaufen oder zur Bank …«

»Zur Bank muss ich nicht. Einkaufen, ab und zu.«

Tanja Itzenga wollte zum Kern der Sache zurückkehren.

»Sie mochten Felthuis nicht?«

»Mögen Sie Arschlöcher?«

Ulferts musste schmunzeln. Focken war ein erstaunlicher Typ. Einerseits total einfältig, andererseits schien er auf keinen Fall dumm zu sein. Diese Gegenfrage hatte Ulferts jedenfalls gefallen.

»Nein. Hassten Sie Herrn Felthuis?«

»Wozu soll Hass gut sein?«

»Das beantwortet nicht meine Frage.«

»Ist egal. Er ist tot.«

»Freut es Sie, dass er tot ist?«

»Es ist mir einerlei.«

»Hätten Sie ihm den Tod gewünscht?«

»Kann man jemanden den Tod wünschen, wenn er einem einerlei ist?«

»Hören, Sie Herr Focken, er war Ihnen doch nicht gleichgültig«, regte sich Itzenga auf. »Sie haben eben gesagt, er habe Sie verhöhnt, er sei ein schlechter Mensch …«

»Ein Mistkerl«, Fockens Augen blitzten.

»Eben.«

»Ich habe gesagt, er war mächtig und ein Mistkerl. Mächtige sind oft Mistkerle.«

Tanja Itzenga spürte, dass sie so nicht weiterkam. Ulferts musste indes kräftig niesen. Das herbstliche Inselwetter machte sich bemerkbar. Er zückte sein Taschentuch, schnaubte kräftig hinein, sodass Itzenga und Focken ihn erstaunt ansahen. Dann fiel ihm das Taschentuch aus der Hand, er bückte sich umständlich, schien danach zu suchen, bis er schließlich wieder auftauchte.

»Sorry, habe mich ein bisschen erkältet«, bemerkte er, als er sah, wie sie ihn anstarrten.

»Na, dann pass mal auf dich auf«, sagte Tanja Itzenga, wohl mehr, um diese Szene Ulferts' abzuschließen und wieder zum Thema zu kommen. Doch sie schien nicht den richtigen Dreh zu finden, Giesbert ein paar brauchbare Hinweise aus der Nase zu ziehen. Vielleicht gab es auch keine. Immerhin bestätigte Fockens Aussage diejenige von Karl

Maier. Itzenga verspürte Lust, die ungastliche Küche auf dem schnellsten Wege zu verlassen. Sie wandte sich erneut Focken zu.

»Herrn Felthuis haben Sie an besagtem Abend aber nicht gesehen?«

Giesbert Focken kräuselte die Stirn, bevor er mit einem zögerlichen »Nein« antwortete.

Tanja Itzenga erhob sich.

»Gut, Herr Focken, danke erst einmal. Wir melden uns noch einmal. Halten Sie sich bitte zur Verfügung.«

»Ich habe Juist seit fünf Jahren nicht mehr verlassen.«

»Tatsächlich? Sie waren immer nur auf der Insel?«, staunte die Hauptkommissarin.

»Ja.«

»Seit dem Tod Ihrer Eltern?«, fragte Ulferts unvermittelt.

Giesbert sah Ulferts für einen Moment an, als habe der Polizist ihn erschreckt. Doch er schien sich schnell zu beruhigen und wiederholte leise, kaum hörbar:

»Seit dem Tod meiner Eltern.«

»Ein schreckliches Ereignis«, warf Ulferts ein. Focken sprang auf.

»Halten Sie den Mund«, zischte Giesbert, »darüber rede ich mit niemandem«, unvermittelt zitterte er am ganzen Körper.

»Beruhigen Sie sich, ich wollte Sie nicht … keine Angst, das Thema ist wirklich unwichtig«, versuchte Itzenga, den Mann zu besänftigen. Ulferts hatte sich über den Ausbruch genauso wie seine Kollegin erschrocken und war froh über die Anstrengungen seiner Kollegin, das so urplötzlich entfachte Gemüt Fockens zu besänftigen.

»Alle werfen mir immer nur etwas vor. Alle!«, klagte Giesbert. Er blickte unruhig hin und her.

»Es ist alles okay, die Sache ist unwichtig, wirklich«, flötete die Hauptkommissarin, beunruhigt von der Erregung, die Fockens Augen widerspiegelten. Er atmete schwer, und Itzenga schoss der Gedanke durch den Kopf, dass er offenbar unberechenbar war, wenn man bestimmte Themen ansprach. Felthuis hatte sicherlich gewusst, welche Themen das waren.

»Sie haben alle keine Ahnung«, rief Focken, schien sich jedoch zu entspannen. Er ließ sich auf einen der Küchenstühle fallen, der unter seinem Gewicht ächzte.

»Sie haben recht, Herr Focken, wir suchen tatsächlich nach Erklärungen für Geschehnisse, die wir bislang nicht verstehen. Jede Hilfe ist willkommen, auch Ihre«, wollte Itzenga ihn in seiner Meinung unterstützen.

»Wenn es nur die Wahrheit ist«, ergänzte Ulferts.

»Die Wahrheit!«, Focken lachte gespielt, aber laut auf.

»Ja, die suchen wir«, ließ sich Ulferts nicht beirren.

»Komm Ulfert, wir sollten gehen. Danke, Herr Focken«, sagte Tanja Itzenga. Ihr Kollege nickte.

Die Polizisten begaben sich zur Tür. Itzenga wand sich noch einmal dem Hauseigentümer zu.

»Also, wie gesagt …«, aber er ließ sie nicht weiterreden.

»Sie müssen nicht wiederkommen. Ich habe alles gesagt. Und es ist die Wahrheit.«

Die Hauptkommissarin machte zwei Schritte auf ihn zu.

»Trotzdem, falls Sie uns etwas mitteilen wollen, hier ist meine Karte, Sie finden Festnetz und Mobilnummer darauf.«

Aber Giesbert erwiderte:

»Ein Telefon habe ich nicht. Und ich habe Ihnen nichts weiter zu sagen.«

Itzenga zuckte mit den Schultern, sagte »Vielleicht doch. Tschüss« und machte sich auf, aus der unwirtlichen Küche heraus, durch den dunklen Flur Richtung Haustür. Ulferts folgte ihr. Focken blieb zurück. Er machte sich nicht die Mühe, die beiden Kommissare zu begleiten.

»Puh, kein leichter Zeitgenosse«, urteilte Tanja Itzenga, als sie die Straße erreicht hatten.

»Ein sonderbarer Typ in einem schrecklichen Haus. Hast du den Teppich gesehen?«, fragte Ulferts.

»Ja. Ein Paradies für einen Biologen, der sich mit Arthropoden beschäftigt.«

»Arthro ... was?«

»Arthropoden. Mann, du kennst dich aber auch gar nicht in der Biologie aus«, sie lachte. »Der Stamm der Gliederfüßer, dazu zählen Spinnen, aber auch Milben. Und ich vermute, in Fockens Teppich leben Myriaden von Milben, und das sehr gut.«

»Was du so alles weißt.«

»Bio Leistungskurs.«

»Das habe ich längst alles vergessen.«

»Hattest du auch Bio?«

»Um Gottes willen, nein. Ich habe was Vernünftiges gemacht.«

»Und zwar?«

»Erdkunde.«

»Alles klar, was Vernünftiges! Aber der Teppich ist mir aufgefallen. Ein alter, abgewetzter Teppich, der früher sicher mal farbenfroher war. Das trifft die Beschreibung von Jensen.«

»Die Flusen unter Felthuis' Fingernägeln.«

»Wir hätten etwas davon mitnehmen sollen.«

»Habe ich!« Ulferts freute sich.

»Deine Erkältung und das Taschentuch?«

»Yep!«

»Boah. Sie sind so kolossal raffiniert, Herr Kommissar!«

»Wenn du das nur einsiehst«, lächelte Ulferts.

Der Kommissar zog den Mantelkragen hoch und Tanja Itzenga wickelte ihren Schal eng um den Hals, bevor sie ins Dorf zurückmarschierten, was bei dem Nieselregen und den Temperaturen nicht die reine Freude war.

27

Ulferts war früh wach geworden und hatte sich schnell entschieden, den Morgen mit einem Lauf zu begrüßen. Er wollte zum Deich joggen, links abbiegen und schließlich auf der Flugplatzstraße Richtung Osten rennen. Da er nahe am ›Future House‹ vorbeikäme, wollte er sich dort noch ein wenig umsehen. Außerdem konnte er auf diese Weise Arbeit und Hobby verbinden mit dem Fernziel, zehn Kilo abzunehmen.

Zu so früher Stunde waren nur Frühaufsteher und solche, die trotz Urlaubes den Schlaf nicht fanden, unterwegs. Von ein paar emsigen Müllwerkern abgesehen, die am Abend vorher an den Grundstückseingängen abgelegte gelbe Säcke auf ein Pferdegespann packten. Die kräftigen Klepper mussten gleich zwei Wagen ziehen. Ulferts entschied sich um. Er würde erst einmal bis zu dem ehemaligen Bauhof laufen, dann den Weg an Fockens Haus vorbei zum Strand nehmen und von dort Richtung Osten laufen. Nach ungefähr drei Kilometern wollte er umdrehen, mit der Strecke zurück zur Pension wären es knapp sieben Kilometer, das reichte aus seiner Sicht fürs Erste. Einen großen Vorteil des morgendlichen Laufes sah er darin, sich danach mit gutem Gewissen dem üppigen Frühstücksbuffet widmen zu können. Gleichwohl verringerte das Zehn-Kilo-Ziel die Vorfreude darauf, denn das hieß kein Rührei, kein gebratener Speck, kein … Na, mal sehen. Auf jeden Fall wäre Tanja sicherlich aufgestanden und sie konnten gemeinsam frühstücken. Darauf freute er sich.

Tief sog der Kommissar die frische Nordseeluft ein, die vom Watt her wehte und die sich an diesem Morgen mit dem Duft des Strandwermuts mischte. Schnell hatte er die Einmündung der Straße An't Diekskant in die Flugplatzstraße erreicht. Erstere verlief unterhalb des Deiches, der 1978 erbaut worden und wesentlich höher war als der Deich, der vom Dorf bis zum Ende des Looges reichte und der dringend ausgebaut werden musste, wenn dies nicht auch auf den sogenannten neuen Deich zutraf. Ulferts bog links ab, erreichte nach wenigen Metern das ›Future House‹. Der Kommissar stellte wiederholt fest, dass dieser Name ganz und gar nicht passte. Das einstöckige Haus mit dem nur leicht geneigten Dach aus Eternit sah nicht annähernd nach Zukunft aus. Auf dem Grundstück standen vereinzelt Anhänger und Baumaterialien herum, es mussten dringend Renovierungsarbeiten durchgeführt werden, aber wahrscheinlich würde das Ganze über kurz oder lang abgerissen. Grundstücke waren begehrt, die Preise in den letzten Jahren in die Höhe geschossen und Investoren und Immobilienhaie lauerten auf allen Inseln auf Beute. Glücklicherweise begannen einige Insulaner, dem Ausverkauf ihrer Insel, der Versyltung, wie sie es nannten, entgegenzutreten, wie Ulferts gehört hatte. Im Loog hatten sich Bürgerinnen und Bürger, aber auch Gäste deswegen mit einer Petition an die Gemeinde gewendet, um ihre Vorstellungen der zukünftigen Entwicklung dieses Ortsteiles deutlich zu machen.

Ulferts näherte sich dem Haus, wollte es, wenn möglich, einmal umrunden. Vielleicht entdeckte er etwas, das weiteren Aufschluss über den Hergang der Dinge in der Tatnacht brachte.

Der Kommissar schritt um das Haus und musste dabei einige Hindernisse überwinden. Er versuchte mehrmals, einen Blick ins Innere zu erhaschen, doch die Fenster waren reichlich verdreckt, ein Schmierfilm saß darauf, in den Ecken befanden sich teils dichte Spinnweben. Nur die beiden Fenster an der Straßenseite, welche die Jugendlichen offenbar geputzt hatten, sahen passabel aus. Dafür waren Gardinen und Vorhänge von Anno Tobak. Aber auch an einem der kleinen Fenster im hinteren Bereich des Hauses hatte jemand die Scheibe gesäubert, wenn auch nur oberflächlich, offenbar mit einem wenig geeigneten, spitzen Gegenstand. Ulferts lugte hinein und die Sonne, die ihm seitlich im Rücken stand, half, ein wenig vom Interieur zu sehen. Übereinandergestapelte Stühle, ein Kühlschrank, Flaschen standen herum. Ulferts ging zur Frontseite und versuchte, einen Blick durch eines der wesentlich größeren Fenster zu werfen. In einem Raum stand ein altes Sofa, drei ebenso alte Sessel. Hier zierte den Boden ein Teppich, der, so weit er es erkennen konnte, schon bessere Tage erlebt hatte. Er hätte das Haus gerne betreten, um es sich von innen anzusehen. Doch sowohl die Vorder-, als auch die Hintertür waren verschlossen. Im Bereich des hinteren Ausgangs, einem Platz aus einem Gemisch aus Erde und Schotter, fiel ihm auf, dass in Richtung des Strandes ein kleiner Pfad ins Düneninnere führte. Hier waren Fußspuren zu erkennen, sie waren jedoch von Wind und Wetter bearbeitet worden. Intuitiv schätzte Ulferts die grobe Schuhgröße, die der Person gehörte, die hier entlang gegangen war.

Er dachte daran, dass Tanja und er längst beschlossen hatten, mit den Jugendlichen so schnell wie möglich ein Gespräch zu führen. Der Kommissar entschloss sich, sein Lauftraining wieder aufzunehmen. Bis zum Strandabgang war es nicht weit. Er würde ungefähr dort, wo die Leiche von Willi Felthuis gefunden worden war, den Strand erreichen. Er trabte los.

Als er mit schweißdurchtränktem T-Shirt die Pension erreichte, dachte er, dass er die Windjacke auch hätte weglassen können, aber am Beginn eines Laufes war es erst einmal kalt. Er sah die Hauptkommissarin durch die großen Scheiben, die den herrlichen Blick auf die Weite der See ermöglichten, hinter einer Tageszeitung sitzend am Frühstückstisch. Sie schien völlig vertieft einen Artikel zu lesen. Er würde sich unter der Dusche sputen müssen, um sie nicht zu verpassen.

28

Sie saß auf der Bettkante und weinte hemmungslos. Ihr Gewissen plagte sie unbarmherzig. Die Belastung wurde größer, die innere Stimme fordernder: Du musst es sagen! Alles andere endet in einer Katastrophe, in der nichts mehr zu kitten wäre.

Wie hatte es nur so weit kommen können? Was sollte jetzt werden? Ihr gelang es einfach nicht, einen klaren Gedanken zu fassen. Mit Macht überkam sie ein Weinkrampf. Sie schnaubte in ein Taschentuch, wusste jedoch, dass sie sich zusammenreißen musste. Wenn jetzt jemand hereinkam, sie so sah, in diesem Zustand! Was sollte sie sagen? Wie konnte sie sich herausreden? Der Verstand sagte ihr, dass es besser wäre, aufzustehen und rauszugehen. Sie konnte nicht. Sie hockte da und heulte. Der Tod, den sie beklagte, war nur eine Seite der Medaille. Die andere Seite … sie hätte schreien können!

Die Kommissare aus Aurich würden nicht ruhen. Bei ihren Ermittlungen würden sie jedes Sandkorn des Strandes umdrehen, würden die Insulaner befragen, Hinweise bekommen, ihnen nachgehen, Zusammenhänge erkennen, Schlüsse ziehen. Die Tatsachen kämen ans Licht, mit kleinen Schritten, Vermutungen zunächst, dann, mit jeder neuen Erkenntnis, würde die Wahrheit reifen. Eine Wahrheit, die alles andere in den Hintergrund drängen würde, die kolossal, ja monströs wäre.

Das wäre der Moment, den sie fürchtete. Der Moment, in dem die ganze Insel in Entsetzen erstarren würde und nichts mehr so wäre, wie es einmal war. Sie schluckte. Es durfte eben nicht passieren. Aufstehen, weitermachen. Diese Scheiß-Deicherhöhung! Das war der Tropfen, der das Fass zum Überlaufen gebracht hatte. Der Tropfen zu viel, der ungewollt einen Ball ins Rollen gebracht hatte, der schnell zu einem Eigentor geworden war. Es hätte gut gehen können, sie hatte alles darangesetzt. Doch als der Küstenentwicklungsplan publik geworden war, schwappte das Fass über und das Unglück nahm seinen Lauf. Das Geschehen war ihr entglitten, sie hatte nichts dagegen tun können, nichts.

Egal jetzt, sie musste weitermachen. Sie hörte, dass irgendjemand unten die Tür öffnete und ins Haus kam. Plötzlich tauchte ein völlig neuer Gedanke auf: War der Tod von Willi Felthuis nicht auch eine Chance?

Eilig lief sie zum Waschbecken und schlug sich ein paar Hände Wasser ins Gesicht, trocknete es und verließ den Raum.

29

Conny, Mirko, Reemt und Marina waren schon da, als auch Carsten endlich eintraf.

»Kannst du nicht einmal pünktlich sein?«, fragte Marina.

»Das musst du gerade sagen«, erwiderte Carsten.

Er machte es sich in einem der alten Sessel bequem und schaute neugierig in die Runde.

»Was liegt an?«

»Morgen stehen wir bei Schiffsankunft am Hafen. Es soll nicht viel Wind sein, da können wir ohne Weiteres die Plakate an der Stellwand anbringen, davor den Tisch mit dem Infomaterial stellen«, erklärte Mirko.

»Conny? Hast du was?«, fragte Carsten.

Alle starrten auf Conny, die etwas vorbereiten sollte, so hatten sie es beim letzten Treffen beschlossen. Felthuis' Leiche sollte vergessen sein, jetzt stand ihre Umweltarbeit wieder im Vordergrund. Jeder sollte sich daran halten: so weitermachen wie bisher. Eine Leiche hatte es nie gegeben.

»Guckt nicht so«, reagierte sie, »ich war fleißig.«

»Du siehst müde aus«, bemerkte Carsten.

»Habe das Plakat zum Thema Mikroplastik im Meer fertiggestellt. War eben viel Arbeit. Wollt ihr es sehen?«, Conny schaute erwartungsvoll ihre Mitstreiter an.

»Klar«, munterte Carsten sie auf, ihre kreative Arbeit zu präsentieren.

Conny entrollte ihr selbst gemachtes Plakat. Es war mit großen Lettern überschrieben: »Plastik tötet!« Darunter hatte sie zwei Fotos platziert: ein Hummer, der sich in einem alten Fischernetz aus Nylon verfangen hatte, eine tödliche Falle. Daneben eine große Meeresschildkröte, deren Kopf in einem Joghurtbecher steckte, den sie ohne Hilfe nicht wieder loswurde und nun blind durch das Meer schwamm, unfähig, Nahrung aufzunehmen. Eine Tabelle vervollständigte das Poster: die jährliche Menge an Kunststoff, die über die europäischen Flüsse in Ost- und Nordsee gespült und mit den Jahren zu feinen Partikeln zerrieben wurde. Eine sorgfältig ausgeschnittene Karte mit den Hauptströmungen und den Wirbeln in den Ozeanen, in denen unglaubliche Mengen von Plastikmüll rotierten, als wollten sie Karussell fahren, ergänzte die Fakten. Die Trash-Islands fehlten, vielleicht hatten die Jugendlichen von dieser Aktion Gleichgesinnter noch nichts mitbekommen. Die Buchstaben waren sauber geschrieben, die Bilder gut ausgesucht, das Plakat klagte an, machte betroffen, informierte kurz und bündig, aber sachlich, kurz, alle hielten es für gelungen.

»Wow, richtig geil!«, bewertete Marina.

»Ja, sieht toll aus und trifft den Kern der Sache«, bestätigte Carsten und Mirko nickte.

»Da hat ein Niederländer so ein Reinigungsgerät entwickelt, habe ich gelesen. Sieht aus wie eine große Wurst, die auf dem Wasser schwimmt. Eine Art Staubsauger, der das Plastik von der Meeresoberfläche saugt. Sollten wir das nicht erwähnen?«, fragte Carsten.

»Habe ich auch gelesen. Ist ja eine gute Idee. Aber das eigentliche Problem löst es nicht: dass erst gar kein Plastik ins Meer gerät. Das wäre nachhaltig.«

»Was meinst du zu dem Plakat?«, fragte Conny Reemt, der unaufmerksam schien und mit ausdrucksloser Miene im Sofa abhing. Er erschrak regelrecht, als Conny ihn so direkt ansprach.

»Ja, ist gut geworden«, nuschelte er.

Das war nicht viel, sonst war Reemt doch nicht auf den Mund gefallen.

»Wie, gut geworden? Mehr nicht? Was ist denn los mit dir?«, fragte Carsten.

»Was soll los sein? Nichts«, erwiderte Reemt genervt. Er war nicht so wie sonst. Er verhielt sich still, schien abwesend, sein Gesichtsausdruck verriet nichts von seinem sonst immer so sonnigen Gemüt. Die anderen konzentrierten sich schnell wieder auf Connys Plakat.

»Das hängen wir an die Stellwand. Außerdem habe ich von Greenpeace Prospekte zum selben Thema angefordert und auch bekommen. Die können wir auslegen. Sind nur 30, aber wenn 30 Gäste einen bekommen, ist das doch super.«

»Gut. Und wir müssen sie möglichst gleich abfangen, nachdem sie das Schiff verlassen haben, damit sie an unseren Stand kommen.«

»Mann, wenn das Felthuis sähe«, rutschte es Mirko heraus.

Die anderen wandten sich zu ihm, mit ernsten Mienen.

»Erinnere uns nicht an ihn«, sagte Conny, schluchzte prompt. Wenn nur alles gut ging.

»Ich mein ja nur, der wäre doch schon wieder auf 180 und würde sich tierisch aufregen, weil wir den Leuten den Speisefisch vermiesen. Und würde poltern, dass das mit dem Mikroplastik genauso eine Erfindung sei wie der Klimawandel.«

»Hör auf mit Felthuis. Ich will nicht mehr daran denken«, hauchte Conny, sodass man sie kaum verstand.

Es klopfte laut an der Tür.

»Wer kann das sein? Hier kommt doch außer uns sonst niemand her«, fragte Marina, unruhig um sich blickend.

»Das haben wir ja kürzlich gesehen«, sagte Carsten mit Sarkasmus in der Stimme, er spielte auf den Leichenfund an.

»Keine Ahnung, ich schau mal nach«, Mirko erhob sich mühsam aus dem alten Ledersessel.

Er verließ den Raum, ging zur Haustür und öffnete.

»Guten Abend«, hörten die anderen eine freundliche, weibliche Stimme. »Entschuldigt die Störung, aber wir hätten ein paar Fragen und wussten, dass ihr euch heute Abend außerplanmäßig hier trefft. Mein Name ist Itzenga und das ist mein Kollege Ulferts. Wir sind von der Kriminalpolizei in Aurich, aber das wisst ihr sicher schon.«

»Die Bullen«, flüsterte Conny mit zittriger Stimme.

»Bullshit!«, ließ Reemt von sich hören. Jetzt sah er blass, krank, ja verzweifelt aus.

»N'abend«, kam es zögerlich von Mirko an der Haustür, »kommen Sie herein, es geht sicher um den Felthuis.«

»Wie kommst du darauf, ich darf doch Du sagen?«, fragte Tanja Itzenga.

»Klar, kein Problem. Na ja, Kripo gibt's auf Juist doch gar nicht. Und Felthuis soll ja ermordet worden sein. Da kann man doch eins und eins zusammenzählen.«

»Weshalb, meinst du, kommen wir zu euch?«, ließ sich Ulferts hören.

»Müssen Sie nicht alle und jeden befragen? Außerdem hatten wir mit Felthuis zu tun, auch wenn wir lieber darauf verzichtet hätten.«

»Gut kombiniert. Willst du vielleicht später mal zur Polizei?«

»Nee, ganz bestimmt nicht«, erwiderte Mirko und war froh, dass sie den Raum erreicht hatten, in dem die anderen hockten.

Als Tanja Itzenga sich und Ulferts noch einmal vorgestellt hatte, ging sie zunächst gar nicht auf den Mordfall ein.

»Toll, was ihr hier macht. Ich finde das gut, dass ihr euch für den Schutz der Meere einsetzt«, bestätigte sie die

Jugendlichen in ihrer Arbeit, dabei das Plakat von Conny betrachtend.

»Es geht uns um unsere Insel. Winzige Kunststoffpartikel bedrohen die Meerestiere, die Teil unserer Nahrungsgrundlage sind. Der Klimawandel bedroht weltweit die Küstenregionen. Wir brauchen einen höheren Deich und das Meer muss wieder sauberer werden, sonst sehe ich hier keine Zukunft für uns«, dozierte Carsten.

»Und wir würden auch in den nächsten Jahren gerne hier leben«, ergänzte Marina. »Es gibt ja nur noch wenige einheimische Jugendliche auf der Insel. Wir gehören dazu.«

»Mit dem Deichbau sind wir auch schon beim Thema. Indirekt zumindest. Ich muss euch nicht sagen, warum Herr Ulferts und ich hier sind. Es geht um den Tod von Willi Felthuis.«

Alle schauten betreten nach unten, zur Seite, aus dem Fenster.

»Ihr habt ja davon gehört …«

»Juist ist klein genug, dass so etwas nicht geheim bleibt«, beeilte sich Mirko zu sagen.

»Es gibt da ein paar Dinge, die uns interessieren.«

Heilige Scheiße, ging es Reemt durch den Kopf. Es gelang ihm nicht, klare Gedanken zu fassen. Er hatte die Szene mit Giesbert im Kopf. Mirko hatte er an dem Abend nicht mehr angetroffen, niemand wusste bisher, dass er Focken als den Täter identifiziert hatte, als er Indizien vernichten wollte. Er könnte einfach von seinem Erlebnis erzählen. Aber was würden die anderen sagen? Er würde sie mit hineinziehen, weil alle zugestimmt hatten, dass sie die Leiche von Felthuis entsorgen. Er musste es erst einmal mit ihnen absprechen, alles andere wäre nicht fair gewesen. Sein Herz klopfte wild.

»Wir können nichts dazu sagen«, warf Conny ein. »Warum fragen Sie uns überhaupt?«

»Reine Routinesache. Mein Kollege und ich wollen uns die Umgebung des Tatortes ansehen. Euer ›Future House‹ liegt in der Nähe des Weges zum Strand. Und genau an dem Strandabgang befand sich die Leiche.«

»Da müssen Sie aber eine Menge Häuser ansehen, die auch nicht viel weiter weg sind«, entgegnete Mirko. Ihm gefiel die Anwesenheit der Polizisten genauso wenig wie seinen Freunden.

»Seid ihr nur mittwochs hier?«

»Normal sind unsere wöchentlichen Treffen, ja. Wenn wir aber eine Aktion planen, kommen wir natürlich auch an dem Tag, an dem das stattfinden soll. Oder am Abend vorher, je nachdem, wann das Schiff ankommt. Im Sommer haben wir hier auch schon gegrillt. Aber das kannst du jetzt vergessen.«

»Wohl wahr, Herbst und Winter sind manchmal ganz schön griesig, was?«

»Griesig?«, stutzte Marina.

»Die Summe aus grau und diesig«, belehrte Ulferts.

»Ach so. Und dunkel ist es auch noch.«

»Hm, mal überlegen, das könnte so etwas wie grunsig geben«, doch Ulferts kam nicht weiter mit seinen neuen Wortkreationen, er wurde von Tanja Itzenga gestoppt. Das gefiel ihm nicht, er wollte es als vertrauensbildende Maßnahme verstanden wissen.

»Ist euch an dem besagten Abend etwas aufgefallen, habt ihr irgendjemanden gesehen, zum Beispiel auf dem Weg hierher oder als ihr ins Dorf gefahren seid? War Herr Felthuis vielleicht unterwegs und einer von euch hat ihn bemerkt?«

Zunächst sagte niemand etwas, die atmosphärische Spannung im Raum nahm zu.

»Es war alles wie sonst auch«, beantwortete Marina schließlich die Frage.

»Hat jemand von euch Giesbert Focken gesehen?«

»Nee, wieso denn?«, fragte Marina.

»Herr Scheepker hat ihn an dem Abend getroffen, als der Mord geschehen sein muss. Und ihr hattet euren Aktionsabend hier«, erklärte Ulferts.

»Nein, nichts gesehen, nichts gehört«, reagierte Reemt etwas flapsig auf Ulferts Aussage.

»Das, was ihr hier macht, tolle Ideen und super Engagement, ganz ehrlich. Aber das ist meine Meinung«, wechselte Tanja Itzenga nur scheinbar das Thema. »Herrn Felthuis gefiel es weniger, oder?«

»Der wollte von alldem nix wissen«, bestätigte Marina, Conny nickte.

»Gab es deswegen Ärger?«

»Das kann man wohl so sagen.«

»Wie lief das ab?«

»Er ließ sich ja nicht belehren, sagte immer, wir redeten Unsinn und sollten uns lieber über unsere Schulbücher hocken. Wenn wir dann noch etwas aus unserer Sicht hinzufügten, rastete er manchmal total aus, schrie uns an. Aber wir, wir sind ruhig geblieben. Haben sachlich unsere Argumente vorgebracht«, sagte Carsten.

»Ist er handgreiflich geworden?«

»Gewundert hätte es mich nicht«, raunte Conny.

»Es gab somit große Antipathien zwischen euch und ihm?«

»Wie soll man so einen … mögen?«, korrigierte Mirko im letzten Moment, er wollte ursprünglich einen Kraftausdruck verwenden.

»Seid ihr immer nur in diesem Raum?«, wechselte Ulferts unvermittelt das Thema.

»Ja, eigentlich schon.«

»Was heißt eigentlich schon?«

»Hier spielt sich das meiste ab«, erwiderte Mirko.

»Aber doch nicht alles?«

»Na ja …«, stammelte Conny, »es gibt noch den Nebenraum.«

»Nebenraum? Durch die Tür dort?«, wollte Ulferts wissen und zeigte auf die gegenüberliegende Tür.

»Ja«, sagte Conny, »wir nennen ihn Vorratsraum, weil wir da unsere Getränke aufbewahren, Chips, Flips und solchen Kram, damit wir hier nicht ganz auf dem Trockenen sitzen, wenn wir uns treffen.«

»Das Gebäude sieht von außen größer aus«, gab Ulferts zu bedenken.

»Es gibt noch die Halle, ein Bad und die Küche«, beschrieb Conny genauer und erntete einen bösen Blick von Mirko. Er wollte, dass die Polizisten so schnell wie möglich abzogen. Jetzt würden sie womöglich alles inspizieren wollen.

»Können wir den Vorratsraum mal sehen? Und die Halle?«, fragte Itzenga.

»Warum nicht?«, schaltete sich Mirko ein, »kommen Sie!« Er versuchte, offensiv an die Sache heranzugehen. Wer nichts zu verbergen hat, kann alles zeigen. Ulferts war gespannt. Gestern hatte er ja nur einen Ausschnitt der Halle durch das kleine Fenster sehen können, das an einer kleinen Stelle freigekratzt worden war.

Sie betraten den Vorratsraum. Reemt fühlte sich schlecht. Wenn sie doch etwas übersehen hatten, was dann? Kriminalpolizisten erkannten doch Details, die andere garantiert nicht entdeckten. Conny und Marina hielten sich im Hintergrund, Carsten sammelte leere Flaschen ein und stellte sie in eine Kiste, als wolle er den ganz normalen Alltag suggerieren. Der Adrenalinspiegel kletterte jedoch bei allen in die Höhe.

»War Giesbert Focken eigentlich schon mal in diesem Haus?«

Reemt erstarrte.

»Giesbert? Keine Ahnung. Wieso?«, fragte Mirko.

»Er wohnt ja nicht weit weg«, wusste Ulferts und zeigte in die Richtung, in der er das Fockensche Anwesen verortete.

»Focken? Hier? Nicht, dass ich wüsste«, bemerkte Carsten.

»Er geht viel spazieren. Es ist ja ganz in seiner Nähe.«

»Die Idee ist mir noch gar nicht gekommen, dass er ja so nah wohnt«, stellte Marina fest.

»Der ist entweder in seiner Bruchbude oder kreucht durch die Dünen«, beeilte sich Mirko, sein Bild von Giesbert darzustellen.

»Kreucht durch die Dünen? Wie ist das gemeint?«, fragte Tanja Itzenga.

»Ich weiß jedenfalls nicht, was er den ganzen Tag macht. Aber hier hinter dem Ostdorf, da trifft man auf ihn. Er stromert zwischen Watt und Strand herum.«

»Nur ganz selten kommt er mal ins Dorf. Ab und an muss er ja auch mal einkaufen. Wenn der Moin sagt, ist das schon viel«, untermauerte Carsten das Bild, dass Itzenga und Ulferts bislang von Giesbert Focken vermittelt bekommen hatten.

»Er hält sich an die Regeln. Moin, Moin ist ja schon Gesabbel«, lachte Ulferts, erntete aber nur ein müdes Lächeln von Mirko und Carsten.

»Und Herr Felthuis? War der schon hier im Haus?«

»Nee, bestimmt nicht«, kam es spontan von Marina.

Ulferts tippte Itzenga auf die Schulter und wies auf den Teppich. Sie registrierte den alten, teils verblichenen Bodenbelag, auf dem scheinbar gescheuert worden war.

»Der Teppich hier mit dem hellen Fleck, ich muss eine Probe nehmen«, sagte der Kommissar unvermittelt und schnitt ein paar Flusen ab, die er anschließend in ein Tütchen steckte.

»Wozu?«, erkundigte sich Conny, die immer fahler zu werden schien.

»Es wurden Teppichflusen unter den Fingernägeln der Leiche entdeckt.«

Reemt fühlte, dass ihm endgültig schlecht wurde, während Marina sich die Story mit der umgekippten Rotweinflasche vergegenwärtigte. Sie war sicher, dass gleich die Frage nach dem Ursprung der wesentlich helleren Fläche in der Mitte des Teppichs kommen würde. Doch sie blieb aus.

Carsten griff die Sache nochmals auf: »Sie denken doch nicht, dass die Flusen unter den Fingernägeln von diesem Teppich …«, doch er verstummte schnell, als Ulferts meinte: »Wir prüfen nur, nehmen Proben. Denken kommt erst, wenn wir eine Reihe Indizien haben, die wir zu einem Gesamtbild zusammensetzen müssen, das möglichst logisch ist.«

»Und die Halle?«, fragte Tanja Itzenga unvermittelt. Die Jugendlichen hatten Ulferts' Blitzaktion sorgenvoll betrachtet. Mirko wollte die gerade jetzt ungünstige Schweigeminute unterbrechen und sagte:

»Wenn Sie den speckigen Teppich anfassen mögen.«

»Och«, antwortete Ulferts, »an einigen Stellen scheint er erst kürzlich gesäubert worden zu sein.«

Reemt überlegte, den Raum zu verlassen. Das war zu viel für ihn. Conny wandte sich ab. Marina öffnete indes die Verbindungstür zwischen Vorratsraum und Halle und die Gruppe ging weiter.

»Gearbeitet wird hier anscheinend schon lange nicht mehr«, bemerkte Ulferts.

»Wozu benutzt ihr die Halle?«

»Früher war das mal eine Baufirma. Wir stellen hier höchstens mal was ab. Kartons, Kisten, unseren Handwagen …«, Marina stockte.

»Der da?«, Ulferts zeigte auf die Karre, in der eine grüne Plastikplane lag.

Mirko sprang erneut ein.

»Den Handwagen nehmen wir, um unsere Klamotten ins Dorf zu transportieren.«

»Hat auch schon bessere Tage gesehen, was?«, bemerkte Ulferts, der näher herangetreten war.

»Für unsere Zwecke reicht er«, sagte Carsten, »wir waren froh, ihn hier gefunden zu haben. Den können wir gut gebrauchen.«

Ulferts nahm die Plane hoch, die im Handwagen zusammengefaltet lag. Der Wagen war leer.

»Zwar alt, sieht aber wie geleckt aus«, staunte Ulferts.

Conny drehte sich zu Mirko.

»Wir … wir transportieren damit unsere Poster und die Flyer und diese Sachen … die sollen nicht dreckig werden oder nass. Ist ja nicht so, dass es hier nicht auch mal regnet. Wir wollen schließlich Infos an die Gäste verteilen, damit die aufwachen. Für das Material muss der Wagen sauber sein.«

»Was sind das für Flecken?«, Ulferts winkte Itzenga zu sich.

»Kann alles Mögliche sein«, befand die Hauptkommissarin.

»Ich habe das Gefühl, dass es besser wäre, wenn sich die Spusi hier einmal umschauen würde«, meinte er nachdenklich.

»Vielleicht wäre das nützlich. Sie könnten sich auch noch anderswo umsehen, beispielsweise bei Focken.«

»Und bei weiteren Rivalen von Felthuis«, ergänzte Ulferts, der plötzlich einen Gedanken zu haben schien.

»Ich bräuchte eine Speichelprobe von dir, warte mal«, sprach der Kommissar Carsten an und fingerte in seiner Jackentasche herum. Er fand ein Plastikröhrchen nebst Wattestab.

»Einmal A sagen«, er hielt Carsten das Wattestäbchen vor die Nase. Er öffnete widerwillig den Mund, der Kommissar strich einmal hindurch, ließ das Stäbchen ruckzuck im Röhrchen verschwinden und sagte:

»Merci. Und die anderen bitte auch.«

Conny verschlug es die Sprache, während Reemt die Halle still und leise verlassen, den Vorratsraum durchschritten und sich dann in einen der Sessel hatte fallen lassen. Er war hin- und hergerissen. Sollte er die Begegnung mit Giesbert schildern? Sollten sie nicht lieber alles beichten? Ritten sie sich nicht immer tiefer in die Scheiße? Er fand nicht den Mut dazu. Und wenn, wollte, ja musste er es erst mit den anderen besprechen. So lange mussten sie ihr Spiel weitertreiben.

»Okay, das war's für heute. Wir werden die Räume noch einmal kriminaltechnisch untersuchen lassen«, beschied Tanja Itzenga.

»Warum? Sie haben doch alles gesehen?«, fand Marina.

»Wir sind nicht die Spurensicherung. Die finden Dinge, das glaubt man gar nicht«, antwortete Ulferts.

»Das heißt, dass ihr das Haus erst einmal nicht mehr betreten dürft. Und, tut mir leid, ihr müsst es heute noch verlassen.«

»Aber unsere Aktion morgen!«, rief Conny enttäuscht.

»Die läuft ja nicht weg. Aber ihr müsst sie vertagen.«

Die enttäuschten Gesichter der Jugendlichen sprachen Bände. Tanja Itzenga und Ulfert Ulferts verließen mit einem »wir warten draußen« das ›Future House‹.

»Wo ist eigentlich Reemt?«, fragte Carsten, als die beiden Kommissare außer Hörweite waren.

30

Er war es gewesen, oder? Sie hatte ihn nur für einen Augenblick gesehen, Sekundenbruchteile. Von hinten. Aber er war es, seine einzigartige Figur war nicht zu verwechseln. Was hatte er dort zu suchen? Und, viel wichtiger, hatte er sie gesehen? Dann wusste er es. Eventuell hatte er alles mitbekommen. Dann gab es einen Augenzeugen. Würde er zur Polizei gehen? Kaum. Wenn er keinen Ärger wollte, würde er schweigen. Dann wäre auch sie aus dem Schneider. Alles würde weitergehen wie bisher. Und wahrscheinlich hatte er sie gar nicht wahrgenommen, viel zu schnell war sie geflüchtet.

Aber es gab eine zweite Sorge, die sie plagte: Würde sie mit der Last leben können? Selbst wenn es verborgen bliebe, würde sie darunter leiden. Heilte die Zeit Wunden? Konnte man vergessen? Sie musste es sehen wie eine Sequenz: der

Anfang, das Leben, das Ende. Mit dem Tod nahmen die Menschen Geheimnisse mit ins Grab. Sicherer konnte man ein Geheimnis nicht verwahren, als damit in einem Sarg zu liegen.

Sie war jedoch keine Heldin. Schauspielern konnte sie. Aber dies war kein Theaterstück. Es war vielmehr so: Sie war feige. Hasenfüßig, furchtsam und duckmäuserisch. Wenn sie doch nur Nein gesagt hätte, damals schon. Dann war es zu spät gewesen.

Zwei Auswege gab es: weitermachen der eine. Der andere hieß »Schluss machen«. Der zweite war einfacher, für alle wäre es ein bedauerlicher, überraschender Tod, plötzlich und unerwartet. Wäre es nicht besser, als wenn die Wahrheit ans Licht kam? Nur sie wusste, wie alles zusammenhing. Sie läge mit ihrem Geheimnis im Grab wie Willi. Ihr fröstelte.

31

Heiner Gallen und Anne May genossen die Fährüberfahrt. Bestes Wetter hätte Urlaubsgefühle aufkommen lassen können. Die beiden Mitarbeiter der Spurensicherung der Auricher Polizei wurden von Ulferts und Itzenga am Hafen mit zwei Leihrädern und einem Fahrradhänger für die Arbeitskoffer der beiden Spezialisten abgeholt. Sie begleiteten sie ins ›Future House‹, wo sie sofort mit der Arbeit begannen. Heute gab es eine Tagesfahrt, morgens und abends war Flut. So war eine Rückfahrt noch am selben Tag möglich, selbst wenn sie sich noch bei Giesbert Focken umsehen würden. Das war wegen der Tideabhängigkeit Juists oft nicht der Fall und bedeutete, dass die Spusi schnell vorankommen musste. Natürlich gab es andere, die im Moment nicht aus dem Kreis der Verdächtigen auszuschließen waren, aber die Jugendlichen und Focken standen momentan am Beginn der Liste. Im Zweifel mussten May und Gallen eben noch einmal auf die Insel kommen. Sie untersuchten den Raum, in dem Reemt überraschend Giesbert getroffen und mit ihm gerauft hatte. Der Vorratsraum und die Halle wurden analysiert, Proben genommen, nochmals wurden Teppichflusen, außerdem Staub- und Dreckspuren, sogar Spinnweben gesichert. An den Türen wurde nach Fingerabdrücken gesucht und vor und hinter dem Haus nach Fußspuren oder kleinsten Hinweisen geschaut, die Aussagekraft haben könnten. Sie berücksichtigten das Fenster, an dem Ulferts festgestellt hatte, dass erst vor Kurzem jemand ein wenig Sicht geschaffen hatte, und auch der Handwagen wurde eingehend untersucht.

»Wer in dieser Hütte gewesen ist, wird irgendetwas mitgenommen haben, auch wenn es noch so klein ist und er's gar nicht weiß«, merkte Heiner Gallen an.

»Sind Spinnweben eigentlich sichere Hinweise auf einen Herkunftsort?«, wollte Ulferts wissen.

»Grundsätzlich sehen sich Spinnweben sehr ähnlich, aber alte, so wie diese hier«, Heiner Gallen zeigte an die Decke der Halle, »geben ja auch Auskunft über Schmutz, Staub und andere Partikel, die leicht sind und durch die Luft fliegen. Da kann dann schon mal Haustypisches dabei sein. Es können sich wertvolle Hinweise darin befinden bis hin zu Hautpartikeln, Haaren, also konkrete Hinweise auf Personen. Spinnweben kleben, also kann daran etwas haften bleiben. Man kann versuchen, die manchmal über Jahre angesammelten, daran haftenden Partikel zu analysieren. Und die können schon sehr individuell ausfallen und mit einer Örtlichkeit in Zusammenhang gebracht werden. Zum Beispiel sehen wir daran mit etwas Glück also nicht nur, dass sich eine Person an diesem Ort aufgehalten hat, sondern auch welche.«

»An der Leiche wurden Spinnweben gefunden.«

»Ja, hat Kollege Jensen mir erzählt. Deshalb nehmen wir diverse Proben mit. Das stört nicht, die netten Tierchen scheinen ihre Wohnungen zumeist schon vor Langem verlassen zu haben, haben wohl was Besseres gefunden«, Gallen schmunzelte.

»Gott sei Dank«, bemerkte Anne May.

»Hast du etwa Angst vor Spinnen?«, fragte Ulferts.

»Also zu meinen Lieblingstieren zählen sie nicht. Schon gar nicht die dicken schwarzen Hausspinnen, die hier teilweise leben.«

»Ich kann dir mal eine zeigen, da drüben, in der Ecke. Ein Monster!«, ärgerte Gallen seine Kollegin.

»Dabei sind sie so nützlich«, bemerkte Ulferts.

»Es geht in den letzten Tagen auffallend oft um Arthropoden«, flocht sich Tanja Itzenga in das Gespräch ein.

»Tatsächlich?«, fragte Gallen.

»Arthropoden, der Stamm der Gliederfüßer«, ergänzte Ulferts schmunzelnd.

»Genau genommen ist es die Ordnung der Arachnida«, fügte Itzenga hinzu, »die gehört aber von der Systematik her zu den Arthropoden«, belehrte sie.

»Hast du schon mal so gescheite Kommissare erlebt?«, fragte Gallen seine Kollegin May lächelnd.

»Spinnen sind Spinnen«, zeigte sie sich wenig beeindruckt und kratzte an einigen Steinplatten eine dunkle Oberfläche ab, die sie in ein Tütchen verschwinden ließ, das mit einem Schildchen versehen war, welches über den Inhalt und den Fundort informierte.

»Habt ihr viel zu tun in Aurich? Wir brauchen die Ergebnisse so schnell wie möglich.«

»Den Satz höre ich mindestens fünf Mal am Tag, Tanja«, erwiderte Gallen.

»Weiß ich. Aber ...«

»Ein, zwei mehr Personalstellen würden uns weiterhelfen, aber es wird gespart, wo gespart werden kann.«

»Ich werde mich bei Eilsen dafür einsetzen. Aber ich bin überzeugt, dass wir hier in diesem Haus wichtige Puzzlestücke finden.«

»Gibt es denn Verdächtige?«

»Jede Menge. Aber es fehlen sichere Hinweise und Indizien.«

»Und diese olle Hütte spielt dabei eine wichtige Rolle?«

»Es waren mehrere Personen hier, die zu dem Toten manchmal ein nicht ganz einfaches Verhältnis hatten. Jensen hat ja allerhand an der Leiche feststellen können. Ein Vergleich mit den im Moment in Betracht kommenden Örtlichkeiten ...«

»Schon klar. Wir sammeln alles, was aus unserer Sicht lohnt. Wenn wir hier Haare finden, und das haben wir bereits«, er lächelte, »dann wissen wir schnell, wer hier so rumgeschwirrt ist.«

»Hier ist an einigen Stellen eifrig geputzt worden«, sagte Anne May.

»Die Jugendlichen, die das Haus nutzen, sagen, sie hätten sauber gemacht, als wir sie darauf ansprachen.«

»Sie haben an bestimmten Stellen besonders viel gereinigt, dafür an anderen gar nicht«, Gallen lächelte.

»Also, Profis waren da nicht am Werke, egal ob sie ein Verbrechen vertuschen oder einfach nur reinemachen wollten«, befand Gallen.

Tanja Itzenga und Ulferts begaben sich nach draußen, um hinter dem ›Future House‹ genau die Örtlichkeiten in Augenschein zu nehmen.

Plötzlich sprang ein Staubsauger an. Tanja Itzenga wunderte sich, ging zurück in die Halle. Anne May stand dort mit einem kleinen Handstaubsauger und bearbeitete die alten Fliesen und ein paar alte Fußmatten, die verstreut herumlagen.

»Machst du hier sauber?«, fragte die Hauptkommissarin.

»Mir reicht mein Hausputz, ehrlich. Ich sauge, weil wir den Beutel mitnehmen wollen und schauen, was sich so darin befindet. Wenn's sein muss, unterm Mikroskop. Wenn wir menschliches Material finden, können wir einen DNA-Abgleich mit euren Proben machen, du sagtest doch, ihr hättet schon einige genommen.«

»Tanja, komm mal«, hörte die Hauptkommissarin Ulferts von draußen. Er schien aufgeregt. Sie nickte der Frau von der Spusi zu und begab sich vor das Hinterhaus.

»Schau mal, hier …«, empfing Ulferts sie.

32

Der Entwurf des aktualisierten Generalplans Küste/Inseln leuchtete in bunten Farben auf seinem Bildschirm, aber Klaus Andresen war gedanklich nicht bei der Sache. Immer wieder starrte er aus dem Fenster, als könne er dort Lösungen für gleich drei Probleme entdecken, die ihn, seitdem er seinen Arbeitsplatz erreicht hatte, beschäftigten. Erstens hatte ihn die erste E-Mail des Tages darauf aufmerksam gemacht, dass schon kommende Woche eine neue Version des Geoinformationssystems installiert werden sollte, mittels dessen die digitalen Karten und Pläne bearbeitet und visualisiert wurden. Er befürchtete Veränderungen an der Software, die seinen mittlerweile eingespielten Umgang damit erneut über den Haufen zu werfen drohten, und er hatte alles andere als Lust, Stunden damit zu verbringen, sich durch neue Menüpunkte und veränderte Arbeitsabläufe zu wühlen. Die Firmen warben mit tollen, neuen Features, das meiste davon würde er aber sowieso nicht benötigen. Zweitens war der Mord an Willi Felthuis, so sehr er sich mit ihm gestritten hatte, eine Katastrophe für die Insel. Der Ruf des Zauberlandes war beschädigt und er würde sich jedenfalls nicht nochmals als Kandidat für die Bürgermeisterwahl zur Verfügung stellen, das sähe ja aus, als wolle er vom Tod von Felthuis profitieren. Drittens hatten ihn neueste Meldungen in der Presse und im Internet beunruhigt. Wissenschaftler berichteten, der Meeresspiegel könne aufgrund des Klimawandels eventuell wesentlich höher ansteigen als bislang vermutet. Die Zahlen, die dort genannt wurden, waren schockierend: Da war nicht mehr von fünfzig 50 bis 80 Zentimetern bis 2100 die Rede, da las man etwas von 1,70 Meter in den kommenden 50 Jahren. Wenn das stimmte, dann war der Küstenentwicklungsplan schon jetzt Makulatur. Ironischerweise war das der Begriff, den Willi Felthuis auch schon verwendet hatte. Wenn dem diese Zahlen präsentiert worden wären, ging es Andresen durch den Kopf, hätte er vielleicht ein Einsehen gehabt und anders auf die Deicherhöhung reagiert. Jegliche Diskussion um den freien Meerblick wäre im Keim erstickt. Aber wahrscheinlich hätte Felthuis auch diese Erkenntnisse als »Panikmache« bewertet. Andresen überlegte, dass Planfeststellungsverfahren ohnehin nicht in der Lage waren, mit der wissenschaftlich-technischen Entwicklung Schritt zu halten. Alles musste erst einmal durch die wissenschaftliche, und vor allem die politische Diskussion. Dann würde die Verwaltungsmaschinerie anlaufen. Die musste einen Plan aufstellen oder aktualisieren. Und dann kämen die Einwände der Träger öffentlicher Belange und von Bürgerinnen und Bürgern. Dabei ging Zeit ins Land, beruhigte er sich, viel Zeit.

»Moin Klaus«, wieder einmal kam Gerald Dreßen ohne anzuklopfen in das Büro geplatzt. Andresen schreckte auf, weil sein Kollege derart schwungvoll und ohne jegliche Ankündigung die Tür geöffnet hatte.

»Mann, Gerald, schon mal was von anklopfen gehört?«

»Ach, bei dir brauche ich doch nicht anklopfen.«

»Das sehe ich anders.«

»Okay, nächstes Mal denke ich hoffentlich dran. Klaus, wir müssen uns sputen. Der neue Umweltminister hat den Generalplan auf höchste Priorität gesetzt. Wir müssen da oben mal langsam Bescheid geben, wann wir damit rechnen, dass hier alle Schritte des Verfahrens durchlaufen sind.«

»Du kennst doch die Debatten im Allgemeinen und bei uns auf der Insel. Es braucht seine Zeit.«

»Irgendwann muss Schluss sein. Wie gehen wir mit den Einwänden von Felthuis um, die er eingereicht hat? Sind die noch relevant?«

»Meinst du, weil er tot ist, muss man sie nicht mehr berücksichtigen?«

»Warum nicht? Ich meine, es hat ein bisschen einen faden Beigeschmack, aber de facto ist es doch so. Und wenn dieser Teil wegfallen würde, wäre einiges einfacher.«

»Ich weiß nicht, Einwände eines zwischenzeitlich Verstorbenen hatte ich noch nicht.«

»Diejenigen, die den Plan nicht wollen, führen Krieg gegen uns. Aber jetzt, wo Felthuis nicht mehr der Wortführer ist … vielleicht ändert sich etwas?«

»Du übertreibst mal wieder, Krieg! Außerdem gibt es genug einsichtige Leute, die sind mir wichtig«, entgegnete Andresen.

»Ich glaube, es gibt auch viele, die mit dem Thema nichts Rechtes anfangen können. Klimawandel ist für viele zu abstrakt. Was in 20, 50 oder 100 Jahren passiert, wie will man es vorhersagen? Viele sind gegenüber Computersimulationen skeptisch. Unser nicht eben sanft verschiedener Freund war ja ein Paradebeispiel dafür. Und so manchen juckt das heute nicht. Die Leute denken kurzfristig. Heute eine Sensation, die wirkt bis morgen, dann wird's Zeit, dass eine neue kommt. Ein Küstenentwicklungsplan, der vorschreibt, dass die Deiche erhöht werden, weil irgendwann in ferner Zukunft eine Sturmflut kommen könnte, die so fett Wasser bringt, wie wir es noch nie hatten, das kann sich niemand vorstellen. Das ist …«, Dreßen überlegte kurz nach einem anderen Wort, aber es fiel ihm keines ein, »das ist eben zu abstrakt.«

»Fett Wasser? Was soll das denn sein?«

»Fett ist im Moment das Lieblingswort meiner Kinder. Was ich sagen will: Ich glaube manchmal, wir können uns den Mund fusselig reden. Die Folgen des Klimawandels sind nicht leicht vorstellbar, darum ist es so schwer, die Leute von den notwendigen Maßnahmen zu überzeugen, die heute schon eingeleitet werden müssen, damit morgen nichts den Bach runtergeht.«

»Im wahrsten Sinne des Wortes.«

»Dass Felthuis nicht mehr lebt, spielt uns doch in die Hände.«

»Gerald, bitte! Eine Ermordung wünsche ich nun wirklich niemanden. Felthuis hat seine Meinung gesagt, wir haben unsere dagegengesetzt. Das ist in Ordnung, das ist Demokratie.«

»So nett und freundlich hast du bisher nie über Felthuis gesprochen. Aber sehen wir es mal realistisch. Wenn er nicht mehr große Reden schwingt, dann werden die anderen, die mit ihm mitgezogen haben, auch stiller werden. Wenn wir uns anstrengen, kriegen wir sie auf unsere Seite. Oder sie reihen sich ein in die ewig schweigende Mehrheit. Soll mir recht sein, denn dann ist unser Plan durch.«

»Wenn's man so einfach wäre.«

»Du zauderst zu viel. Man kann es nicht allen recht machen, Klaus. Übrigens, hast du heute Zeitung gelesen?«

»Ja, habe ich«, unterbrach Andresen, weil er sich denken konnte, worauf Dreßen hinauswollte. »Felthuis würde sagen: Es sind wieder die Modelle, die prognostizierten, extrapolierten Werte, denen er nicht glaubt. Dann käme sein Spruch: Kein Computer kann in die Zukunft gucken. Und schließlich: Mit Mathematik und Statistik kann man alles begründen. Weißt du noch, wie er sagte, dass es im Mittelalter auch schon mal ein, zwei Grad wärmer war?«

»Ja, und er hatte recht. Wärmere und kältere Perioden wechseln sich seit jeher ab. Vor 12.000 Jahren war hier nichts als Eis. Danach hatten wir diverse Warm- und Kaltzeiten. Aber die Geschwindigkeit der Erwärmung, da kommt der Mensch ins Spiel, Industrialisierung, Verbrennung fossiler Rohstoffe … ach, was erzähle ich dir das! Es ist nun mal kein Zufall. Wir Menschen gehen schlecht mit dem Planeten Erde und seiner Atmosphäre um. Wir schaufeln uns unser eigenes Grab: Das Meer, das Juist umgibt, schütten wir mit Plastikmüll und Düngemitteln voll, und die Atmosphäre über uns heizen wir unbarmherzig auf. Die Gletscher schmelzen, Winter werden feuchter und wärmer, Sommer heißer und trockener, invasive Arten wandern ein, andere sterben aus, und, und, und. Mann, mir geht es darum, dass wir hier auf der Insel an einem Strang ziehen. Bisher hat das doch auch geklappt, wir sind auf dem richtigen Weg gewesen, bis Felthuis alles durcheinandergewirbelt hat.«

»Sicher. Aber weißt du, was ich auch als Problem ansehe? Die Bevormundung.«

»Bevormundung? Wieso Bevormundung?« Andresen schaute verständnislos auf.

»Ich habe den Eindruck, dass Regelungen und Gesetze zunehmend als Bevormundung wahrgenommen werden. Die da oben entscheiden, wir da unten haben eh keine Chance. Und die da oben sind aus Sicht unserer Mitinsulaner wir, Klaus.«

Klaus Andresens Gesichtsausdruck wechselte zu nachdenklich. Das Argument war neu für ihn. Er war »einer da oben«? Nur, weil er bei einer Behörde arbeitete, die einen Plan umzusetzen hatte? Das entsprach nicht dem Bild, das er von sich hatte.

»Felthuis war ein Unruhestifter«, widmete sich Dreßen wieder dem Ermordeten.

»Das Ganze ist schrecklich.«

»Hast du mal bedacht, mit wem er den größten Streit hatte?«

Andresen zögerte.

»Mit uns natürlich. Aber meinst du wirklich, dass diejenigen, die Felthuis unterstützten, uns nur als Vollstrecker derer sehen, die fernab der Realität schwer nachvollziehbare Entscheidungen am grünen Tisch treffen?«, fragte Andresen seinen Kollegen voller Zweifel.

»Ja, einige sehen das so. Und sie wollen dem Establishment etwas entgegensetzen. Protest. Unser Eintreten für den Plan …«

»Das hat nichts mit unserem Eintreten zu tun. Wir haben schlicht und einfach die Aufgabe und Pflicht, den Plan umzusetzen. Und zwar hier auf Juist! Basta. Wir sind Angestellte des Staates«, betonte Andresen.

»Das klingt tatsächlich staatstragend.«

»Ist eben so. Was willst du nun eigentlich sagen?«

»Ganz einfach. Wir sind potenziell verdächtig«, Dreßen sah Andresen an, als erwarte er eine überwältigende Reaktion seines Gegenüber.

Andresen blieb jedoch ganz ruhig, dachte einen Moment lang nach.

»Das habe ich schon mitbekommen. Aber es ist Blödsinn«, kommentierte er schließlich Dreßens letzte Aussage.

»Die Kripo ist auf der Insel. Ich sage dir: genauso denken die. Wer hatte Ärger mit dem Ermordeten? Warum gibt es Schwierigkeiten mit dem Küstenentwicklungsplan? Die Behörde in Aurich drängt, aber wir kommen nicht aus dem Quark. Wer oder was führt zur Verzögerung? Felthuis hat massiv Leute bearbeitet, indoktriniert muss man ja schon sagen. Wir sind die Buhmänner für ihn gewesen. Diejenigen, die die Zukunft Juists und seiner Bewohner bewusst aufs

Spiel setzen. Da gibt es doch nur eine Frage, die zu stellen ist: Wer hatte Gründe, den Hauptgegner der Planung ins Jenseits zu befördern?«

Andresen war aufgestanden, ans Fenster getreten und schüttelte den Kopf.

»Du übertreibst maßlos. Es gibt viele Gegner von Plänen, die von der Verwaltung gemacht werden. Solche Pläne haben oft mit Einschränkungen zu tun, und das gefällt vielen nicht. Aber meistens ist es doch so: Erst wird kräftig dagegen gewettert, und dann gewöhnen sich alle schnell an das Neue. Und die meisten sehen später ein, dass es gut war.«

»Es gibt auch solche, die empfinden es eher als etwas Oktroyiertes.«

»Mann, Gerald«, wurde der sonst so bedachtsame Andresen laut, »wenn in irgendeinem Land öffentliche Planungen nicht oktroyiert werden, dann doch wohl in unserem. Jeder kann sagen, wenn ihm etwas nicht gefällt. Mündlich, schriftlich, per E-Mail, per Online-Forum, im Blog, auf Twitter, bei Facebook, als Leserbrief, wie auch immer.«

Dreßen machte ein ernstes Gesicht, ließ einen Moment verstreichen, bevor er wieder ansetzte:

»Denk mal an damals, als der Nationalpark eingeführt wurde. Da gab es große Proteste. Segler, Jäger, Muschelfischer, Boots- und Badetouristen, Angler, was weiß ich, wer nicht alles etwas dagegen hatte. Und viele Insulaner sagten: Wir dürfen nicht mehr ins Watt, wir dürfen nicht mehr in die Dünen und keine Karnickel schießen, obwohl die die Dünen kaputtwühlen, wir dürfen keine Muscheln mehr von den Muschelbänken holen, wir dürfen unser Boot nicht ins Watt legen, wir dürfen keinen Strandflieder mehr pflücken, wir dürfen keine Möweneier suchen, wir dürfen ja gar nichts mehr auf der eigenen Insel.«

»Es ist eben nicht die eigene Insel. Hier gelten genauso Regeln wie überall anders auch.«

»Im Prinzip, ja. Aber die friesische Freiheit steckt allen im Blut.«

»Komm mir jetzt nicht auch noch damit. Wir leben im 21. Jahrhundert!«

»Guck dir doch die Katalanen und viele andere an. Ich glaube, es sind weniger ganz konkrete Gründe als vielmehr der Eindruck der Bevormundung, der gefühlten Steuerung ihres Lebens durch andere, irgendwo im fernen Madrid, die sie antreiben. Vielleicht sollten wir Friesen uns auch mal gegen die Obrigkeit auflehnen. Das wäre ein feiner Staat: West-, Ost- und Nordfriesland zusammen …« Andresen unterbrach seinen Kollegen.

»Gerald, du fängst an zu spinnen. Lass uns lieber wieder an die Arbeit gehen.«

»Okay, egal. Aber ich sage dir: Die Kommissare stehen bald bei uns auf der Matte.«

Andresen war verwirrt. Er hatte an diesem Vormittag ganz andere Dinge regeln wollen.

»Bei uns zu Hause waren sie schon.«

»Siehste. Was wollten die denn?«

»Sie hatten allgemeine Fragen. Von Verdächtigung übrigens keine Spur«, Andresen dachte, dass das nicht ganz den Tatsachen entsprach. »Du liegst falsch, in jeder Hinsicht.«

»Die gehen behutsam vor, fallen nicht gleich mit der Tür ins Haus. Aber wir müssen uns überlegen, wie wir damit umgehen.«

»Alle müssen befragt werden, das ist doch völlig normal. Wir sagen die Wahrheit und fertig.«

»Ich denke, so einfach wird es nicht werden. Wir stehen im Fokus. Aber wir werden sehen. Ich muss tatsächlich wieder an die Arbeit«, sagte Dreßen, drehte sich auf der Stelle um und ging zur Bürotür. Dort angelangt, wandte er sich Andresen zu.

»Überleg dir, wie wir reagieren sollen, wenn die Kripo bei uns ist. Wir sollten uns so schnell wie möglich aus der Schusslinie bringen.«

»Wir sind nicht in der Schusslinie und deshalb muss ich mir dahingehend nichts überlegen.«

»Die werden das anders beurteilen, Klaus.«

Als Dreßen das Zimmer verlassen hatte, griff Andresen den Ordner, auf dessen Rücken »Aktualisierung Generalplan Küste – Ostfriesische Inseln V« stand und stellte ihn neben dessen Kollegen IV. Fünf Ordner füllten die Anfragen, die Briefe und Informationen, Vorschläge, Bürgereingaben, Skizzen, Alternativideen und Protokolle mittlerweile. Und sie enthielten ausschließlich die für Juist relevanten Dokumente. Felthuis' Einwände – wie sollten sie damit umgehen? Ihm fiel, wie so oft in solchen Momenten, sein Vater ein, dessen Fischkutter und das Meer. Und der Tag, als das Schiff an einen vermögenden Hobbyangler aus Dänemark verkauft worden war, der daraus ein Ausflugsboot machen wollte. Ein Fehler? Wäre er Fischer geworden, würde es ihm besser gehen? Andresen verwarf diese Gedanken, wollte sich seiner Arbeit zuwenden, doch es gelang nach wie vor nicht. Ganz unrecht hatte Gerald Dreßen sicher nicht, Widersprüchlichkeiten bei dem, was er selbst und sein Kollege sagten, wären kontraproduktiv. Klaus Andresen beschloss, zum Kaffeeautomaten zu gehen. Der Kaffee schmeckte zwar nicht, aber der Tee war alle. Er hatte also keine andere Wahl, sah man von einer halben Flasche abgestandenen Mineralwassers ab, auch noch eine Plastikflasche … Er schüttelte den Kopf, wurde er langsam schon kirre? Als er den Flur entlangging, dachte er an das, was Dreßen gesagt hatte. Es stimmte ja: Ein unangenehmer und starker Gegner der Planungen war nicht mehr da. Ihre Arbeit würde leichter werden.

33

»Ich weiß nicht, was ich von den Jungaktivisten halten soll. Einerseits mag ich sie. Sind doch nette Mädels und Jungs. Und sie setzen sich für positive Ziele ein. Andererseits kann ich ihre Reaktionen auf unsere Fragen nicht gut einschätzen. Manchmal kamen sie mir ein wenig zögerlich vor, unentschlossen«, bewertete Ulferts den Besuch im ›Future House‹, als er mit Tanja Itzenga in der kleinen Lobby ihrer Pension saß.

»Jungaktivisten? Klingt irgendwie nach DDR, Brigade Umweltschutz, immer bereit. Aber sieh mal, wie jung sie sind, Ulfert. Bist du in dem Alter mal mit der Kripo konfrontiert worden, weil jemand ermordet wurde? Sie waren nervös. Bei denen machen wir noch Eindruck. Und überhaupt, wer will schon die Bullen im Haus haben?«

»Aber das gibt mir ja gerade zu denken. Sie haben gesagt, dass sie eigentlich nur einen Raum nutzen. Dann stellt sich heraus, dass das nicht so ist. Sie schienen uneinig.«

»Unsicherheit. Da überlegst du dir nicht jedes Wort.«

»Aber wäre es nicht viel wahrscheinlicher, dass sie eben genau deshalb die Wahrheit sagen? Genau, wie du sagst: Man überlegt sich nicht jedes Wort. Also sagt man es genau so, wie es war. Sie kamen aber nur nach und nach mit den Tatsachen ans Licht. Ach so, den anderen Raum nutzen wir schon und, stimmt ja, die Halle brauchen wir natürlich auch …«, ahmte Ulferts einige Äußerungen nach, »mir schien es, als wollten sie uns so rasch wie möglich los sein.«

»Das wollen doch die meisten, bei denen wir auftauchen. Ich sehe das nicht weiter kritisch«, erwiderte Itzenga, »sie wussten nicht, wie sie mit der Situation umgehen sollen. Sie haben sich getroffen, um eine neue Aktion für den nächsten Tag zu planen. Plötzlich müssen sie sich stattdessen mit einem Todesfall auseinandersetzen. Mehr oder weniger aus heiterem Himmel.«

»Na ja, es gibt einige Aspekte, die darauf hinweisen, dass sie ein besonderes Verhältnis zu dem Ermordeten hatten. Deshalb sind wir doch dort gewesen.«

»Ja, du hast recht. Aber die Nähe zum Tatort beispielsweise trifft auch für Fockens alte Bude zu und möglicherweise andere Orte, die wir noch gar nicht in die Waagschale geworfen haben.«

»Weil es keinen Grund dafür gibt. Aber proUmwelt war ein rotes Tuch für Felthuis. Und was Focken von Felthuis hielt, haben wir ja gehört.«

»Du denkst wirklich, die Jugendlichen könnten …?«

»Ich möchte es nicht denken, aber wir müssen es einbeziehen.«

»Ich glaube nicht, dass sie es waren.«

»Legst du deine Hand für sie ins Feuer?«

Itzenga zögerte.

»Das können wir als Polizisten nie tun.«

»Siehst du.«

»Wir werden schon Licht ins Dunkel bringen, ist uns bislang doch immer gelungen, was, Kollege?«, Itzenga erhob sich und klopfte Ulferts auf die Schulter. »Der Mörder ist auf der Insel, Ulfert. Der Schlüssel liegt hier bei den Insulanern.«

»Knöpfen wir uns Andresen noch einmal vor. Vielleicht suchen wir ihn mal in seinem Amt auf.«

»Andresen und dessen Kollegen. Ein Herr Dreßen, wie ich auf der Homepage des Amtes gesehen habe. Den kennen wir noch gar nicht. Die waren garantiert beide nicht gut auf Felthuis zu sprechen«, vermutete die Hauptkommissarin.

»Ich bitte dich. Beamte des deutschen Staates, die ihren Job machen, entwickeln sich doch nicht zu Mördern. Niemand kann verlangen, das alle Bürgerinnen und Bürger Hurra schreien, wenn der Staat etwas plant.«

»Manche Staaten verlangen das von ihren Bürgern, sonst geht's denen schlecht. Zum Glück ist es bei uns anders. Felthuis ist sie ganz schön angegangen, und das öffentlich. Wer sagte das noch? Andresen will es allen recht machen? Scheepker! Er will es allen recht machen, das geht aber bei dem brisanten Thema Deicherhöhung nicht. Er muss Position beziehen. Und wenn du Position beziehen musst, kannst du es zwangsläufig nicht allen recht machen. Das wurmt ihn. Und er sieht seinen Ruf als treuer Staatsdiener, und letztlich als netter Inselbürger, Ehemann sowie gefälliger Pensions- und Cafébetreiber auf Juist gefährdet. Ist das ein Motiv?«

»Sicher. Das Café gehört seiner Frau, habe ich gehört.«

»Formal ja. Aber sie arbeiten dort auch zusammen, wenn er nicht gerade auf dem Amt ist, am Wochenende zum Beispiel. Und zwar ziemlich gut, wie mir scheint.«

»Was ist mit Felthuis' Frau?«, fragte Ulferts unvermittelt.

»Die?«, reagierte Itzenga verdutzt.

»So ein Typ wie Felthuis: Dominanter Hausherr, sehr von sich überzeugt, ein Alphatier. Und, wie sie selbst sagte, leicht aufbrausend. Vielleicht hatten sie auch manchmal Streit, vielleicht hat er sie geschlagen, vielleicht …«

»Ulfert, bleib mal auf dem Boden! Frau Felthuis ist fertig mit der Welt. Du hast sie doch gesehen. Sie leidet unendlich unter dem Tod ihres Mannes.«

»Wir müssen doch mal weiterkommen. Vielleicht gehen wir nicht intelligent genug vor?«

»Lassen wir's für heute gut sein. Zu viel Spekulation. Mal etwas ganz Elementares: Was essen wir heute Abend?«

»Lass uns doch wieder in Felthuis' Hotelrestaurant gehen und Matjes mit Drillingen und Sahne-Meerrettich-Sauce essen. Da sitzen wir an der Informationsquelle. Vielleicht treffen wir Frau Felthuis, aber auf jeden Fall die Wenzel. Und die kriegt eine Menge mit, eine hervorragende Informantin.«

»Drillinge?«

»Das sind so kleine, frische und wohlschmeckende Kartoffeln.«

»Klingt gut. Viele Restaurants haben eh nicht mehr offen. Trinken wir ein kühles Bier dazu?«, war Itzenga gedanklich ganz beim Kulinarischen.

»So eines aus diesen dunkelgrünen Flaschen, recht herb?«

»Genau das«, lachte Tanja Itzenga und klopfte ihrem Kollegen freundschaftlich auf die Schulter.

»Na dann mal los«, erwiderte Ulferts, warf seine Jacke über und wartete, bis die Hauptkommissarin ihren Mantel angezogen und den bunten Schal umgelegt hatte. Sie sah umwerfend aus, dachte Ulferts, und sie verließen die Pension.

34

»Wir sollten es den Kommissaren sagen.«

»Das sollten wir nicht. Du konntest doch gar nicht richtig sehen. Es war dunkel. Wir lagen im Dünental«, aber Ina unterbrach Malte.

»Es war dunkel, ja, aber ich kenne sie und du kennst sie auch. Sie hatten den Wagen dabei, haben sich abgequält, die Karre an den Strand zu ziehen. Dann haben sie etwas runtergekippt.«

»Ich habe sie nur oben am Dünenabgang gesehen. Und was sie dann machten, konntest du sehen, nachts, im Dunkeln?«

»Man kann ja eins und eins zusammenzählen, oder? Als sie zurückgingen, war alles auf einmal ganz leicht.«

»Wir wissen doch gar nicht, was auf der Karre war.«

»Wir sind Augenzeugen.«

»Du bist Augenzeugin.«

»Du hast es doch auch gesehen«, empörte sie sich.

»Habe ich nicht. Du warst mir wichtiger. Es war einfach geil in unserem Dünental, was scheren mich Reemt und Mirko, wenn du neben mir liegst?«

Er fuhr ihr mit der Hand durch ihr blondes Haar.

»Hallo, es geht gerade um etwas anderes, Malte.«

Er hörte auf, ihren Kopf zu kraulen.

»Schade eigentlich. Ina, wir sollten uns da ganz raushalten. Ich habe keinen Bock auf Polizeiverhöre.«

»Ob sie ihn umgebracht haben?«

»Du kannst nicht mit Sicherheit sagen, dass sie Felthuis von der Karre gekippt haben. Vielleicht war das etwas ganz anderes, irgendeine wilde Aktion gegen den Klimawandel. Sie haben eine Kiste mit Plastikmüll gefüllt und ins Wattenmeer geworfen, damit sie herumschwimmen konnte, als Mahnmal für die Welt. Solche Aktionen haben sie doch alle naselang geplant.«

»Deshalb hatten sie ja Ärger mit Felthuis.«

»Aber darum bringen Mirko, Reemt und die anderen ihn nicht um.«

»Es waren die beiden, die etwas vom Wagen gekippt haben. Und dann haben sie es vom Wagen zum Wasser, und ich glaube, sogar ins Wasser gezogen.«

»Na eben, die Kiste mit Plastikmüll, sagte ich doch«, Malte lächelte.

»Nimm mich bitte ernst«, reagierte Ina säuerlich.

»Sorry. Ich glaube, du vermischst alles Mögliche. Es war immer nur von diesem Mord die Rede. Sie können wer weiß was auf dem Wagen gehabt haben.«

»Komisch nur, dass am nächsten Tag eine Leiche am Strand liegt, beinahe da, wo sie etwas abgekippt haben.«

»Woher willst du wissen, dass es genau dort war?«

»Mann, Malte, ich bin nicht blöd!«

Malte sagte nichts. Ina hatte ja recht. Aber er kannte Reemt und Mirko schon so lange. Er wollte nichts gegen sie unternehmen.

»Ich stelle mir das so vor«, sagte Ina. »Felthuis kommt ins ›Future House‹, weil er weiß, dass sie an dem Abend dort sind. Er steht vor ihnen, sie sitzen in ihren alten Sesseln. Er stänkert mal wieder gewaltig herum, ich habe ihn ja schon erlebt, als er bei uns im Café war. Er will sie davon abhalten, ihren Stand aufzubauen. Sie stimmen logischerweise nicht zu. Er wird laut. Aber Reemt und Mirko sind auch nicht auf den Mund gefallen. Es kommt zum Streit, Felthuis wird rabiat ...«

»Jetzt fängst du an zu fantasieren«, warf Malte ein.

»Dem traue ich das zu«, erwiderte Ina überzeugt, dabei für den Moment vergessend, dass das Präsens nicht mehr passte.

»Also, das Ganze eskaliert«, sinnierte sie weiter, »Felthuis packt sich einen von ihnen, schlägt ihn, und dann sticht ein anderer zu. Einfach nur, um den Freund zu schützen. Kann doch sein, oder? Und plötzlich liegt da ein toter Felthuis. Stell dir das mal vor. Wir würden auch die totale Panik kriegen. Der musste weggeschafft werden, und was gab es Besseres, als ihn in die Nordsee zu kippen?«

»Ich weiß gar nicht, warum die zwei Kommissare hierher geschickt haben. Du bist viel besser als die.«

Ina verzog ihr Gesicht zu einer Grimasse, die Malte zeigen sollte, dass sie seine Bemerkung nicht lustig fand.

»Noch einmal, Malte, ich meine das ernst. Das, was Reemt und Malte auf den Strand gekippt haben, war die Leiche von Willi Felthuis.«

»Quatsch nicht, Ina! Das ist eine ganz, ganz vage Theorie, mehr nicht. Wir sollten uns da raushalten. Ich habe keine Lust, als Zeuge aufzutreten. Und ich werde Reemt und Mirko nicht verpfeifen, ganz bestimmt nicht, egal, was sie gemacht haben. Mit wem soll ich auf dieser Insel denn sonst in die Spelunke gehen? Die beiden sind die Einzigen, mit denen ich mich richtig gut verstehe.«

»Und wenn sie Mörder sind? Wir wissen etwas, was die Polizei auch wissen muss«, gab Ina zu bedenken.

»Wir wissen nichts Genaues. Es kann schlimmer sein, mit vagen Vermutungen aufzuwarten, als gar nichts zu sagen. Soll die Polizei es doch selbst herausfinden.«

»Dann werden sie uns fragen, warum wir geschwiegen haben.«

»Sie wissen doch gar nicht, dass wir im Dünental gelegen haben, niemand weiß, was wir dort …«, er lächelte sie verliebt an. Sie lächelte zurück. Es war wunderschön gewesen. Kalt, ja, aber sie hatten ihre Schlafsäcke mit den glücklicherweise zueinander passenden Reißverschlüssen zusammengeschlossen. Weder in ihrem Zimmer, das winzig klein war, noch in Maltes, in dem es nur ein 90 Zentimeter breites Bett gab, hatten sie die Möglichkeit zu intensiveren Intimitäten. Außerdem hatte Maltes Zimmer eine sehr dünne Wand zum Nachbarzimmer, einem Büro des Nationalpark-Hauses, in dem Maike oft spät abends noch über ihrer Doktorarbeit brütete. Keine günstigen Voraussetzungen für Liebesspiele. Das Dünental war im Sommer spitze, jetzt im Herbst allenfalls eine Notlösung, aber besser als nichts. An dem Abend hatten sie sich nach anderthalb Flaschen Rotwein eng aneinander gekuschelt. Dann hörten sie etwas, Reemt und Mirko tauchten mit der Karre am Strandübergang auf, gar nicht weit entfernt. Ina und Malte hatten die Luft angehalten, als sie die beiden beobachteten, wie sie den Wagen mit großer Anstrengung über die Randdüne schoben.

Malte umarmte Ina.

»Ich möchte nichts gegen die beiden sagen, weißt du?«, murmelte er.

»Das kann ich ja verstehen, aber … müssen wir das nicht tun?«

»Wenn uns niemand gesehen hat, und davon können wir ausgehen, dann wird uns auch niemand fragen. Also überlassen wir das der Polizei. Falls Mirko und Reemt es waren, oder einer der anderen, wird die Polizei handeln. Dann können wir eh nichts mehr machen. Wenn wir etwas sagen, bringen wir vielleicht mehr durcheinander als gut ist.«

Ina schwieg. Sie war noch nicht lange auf der Insel. Malte lebte schon länger hier, und sie wusste, dass Reemt und Mirko die einzigen richtigen Freunde waren, die er auf Juist hatte. Ihrer Aktionsgruppe war er ferngeblieben, schließlich beschäftigte er sich tagtäglich mit diesen Themen. Und er stellte ihnen Informationsmaterial zur Verfügung, das sie weiterverteilten. Ina konnte Maltes Zögern nachvollziehen.

»Ich hoffe, du hast recht«, hauchte sie ihm ins linke Ohr, biss vorsichtig in das Läppchen. Er umarmte sie, küsste sie auf beide Wangen, dann den Mund. Er ließ seiner Zunge freien Lauf. Sie fand Inas schnell und sie versuchten, sich zu umschlingen. Im Nu war alles andere vergessen. Sie bedauerten, nicht im Dünental zu sein.

35

In Andresens kleinem Café waren nur wenige Plätze belegt, als ein älterer Herr vor Itzengas und Ulferts' Tisch stehen blieb, an dem sie sich einen Zwischendurchkaffee, eine Wortkreation der Hauptkommissarin, genehmigten.

»Entschuldigung, ich möchte nicht stören, würde mich aber gern kurz vorstellen«, sagte Lasse Thiesfeldt und hoffte, dass die beiden Kommissare, die in ein angeregtes Gespräch vertieft waren, ihn nicht sofort abweisen würden. Thiesfeldt war zum Entspannen nach Juist gekommen. Aber sein Ermittlerdrang, den er seit seiner Pensionierung erfolglos bekämpfte, war angesichts des Mordes auf der Insel schlichtweg nicht zu beruhigen.

»Ja bitte?«, zeigte Ulferts wegen der unwillkommenen Störung eine alles andere als Begeisterung ausdrückende Miene. Er und die Hauptkommissarin waren inmitten der Planung der nächsten Schritte. Außerdem hatte Itzenga mit Jensen bezüglich der Fundstücke und Proben telefoniert, die erneut per Helikopter, der ohnehin einen Kranken ans Festland transportieren musste, nach Aurich geflogen worden waren. Ulferts brannte darauf zu erfahren, ob sie über neue Erkenntnisse berichten könne.

»Mein Name ist Thiesfeldt, Lasse Thiesfeldt. Als ich hörte, dass hier ein Mord geschehen ist, war ich sehr interessiert.«

»Herr Thiesfeldt«, unterbrach Ulferts etwas barsch, »es ist nett, Sie kennenzulernen. Dieser Mord ist natürlich Gesprächsstoff Nummer eins auf der Insel. Verstehen Sie jedoch, dass meine Kollegin und ich deswegen alle Hände voll zu tun haben. Wir können nicht jedem Kurgast individuell über die Ermittlungen berichten, ganz abgesehen davon, dass wir es gar nicht dürfen und …«

Thiesfeldt fiel dem Kommissar ins Wort.

»Das weiß ich doch, Herr …«

»Ulferts.«

»Herr Ulferts, dafür habe ich volles Verständnis, glauben Sie mir. Ich will Sie auch gar nicht lange stören. Ich wollte mich nur vorstellen, weil wir gewissermaßen Kollegen sind. Ich war 23 Jahre bei der Kripo Lübeck. Seit letztem Jahr bin ich allerdings a. D. und versuche, mich an das Pensionärsdasein zu gewöhnen.«

»Kripo Lübeck? Wie interessant«, schaltete sich Tanja Itzenga ein. »Mit welchem Aufgabengebiet?«

»Ich war bei der Mordkommission, zuletzt als Hauptkommissar.«

»Da kann ich Ihr Interesse verstehen«, lächelte Tanja Itzenga und fügte hinzu, zum Missfallen von Ulferts: »Setzen Sie sich doch kurz zu uns. Vielleicht möchten Sie auch einen Kaffee?«

»Oh danke, gern. Ich will Ihre Unterhaltung aber wirklich nicht unterbrechen.«

»Keine Angst. Vielleicht ist es gar nicht schlecht, einen Kollegen hier zu haben«, Ulferts ärgerte sich über seine Vorgesetzte. Himmel, sie hatte eventuell wichtige Neuigkeiten und lud diesen Mann ein, mit ihnen Kaffee zu trinken. Kommissar hin oder her, a. D. stand schließlich für außer Dienst. Sollte er doch irgendwo anders Kaffee trinken.

»Da komme ich das erste Mal nach Juist, gerade mal für fünf Tage. Und da passiert hier der erste Mord der Inselgeschichte.«

»Der erste ist es nicht, aber es ist äußerst selten, dass hier so etwas vorkommt. Sie wissen ja sicherlich, wie die Insel genannt wird? Das Töwerland, Zauberland. Da passen Mord und Totschlag nicht hin.«

»Es ist aber auch wirklich zauberhaft hier. Gestern war ich im Naturschutzgebiet im Westen der Insel …«

»Herr Thiesfeldt, nichts für ungut, aber die Zeit drängt bei uns.«

»Klar, natürlich. Ich wollte auch nur sagen, dass ich eigentlich Sonne, Strand und Meer genießen sollte, aber es juckt schon ein wenig in den Fingern. Ich würde schließlich auch zu gerne wissen, wer hier einen Mord begangen haben könnte. Ich tippe eher auf einen Unfall oder ein Versehen.«

»Aus Versehen werden die wenigsten Menschen umgebracht, aber wem sage ich das«, warf Ulferts leicht genervt ein.

»Weiß ich ja, aber sehen Sie irgendeine Person, von der man sagen könnte, sie käme in Frage?«

»Wir müssen uns ja erst einmal ein Gesamtbild verschaffen«, erwiderte Itzenga.

»Vielleicht verstehen Sie das, aber ich kann, seitdem die Mordtat bekannt ist, nicht mehr über die Insel gehen, ohne auf alle möglichen Dinge zu achten, die mir wahrscheinlich egal gewesen wären, wenn ich ausschließlich Urlaubsgefühle hätte.«

»Das gibt mir eher zu denken, vor allem, wenn ich an meine Pensionierung denke«, schmunzelte Itzenga.

»Ja, man muss loslassen können, irgendwann, wenn der aktive Dienst vorbei ist, ich weiß. Aber es dauert wohl seine Zeit.«

Thiesfeldt trank einen Schluck Kaffee, der zwischenzeitlich von Ina gebracht worden war.

»Wo wohnen Sie?«, fragte Ulferts unvermittelt.

»Im Hause Felthuis. Da ist man nah dran an der Sache.«

»Sie kennen Frau Felthuis?«

»Was heißt kennen … Man sieht sie ab und an, ich habe ein paar Worte mit ihr gewechselt.«

»Wir waren bereits bei ihr. Sie zeigte sich erstaunlich gefasst.«

»Wenn man sie so sieht, im Hotel, da wuselt sie hier herum, da herum, hat alles im Griff. Wüsste ich nicht, dass ihr Mann kürzlich erstochen wurde, hätte ich nicht gemerkt, dass sie trauert, dass es ihr ja wahrscheinlich schlecht geht. Vielleicht sah sie ein wenig blass aus. Heute Morgen ließ sie sich allerdings gar nicht blicken.«

»Arbeit kann ja auch ablenken. Sie scheint eine starke Frau zu sein, versucht, es so gut wie möglich zu verstecken«, kommentierte Itzenga.

»Manche Menschen hängen sich umso mehr in die Arbeit, wenn sie einen herben Verlust zu beklagen haben«, fügte Ulferts hinzu.

»Ja, sicher. Haben Sie denn eine Spur?«, fiel Thiesfeldt nun mit der Tür ins Haus.

»Herr Thiesfeldt, Sie wissen doch!«

»Ja, ja, ich weiß. Interessant ist aber doch, dass offensichtlich verschiedene Personen im Osten der Insel unterwegs waren, als es passiert sein muss.«

»Das ist Ihnen bekannt? Woher?«

»Ich habe mit einem der Jugendlichen gesprochen, die in diesem alten Haus ihre Aktionsabende verbringen. Ich finde das sehr gut, dass sie sich engagieren. Er hat angedeutet, dass der Ermordete nicht immer mit deren Meinung übereinstimmte, um es mal gewählt auszudrücken. Die Jugend benutzt ja mitunter herbere Worte.«

»Wissen Sie den Namen des Jugendlichen?«

»Er hat ihn mir gesagt, aber der Wind pfiff so stark, dass ich ihn nicht richtig verstanden habe. Auf dem linken Ohr höre ich auch nicht mehr gut. Einer mit kurzen, rötlichblonden Haaren.«

»Carsten«, bemerkte Ulferts, Itzenga nickte zustimmend.

»Erstaunlich ist auch, dass Herr Felthuis am Strand gefunden wurde. Er soll sich dort nicht oft aufgehalten haben.«

»Das wissen Sie auch? Hat Frau Felthuis Ihnen das erzählt?«

»Nein, Frau Wenzel. Sie arbeitet im Restaurant von Felthuis.«

Itzenga und Ulferts warfen sich einen vielsagenden Blick zu.

»Man kann sich fragen, ob der Strand überhaupt der Tatort war«, deutete Tanja Itzenga an.

Ulferts ärgerte sich wiederum, warum erzählte sie etwas, was bislang Vermutung war? Er hatte wenig Lust, das Gespräch fortzusetzen. Tanja und er hatten Wichtigeres zu tun, als über dies und das zu plaudern.

»Nicht?«, griff Thiesfeldt Itzengas Bemerkung zum Tatort auf, »wo ist es dann geschehen?«

»Wenn es sichere Hinweise gäbe, dürften wir es dennoch nicht sagen«, gab sich die Hauptkommissarin verschlossen. »Mein Kollege und ich müssen diverse weitere Fakten checken und noch allerhand Befragungen durchführen. Insofern möchte ich nicht unhöflich sein, aber wir haben in Kürze einen Termin, Herr Thiesfeldt«, die Hauptkommissarin sah auf ihre Armbanduhr. Ein kurzer Blick zu Ulferts zeigte ihr dessen Dankbarkeit über ihren Versuch, das Gespräch mit Thiesfeldt zu beenden. Zumal der Lübecker seine Tasse soeben geleert hatte.

»Kein Problem, Frau Itzenga. Wenn ich das nicht verstehen würde, wer dann?«

»Sagen Sie mir noch«, war Itzenga mehr an dem ehemaligen Hauptkommissar interessiert als Ulferts, »ob Sie ansonsten irgendetwas zu dem Fall sagen können? Sie wohnen im Hause Felthuis, Sie haben Carsten getroffen, Frau Wenzel gesprochen. Vielleicht noch andere Personen?«

»Nein. Ich habe von Herrn Andresen gehört, der amtlicherseits den Generalplan zur weiteren Entwicklung des Küstenschutzes vertritt. Aber getroffen habe ich ihn noch nicht. Nein, im Grunde kann ich nichts weiter sagen. Ich wandere über die Insel, spreche hier und da Leute an, beobachte. Das ist so mein Naturell, wissen Sie?«

»Der Ermittler steckt noch ziemlich tief drin«, vermutete Itzenga.

»Zwischendurch sage ich mir, lass es sein, die anderen regeln das. Das ist schon ein Unterschied.«

»Die Ermittlungen müssen Sie auch uns überlassen«, schaltete sich Ulferts erneut und zunehmend unwirsch ein, schaute ebenfalls demonstrativ auf seine Uhr.

»Das tue ich, keine Angst. Ich würde Ihnen jedoch, falls mir etwas auffällt, gerne Bescheid sagen.«

»Das wäre sicher hilfreich«, ermutigte Itzenga ihr Gegenüber. Warum nicht? Der Mann hatte langjährige Erfahrung und ohne Zweifel Ermittlerqualitäten, man wusste nie, ob es half oder nicht. Und sechs Augen und Ohren erfassten mehr als vier. Ulferts schaute grimmig.

»Gut«, erhob sich Thiesfeldt, »dann mache ich mich wieder auf. Das Wetter ist herrlich, der Wind stört mich nicht. Ich gehe an den Strand, Richtung Westen. Ich will an der Bill eine Linsensuppe essen und danach weiter zum Billriff. Da muss es eine unendlich weite Strandplate geben. Und ganz im Westen sollen sich Dünen bilden. Eine neue Insel vielleicht.«

»Tun Sie das. Wir sollten uns noch einmal treffen, wenn

etwas mehr Zeit ist. Vielleicht morgen Abend?«, meinte Tanja Itzenga.

»Gern. Ich könnte über einige tolle Mordfälle erzählen«, lächelte Thiesfeldt.

»Vielleicht finden wir auch angenehmere Themen«, Tanja Itzenga setzte ebenfalls eine freundliche Miene auf.

»Bis bald«, sagte er und zog währenddessen seine Jacke an.

»Tschüss«, erwiderte Itzenga und Ulferts brummelte etwas, das ähnlich klang.

»Nett, der Mann. Vielleicht kann er uns helfen«, urteilte Itzenga, nachdem Thiesfeldt gegangen war.

»Wichtigtuer«, war Ulferts' erste Reaktion, »erzähl mir endlich, ob Jensens Analysen etwas ergeben haben«, drängelte er.

»Haben sie. Das meiste, was wir eingereicht haben, war Müll, um es mal so direkt zu sagen. Aber es gab auch Treffer.«

Sie machte eine Pause, wusste, dass sie Ulferts so auf Hochspannung brachte.

»Mann, nun sag schon!«, forderte er. Itzenga schmunzelte, als sie den großen, leicht korpulenten Mann vor sich sah, der nun aufgeregt schien wie ein Kind, dem man ein Eis versprochen hat, die Schlange vor dem Eisstand aber noch unerträgliche Minuten des Wartens bedeutete.

»Jensen hat mir zwei sehr interessante Ergebnisse mitgeteilt«, begann Itzenga. Ulferts formte seine Hände, als wolle er mit einem Gebet beginnen.

»Also gut. Hör zu …«

36

»Herr Scheepker, die Tatsache, dass Sie, ähnlich wie Herr Andresen, mit Herrn Felthuis in den Ansichten zur Klimaanpassung und zur Deicherhöhung überkreuz lagen, macht uns neugierig«, begann Ulferts. Tanja Itzenga war nicht zur vereinbarten Zeit am Treffpunkt gewesen, also war er schon einmal vorgegangen. Scheepkers Gesicht durchzuckte ein Schmunzeln.

»Es ist ganz einfach. Wir waren uns total uneins, und da habe ich beschlossen, ihn umzubringen. Warum soll ich mich mit so einem Idioten, der alle Tatsachen dieser Welt einfach in den Wind schlägt und seine alternativen Fakten verkündet, auseinandersetzen? Das ist reine Zeitverschwendung. Also, kurzer Prozess und aus. Jetzt habe ich meine Ruhe, und er seine.« Ein bitteres Lächeln huschte über Scheepkers Gesicht.

»Uns ist es schon ernst. Wir wissen, dass Sie in der Tatnacht auf dem Weg zum Flugplatz waren …«

»Zunächst hin, dann zurück«, warf Scheepker ein, »ich bin dort für die Technik verantwortlich. Und es gab einen technischen Mangel. Letztlich nur eine Positionsleuchte. Sie können die Belegschaft des Towers fragen, die haben mich darauf aufmerksam gemacht, dass sie kaputt war.«

»Auf dem Weg zum Flugplatz haben Sie Giesbert Focken getroffen.«

»Falsch. Das war auf dem Weg zurück. Hat Maier Ihnen das erzählt?«

»Ist doch nicht wichtig, oder? Haben Sie mit Focken gesprochen?«

»Es ist schwierig, mit ihm zu sprechen. Er sagt kaum etwas.«

»Haben Sie denn Worte gewechselt?«

»Er sagte Moin, ich sagte Moin, was man eben sagt, egal, welche Tageszeit wir haben. Das war alles.«

»Wie schätzen Sie Herrn Felthuis ein?«, wechselte Ulferts abrupt das Thema.

Scheepker stutzte.

»Wie ich ihn einschätze? Felthuis hatte eine gewichtige Stimme auf der Insel. Aber ich glaube, er hatte hier nur wenig echte Freunde.«

»Sie gehörten sicherlich nicht dazu.«

Scheepker richtete sich auf.

»Hab ich ja schon gesagt: Deshalb habe ich ihn umgebracht, er war ein Erzfeind.«

»Bleiben Sie doch bitte sachlich, Herr Scheepker.«

Es klingelte an der Haustür.

»Sie entschuldigen mich?«, sagte Scheepker in aller Form, stand auf und begab sich zur Haustür.

»Das wird meine Kollegin sein«, rief Ulferts hinterher.

»Oha, jetzt auch noch die attraktive Kommissarin. Ich habe Sie verschiedentlich durch das Dorf gehen sehen. Welch Glanz in meiner Hütte«, erwiderte Scheepker, als er die Haustür öffnete.

»Moin, Herr Scheepker«, begrüßte Tanja Itzenga den Mann. »Entschuldigung, ich hatte noch zu tun. Mein Kollege ist sicher schon bei Ihnen?«

»Er quetscht mich bereits aus wie eine Zitrone«, sagte Scheepker, gab der Hauptkommissarin die Hand und geleitete sie ins Wohnzimmer, wo Ulferts sie mit einem Augenzwinkern begrüßte.

»Ihr Kollege hält mich für den Mörder von Herrn Felthuis«, griff Scheepker selbst das Gespräch auf, nachdem

Tanja Itzenga sich gesetzt hatte. »Und ich habe ihn bestätigt«, fügte er an.

»Wie bitte?«, Itzenga zeigte sich verwirrt.

»Ach, Unsinn«, warf Ulferts ein, »Herr Scheepker will damit sagen, dass wir ganz und gar auf dem falschen Dampfer sind, wenn wir meinen, er sei verdächtig, nur weil er und Herr Felthuis unterschiedliche Ansichten vertraten.«

»Ist das so?«, Tanja Itzenga sah Scheepker an.

»Mir war nicht klar, dass Ihr Kollege so über mein Geständnis denkt«, bemerkte er, ohne die Polizistin aus den Augen zu lassen.

»Herr Scheepker: Es gehört zu unserem Job zu fragen. Dabei wiegt bei Ihnen schwerer als bei anderen, dass Sie sich zur Tatzeit in der Nähe des vermutlichen Tatortes aufgehalten haben. Das gilt für andere nicht, egal, ob sie Freund oder Feind des Toten waren.«

»Ich bin oft im Osten der Insel unterwegs. Manchmal wegen der Technik am Flugplatz, manchmal, um ein wenig Fahrrad zu fahren. Mitunter sammle ich Brombeeren. Im Bereich der Dünen hinter der Wilhelmshöhe sind die besonders dick und süß.«

»Sie sammeln sicher nicht Brombeeren, wenn die Dunkelheit einsetzt. Aber wenn Sie dort unterwegs sind, mögen Sie Herrn Felthuis zufällig getroffen haben. Sie geraten in Streit und …«

»Ach, so ein Unsinn!«, rief Scheepker und sprang auf. »Das ist doch wirklich sehr weit hergeholt. Herr Felthuis hielt sich außerdem selten dort auf. Was sollte er im Osten der Insel? Ich habe vielleicht zwei-, dreimal erlebt, dass er zum Flugplatz gefahren ist, um sehr wichtige Gäste seines Hotels abzuholen. Hören Sie: Ich habe ihn nicht umgebracht. So eine Vermutung überhaupt auszusprechen. Ich sage Ihnen etwas. Ich habe Mirko und Reemt gesehen, die irgendwelchen Kram auf ihrem alten Handwagen Richtung Strand kutschierten. Ich nehme an, sie hatten ein paar Kisten Bier darauf. Sie machen immer mal kleine Strandpartys, auch bei miesem Wetter, treffen sich mit ein paar Leuten am Dünenfuß und süppeln ein bisschen. Haben wir doch auch gemacht, in den schönen Tagen der Jugend, oder? Und, ja, mir ist Giesbert Focken begegnet. Felthuis aber war weit und breit nicht zu sehen. Und wäre er mir begegnet, hätte ich ihn sicher nicht mal eben ermordet. Das hätte ich ja all die Jahre vorher schon tun können, und ich versichere Ihnen, ich hätte mir genau überlegt, wie. Jedenfalls nicht so, dass die Polizei zwei Tage später bei mir sitzt und mich fast verhaften will.«

»Niemand will sie verhaften«, beschwichtigte Itzenga den leicht erregten Techniker. »Wir wollen tatsächlich nur wissen, wer in der Nacht der Ermordung von Herrn Felthuis wann und wo genau im Osten unterwegs war. Und Sie waren zur Tatzeit auf der Flugplatzstraße unterwegs, nicht weit von der Zuwegung zum Strandabgang, an dem Felthuis gefunden wurde.«

»Ich sagte doch: Ich musste den Schaden an der Positionsleuchte beheben, deshalb war ich unterwegs. Nicht, weil ich Felthuis' Ermordung vorgesehen hatte. Übrigens ist das dokumentiert, wann die Positionsleuchte ausfiel, die Mannschaft auf dem Tower führt Buch über so etwas. Ich bin, so bald es ging, dorthin gefahren. Positionsleuchten sind nun mal besonders im Dunklen wichtig. Das wäre doch ein wirklich seltsamer Zufall, dass mir Herr Felthuis gerade dann begegnet, wenn ich eine Birne austauschen will. Und wie stellen Sie sich das vor? Ich springe ihn an und bringe ihn um? Also wirklich!«

»Nichts ist unmöglich«, bemerkte Ulferts und fragte gleich darauf: »Welche Schuhgröße haben Sie eigentlich?«

»Wie kommen Sie denn jetzt darauf? So um die 42, hängt aber davon ab, wie der Schuh ausfällt. Bei Sportschuhen meistens größer.«

»Schon gut. Die Angabe reicht mir.« Ulferts machte sich eine Notiz.

»Könnten wir irgendetwas mitnehmen, was Auskunft über Ihre DNA gibt?«

»Bitte?«

»Na ja, eine Zahnbürste oder so. Wir können auch eine Speichelprobe nehmen.«

»Von mir aus.«

»Das spricht für Sie«, lächelte Tanja Itzenga und kramte einen Probestick nebst Röhrchen aus ihrer Tasche. Scheepker fuhr sich damit durch den Mund und gab ihn bereitwillig zurück.

»Sie vergeuden Ihre Zeit«, meinte er, beugte sich nach vorn, kniff die Augen ein wenig zusammen und sagte, leiser, aber die Worte stärker betonend.

»Wenn ich Ihnen mal einen ernsthaften Rat geben darf: Nehmen Sie den Giesbert Focken ins Visier. Das wäre ein wichtiger Baustein in Ihren Ermittlungen.«

»Also«, begann Tanja Itzenga und beugte sich ihrerseits nach vorn, »was wichtige und weniger wichtige Bausteine unserer Ermittlungen sind, ist unser Bier, Herr Scheepker.« Sie machte eine kurze Pause. »Im Übrigen haben wir mit Herrn Focken gesprochen. Es gibt keine Anhaltspunkte, dass er damit etwas zu tun hat«, log sie.

»Er hätte aber allen Grund dazu.«

»Nicht mehr als Sie, oder?«, gab Ulferts zu bedenken.

»Blödsinn. Man darf doch wohl um Sachthemen streiten, oder? Das haben Felthuis und ich getan. Aber der Focken, der ist … irgendwie …«

»Sonderbar?«, half Itzenga.

»Focken hatte allen Grund, Felthuis zu hassen. Und damit übertreibe ich nicht.«

»Wir kennen die Gerüchte.«

»Gerüchte? Keinesfalls! Das ist verbrieft! Felthuis hat ihn vor versammelter Mannschaft …«

»Ja, wir kennen die Story, Herr Scheepker«, blockte Tanja Itzenga.

»So etwas würde ich nie vergessen und hätte einen Hass auf so einen.«

»Wir gehen dem bereits nach«, versuchte Ulferts, Scheepker nicht zu weit in persönliche Theorien abdriften zu lassen.

»Sonst fällt Ihnen nichts Relevantes ein?«, fragte Itzenga, die sich zurückgelehnt hatte.

»Nee«, reagierte Scheepker enttäuscht. Sein Hinweis auf Focken hatte offenbar nicht die erhoffte Wirkung bei den Kommissaren erzeugt.

»Nehmen Sie mich nun fest?«, fragte er, wieder den leicht sarkastischen Unterton anschlagend.

»Keine Angst, Sie können sich frei auf Juist bewegen«, antwortete Tanja Itzenga.

»Da habe ich ja Glück gehabt.«

»Wer weiß, wie lange noch«, bemerkte Ulferts und erhob sich. »Wir gehen dann. Sie mögen sich bitte zur Verfügung halten.«

»Schön gesagt, Herr Ulferts. Mach ich, ich wollte Juist in den kommenden Tagen nicht verlassen.«

»Gut. Also dann, möglicherweise bis bald«, Itzenga streckte Scheepker ihre rechte Hand entgegen, der sie fest und lange drückte.

»Tschüss«, auch Ulferts gab ihm die Hand und die beiden Kriminalen verließen das Haus.

»Und?«, fragte Tanja Itzenga, als sie einige Schritte gegangen waren.

»Ich mag ihn nicht besonders, seine Art. Aber ich denke, dass er die Wahrheit sagt.«

»Ich bin mir nicht sicher. Vielleicht wollte er mit seiner legeren Art auch etwas verdecken?«, bemerkte Tanja Itzenga. »Es gibt übrigens was ganz Neues.«

»Was denn?«

»Die Teppichflusen unter Felthuis Fingernägeln.«

»Nun sag schon. Gibt es eine Übereinstimmung mit unseren Proben?«

»Ja, gibt es. Sie stammen von dem alten Teppich im ›Future House‹.«

Ulferts blieb stehen.

»Tatsächlich?«

»Du wirst nicht an Jensens Fähigkeiten zweifeln, oder?«

»Das ist ein Ding!«

»Jensen sagt, es sei eindeutig, weil es ein alter Teppich mit einer besonderen Materialzusammensetzung ist.«

»Die Jugendlichen?«, Ulferts mochte den Gedanken gar nicht zu Ende denken.

»Sie müssen es mitbekommen haben.«

»Sie haben es aller Wahrscheinlichkeit nach getan, Tanja. Meine Vermutung, schon die ganze Zeit.«

»Wir müssen sie uns noch einmal vornehmen und sie mit dem eindeutigen Befund konfrontieren.«

»Scheiße, die tun mir leid. Aber nicht mehr heute, oder?«

»Lass uns alles abwägen. Aber gleich morgen früh sind sie dran.«

Ulferts und Itzenga setzten schweigend ihren Weg fort.

37

»Man will das nicht glauben«, Ulferts schüttelte den Kopf.

»Langsam, Ulfert«, beschwichtigte Tanja Itzenga. »Sie sind allesamt nicht der Typ, um jemanden niederzustechen.«

»Tanja, die Kiddies waren an dem Abend in dem Zimmer, wo der Teppich liegt, dessen Flusen unter Felthuis' Fingernägeln steckten.«

»Ein endgültiger Beweis, dass es die Kiddies, wie du sie nennst, auch tatsächlich waren, ist es noch nicht.«

»Was ist mit dem Blutfleck am Handwagen?«

»Wenn es überhaupt Blut ist. Jensen analysiert noch.«

»Scheepker hat Mirko und Reemt bemerkt, mit dem Handwagen. Erinnerst du dich? Er meinte, es seien Bierkisten darauf gewesen. Also auf jeden Fall eine Last.«

»Ja«, entgegnete Tanja Itzenga. Das hatte Scheepker erwähnt, am Rande nur, sie erinnerte sich.

»Sie haben die Leiche transportiert, deshalb wird Jensen sicherlich feststellen, dass am Handwagen tatsächlich Blut klebt, und zwar Felthuis' Blut, da bin ich mir sehr sicher. Bleibt die Frage, wer von ihnen es war. Sie werden kaum zu fünft zugestochen haben.«

»Conny, Marina, ich kann es mir nicht vorstellen.«

»Eben doch ein Affekt? Die Situation muss aus dem Ruder gelaufen sein. Sie müssen uns das erklären, klipp und klar.«

»Da fällt mir Reemt ein, der sich plötzlich zurückgezogen hat, als wir da waren. Er war vorher auch sehr schweigsam, wirkte nervös. Ist dir das auch aufgefallen?«, brachte Tanja Itzenga sich den Besuch im ›Future House‹ in Erinnerung.

»Sonst wirkte er wesentlich fideler, das stimmt. Vielleicht war der Druck zu groß für ihn? Er könnte sich verzogen haben, damit er sich nicht verquatscht.«

»Reemt sollten wir uns als Ersten vorknöpfen.«

»Wenn wir ihn mit dem Teppich konfrontieren, wird das vielleicht ausreichen, um eine brauchbare Aussage zu bekommen.«

»Sie werden versuchen, sich gegenseitig zu decken. Einer für alle, alle für einen.«

»Sie sind jung, unerfahren und werden sich schnell in Widersprüche verheddern. Und sie werden nicht so stark sein, lange durchzuhalten, wenn wir sie gehörig triezen.«

»Wie gehen wir vor?«

»Mit Reemt beginnen wir. Morgen, in Wolters Büro.«

»Gleich morgens?«

»Ab Mittag, ich will die letzten Ergebnisse von Jensen abwarten, er ruft mich am späteren Vormittag an. Vielleicht ist die Sache dann klarer.«

»Ich rufe bei den Mädchen und Carsten an, die Telefonnummern haben sie uns ja gegeben.«

»Gut, dann spreche ich mit Reemt und Mirko.«

»Um zwölf?«, fragte Ulferts.

»Um eins, ich muss vorher noch etwas essen«, antwortete Itzenga, »du weißt ja, mein Magen fängt sonst sehr zu knurren an.«

»Wir sollten morgen Vormittag darauf achten, ob sie sich noch einmal treffen. Sobald wir einen von ihnen erreicht haben, werden sie anfangen, über WhatsApp Absprachen zu treffen oder sich irgendwo zu sehen, um das zu tun.«

»Ich kann sie allein anrufen, dann kannst du dich draußen rumtreiben.«

»Aber mich kennen sie.«

»Ich habe eine bessere Idee. Was ist mit Thiesfeldt? Der könnte ein bisschen im Dorf rumradeln, wir wissen ja, wo sie wohnen. Er kennt die Jugendlichen vom Sehen, und sie wissen nicht, dass er Polizist ist.«

»Okay«, musste Ulferts zugeben, obwohl er nicht eben begeistert war, dass der Kollege a. D. aktiv in die Sache einbezogen wurde.

»Wenn sie über WhatsApp kommunizieren, haben wir auf der Insel im Moment keine Chance, irgendetwas davon mitzubekommen.«

»Wir können die Zentrale anrufen.«

»Meinst du, sie machen das per Smartphone? Sie müssten ja einen Plan entwickeln. So viel kann man doch gar nicht schreiben.«

»Dass du dich da mal nicht irrst. Die schreiben in Windeseile, in eigenem Deutsch oder etwas, was dem ähnlich ist, mit diversen Abkürzungen, die wir gar nicht kennen. Das geht schnell.«

»Trotzdem soll Thiesfeldt achtgeben.«

»Ich sage ihm Bescheid. Er wird sicher zustimmen, hat ja selbst gesagt, dass ihn das Ermitteln immer noch unter den Fingernägeln brennt.«

»Ja, die Fingernägel. Mir wird jetzt erst bewusst, wie wichtig sie sein können«, scherzte Ulferts und besah sich die eigenen intensiv, dabei feststellend, dass sie mal wieder geschnitten werden könnten.

»Ich versuche es gleich mal bei Thiesfeldt.«

Sie wählte und nach kurzer Zeit sagte sie:

»Hallo, Herr Thiesfeldt. Schön, dass ich Sie erreiche. Vielleicht können Sie uns doch helfen …«

38

»Mach uns bitte nichts vor! Wir sind uns ziemlich sicher, dass Herr Felthuis auf eurem Handwagen gelegen hat. Nur so kann sein Blut an die Bewandung des Wagens gelangt sein. Die Ergebnisse der Analyse sind heute Morgen eingetroffen. Unseres Wissens hat Herr Felthuis das ›Future House‹ nie betreten, ihr habt zumindest nie erwähnt, dass er dort war. Und nun finden wir sein Blut an eurem Handwagen«, Ulferts sprach klar und deutlich, sodass Reemt, der überaus nervös auf seinem Stuhl hin- und herrutschte, nichts überhören konnte. Er saß dort wie ein Häufchen Elend, es fiel ihm schwer, klar zu denken, geschweige denn, sinnvolle Antworten zu konstruieren. Neben ihm saß sein Vater. Nach dem Anruf der Polizei hatte Reemts Erzeuger festgestellt, dass er bei Verhören Minderjähriger als Erziehungsberechtigter anwesend sein durfte.

»Also noch einmal, Reemt. Ihr wart die Einzigen im ›Future House‹ an eben jenem Abend. Es ist der Handwagen, den ausschließlich ihr benutzt. Es ist das Blut des Ermordeten. Hörst du? Ermordet! So etwas nennt man Indizientatsachen. Und die führen zu einem Indizienbeweis. Wenn der vorliegt, haben du und deine Freunde keine Chance, aus der Sache herauszukommen. Es ist jetzt an dir, uns zu erklären, was sich zugetragen hat. Falls es eine andere Erklärung gibt als diejenige, dass ihr alle zusammen, wahrscheinlicher ist jedoch nur einer, Willi Felthuis mit einem rostigen Nagel erstochen habt.« Ulferts atmete tief durch.

Reemt wusste nicht, wie er reagieren sollte. Sie hatten nichts besprochen. Conny hatte kurz eine Nachricht auf ihre Handys geschickt, dass sie einen Anruf der Polizei erhalten habe, darauf hatten die anderen, nach und nach, geantwortet, bei ihnen sei es genauso. Dabei war es geblieben, bis auf »wir müssen zusammenhalten« von Mirko, war nichts dabei, was auch nur annähernd als Strategie hätte gelten können. Musste er jetzt nicht erzählen, wie sie Felthuis an den Strand geschafft und in die Nordsee bugsiert hatten? Das würde Luft schaffen, die Chance, dass sie so lange nicht weiter belangt würden, bis die Polizei einen Beweis für ihre Unschuld hatte, zumindest, was den Mord betraf. Und was, wenn es diesen Beweis nicht gab? Wenn diese Indizientatsachen nur einen Schluss zuließen, wenn auch nicht den richtigen? Wer sollte bezeugen, dass sie es nicht waren? Und was, wenn die anderen eisern schwiegen, er aber verpfiff sie? Andererseits wusste er mehr als alle anderen. Er wusste, dass Giesbert Focken den Mord begangen hatte. Aber noch konnte er sich nicht überwinden, seine Begegnung mit dem vermeintlichen Sonderling zu schildern. Und natürlich hatten er und seine Freunde sich strafbar gemacht. Wenn er nur wüsste, was die anderen sagen würden, wenn sie hier saßen. Conny und Marina würden doch niemals dem Druck standhalten können, wenn er es schon kaum schaffte. Und Carsten! Wenn er, Reemt, es nicht schilderte, dann würde es einer von den anderen tun. Nur Mirko, der konnte auf Coolman machen. Und Mirko hatte immer und immer wieder gesagt: Wir erzählen nichts, wir halten zusammen! So musste es durchgezogen werden.

»Reemt, die Fakten sind sonnenklar«, sagte Tanja Itzenga mit sanfter Stimme. »Der Blutfleck ist zugeordnet, die Teppichfusseln unter den Fingernägeln sprechen ebenfalls Bände. Sie stammen hundertprozentig vom Teppich in eurem ›Future House‹. Wir haben sogar Spinnweben, die aus der Halle stammen und die an der Kleidung von Felthuis festgestellt wurden. Es gibt nur den Schluss: Willi Felthuis war im ›Future House‹ und ist dort umgebracht worden. Wenn ihr, oder einer von euch, es nicht getan habt, dann erklär mir bitte, wie das damit zusammenpasst, dass ihr, sehr wahrscheinlich mit zeitlichen Überschneidungen, euren Aktionsabend hattet? Es kann nicht sein, dass ihr nichts gemerkt habt. Vielleicht war es so: Plötzlich steht Herr Felthuis im ›Future House‹, wird nach einem Wortgefecht gewalttätig, und einer von euch musste sich verteidigen? Herr Felthuis lebte noch, als er sich im Teppich festkrallte. Möglicherweise habt ihr ihn schwer verletzt und dann ist er allzu schnell gestorben, schneller, als dass ihr vielleicht noch Dr. Peters hättet rufen können? Das ist alles möglich, du musst uns nur sagen, ob es so oder anders abgelaufen ist.«

Reemt schwieg. So musste es durchgezogen werden, ging es ihm wieder und wieder durch den Kopf. Er war käsebleich, ihm wurde es von Sekunde zu Sekunde unbehaglicher in seiner Haut. Am liebsten wäre er weggerannt, in die Dünen, bis zum Kalfamer, dem Ostende der Insel. Da war der Strand weit und einsam. Es hämmerte in seinem Kopf: Schweigen, nichts zugeben, die anderen nicht verraten.

Ulferts fuhr sich mit der Hand durch das Gesicht, Reemts Vater schien etwas auf den Lippen zu haben, schwieg jedoch.

»Du weißt, was sich zugetragen hat, oder?« Tanja Itzenga fragte einfühlsam, sanft, sah den bleichen Jungen vor ihr beinahe mit Zärtlichkeit an. Er tat ihr tatsächlich leid. Ihm gelang es nicht, ihr in die Augen zu sehen. Sie spürte, dass es in ihm rumorte, dass etwas rauswollte, er es aber mit aller Kraft unterdrückte.

»Wie kam er auf diesen gottverdammten Handwagen?«, fragte Ulferts, lauter, strenger.

Reemt erschrak, ansonsten zeigte er keine Reaktion.

»Du und Mirko, ihr wurdet gesehen, Reemt. Herr Scheepker hat ausgesagt, dass er euch mit dem Handwagen beobachtet hat«, fügte Itzenga hinzu.

Reemt sah auf, seine Augen zeigten Erschrecken. Scheepker hatte sie also doch entdeckt?

»Sie sehen, dass mein Sohn nichts dazu sagen kann«, brach Reemts Vater sein Schweigen, »ich möchte, dass das Verhör beendet wird. Ihre Vorwürfe sind für meinen Sohn unerträglich.«

Schade, dachte Itzenga, er hatte eine Atmosphäre gestört, die zum Schneiden angespannt gewesen und gerade deshalb vielleicht zielführend gewesen wäre.

»Du kannst selbstverständlich die Aussage verweigern«, sagte die Hauptkommissarin in sonorer Tonlage und ergänzte: »Ob das der Sache nützlich ist, ist eine andere Frage.« Auf das Aussageverweigerungsrecht hatte Ulferts ihn am Beginn aufmerksam gemacht, aber die einführenden Worte waren ungehört an Reemt vorbeigezogen.

»Dann machen wir das, wir verweigern die Aussage. Hörst du, Reemt? Ohne einen Verteidiger scheint mir die Sache bedenklich«, nahm Reemts Vater diesen Faden auf.

»Außerdem sehen Sie doch, wie mein Sohn unter Ihren Anschuldigungen leidet. Sie glauben ja wohl selbst nicht, dass er oder einer seiner Freunde in diese Mordsache verwickelt sein könnte?«

»Es gibt Fakten, Herr Günter, und die sprechen im Moment leider gegen die Jugendlichen«, antwortete Ulferts.

»Das ist doch Unsinn! Es muss sich alles ganz anders zugetragen haben. Sie sind nur nach wie vor auf dem Holzweg, deshalb quälen Sie meinen Sohn und bald wohl auch noch die anderen. Ob Ihre Indizien etwas taugen, muss sich sicher erst zeigen.«

»Von Quälen kann ja wohl keine Rede sein. Wir müssen sie befragen, weil sie die Einzigen sind, die sachdienliche Hinweise machen könnten. Oder sagen Sie uns, wie sich alles zugetragen hat? Und bedenken Sie bitte: Ihr Sohn war möglicherweise zeitgleich an dem Ort, an dem Willi Felthuis getötet wurde. Das Blut des Toten ...«

»Ja, ja, Sie sagten es schon. Dennoch: Es muss sich anders zugetragen haben. In die alte Bruchbude kommt doch jeder, wenn er will, und kann sich den Handwagen nehmen. Wahrscheinlich, um genau das zu erreichen: Die Kinder werden verdächtigt, etwas getan zu haben, für das eine ganz andere Person die Verantwortung trägt.«

»Reemt, du hörst, was dein Vater sagt. Hat er recht?«, nutzte Ulferts die Aussage Arend Günters, um Reemt weiter zu verunsichern.

Reemt Günter schwieg.

»Und überhaupt, Sie nutzen Worte, die allesamt auf die puren Mutmaßungen Ihrerseits hinweisen: Höchstwahrscheinlich, anscheinend, möglicherweise ... Bewiesen ist gar nichts. Wir gehen jetzt«, bestimmte Reemts Vater und erhob sich.

Doch Reemt blieb sitzen.

»Komm, Reemt, mach dir keine Sorgen, es wird sich alles klären«, forderte Arend Günter seinen Sohn auf mitzukommen. Doch der erhob sich noch immer nicht.

»Wenn Sie meinen, Herr Günter ... Würden Sie uns bitte kurz dieses Formular unterschreiben, Reemt, du müsstest auch noch ein Autogramm leisten«, sagte Tanja Itzenga, als Reemt sich räusperte.

»Ich ... wir waren es nicht«, stammelte er mit zitternder Stimme. Es hatte doch keinen Zweck, war sein neuer

Gedanke. Wenn er sagte, wer der Mörder ist, würde das zumindest beweisen, dass nicht sie Willi Felthuis umgebracht hatten. Der Rest würde für sich genommen schon schlimm genug sein.

»Sehen Sie. Ich glaube meinem Sohn! Und wie heißt es doch? Im Zweifel für den Angeklagten. Also, ich wiederhole mich, quälen Sie ihn nicht länger. Nun komm schon«, sagte Günter mit Nachdruck zu seinem Sprössling.

»Reemt, möchtest du noch mehr sagen? Wir waren es nicht, ist etwas wenig«, Tanja Itzenga sah dem Jugendlichen an, dass er knapp davor war, etwas Wichtiges auszusagen. Hier war zurückhaltendes Vorgehen gefragt, nicht hartes Konfrontieren, entschied sie. Reemt war kein abgezockter Verbrecher. Aber er wusste etwas, das wichtig war. Wenn sein Vater nur nicht so nerven würde.

»Ohne einen Anwalt wird hier gar nichts mehr gesagt«, beschloss Arend Günter und trat an die Tür von Wolters Büro.

»Schluss jetzt, Reemt«, sagte er mit strengem Unterton.

Reemt blieb unentschlossen sitzen, sah seinen Vater, dann Tanja Itzenga an. Er erhob sich, sein Vater drückte die Türklinke, er setzte sich wieder, der Vater schüttelte den Kopf und schloss die Tür. Reemt schien wiederholt anzusetzen, doch kein Wort kam über seine Lippen.

Itzenga wiederum tauschte einen Blick mit Ulferts aus. Die Sache war heikel. Sie hatten entschieden, Reemt zu verhören, ohne ihm einen Pflichtverteidiger zur Seite zu stellen. Das forderte die Strafprozessordnung, allerdings nicht in jedem Fall. Ob dieser ein solcher war, war nicht ganz einfach zu beurteilen. Einen Wahlverteidiger hatten weder Reemt, noch sein Vater bislang benannt. Wenn Arend Günter einen Anwalt ins Spiel brachte, war zunächst einmal Schluss, das konnten die Auricher Kommissare nicht ignorieren. Somit wäre das Verhör beendet.

»Mist«, dachte Itzenga, denn auf Juist gab es keinen Rechtsanwalt. Der müsste vom Festland kommen, egal, ob Pflicht- oder Wahlverteidiger. Angesichts der Tideabhängigkeit der Insel würden viele, viele Stunden ins Land gehen, bevor man das Gespräch fortsetzen konnte, und man wusste nicht, wie kooperativ der Anwalt sein würde. Reemt auf der Wache festzuhalten war angesichts dieser Rechtslage unmöglich. Und die anderen bräuchte man gar nicht einbestellen, weil sie sofort ihre Rechte kennen und nutzen würden. Dazwischen läge Zeit, zu viel Zeit. Andererseits war es Zeit, welche die Jugendlichen nutzen konnten, um eine einheitliche Strategie zu entwickeln. Aber hatte das alles angesichts der erdrückenden Faktenlage überhaupt noch Sinn?

»Wenn du jetzt redest, dann kann das nur helfen. Die Beweise gegen euch sind nicht von der Hand zu weisen«, versuchte es Tanja Itzenga ein letztes Mal.

»Wir waren es nicht, wirklich nicht«, wiederholte Reemt.

»Ich will dir gerne glauben. Wer war es dann?«

»Wir haben Herrn Felthuis tot vorgefunden.«

»Reemt, sag nichts Falsches«, warnte sein Vater.

Ulferts konnte einen Lacher nicht unterdrücken.

»Tot vorgefunden? Das ist aber eine ganz miserable Ausrede. Mann, Reemt, wir sind nicht blöd. Aber du doch auch nicht!«, gab der Kommissar seinen Eindruck der Lage wieder.

»Es ist wahr«, bestätigte Reemt, der einsah, dass jede Ausrede keinen Sinn mehr ergab. Mirkos Plan war Mist gewesen, sie alle hätten niemals zustimmen dürfen.

»Wie kam Felthuis ins ›Future House‹? Wer hat zugestochen? Wie …«, doch Itzenga hielt inne, vielleicht gab es eine spontane Regung.

»Es stimmt«, wimmerte Reemt, »wir saßen in unserem Besprechungsraum, waren gerade erst eingetroffen. Da hat Marina gesagt, sie hole uns etwas zu trinken. Sie öffnete die

Tür und wir hörten einen Schrei. Es war alles voll Blut. Er bewegte sich nicht.«

»Willi Felthuis, ein paar Stunden vorher noch munter und fidel im Dorf unterwegs, lag plötzlich tot und blutend im ›Future House‹«, Ulferts schüttelte den Kopf und lief einmal hin, einmal her. »Du verarschst uns doch!«, brüllte er plötzlich. Reemt zuckte zusammen.

»Schreien Sie meinen Sohn nicht an«, sprang Arend Günter auf.

»Ulfert, beruhige dich«, mahnte Tanja, dann fügte sie, zu Reemt gerichtet, hinzu: »Was bezweckst du damit? Es ist passiert, die Wahrheit kommt ans Licht. Sag uns, wie es gewesen ist. Hattet ihr Streit mit Felthuis? Er ist doch gekommen, um euch von der Aktion am nächsten Morgen abzuhalten. Er wollte nicht, dass ihr ankommende Gäste abfangt, ihnen Flyer zum Klimawandel in die Hände drückt. Felthuis wollte es verhindern. Und er konnte wütend werden. Ihr, oder einer von euch, hat dann rot gesehen … Vielleicht wollte einer von euch den anderen auch nur schützen oder er sich selbst, dann war es Notwehr.«

»Nein, nichts davon ist passiert«, schluchzte Reemt. »Er lag dort. Und er war schon tot.«

»Bist du Arzt? Hast du den Totenschein ausgestellt?«, fragte Ulferts barsch.

»Ich will, dass das beendet wird! Und du hältst den Mund, Reemt!«, Arend Günter bebte.

»Felthuis regte sich nicht mehr, als er dort lag und später …« Reemt stockte. »Wir haben ihn auf den Handwagen gelegt, weil … die Leiche musste doch weg.«

»Wie, weg?«, Ulferts wollte es noch nicht glauben.

»Immer der Reihe nach. Wie ist Felthuis ums Leben gekommen?«, fragte die Hauptkommissarin.

»Wissen wir nicht, ehrlich nicht. Keinen blassen Schimmer, wie der Kerl ins ›Future House‹ gelangte und wer ihn so zugerichtet hat. Das war furchtbar. Das Blut, die Fesseln, der Knebel«, betonte Reemt. »Er lag tot da. Wir waren geschockt. Wir wussten nicht, was wir tun sollten.« Seine Worte erstickten fast in seinen kullernden Tränen.

»So ein Mumpitz«, ließ Ulferts von sich hören. »Ihr habt ihn, absichtlich oder auch nicht, umgebracht und auf den Handwagen gelegt, um ihn aus dem Haus zu bekommen? Okay, kann sein. Aber, Reemt, niemand findet eine Leiche, ist also unschuldig, versucht aber anschließend, die Leiche zum Verschwinden zu bringen.«

»So wie Sie es darstellen, ist es falsch«, widersprach Reemt. »Es war anders, denn wir haben genau das befürchtet, was jetzt passiert. Wir dachten, dass nur wir in Verdacht geraten können, wenn man ihn im ›Future House‹ findet. Da lag es für uns nahe, ihn verschwinden zu lassen«, sprudelte es plötzlich aus ihm heraus.

»Ihr hättet einzig und allein eines tun müssen: zu Herrn Wolters gehen, die Polizei informieren«, bemerkte Itzenga.

»Daran haben wir nicht gedacht«, murmelte Reemt. »Er hätte ja auch nur gesagt, dass nur wir es gewesen sein konnten«, fügte Reemt kleinlaut hinzu und hatte damit nicht unrecht.

»Nehmen wir mal an, es stimmt, was du sagst. Was genau habt ihr mit der Leiche gemacht?«

»Wir haben sie auf den Handwagen gelegt und zum Strand gefahren«, sagte Reemt.

»Zum Strand?«

»Wir wollten, dass sie mit der Ebbströmung abtreibt.« Es musste jetzt raus, alles. Reemt war überzeugt, sich und seine Freunde nur so am besten schützen zu können.

Ulferts ließ sich auf einen Stuhl fallen, schüttelte heftig den Kopf, wischte sich dann mit beiden Hände durch das

Gesicht und sagte resigniert: »Ist ja eine grandiose Idee!« Und wiederholte, die Silben betonend: »Gran – di – os!«

»Abtreiben? Mit der Ebbströmung?«, hakte Tanja Itzenga nach.

»Niemand«, ereiferte sich Reemt, »niemand hätte uns mit dem Tod in Verbindung gebracht. Die Leiche wäre weg gewesen, Tage oder Wochen später wäre sie vielleicht gefunden worden. Auf Norderney, Baltrum, Langeoog. Oder auf Helgoland oder Amrum, vielleicht in Dänemark. Das hätte doch passieren können. Und dann hätte niemand auch nur im leisesten gedacht, dass sie bei uns im Haus gelegen hat.«

»Und das ihr ihn umgebracht habt«, rief Ulferts.

»Nein!«, schrie Reemt.

»Doch!«, donnerte Ulferts.

Arend Günter stürzte zu seinem Sohn, legte den Arm um ihn.

»Beruhige dich, Reemt«, flüsterte er.

Ulferts hatte sich abgewandt.

»Ulfert, verdammt, was ist denn los?«, pflaumte Tanja Itzenga ihren Kollegen an, nachdem sie zu ihm getreten war. Dann wandte sie sich an Reemt.

»Schluss jetzt und Butter bei die Fische! Ich will wissen, wie sich der Tod von Herrn Felthuis zugetragen hat. Ohne Ausflüchte bitte.«

Reemt gab sich einsichtig: »Dieser Plan, ihn an den Strand zu schaffen … das war eine Schnapsidee. Aber bitte, Sie müssen uns glauben, dass wir ihn nicht getötet haben. Wir wollten nur diesen toten Körper wegschaffen und nichts mehr damit zu tun haben.«

»Das ist unglaubwürdig, Reemt«, fasste Tanja Itzenga zusammen. »Das siehst du doch wohl ein, oder?«

Er nickte verschämt, blickte zu Boden.

»So ist es aber.«

»Also, das können Sie den Kindern, und das sind sie ja noch, nicht vorwerfen. Bitte, Sie sehen doch, was Sie hier anrichten. Wir gehen jetzt«, Arend Günter war erschüttert. Er sah ein, dass die Kiddies irgendetwas mit dem Mord zu tun hatten. Sein Sohn hatte eine Leiche am Strand verschwinden lassen wollen. Er war geschockt.

»Gut, jetzt beenden wir die Sache«, ging Tanja Itzenga auf Günters Vorschlag ein.

»Alles Weitere nur mit einem Anwalt«, fügte Günter hinzu.

Er packte die Türklinke, Reemt stand hinter ihm. Günter öffnete die Tür, schritt hindurch. Sein Sohn blieb stehen.

»Bitte, Reemt, komm!«, forderte der Vater den Sohn auf.

»Ich … ich habe noch etwas zu sagen«, sah Reemt sich veranlasst, sein persönliches Erlebnis im ›Future House‹ einzubringen.

»Lass es lieber sein«, empfahl Arend Günter.

Ulferts jedoch nickte aufmunternd und fragte, nach dem Anschnauzer von Tanja sichtlich ruhiger, »lassen Sie ihn, es kann nur nutzen.«

»Ich war am nächsten Tag, also an dem Tag, als Felthuis morgens am Strand gefunden wurde, noch einmal im ›Future House‹. Ich hatte das Ladeteil für meinen Laptop vergessen. Ich wollte es holen. Ich hatte die Datei mit dem Plakat für die Aktion am Hafen auf dem Laptop und musste es noch ausdrucken. Aber der Akku war leer. Aber viel wichtiger ist: Als ich ins Haus kam, stand plötzlich Giesbert vor mir.«

»Giesbert Focken?«, fragte Tanja Itzenga irritiert, wobei es nur diesen einen Giesbert auf der Insel gab.

»Genau. Er schien etwas zu suchen.«

»Habe ich mir's doch gedacht, dieser Typ! Jetzt kommen wir der Sache näher«, ließ sich Arend Günter hören.

»Das besagt doch gar nichts, Herr Günter«, fauchte die

Hauptkommissarin. »Hat er gesagt, was er sucht?«, fragte sie Reemt.

»Keine Ahnung. Aber ich bin mir sicher, er suchte nach Spuren, die er vielleicht hinterlassen haben könnte.«

»Willst du damit sagen …?«

»Er ist bestimmt vorher dort gewesen. Warum nicht zu dem Zeitpunkt, als auch Felthuis dort war? Giesbert hatte allen Grund …Und wir sind erst später eingetroffen und haben Herrn Felthuis gefunden, den er …«, doch Itzenga unterbrach Reemt.

»Das, was du sagen willst, wäre eine große Schuldzuweisung.«

»Ich habe ihm genau das vorgeworfen und er hat sich überhaupt nicht dagegen verteidigt.«

»Mir kommt es so vor, als wollest du den Verdacht von euch weglenken. Und Giesbert Focken passt da hervorragend. Ausgerechnet er, der hier doch sowieso einen schweren Stand hat.«

»Es stimmt, was ich sage, ich schwöre«, wollte Reemt überzeugend wirken, der Effekt blieb jedoch aus.

»Das lass mal lieber sein. Jemand der andere schwer belastet, um von seiner eigenen Tat abzulenken, dessen Schwur ist nichts wert«, urteilte Ulferts.

»Was hätte Giesbert sonst dort tun sollen? Er war nie im ›Future House‹, jedenfalls haben wir ihn nie dort gesehen. Und ausgerechnet an dem Folgetag des Todes taucht er dort auf?«

Das war überlegenswert, dachte Tanja Itzenga.

»Wie kannst du uns beweisen, dass Giesbert tatsächlich dort war?«, fragte sie.

Reemt zog die Hemdsärmel hoch, man sah ein paar Kratzer, »das war Giesbert, er hat sich auf mich gestürzt, nachdem ich ihn beschuldigt habe.«

»Auf dich gestürzt? Wieso?«, wollte Tanja Itzenga wissen.

»Ich habe ihm vorgeworfen, er wolle Spuren verwischen, weil er doch Felthuis umgebracht hätte. Da hat er mich angegriffen.«

»Also Fantasie hast du, dass muss man dir lassen«, Ulferts hatte sich auf seinem Stuhl ausgestreckt.

»Es war so! Wenn man … ich meine, ich habe noch den Pulli, den ich anhatte. Giesbert lag auf mir und sein Speichel tropfte nur so aus seinem Mund. Es müssen noch Reste der Spucke zu finden sein. Da kann man mit ihren Methoden doch sicher feststellen, dass das von Giesbert stammt.«

»Dann hindere deine Frau Mama, dass sie ihn nicht in die Waschmaschine steckt. Wir holen das Ding noch heute bei euch ab. Und ansonsten, Tanja«, er wandte sich seiner Kollegin zu, »habe ich keine Lust mehr auf die Märchen. Lass sie uns mit nach Aurich nehmen …«

»Bitte nicht«, winselte Reemt.

»Ihr müsst euch zur Verfügung halten. Wärt ihr alle nicht minderjährig«, sie machte eine belangvolle Pause, »kämt ihr in Untersuchungshaft.«

»Ich gebe Ihnen den Pulli. Suchen Sie im ›Future House‹ – da sind bestimmt noch Haare oder irgendetwas von Giesbert. Er war sehr wild.«

»Das sehen wir uns alles noch einmal genauer an«, dachte Itzenga laut nach.

»Und jetzt radeln wir gemeinsam zu Ihnen, Herr Günter. Und du gibst uns den Pulli, in einer Plastiktüte.«

»Stimmt das alles?«, fragte Günter verwirrt seinen Sohn.

»Ja«, gab der kurz zurück.

»Reemt, wir werden auch deine Freunde befragen. Wenn die etwas anderes sagen, ist das nicht gut für dich«, gab Tanja Itzenga zu bedenken.

»Von meiner Begegnung mit Focken wissen sie nichts.«

»Warum nicht?«, Itzenga war verblüfft.

»Es … hat sich nicht die Möglichkeit ergeben, davon zu erzählen.«

»Leute, Leute, das ist aber ein ganz heiterer Himmel, aus dem du das holst«, Ulferts begann wieder zu zweifeln, nachdem er Reemt fast hatte glauben wollen.

»Ich habe alles so gesagt, wie es war. Giesbert Focken hat Herrn Felthuis bestimmt umgebracht. Wir haben Felthuis zum Strand gebracht, Mirko und ich. Das gebe ich zu. Das war dumm. Aber Giesbert muss ihn erstochen haben und hat sich dann davongemacht, bevor wir da waren.«

39

»Reemt hat alles korrekt wiedergegeben. Jensen hat Speichel von Giesbert Focken am Pullover identifiziert. Demnach, und was die Kratzer anbetrifft, kann er sich tatsächlich auf Reemt gestürzt haben.«

»Gut, dass du bei Focken den Teelöffel hast mitgehen lassen«, stellte Tanja Itzenga fest.

»Der weiß eh nicht, was so alles bei ihm in der Küche rumsteht. Die Frage ist, ob Reemt recht und Giesbert Focken Felthuis umgebracht hat. Wie Reemt es dargestellt hat, veränderte sich Focken schlagartig, als Reemt den Fall seiner Eltern ansprach. Erinnerst du dich? Da hat er auch bei uns sehr sensibel reagiert. Nur mal angenommen, Focken hat doch etwas mit dem Tod seiner Eltern zu tun, dann läge es nahe, dass er auch Felthuis …«

»… zumal Reemt steif und fest behauptet, dass es niemand von proUmwelt war. Da er ansonsten sehr verunsichert war, halte ich das langsam, aber sicher für glaubwürdig«, ließ Itzenga Ulferts nicht ausreden.

»So abgebrüht ist er nicht, dass er es Focken in die Schuhe schieben will, oder?«

»Kann ich mir nicht vorstellen.«

»Aber wir können nicht ausschließen, dass es jemand aus der Gruppe war. Die oder denjenigen mag er nach wie vor schützen wollen.«

»Wäre möglich. Besser Focken geht es an den Kragen als einer oder einem von ihnen.«

»Eben. Aber eigentlich traust du es keinem der Jugendlichen zu, habe ich recht, Tanja?«

»Den Mädels traue ich es tatsächlich nicht zu. Carsten? Das ist doch auch eher ein Sensibelchen. Reemt stand sehr unter Spannung, aber offenbar nur, weil er viel mehr wusste, als er zunächst zugeben wollte. Und Mirko war doch schließlich auch fertig und hat den Mund aufgemacht. Die können allesamt keinen ermorden.«

»Warum nicht die Mädchen? Sie mögen noch am meisten Furcht vor Felthuis gehabt haben, wenn der ausflippte. Was ist, wenn eine von ihnen zugestochen hat? Es ist passiert und Reemt und Mirko helfen ihr, Felthuis' Leiche verschwinden zu lassen. Was wäre gewesen, wenn die Leiche tatsächlich in die offene Nordsee getrieben wäre? Wolters läge eine Vermisstenanzeige vor, mehr nicht. Wir würden gar nicht hier auf Juist sein, sondern sehr wahrscheinlich bei Aurich den Moormörder jagen, für dessen Ermittlung die Kollegen aus Leer einspringen mussten. Und Felthuis wäre irgendwann, wenn überhaupt, irgendwo angetrieben, möglicherweise in einem sehr schlechten Zustand, wenn man das so sagen kann. Oder er würde niemals gefunden – dann wäre der Plan hundertprozentig aufgegangen. Kein Mensch wüsste, was sich wirklich zugetragen hat.«

»Felthuis' Leiche ist aber nicht in die offene Nordsee getrieben, Juists Anziehungskraft scheint sehr groß zu sein.«

»Den Unfall, die unglückliche Verkettung von Missgeschicken, können wir nicht ausschließen«, sagte Ulferts.

»Wir können auch Focken nicht ausschließen.«

»Reemt und Mirko hat man mit dem Wagen gesehen, das ist schon mehr als verdächtig.«

»Wir müssen sie viel mehr mit den Fakten piesacken. Und Focken müssen wir uns vornehmen, weil wir über seine Begegnung mit Reemt Bescheid wissen.«

»Gallen und May haben einen Sack voll Material im ›Future House‹ eingesammelt. Gibt es nicht irgendetwas, was weiterhelfen könnte?«

»Im wahrsten Sinne des Wortes einen Staubsaugersack voll«, scherzte Tanja Itzenga und ergänzte: »Sie arbeiten noch daran.«

»Lass uns zu Focken gehen und ihn fragen, was er im ›Future House‹ wollte und wieso er sich mit Reemt gestritten hat. Dazu muss er Stellung beziehen.«

»Das muss er, ja.«

»Sie brauchen nicht wiederkommen. Ich habe alles gesagt«, äffte Ulferts die tiefe, monotone Stimme Giesbert Fockens nach.

»Wir wissen jetzt, dass er gelogen hat.«
»Hat er nicht. Er hat nur etwas nicht gesagt.«

40

Nachdem Lasse Thiesfeldt seinen täglichen Strandspaziergang beendet hatte, wollte er einen Tee trinken und befand, dass der Blick auf das Deichvorland und das Wattenmeer aus dem Felthuisschen Restaurant am schönsten war. Gestern noch hatte er davor gestanden und fand es in dem Moment nachvollziehbar, dass Felthuis es nicht gutheißen konnte, dass dieser Blick zukünftig durch einen höheren Deich verhindert würde. Abgesehen davon, dachte er, dass ein Deich nicht in ein paar Tagen gebaut werden konnte. Eine Riesenbaustelle und schweres Gerät würden über viele Monate am neuen Deich arbeiten. In dieser Zeit würde kein einziger Gast hier Urlaub machen wollen. Die andere Seite der Medaille bedachte Thiesfeldt natürlich genauso: Was hätte es Felthuis genutzt, wenn die prognostizierten höher auflaufenden Fluten den Deich überspülten und seinem

Hotel beträchtlichen Schaden zufügten? Genau das wollte Felthuis vielleicht einfach nicht wahrhaben und hatte sich deswegen in seiner Meinung gegen die Deicherhöhung derart versteift.

Das Restaurant war geschlossen. Thiesfeldt stand vor der Tür des Lokals, als ein Mann neben ihm auftauchte.

»Moin, der Herr. Heute ist geschlossen, wegen Krankheit.«

Thiesfeldt sah, dass der Mann einen Türschlüssel aus der Tasche zog. Offenbar wollte er aufschließen.

»Moin, arbeiten Sie hier?«, erkundigte sich der ehemalige Polizist.

»Ich bin der Koch des Hauses, Bartmann mein Name«, sofort streckte der groß gewachsene Mann Thiesfeldt die Hand hin.

»Sie kochen hier? Ich kann die gute Küche des Restaurants bestätigen. Ich wohne im Hotel, habe Sie aber noch nie gesehen.«

»Ich bin eben in der Küche, wie es sich für einen Koch gehört«, lachte Bartmann.

»Also wirklich, ich habe die Scholle an Bratkartoffeln gegessen, vorzüglich!«

»Danke. Aber heute muss ich Sie enttäuschen. Ich werde nur ein paar Dinge in der Küche in Ordnung bringen, zu denen man sonst nicht kommt. Frau Felthuis hat jedenfalls veranlasst, dass das Restaurant geschlossen bleibt.«

»Sie leidet sicher sehr unter dem Verlust ihres Mannes«, mutmaßte Thiesfeldt.

»Natürlich, ist ja auch ein Hammer, Mord! Und das auf Juist. Ich bin nun schon vier Jahre hier, aber habe noch nie erlebt, dass sie krank war. Und die, die hier schon ewig leben, sagen dasselbe. Und jetzt schließt sie das Restaurant. Ich hätte das schon mit Jutta zusammen gepackt, ist ja nicht mehr so viel los in der Nachsaison.«

»Jutta?«

»Meine Kollegin, Jutta Wenzel. Sie hilft in der Küche und bedient. Sie sagte heute Morgen allerdings, Frau Felthuis sei gestern total verändert, kaum zu erkennen gewesen. Vielleicht hat sie erst jetzt der Tod ihres Mannes voll erwischt.«

»So etwas gibt es. Erst verdrängt man es, dann schlägt es plötzlich mit voller Wucht zu.«

»Zuerst dachte man ja, dass sie gar nicht so sehr darunter leide, wie man das erwarten würde. Arbeitete weiter, sprach mit allen. Und dann, mit einem Mal … Na, jetzt habe ich mal einen Tag frei. Können Sie sich vorstellen, was es bedeutet, einen ganzen Sommer als Koch in einem gut gehenden Inselrestaurant zu arbeiten?«

»Es gibt sicher viel zu tun.«

»Viel zu tun? Man geht an seine Grenzen. Kaum Zeit zum Verpusten. Und ein kritisches Publikum hoch drei. Da muss alles klappen in der Küche, nichts darf schiefgehen. Das strengt an auf Dauer, aber Hallo! Und dann fragen die Gäste noch, ob sie denn guten Gewissens Fisch essen könnten.«

»Wieso das?«

»Wegen der Verseuchung des Meeres mit Plastikpartikeln. So ein Käse.«

»Ich denke nicht, dass es Käse ist.«

»So schlimm wird's schon nicht sein. Ich bereite den Fisch vor, ich sage Ihnen, ein Genuss!«

»Das weiß ich ja. Aber der Fisch ist in Gefahr, wenn wir so weitermachen wie bisher.«

»Das hätten Sie mal sagen sollen, wenn der alte Felthuis, sorry, Herr Felthuis daneben steht. Solche Sprüche konnte er gar nicht gut haben.«

»Das sind keine Sprüche. Ich bin davon überzeugt, dass die hiesige Umweltgruppe recht hat und gut daran tut, darauf aufmerksam zu machen. Es gibt ausreichend Dokumentationen im Internet zu dem Thema. Und in der Presse genauso.«

»Ja, wir dürfen sicher nicht alles blindlings ins Meer kippen. Aber Felthuis hielt das alles für Kappes.«

»Und jetzt, wo Sie frei haben«, wechselte Thiesfeldt das Thema, »gehen Sie trotzdem in die Küche?«

»Ja. Bekloppt genug, was? Aber nur ein halbes Stündchen, wie gesagt, ein paar Kleinigkeiten regeln und ein bisschen aufräumen. Dann geht's ab an den Strand. Baden ist zwar nicht mehr, aber ich will mal wieder eine Wanderung machen. Zur Bill, da esse ich Rosinenstuten mit Butter und trinke einen halben Liter Jever. Herrlich!«

»Rosinenstuten?«

»Die Spezialität dort. Müssen Sie unbedingt mal probieren. Empfehlen würde ich Ihnen aber Ostfriesentee anstelle des Bieres. Nicht, weil das Bier schlecht schmeckt, im Gegenteil. Aber nachmittags gehört ein Tee dazu.«

Der Mann suchte das Gespräch, das wurde Thiesfeldt klar. Er hatte heute Zeit.

»Ist morgen denn wieder geöffnet?«, fragte der Kommissar a. D.

»Ich denke schon. Das Restaurant hatte noch nie mehr als einen Tag geschlossen, auch wenn jetzt im Herbst die Belegschaft reduziert ist. Und Frau Felthuis war noch nie krank – das dauert sicher nicht länger als einen Tag.«

»Sie sagten es schon. Entschuldigen Sie vielmals, Herr Bartmann, aber ich muss noch ein dringendes Telefonat führen.«

Der Koch sah Thiesfeldt konsterniert an. Selbst im Urlaub mussten die Leute telefonieren und Termine wahrnehmen.

»Na, dann gehe ich in die Küche und danach an den

Strand«, sah er ein, dass dieser Gesprächspartner keine Zeit und Lust hatte, mit ihm länger zu plaudern.

»Tun Sie das. Wenn wieder geöffnet ist, komme ich zu Ihnen und Sie empfehlen mir, was ich essen soll.«

»Sie essen aber noch Fisch?«

»Natürlich, ich liebe Fisch! Aber, mal ehrlich, wie lange ich ihn noch esse, hängt davon ab, ob die Berichte über die Meeresbewohner nicht schlimmer werden.«

»Ach, den Nordseefisch betrifft das nicht«, war Bartmann überzeugt, »das hätte Ihnen auch Herr Felthuis gesagt.«

»Das überzeugt mich aber nicht so wie die Analysen wissenschaftlicher Institute.«

»Sei's drum. Ich werde Ihnen jedenfalls ein schönes Fischgericht zaubern. Darf ich nach Ihrem Namen fragen?«

»Thiesfeldt.«

»Sagen Sie, wenn Sie kommen, zu Frau Wenzel, dass Herr Thiesfeldt da ist. Sie müssen nicht bestellen. Ich bereite Ihnen etwas, da werden Sie begeistert sein. Sie werden staunen. Da wäre zum Beispiel …«

»Darauf freue ich mich, Herr Bartmann. Vielen Dank für das Angebot. Denken Sie daran, dass es finanzierbar bleibt«, er lachte, »wenn Sie wieder geöffnet haben, bin ich da. Wie gesagt, entschuldigen Sie mich bitte. Tschüss dann«, betonte Thiesfeldt und setzte sich in Bewegung. Angesichts des geschlossenen Restaurants entschied er, im Café der Andresens Tee zu trinken.

Dort angekommen, öffnete ihm die Frau, die er neulich hier gesehen hatte, die Tür.

»Moin«, sagte er.

»Moin, kommen Sie herein, Ina bedient Sie.« Hinter der Frau folgte ein Mann, der nur kurz zur Begrüßung nickte. Er wirkte angespannt. Die beiden verließen das Café. Thiesfeldt betrat den Gastraum, setzte sich, und schnell kam Ina an seinen Tisch. Sie kannten sich bereits und Ina fragte: »Tee und Apfelkuchen?«

»Diesmal nur Tee. Leider muss ich ein wenig darauf achten«, Thiesfeldt deutete auf seinen Bauchansatz.

»Och, da hab ich schon Schlimmeres gesehen«, lachte Ina.

»Eben, ich will verhindern, dass es schlimmer wird«, erwiderte Thiesfeldt, wechselte dann den Gesichtsausdruck.

»Sagen Sie, wem bin ich da gerade in der Tür begegnet? Die Dame habe ich schon mal irgendwo gesehen.«

»Das waren die Andresens, die Besitzer des Hauses. Also, dieser Pension und des zugehörigen Cafés.«

»Ach ... Herr und Frau Andresen?«

Ina hätte gerne eine flapsige Antwort gegeben, verkniff sie sich aber.

»So ist es. Herr und Frau Andresen.«

»Der Andresen, der hier beim Amt für ... na, das mit dem komplizierten Namen, Küstenschutz und so, arbeitet?«

»Korrekt. Er arbeitet dort, während seine Frau hier den Laden schmeißt. Ich geh mal den Tee holen, okay?«, Ina entschwand.

»Ja, danke«, murmelte Thiesfeldt, doch Ina hörte es schon nicht mehr. Thiesfeldt dachte nach. Ihm war etwas aufgefallen, konnte es allerdings im Moment mit nichts in Verbindung bringen. Dann war es wahrscheinlich belanglos. Er stand auf und nahm sich die neueste Ausgabe des Juister Strandloopers vor, der auf einem Nebentisch lag und der neben Veranstaltungshinweisen und wichtigen Informationen über die Insel einige sehr interessante Artikel zur Geschichte des Eilandes enthielt, die von Insulanern verfasst wurden, die dankenswerter Weise dafür sorgten, dass dieses Wissen nicht verloren ging. Thiesfeldt vertiefte sich in einen Beitrag zur Inselbahn, die es bis 1982 auf Juist gegeben hatte.

41

Tanja Itzenga und Ulfert Ulferts radelten gegen den Wind in Richtung des maroden Anwesens von Giesbert Focken. Es war ein besonderer Tag, es herrschte Ostwind. An den meisten Tagen des Jahres fuhr man auf Juist dem Wind entgegen, wenn man Richtung Westen unterwegs war. Auf dem Weg begegneten sie Sven Scheepker, der offenbar vom Flugplatz auf dem Weg ins Dorf war und sich über den Rückenwind freute.

»Moin Herr Scheepker«, rief Itzenga und hielt. Ulferts stoppte neben ihr und Scheepker schräg seitlich ebenfalls.

»Moin! So früh schon unterwegs?«, fragte Scheepker.

»Wir sind auf dem Weg zu Herrn Focken.«

»Gut so. Sagen Sie«, er beugte sich weiter zu ihnen, »stimmt es, dass die Kinder verdächtigt werden, Felthuis …«

»Wo haben Sie das denn her?«

»Man munkelt auf der Insel. Aber ich sage Ihnen: So junge Menschen, die bringen doch niemanden um.«

»Lassen Sie das mal unsere Sorge sein, Herr Scheepker«, erwiderte Ulferts. Leute, die besser Bescheid wussten als die Polizei, gab es allzu viele.

»Dass Sie dem Focken auf den Zahn fühlen, das ist richtig. Sie wissen ja, ich bin ihm in der Nacht begegnet.«

»Ja, wissen wir Herr Scheepker. Woher kommen Sie?«, wollte Itzenga wissen.

»Vom Flugplatz.«

»Ich dachte, dort ist wieder alles in Ordnung?«, erkundigte sich Ulferts.

»Denken ist gut, Kontrolle ist besser. Und von genau dieser Prüfung komme ich.«

»Und?«

»Alles einwandfrei.«

»Waren Sie eigentlich schon mal in dem Haus, in dem sich die Kinder, wie Sie sagen, immer treffen?«

»In der alten Bude? Nee, noch nie.«

»Tatsächlich?«

»Ich weiß doch wohl, wo ich schon mal war und wo nicht. Warum fragen Sie überhaupt?«

»Es gibt Anlass zu der Vermutung, aber das munkelt man sicherlich auch schon, dass Herr Felthuis nicht am Strand, sondern im sogenannten ›Future House‹ umgebracht worden ist.«

»Ich hörte davon, tatsächlich.«

»Dachte ich mir. Von wem?«

»Man munkelt …«

»Das Munkeln scheint hier eine beliebte Sache zu sein. Und?«

»Was meinen Sie?«

»Was haben Sie gehört?«

»Eben, dass Felthuis da ermordet wurde, also, möglicherweise.«

»Und Sie haben das Haus noch nie betreten?«

»Sagte ich doch.«

»Wir haben eine kriminaltechnische Untersuchung veranlasst.«

»Kann ich mir vorstellen.«

»Wir müssen dann auch weiter, Herr Scheepker.«

»Glauben Sie mir: Den Focken, den müssen Sie sich ganz genau ansehen. Anstatt unschuldige Bürger zu verdächtigen, sollten Sie den mal drankriegen.«

»Wir kriegen den dran, Herr Scheepker, der die Tat begangen hat. Und das in dem Moment, in dem wir Beweise haben, die unumstößlich sind.«

»Übrigens, sehen Sie mal«, Scheepker streckte seinen rechten Fuß aus.

»Und?«, Ulferts wusste nicht, worauf der Mann hinauswollte.

»Na, Sie haben mich doch nach der Schuhgröße gefragt. Ich habe Größe 42. Die Schuhe hier sind aber 43 ½. Sportschuhe, die fallen eben oft kleiner aus. Nur, dass Sie mich nicht demnächst drankriegen, weil ich eine Falschaussage gemacht hätte.« Scheepker setzte ein schelmisches Lächeln auf.

»Wir werden das natürlich berücksichtigen«, entgegnete Ulferts in einem Ton, der Scheepker zeigen sollte, dass der Kommissar verstanden hatte, dass man ihn gerade nicht ganz ernst nahm.

»Ja, ja, machen Sie mal«, rief Scheepker, denn er hatte sich auf seinen Sattel gesetzt und trat an.

»Blödmann«, urteilte Ulferts, als Scheepker ein Stück weit Richtung Dorf geradelt war.

»Er war jedenfalls nicht im ›Future House‹. Und Abdrücke seiner Größe waren nirgends zu finden, oder?«

»Das ging eher in Richtung 44. Es schienen auch sehr kleine dazwischen zu sein. Aber sie waren eh zu schlecht erhalten, unbrauchbar.«

»Also dann mal los.«

»Habe keine große Lust. Fockens Haus ist schrecklich.«

»Mir kommt auch schon das kalte Grausen.«

»Was nutzt es. Es gibt mindestens so viele Indizien, die für ihn sprechen, wie es solche für die Kiddies gibt.«

42

Ihr Entschluss stand fest. Wie gelähmt lag sie auf ihrem Bett, starrte an die Decke. Sie hörte die Silbermöwen schreien, die wegen der Flut keine Nahrung im Watt fanden und deshalb über die Dünen ins Dorf flogen, um kleinen Kindern das Eis aus der Hand zu reißen oder sich auf die beim Essen eines Krabbenbrötchens heruntergefallenen und von Remoulade klebenden Gliederfüßer zu stürzen. Fliegende Räuber, die auf dem Zaun der Terrasse darauf warteten, dass ein Gast den Tisch verließ und dabei ein bisschen vom Kuchen übrig blieb. Zur Krönung kackten sie während ihres Jagdfluges auf die Tischdecke. Mistviecher, dachte sie aus Sicht einer Restaurantbesitzerin. Mistkerl, dachte sie, als sie ihn vor ihrem inneren Auge sah. Sie schluchzte, fühlte den Kloß im Hals. Ein Klops, der immer dicker wurde. Er würde sie ersticken, auch das stand fest. Keine Luft mehr. Ohne Sauerstoff wäre es aus. Sie würde es nicht mehr lange ertragen, wenn nichts geschah. Eine Lösung musste her, eine Lösung. Aber sie hatte keinen Geistesblitz, niemand half ihr, kein Tipp, kein Rat. Nichts. Ins Nichts, dahin musste sie. Es wäre die sauberste Lösung.

43

»Warum haben Sie uns Ihren Besuch im ›Future House‹ verschwiegen, bei dem Sie auf Reemt Günter gestoßen sind?«

Giesbert Focken schreckte kurz auf, erwiderte jedoch nichts.

»Sie haben Reemt angegriffen, sich auf ihn gestürzt«, ergänzte Hauptkommissarin Itzenga.

Fockens Augen zuckten aufgeregt hin und her.

»Woher wollen Sie das wissen?«

»Reemt Günter selbst hat uns die Situation geschildert. Er kam unerwartet ins ›Future House‹ und hat Sie in dem Raum angetroffen, in dem möglicherweise Willi Felthuis umgebracht wurde.«

»Ich war nicht dort. Wie kommen Sie darauf?« Fockens Augen zuckten unruhig hin und her.

»Unter seinen Fingernägeln fanden sich haargenau die Teppichfusseln, die zum Teppich im Vorratsraum gehören. Er wird sie hineingekrallt haben. Die Stiche haben sicher höllische Schmerzen verursacht.«

Focken zuckte mit den Schultern.

»Erzählen Sie, was passiert ist, als Sie Reemt Günter trafen«, betonte Ulferts deutlich seine Worte, »weshalb sind Sie gewalttätig geworden?«

»Alles Quatsch. Gewalttätig … das hat der erfunden«, nuschelte Focken.

»Hat er nicht. An dem Pullover, den Reemt Günter anhatte, fanden sich Speichelreste von Ihnen. Er hatte Hämatome und Kratzer an den Armen. Das bestätigt, dass zeitweise ein enger Kontakt bestand, so, wie er entsteht, wenn man miteinander kämpft.«

»Das war kein Kampf.«

»Wie sollen wir es sonst nennen, wenn Sie sich wie ein Wilder auf einen jungen Mann stürzen?«

Focken schwieg.

»Wir sehen die Sache so: Vermutlich kamen Sie durch das Hallengebäude. Dort hat sich auch Herr Felthuis aufgehalten, warum, wird noch zu klären sein. Aber es lässt sich mittlerweile belegen. Sie treffen Felthuis, er macht sich erneut über Sie lustig, nimmt Sie nicht ernst. Sie werden wütend …«

Tanja Itzenga wartete kurz ab, ob Focken reagierte. Doch er zeigte keine Regung.

»… aber Felthuis provoziert Sie weiter, stichelt, verhöhnt Sie. Schließlich greifen Sie Felthuis an, so wie Sie auch Reemt Günter attackiert haben. Felthuis ist ein starker Mann, ist Ihnen überlegen, Sie sehen einen großen, alten Nagel in der Nähe, einen, wie ihn die Zimmerleute auf dem Bau verwenden, greifen ihn und stechen zu.«

Focken schwieg.

»Herr Focken, Sie sollten sich zu den Vorwürfen äußern, sonst nehmen wir an, dass sie der Wahrheit entsprechen«, sagte Ulferts.

»Ich muss nicht …«, begann Focken zögerlich. Es schien etwas in ihm vorzugehen, er haderte. Möglicherweise beeindruckten ihn die Fakten, die mittlerweile vorhanden waren.

»Sie können sich einen Anwalt nehmen«, klärte ihn die Hauptkommissarin auf.

Focken sah sie an, als sei sie eine Märchengestalt.

»Ich kenne keinen und will keinen Anwalt.«

»Dass Sie keinen kennen, ist nicht schlimm. Wenn wir Sie in Aurich vernehmen, wird Ihnen ein Pflichtverteidiger zugeordnet. Dass Sie keinen wollen, könnte Ihnen zum Nachteil gereichen.«

»Nach Aurich gehe ich nicht und einen Anwalt will ich nicht.«

»Sie werden nach Aurich mitkommen müssen, denn an der Untersuchungshaft geht gar kein Weg vorbei, wenn Sie sich weiterhin derart wenig kooperativ zeigen.«

Focken sah die Kommissare mit ausdruckslosem Blick an.

»Ich gehe nicht nach Aurich.«

»Es gibt eine ganze Batterie deutlicher Hinweise, dass Sie sich im ›Future House‹ aufgehalten haben. Ein Motiv haben Sie ebenfalls. Es bleiben Ihnen zwei Möglichkeiten: Sie geben den Mord an Willi Felthuis zu. Das könnte mildernd für die spätere Strafe sein. Wenn Sie es nicht waren, dann liefern Sie uns etwas, was das beweist. Ein Alibi wäre für Sie hilfreich«, Ulferts sah zu Tanja Itzenga. Die nahm den Faden auf.

»Herr Focken. Sie hatten große Wut auf Herrn Felthuis. Sie sahen bei einem Ihrer abendlichen Spaziergänge, dass er ins ›Future House‹ ging, unerwarteterweise. Es war derselbe Abend, an dem die Jugendlichen ihre nächsten Aktionen planen wollten. Da witterten Sie die Chance, mit Felthuis abzurechnen. Und wenn Sie es gut machten, würde man alles den Jugendlichen anhängen, denn niemand sonst nutzte das ›Future House‹. Sie haben sich in das Gebäude geschlichen und mit dem erstbesten spitzen Gegenstand zugestochen. Danach haben Sie sich aus dem Staub gemacht und die Jugendlichen blieben zurück. Und die hatten das Problem mit der Leiche. Niemand würde ihnen abnehmen, dass sie mit der Tat nichts zu tun haben. Damit haben Sie gerechnet.«

Focken schlug mit der Faust auf den Tisch.

»Ich stehe immer an erster Stelle, wenn etwas Schlechtes auf dieser gottverdammten Insel passiert. Immer, immer, immer«, purzelten plötzlich die Worte.

»Nein, so ist es nicht«, erwiderte Itzenga ruhig, aber bestimmt. Ulferts hatte sich indes hinter Focken gestellt für den Fall, dass er sich, wie bei der Begegnung mit Reemt, auf die Hauptkommissarin stürzen und sie womöglich verletzen würde. Doch die Furcht war unbegründet, er setzte sich wieder, atmete schwer.

»Warum fragen Sie nicht die Leute von der Umweltgruppe? Sie waren im Haus, also werden sie wissen, wie Felthuis zu Tode gekommen ist«, sagte Focken.

»Wir haben Sie bereits befragt. Sie behaupten ...«, doch Itzenga hielt inne. Was ging es Focken an, was die Jugendlichen sagten? Focken blickte erwartungsvoll auf die beiden Kommissare. Natürlich wollte er wissen, was die Umweltaktivisten behaupteten. Außerdem hielt er einen Joker in der Hand: Schließlich wusste er längst, was sich damals beim nächtlichen Treffen mit Reemt und Mirko auf dem Karren befunden hatte. Das konnte er anbringen, dann konnten sie ihm nichts anhängen.

»Leider darf ich Ihnen nichts dazu sagen«, wand sich die Hauptkommissarin heraus, Ulferts sprang ihr zur Seite.

»Die Mitglieder der Umweltgruppe hatten ihren Aktionsabend.« Ulferts erhob sich, schritt zum Küchenfenster und schob die vergilbte Gardine zur Seite.

»Na und?«, gab sich Focken gleichgültig.

»Nichts weiter. Dass proUmwelt vor Ort war, war doch supergünstig.«

»Da haben Sie sich schön etwas zurechtgelegt«, reagierte Focken.

»Sagen Sie uns, wenn es nicht so war.«

»Ist Herr Felthuis erstochen worden?«, fragte Focken.

Itzenga und Ulferts sahen sich kurz an. Konnte er derart scheinheilig sein?

»Das werden Sie am besten wissen«, erwiderte Itzenga.

»Woher denn?«, rief Focken, er wirkte mit einem Mal nervös.

»Wieso haben Sie ihn eigentlich gefesselt? Hatte er noch so viel Kraft, Ihnen gefährlich zu werden, nachdem Sie zugestochen haben? Er muss sich vor Schmerz in den Teppich gekrallt haben. Womöglich schrie er wie am Spieß, darum haben Sie ihn geknebelt. Überall sahen Sie Blut. Sie bekommen Panik und flüchten durch die Hintertür«, dramatisierte Itzenga die vermutete Sachlage, »kurze Zeit später finden die Jugendlichen Felthuis' Leiche. Sie wissen nicht, wieso er tot im ›Future House‹ liegt. Aber sie sind die Einzigen, von denen man weiß, dass sie dort sind.«

»Nein«, rief Focken, »seien Sie still!«

Tatsächlich sagte weder Itzenga, noch Ulferts etwas. In Focken arbeitete es, das war ihm anzumerken.

»Es ist viel wahrscheinlicher, dass sie ihn umgebracht haben, nicht ich«, stellte er fest. »Sie hatten auch oft Streit mit Felthuis.«

»Sie konnten glaubhaft machen, dass sie es nicht waren«, log Ulferts. Itzenga sah ihn verblüfft an.

»Wie das?«, fragte Focken.

»Wir sind nicht befugt, über die laufenden Ermittlungen Auskunft zu geben. Tatsache ist, dass Sie in Verdacht stehen, Felthuis ermordet zu haben. Die Spurensicherung lässt sich nicht foppen, Herr Focken. Und die Jugendlichen haben ein Alibi.«

»Sie waren an dem Abend dort, niemand sonst. Wer soll es ihnen gegeben haben?«

»Niemand sonst?«, Ulferts machte eine bedeutungsvolle Pause, »woher wissen Sie das so genau?«

Focken schwieg. Die Polizisten sahen den Mann auf dem Stuhl angestrengt nachdenkend, nervös, nach Lösungen suchend. Dann sackte Giesbert Focken mehr und mehr in sich zusammen. Er sah vor sich auf die mit allem möglichen Zeug vollgestellte Tischplatte. Woher wusste er das so genau? Wo er doch behauptete, nicht im ›Future House‹ gewesen zu sein?

»Ich sage Ihnen etwas«, trat er die Flucht nach vorn an. »Ich habe die Jungs gesehen, wie sie die Leiche weggeschafft haben. Ich habe Reemt und Mirko getroffen, als sie nachts im Dunklen den Handwagen zur Düne zogen. Zur Düne, Richtung Strand. Sie hatten ordentlich zu schuften. Mirko zog, Reemt schob. Der Wagen war sehr schwer zu bewegen, gerade durch den Puddelsand oben an der Düne. Sie sagten, sie hätten ihr Infomaterial auf dem Wagen. Poster und Flugblätter für den Klimaschutz, gegen die Verschmutzung und Verseuchung der Ozeane, das ganze Zeugs. Ich habe sie aber schon oft mit dem Wagen gesehen. Da hatten sie nie so schwer zu schieben und zu ziehen. Das Zeug wiegt doch nicht viel.«

Die Kommissare staunten, wie Focken reden konnte, wenn er wollte.

»Sie planten tatsächlich einen Stand am nächsten Morgen. Im Hafen …«, versuchte es Itzenga, doch Focken wirkte überlegen, als er sagte:

»Können Sie mir erklären, warum sie sich die Mühe machten, über die Düne und den Strand zu gehen? Der Hafen liegt an der Wattseite. Wenn ich einen schweren Wagen dabei habe, gehe ich über die Straße ins Dorf. Der Strand liegt an der anderen Seite der Insel. Warum sollten sie ihre Sachen über die Düne an den Strand und dann am nächsten Abgang erneut über die Düne zurück ins Dorf schieben, wenn sie einen viel kürzeren, einfachen Weg über die Straße gehen konnten?«

Der Gedanke war nicht neu, aber Focken hatte die richtigen Schlüsse gezogen.

»Haben Sie Felthuis auf dem Wagen gesehen?«

»Sie hatten alles mit einer Plane abgedeckt. Aber denken konnte ich es mir.«

»Nein. Sie wussten, dass Felthuis tot war«, rief Ulferts. »Weil Sie ihn vorher umgebracht haben. Sie waren nur schon abgehauen, bevor die Jugendlichen das Haus betraten und die Leiche fanden. Die sind in Panik geraten und wollten die Leiche wegschaffen.«

So könnte das, was Reemt ausgesagt hatte, tatsächlich zutreffen. Sie hatten Felthuis gefunden, aber umgebracht hatten sie ihn nicht.

»So war es nicht.«

»Solange Sie uns nichts Besseres liefern, müssen wir das annehmen.«

»Ich war es nicht.« Das klang, als käme es von einem kleinen Kind, dem nichts mehr einfiel, um den Diebstahl der Schokolade aus dem Küchenschrank zu leugnen.

»Reemt Günter hatte, als er Sie sah, richtig vermutet. Sie wollten im ›Future House‹ Spuren verwischen, hatten irgendetwas vergessen. Jedenfalls mussten Sie noch einmal nachschauen, ob etwas auf Ihre Anwesenheit hinwies. Da haben Sie sich auf ihn gestürzt und wollten ihn …«

»Ich kann Ihnen auch etwas sagen«, unterbrach Focken die Hauptkommissarin, »ich habe gesehen, wie Felthuis zum Haus fuhr und es vom Hintereingang betrat. Woher auch immer er einen Schlüssel hatte, aber er war der mächtigste Mann im Dorf, er konnte alles und durfte anscheinend alles. Ich bin zum Haus gelaufen, wollte wissen, was zwischen ihm und den Jugendlichen abgeht. Habe durch die Scheiben geguckt. Ich konnte aber nicht alles sehen, habe mich ins Haus geschlichen. Als ich die Halle und dann den Abstellraum betrat, lag er schon da. Blutend, wahrscheinlich schon tot.«

»Also wollen Sie behaupten, dass es einer von den Jugendlichen getan hat? Haben Sie gesehen, wer als Erster kam?«

»Nein.«

Focken rieb sich die Augen, wirkte müde.

»Ich glaube Ihnen nicht, Herr Focken. Die Jugendlichen kamen allem Anschein nach erst später.«

»Allem Anschein nach … Vielleicht habe ich keine Beweise. Aber Sie haben auch keine«, flüsterte er.

»Sie können doch nicht wollen, dass Ihre Tat den Jugendlichen in die Schuhe geschoben wird. Oder ist es das, was Sie beabsichtigen?«, Tanja Itzenga versuchte den Appell an sein Gewissen.

»Ich war es nicht.«

»Wer denn dann, verdammt noch mal? Busebeller?«, schnaubte Ulferts.

»Busebeller erschreckt die Kinder und nimmt sie mit, wenn sie zu böse sind. Aber er bringt keine erwachsenen Menschen um.«

»Jetzt wird's mir zu blöd«, resignierte Ulferts und sah ungeduldig zu Tanja Itzenga, die keine Ahnung hatte, wer oder was Busebeller war. Aber Focken schien Bescheid zu wissen.

»Ich denke nicht, dass wir es gut lassen sein sollten. Die Hinweise reichen, um Sie mit auf die Wache ins Dorf zu nehmen«, resümierte sie.

»Glaube ich nicht«, betonte Focken.

»Sie schätzen Ihre Lage falsch ein. Halten Sie sich zur Verfügung, Herr Focken. Und dann geht es nach Aurich«, wollte Itzenga die quälende Befragung beenden. Sie erhob sich, Ulferts tat es ihr gleich.

»Wiedersehen, möglicherweise schon sehr bald«, sagte Itzenga, während Giesbert Focken mit leerem Blick zur Haustür starrte, als wolle er damit sagen: Nun geht schon, geht endlich!

Die Kommissare verließen das Haus, ohne das Focken sie verabschiedet hätte.

»Was ist Busebeller?«, fragte Tanja Itzenga nach einer Weile.

»Du kennst Busebeller nicht?«, fragte Ulferts belustigt.

»Nein, sollte ich?«

»Vielleicht steht er gerade hinter dir, pass bloß auf!«, meinte Ulferts.

»Nun erklär es mir schon.«

»Du bist halt keine echte Ostfriesin, Tanja. Jeder hier kennt ihn. Busebeller ist eine Sagengestalt, ein Kinderschreck. Busebeller wurde, und wird wahrscheinlich immer noch, von genervten Eltern eingesetzt, um ihrem Nachwuchs zu drohen, wenn der nicht so will, wie sie wollen. Eltern drohen ihnen dann, dass Busebeller sie holen würde, wenn sie nicht gehorchten. Und Busebeller fraß auch hin und wieder ein Kind, das nicht das tat, was die Eltern wollten. So die Drohung. Der pädagogische Wert dieser Figur dürfte allerdings umstritten sein.«

»So böse hört sich das gar nicht an, Busebeller.«

»Sag das nicht. Busebeller ist mit großer Vorsicht zu genießen«, antwortete Ulferts und schmunzelte. Dann radelten sie eine ganze Weile schweigend weiter.

44

»Mirko hat gezogen, Reemt geschoben. Sie mussten sich ziemlich abmühen, den Handwagen über die Düne und bis zur Wasserkante zu bewegen.«

»Was haben sie dann gemacht?«, blieb Tanja Itzenga ganz bei der Sache.

»Wir …«, begann Ina, stockte jedoch. Sie sah zu Malte, der nicht den Anschein machte, etwas sagen zu wollen. Es hatte Ina sehr viel Anstrengung gekostet, ihn davon zu überzeugen, zur Polizei zu gehen, »… wir konnten nichts deutlich erkennen, es war ja dunkel, zwar sah man Umrisse, aber mehr nicht.«

»Wieso wart ihr überhaupt um die Zeit dort hinten?«, erkundigte sich Ulferts und fügte an: »Oder muss ich Sie sagen?«

»Nein, Du ist schon okay.«

»Also?«

Für Tanja Itzenga war das keine Frage, wenn sie die beiden jungen Menschen so vor sich sah. Aber Ulferts war bei manchen Dingen eben ein wenig langsam. Oder wollte er auf etwas anderes hinaus?

»Warum? Also …«, stammelte Ina. Wieder sah sie Malte an. Konnte der nicht auch mal den Mund aufmachen? Aber er hatte angekündigt zu schweigen. Seine Freunde Reemt und Mirko würde er nicht verpfeifen.

»Mann, weder Ina noch ich haben einen ruhigen Platz. Unsere winzigen Zimmer lassen kaum etwas zu … Da hinten im Dünental ist es einsam und …«, äußerte er sich zu diesem Thema deutlich.

»Okay, schon verstanden. Ist saukalt, oder?«

Ulferts!, dachte Itzenga.

»Dagegen kann man ja was tun«, Malte zwinkerte Ulferts zu und Ina lächelte verschämt.

»Nun mal zurück zum Thema«, mahnte Itzenga, »hattet ihr auch Zoff mit Herrn Felthuis?« fragte Ulferts.

Ina und Malte sahen den Kommissar verdutzt an.

»Wir, wieso?«

»In der Tatnacht schwirrten erstaunlich viele Menschen östlich des Dorfes herum. Jetzt kommt ihr noch dazu.«

Malte schluckte, richtete sich auf.

»Das ist nicht fair. Reemt und Mirko sind die einzigen Freunde, die ich auf Juist habe. Wenn Ina nicht wäre, hätte ich das, was wir gesehen haben, für mich behalten, ehrlich. Ich will die beiden nicht in die Pfanne hauen, was auch immer sie da getrieben haben. Ich bin mir übrigens sicher, dass sie Felthuis nicht umgebracht haben. Aber uns nun zu verdächtigen, ist nicht nett. Ina dachte, es wäre wichtig für Sie zu wissen, dass wir die beiden mit der Karre gesehen haben. Sie hat mich so lange bequatscht, bis ich nachgegeben habe«, Malte erntete einen bösen Blick von Ina, »und deshalb sind wir hierhergekommen. Wir hatten im Dünental ganz andere Dinge vor.«

»Das kann ich mir denken«, rutschte es Ulferts heraus.

»Ja, du hast recht«, räumte Itzenga ein, »ist schon richtig, dass ihr zu uns gekommen seid. Es bestätigt im Übrigen, was wir bereits wissen.«

»Ach nee?«, Malte ärgerte sich. Er hatte Ina von dem Plan, zur Polizei zu gehen, abbringen wollen. Am Ende kamen sie selbst in die Bredouille.

»Die Leute von der Umweltgruppe haben es uns erzählt.«

»Sie haben gesagt, dass sie Felthuis … auf dem Wagen hatten? Den toten Felthuis?«

Ina und Malte schauten die Hauptkommissarin entgeistert an. Dass die Polizistin ihre vage Vermutung bestätigen würde und dass Reemt und Mirko das offenbar selbst erzählt hatten, erstaunte sie sehr.

»War es tatsächlich Felthuis, ich meine, auf dem Wagen?«, war Ina neugierig.

»Das ist wohl so.«

»Heißt dass …«, Malte stockte. Hatten Reemt und Mirko doch Scheiß gebaut?

»Das heißt im Moment noch nichts.«

»Wenn sie es waren, ich meine, müssen sie ins Gefängnis?«, wollte Malte wissen.

»Mal langsam«, sagte Tanja Itzenga, »ins Gefängnis kommt man, wenn man überführt ist. Wir stecken noch mitten in den Ermittlungen. Und dass ihr gekommen seid, war eine gute Idee. Danke dafür, es ist wichtig, dass wir das Geschehen mit eurer Aussage untermauern können. Habt ihr noch etwas beobachtet? Ihr wart schließlich auf einem wichtigen Beobachtungsposten, wenn man so will.«

Ina und Malte blickten sich an, schüttelten gleichzeitig verneinend die Köpfe.

»Sonst gibt's nichts, nein.«

»Gut, dann haben wir das im Protokoll.«

»Was denken Sie denn? Waren sie es?«, versuchte es Ina nochmals, mehr zu erfahren.

»Kein Kommentar. Wir müssen noch Puzzleteile zusammensetzen, vorher gilt für alle die Unschuldsannahme.«

»Super, ich muss schnell ins Café«, wechselte Ina abrupt das Thema, dabei auf ihre Uhr schauend.

»Und ich zum Nationalpark-Haus«, fügte Malte an.

Die beiden jungen Leute erhoben sich, gaben den Kommissaren die Hand und verabschiedeten sich.

»Dünental – und das im Herbst«, murmelte Ulferts.

»Wenn es der einzige Platz ist«, erwiderte Itzenga.

»Kalt, windig, sandig.«

»Es gibt Momente im Leben, da ist so etwas egal, Ulfert. Weil anderes viel wichtiger ist.«

45

Lasse Thiesfeldt kam den beiden Kommissaren auf dem befestigten Weg auf der Deichkrone entgegen. Vertieft in das Puzzle um die Ermordung von Willi Felthuis, hatten sie ihn gar nicht bemerkt.

»Moin, Frau Itzenga, Herr Ulferts!«

»Ach, Moin Herr Thiesfeldt«, schreckte Tanja Itzenga aus ihrem intensiven Gespräch auf.

»Herrliches Wetter, nicht wahr? Juist zeigt sich mal wieder von seiner besten Seite.«

»Ja, es ist wunderbar«, bestätigte Itzenga, dabei nach oben sehend, als habe sie es noch gar nicht bemerkt.

»Gestern war das ja anders, so viele Schauer. Da habe ich mich mal im Inselmuseum im Loog umgesehen. Lohnt sich sehr. Man wird freundlich vom Leiter des Museums empfangen und bekommt sachkundig jede gewünschte Auskunft zur Insel. Der Mann weiß Bescheid, sage ich Ihnen. Hat mir noch ein, zwei Buchempfehlungen gegeben. Da bin ich gleich in die kleine, nette Buchhandlung im Dorf und habe exzellente Beratung bekommen. Über das gute, alte Buch, das man in Händen hält, geht eben nichts.« Tanja Itzenga hätte sich auch gern ein gutes Buch gekauft und sich in einen Strandkorb gesetzt oder wäre der Inselgeschichte im Museum auf den Grund gegangen. Im Augenblick hatte sie jedoch weder Auge noch Ohr für solche Dinge.

»Bitte missverstehen Sie mich nicht«, bemühte sie sich, Thiesfeldt freundlich, aber bestimmt darauf aufmerksam zu machen, dass ihr momentan andere Dinge im Kopf herumschwirrten. »Wir sind möglicherweise ziemlich nah an der Lösung des Falles und wie Sie wissen, muss man die Zeit nutzen, damit nicht noch Spuren verwischt oder Absprachen getroffen werden. Apropos, danke nochmals, dass Sie den Job des Spitzels übernommen haben.«

»Spitzel? Na ja. Ich habe ja nichts feststellen oder liefern können.«

»Offenbar gab es auch kein Treffen der Gruppe, bevor wir sie vorgeladen haben. Wir denken intensiv über die Sache nach und haben gleich noch ein Gespräch«, sagte Tanja Itzenga, überzeugt, dass sie und Ulferts den Fall bald gelöst haben würden. Focken oder ein Mitglied von pro-Umwelt, das waren gegenwärtig die wahrscheinlichsten Varianten. Ein Geständnis zu erhalten wäre nicht zuletzt von ihrem Geschick bei den kommenden Verhören abhängig. Reemt war beim letzten Mal reichlich ins Schleudern geraten.

»Ich weiß, dass ich ungelegen komme. Aber ich werde einen Gedanken nicht los«, wollte Thiesfeldt den Verdacht der Kommissare aus der Welt schaffen, nur ein wenig nett plaudern zu wollen.

»Hat Ihr Gedanke irgendetwas mit Felthuis' Tod zu tun?«

»Das weiß ich nicht, halte es aber auch nicht für unmöglich.«

Immerhin, dachte Tanja Itzenga und forderte Thiesfeldt auf zu erzählen.

»Dann schießen Sie mal los.«

»Sie sagen, Sie hätten den Mörder bald?« Thiesfeldt wollte versuchen mehr zu erfahren, bevor er mit dem, was ihn beschäftigte, herauskam.

»Es gibt Kandidaten, die mittlerweile ein paar Punkte mehr gesammelt haben als andere. Was wollten Sie uns erzählen, Herr Thiesfeldt?«

»Ich habe eine Zeit lang gar nicht, aufgrund einiger Bilder dann jedoch erneut darüber nachgedacht. Es liegt ein wenig zurück und geht mir nicht mehr aus dem Kopf. Sehen Sie, wenn ich einen neuen Ort besuche, so wie dieses wunderschöne Eiland, dann nehme ich ständig neue Wege, um so viel wie möglich zu sehen. Ich möchte die Insel kennenlernen. Und manchmal findet man die schönsten Dinge in den verborgensten Ecken.«

»Ja, das mag wohl so sein.« Itzenga ging höflich auf Thiesfeldts Äußerungen ein. Zauberhafte, schöne und verborgene Ecken gab es auf Juist viele. Aber jetzt ging es um Mord.

»Was wollten Sie Zweckdienliches sagen?«, warf Ulferts ein, um rasch zum Ende zu kommen.

»Sie haben alles andere als Lust, als sich gerade jetzt über die wunderschöne Insel auszulassen. Das verstehe ich. Also, als ich einen der kleinen Pads ging, im Dorf, sah ich, es war nur ein Augenblick, an der Rückseite von Andresens Café einen Mann und eine Frau, die sich drückten, kurz nur, und sich dann küssten.«

»Das scheint mir nicht besonders spektakulär«, neckte Ulferts.

»Vielleicht doch. Ich habe nachgedacht. Die Szene spielte sich vor dem Mord an Felthuis ab, einen Tag später wurde er am Strand tot gefunden.«

»Was soll das eine mit dem anderen zu tun haben?«

»Sie küssten sich auf den Mund.«

»Bitte, Herr Thiesfeldt, das kann doch nicht Ihr Ernst sein …«

»Warten Sie! Mir ging erst im Nachhinein ein Licht auf. Die Frau, die diesen Mann geküsst hat, war Frau Andresen.«

»Sie wird sich von ihrem Mann verabschiedet haben. Der ist ständig auf der Insel unterwegs, wenn er nicht in seinem Büro sitzt. Ich kann nichts Ungewöhnliches daran entdecken«, wurde Itzenga ungeduldig.

»Und genau das ist es. Ich habe mir die Szene erst später vor Augen geführt. Als ich im Café der Andresens Tee getrunken habe, serviert von dieser reizenden jungen Dame, Ina, sah ich Andresens erstmals zusammen, ihn und sie. Sie verließen gerade das Café. Ina hat es mir gesagt, dass es die Besitzer des schnuckeligen Hauses sind.«

»Ich weiß nicht, worauf Sie hinauswollen.«

»Noch einmal: Als ich Tee trank, verließ laut Ina das Ehepaar Andresen das Café. Der Mann aber, den Frau Andresen geküsst hat, hinterm Haus verborgen, das war nicht Herr Andresen.«

»Oh, sieh an«, frotzelte Ulferts, »sind Sie womöglich einem heimlichen Inselverhältnis auf die Spur gekommen?«

Thiesfeldt blieb ernst.

»Das könnte sein, einem pikanten womöglich. Interessant wurde es nämlich, als ich die Bilder im Hotel des Ermordeten an der Wand im Hotel Felthuis habe hängen sehen. Er ist ja des Öfteren darauf zu sehen, als Insulaner mit wichtigen Funktionen. Nachdem ich diese Bilder gesehen habe, war ich mir sicher, dass Frau Andresen nicht ihren Mann geküsst hat.«

»Wollen Sie damit sagen …?«

»Sie hat Willi Felthuis geküsst. Umarmt und geküsst.«

Tanja Itzenga sah Thiesfeldt verblüfft an.

»Frau Andresen hat Felthuis geküsst?«, murmelte sie, »es könnte eine freundschaftliche Verabschiedung gewesen sein.«

»Still und heimlich, hinterm Haus? Es sah sehr innig aus.«

»Es könnte dennoch …«

»Für mich sah es nicht so aus, wirklich nicht, liebe Kollegen.«

»Das wäre ja harter Tobak«, staunte Ulferts, »ein heimliches Verhältnis?«

»Liebesverhältnisse haben die typische Eigenschaft, heimlich zu sein, oder? Herr Thiesfeldt, sind Sie sicher, dass es die beiden waren, nicht Herr Andresen?«, hakte Itzenga nach.

»Mittlerweile ganz sicher!«

»Mittlerweile?«

»Ich konnte es ja selbst nicht glauben. Aber ich hatte die Fotos gesehen, dachte an diese Szene. Und als Ina mir bestätigte, die beiden Personen, die das Café verließen, seien Andresens, da wusste ich, dass es Frau Andresen und Herr Felthuis waren. Da habe ich erst begriffen, dass ich den am nächsten Tag Toten tatsächlich lebend gesehen hatte.«

»Ein freundschaftlicher Kuss vielleicht, Felthuis war oft und überall unterwegs, man kennt sich auf der Insel.«

»Es war ein festes Umarmen und ein langer Kuss, auf den Mund. Nicht so in der Art Küsschen, Küsschen«, Thiesfeldt versuchte, das eher für den Süden typische Verhalten der Menschen nachzuahmen, die sich unter Freunden begrüßten.

»Ich musste an meine verstorbene Frau denken, deshalb habe ich mir die Szene angeschaut, war im Grunde gedanklich weit weg. Deshalb bin ich auch erst später darauf gekommen.«

Tanja Itzenga dachte angestrengt nach.

»Das war wann?«, fragte Itzenga.

»Einen Tag vor dem Tod von Felthuis.«

»Würden Sie das zu Protokoll geben, Herr Thiesfeldt?«

»Würde ich. Ich habe lange genug darüber nachgedacht.«

Thiesfeldt konnte sich vorstellen, was in den beiden Kollegen vor sich ging. Er hatte sich nicht einmischen wollen. Aber der Schluss war leicht: Klaus Andresen hätte doppelt Anlass gehabt, Felthuis aus dem Weg zu schaffen, vorausgesetzt, er wusste von dem Verhältnis.

»Vielleicht ist es von Belang«, Thiesfeldt lachte, »und jetzt bin ich schon weg. Tschüss. Wenn ich Ihnen sonst behilflich sein kann, lassen Sie es mich wissen. Und wenn Sie den Fall gelöst haben, vielleicht finden wir noch eine Gelegenheit, ein Glas Wein gemeinsam zu trinken? Obwohl die Gefahr groß ist, dass wir uns ausschließlich über Mord und Totschlag unterhalten.«

Die Hauptkommissarin nickte Thiesfeldt, der sich davonmachte, hinterher. Sie schüttelte den Kopf, als würden sich so ihre Gedanken besser ordnen.

»Was hat das zu bedeuten?«, überlegte Ulferts, »bislang haben wir nichts in dieser Hinsicht gehört oder gesehen.«

»Oder auch nur geahnt. Aber dass Thiesfeldt der Erste auf dieser Insel ist, der davon weiß, kann ich mir nicht vorstellen. Wenn der Schluss, dass es ein Verhältnis ist, überhaupt stimmt. Himmel, die Andresens und das Ehepaar Felthuis kennen sich seit Ewigkeiten, oder?«, erwiderte Itzenga.

»Na ja, küssen und küssen können schon zwei Paar Schuhe sein. Aber wie will er so genau gesehen haben, dass es ein derart inniger Kuss war? Wir sollten es nicht überbewerten, zumal alle konkreten Hinweise, die wir bezüglich des Todes von Felthuis mittlerweile haben, mit den Jugendlichen von proUmwelt oder Focken zu tun haben. Ich glaube, Thiesfeldt ist doch ein Wichtigtuer, sagte ich ja schon. Der erste Eindruck täuscht nicht.«

»Du magst ihn nicht. Wir sollten das im Auge behalten.«

»Er soll uns in Ruhe arbeiten lassen.«

Itzenga dachte nach.

»Vielleicht gibt es eine einfache, ganz andere Erklärung für das Verhalten von Gerda Andresen und Felthuis.«

»Am Ende hat er sich doch versehen, und es war Klaus Andresen selbst.«

»Wer weiß, er ist ja gerade mal ein paar Tage auf der Insel.«

»Eben«, sah Ulferts das Thema bereits vom Tisch.

»Es hätte doch auch sonst Hinweise geben müssen. Von Jutta Wenzel zum Beispiel, die bekommt doch alles mit. Sven Scheepker, auch so einer, der seine Ohren überall hat.«

»Ach Tanja, vielleicht ist es auch auf einer Insel nicht anders als im Rest der Welt? Über gewisse Dinge legt man den Mantel des Schweigens, weil sie nicht in das Bild passen, weil die Tatsachen es womöglich zerstören würden, gerade, wenn es vermeintlich sehr positiv ist«, vermutete Ulferts.

»Aber so gar nichts, von niemanden?«

»Erstens sind wir auch noch nicht lange hier und haben noch nicht alles mitbekommen. Zweitens, und viel wahrscheinlicher, sage ich: Es gibt Dinge, über die spricht man nicht.«

Tanja Itzenga nickte. Peinliches peinlich sein lassen und totschweigen? Böses begraben, niemals darüber reden?

»Hat Jensen irgendetwas gefunden, was Hinweise auf Andresen gibt?«

»Ich muss ihn fragen, Andresen hatten wir bisher nicht auf der Liste der Besucher im ›Future House‹.«

Itzenga musste ihre Gedanken sortieren, Ulferts ging es nicht anders. Schweigend folgten sie dem gepflasterten Weg auf der Deichkrone, als fünf Austernfischer mit lautem Keifen über sie hinwegflogen, als lachten sie die beiden Kommissare aus, die sich von plausiblen Erklärungsmodellen zum Fall plötzlich zu entfernen schienen. Dass ihr in diesem Augenblick ein Spruch des britischen Dramatikers Tom Stoppard einfiel, erinnerte sie an die polizeiliche Binsenweisheit, dass man einen Fall immer wieder von Neuem und aus allen Perspektiven betrachten musste: Jeder Ausgang ist ein Eingang irgendwo.

46

»Mario, du bist reichlich spät«, Jutta Wenzel war unruhig. Mario Bartmann war zehn Minuten in Verzug.

»Habe noch Leute getroffen«, erwiderte der Koch.

»Immer am Schnacken. Was denn für Leute?«

»Die von proUmwelt. Sie stehen am Hafen und wettern gegen die Vermüllung der Weltmeere. Sie haben ein neues Plakat. Es dokumentiert, wie der Meeresspiegel ansteigen wird, wenn die Erderwärmung weitergeht wie bisher. Daraus kann man auf die Deicherhöhungen schließen oder darauf, welche Inseln und Küstenbereiche demnächst ernsthafte Probleme bekommen.«

»Ich verstehe nur Bahnhof«, erwiderte Jutta Wenzel.

»Zunehmende Temperaturen und Meeresspiegelanstieg hängen eng zusammen, Jutta. Also müssen die Deiche erhöht werden, wenn nichts passiert.«

»Was sollte passieren?«

»Mann, Jutta. CO_2-Ausstoß verringern, zum Beispiel. Aber CO_2 ist nur eines der Gase, die den Treibhauseffekt verstärken. Das geht nur, wenn wir weniger Autos mit Verbrennungsmotoren fahren, weniger Kohle zur Energieerzeugung einsetzen …«

»In Eemshaven wurde doch ein neues Kohlekraftwerk in Betrieb genommen, das können wir von Juist aus sehen.«

»Eben. Ein Wahnsinn ist das. Man kann nur hoffen, dass die Politiker zur Vernunft kommen.«

»Unser Chef gehörte ja nicht gerade dazu.«

»Man sagt, dass das Nordseewasser bei mehr als zwei

Grad durchschnittlicher Erwärmung nicht nur bei Sturmflut über den Deich schwappt.«

»Kann ich mir nicht vorstellen, wird schon nicht so schlimm werden. Bisher ist es auch immer gut gegangen.«

»So darf man nicht denken, Jutta. Es geht um die Zukunft der Inseln und der Küsten, meine Liebe.«

»Mann, wie heroisch du das sagst. Warten wir's ab. Ich habe im Moment ganz andere Sorgen.«

»Und zwar?«

»Denkst du daran, dass das Restaurant gleich öffnet? Wir sind spät dran. Und Frau Felthuis hat uns gebeten zu öffnen. Sie sei noch krank. Wir können aber nicht öffnen.«

»Jetzt versteh ich nur Bahnhof. Du hast sie gesprochen?«

»Nur auf dem Handy.«

»Ist es wegen ihres Mannes?«

»Nee, sie hat heute keinen Bock. Mann, Mario, bist du schwerfällig? Glaubst du, sie wäre nicht bei der Arbeit und würde den Laden wie immer schmeißen, wenn sie gesund wäre, wenn es ihr gut ginge?«

Nein, glaubte Mario Bartmann nicht. Er spürte Juttas Angespanntheit. Wenn sie heute Abend zu zweit das Restaurant managen sollten und Jutta zusätzliche Aufgaben im Hotel übernehmen musste, weil Frederike Felthuis ausfiel, während er in der Küche zu tun hatte, dann würde es für sie ein wesentlich anstrengenderer Tagesausgang werden als erwartet.

»Ich hätte noch lange mit den Jugendlichen weiterquatschen können. Die Fähre ist heute später dran, wegen des Ostwindes ist im Moment wenig Wasser, da können sie nicht abkürzen und schippern ganz langsam übers Watt. Sind auch nur zwei Jachten angekommen.«

»Da haben wir nämlich den Salat, weswegen wir gar nicht öffnen können, ob mit oder ohne Frau Felthuis. Die Ware ist nicht gekommen. Ich war am Hafen. Es ist nichts eingetroffen, kein Fleisch, kein Gemüse, keine Getränke, nüschte. Ich glaube, die Chefin hat gar nicht bestellt. Im Kühlhaus am Hafen ist nichts für uns gelagert. Und unsere Küche gibt kaum noch etwas her. Wie willst du etwas zum Essen vorbereiten?«

»Bullshit! Aus wenig kann man nicht viel machen.«

»Frau Felthuis hat keine Bestellung aufgegeben. Ich habe nichts in der Hinsicht gesehen. Das gab es noch nie.«

»Hast du sie deswegen gefragt?«

»Ich hatte mir ihr gesprochen, als sie sagte, wir sollen öffnen. Dann habe ich in der Küche nach der Bestellliste gesucht und sie nicht gefunden. Ich habe es noch einmal bei der Chefin versucht. Sie ging aber nicht mehr ran.«

»Dann brauchen wir gar nicht öffnen.«

»Ah, der Herr Oberkoch hat kapiert. Aber das geht doch nicht.«

»Ich kann den Leuten schlecht ein Butterbrot mit Käse anbieten. Wann hast du sie zum letzten Mal gesehen?«

»Als ich kam, habe ich noch drei Zimmer fertig gemacht, da schlurfte sie über den Flur, so gegen 13 Uhr. Sie zuckelte zur Wohnungstür. So habe ich sie noch nie gesehen. Wie eine alte Frau, langsam, leicht nach vorn gebeugt. Ganz komisch. Als sei sie in wenigen Stunden 20 Jahre älter geworden. Ich glaube, sie schwankte auch, wie besoffen. Aber die trinkt doch nichts. Ich habe sie auf die fehlende Lieferung angesprochen. Da fauchte sie mich an: Sie sei krank, ihr Mann sei ermordet worden, das müsse ich doch verstehen. Und wieso sie immer alles allein machen müsse. Wir wären doch wohl alt genug, das mal zu übernehmen.«

»Kein Problem, wir können das machen, man muss es nur wissen«, empörte sich Bartmann.

»Sie stand völlig neben sich.«

»So ist sie sonst nicht«, war der Koch gleichermaßen erstaunt wie zornig, weil er die Bestellung ja gemacht hätte, aber selbstverständlich nur nach ausdrücklichem Auftrag von Frederike Felthuis.

»Zuerst dachte ich ja, der Tod ihres Mannes geht ihr fast am Arsch vorbei, und jetzt wird es von Stunde zu Stunde schlimmer mit ihr.«

»Die ist total depressiv. Im Bademantel war sie unterwegs.«

»Im Bademantel?«

Bartmann wusste, dass auch das etwas Besonderes war. Frederike Felthuis achtete sehr auf ihr Äußeres, bevor sie in die Öffentlichkeit ging. Im Restaurant gab sie stets die gut gekleidete, charmante Chefin, immer für ein paar Worte zu haben. Sie hatte den Laden seit jeher im Griff. Nichts geschah im Hause, ohne dass sie es wusste. Und jetzt war es ihr plötzlich egal? Und warum sollte das Restaurant öffnen, wo sie doch wissen musste, dass sie gar keine Bestellung aufgegeben hatte?

»Das bedeutet nichts Gutes, Jutta«, bewertete Bartmann die Lage.

»Nein, mir gefällt das ganz und gar nicht.«

»Wir sollten nachsehen, wie es ihr geht«, empfahl Bartmann.

»Daran habe ich auch schon gedacht.«

»Jetzt ist es 18.30 Uhr. Mann, um 19.30 Uhr müssten wir öffnen. Haben wir Reservierungen?«

»Nur drei heute.«

»Sag ab. Wo ist sie?«

»Ich vermute, in ihrer Wohnung. Dorthin trödelte sie, als sie mir so schräg kam. Seitdem habe ich sie nicht mehr gesehen, und ich war den halben Tag hier.«

»Hast du mal geklopft?«

»Habe mich nicht getraut, nachdem sie so … so gereizt reagierte, als ich sie auf die fehlende Ware hinwies.«

»Vielleicht braucht sie Hilfe?«

Jutta Wenzel nickte. Sie war froh, dass ihr Kollege endlich da war.

Der Koch machte sich auf den Weg zur Wohnung der Felthuis. Die Wohnung befand sich im Hotelkomplex.

Mario Bartmann und Jutta Wenzel erreichten die Wohnungstür. Eine Klingel gab es nicht, Frederike Felthuis hatte immer auf das erste Klopfen reagiert, wenn es etwas Wichtiges zu besprechen gab. Der Koch klopfte. Nichts. Er versuchte es abermals, stärker. Wieder nichts.

»Die muss doch da drin sein«, flüsterte er Jutta Wenzel zu. Er schlug mit der Faust gegen die Tür. Keinerlei Reaktion. Vorsichtig drückte er die Klinke herunter. Die Tür war verschlossen.

»Frau Felthuis, Mario Bartmann hier. Ich habe eine dringende Frage wegen der Küche heute!«, rief er laut hörbar. Doch aus der Wohnung kam keine Antwort, die Tür blieb geschlossen.

Jutta Wenzel trat neben ihren Kollegen.

»Und jetzt?«

»Da tut sich nichts.«

»Ich habe so ein ungutes Gefühl, Mario.«

»Ist sie wirklich zu Hause?«

»Sie wird nicht im Bademantel über die Insel spazieren.«

»Langsam wird's mir mulmig. Oder war sie vielleicht betrunken? Vielleicht hat sie sich den Schmerz wegsaufen wollen?«

»Frau Felthuis? Kann ich mir beim besten Willen nicht vorstellen. Vielleicht braucht sie aber gerade dann unsere Hilfe? Sie hat sonst nie getrunken, wer weiß …«

»Was sollen wir tun?«

»Kannst du die Tür nicht öffnen?«

»Die sieht nicht besonders stabil aus.«

Ohne eine Antwort von Jutta Wenzel abzuwarten, trat er zwei Schritte zurück und warf sich mit der ganzen Wucht seines großen, kräftigen Körpers gegen die Tür. Die leistete Widerstand, aber ein deutliches Knacken verriet ihm, dass der erste Schritt getan war.

Er nahm erneut Anlauf und schmiss sich nun mit der anderen Schulter an die Tür. Das Schloss brach heraus, die Tür stand offen.

»Geht doch«, murmelte Bartmann und trat ein.

»Frau Felthuis?«, rief er. Jutta Wenzel folgte ihm behutsam.

Bartmann ging in die Küche, ins Wohnzimmer. Hier stapelten sich Papiere. Anschließend suchte er das Schlafzimmer auf.

»Wusste ich's doch!«, rief er und Jutta Wenzel stürzte hinter ihm her.

Frederike Felthuis lag auf ihrem Bett und schlief. Auf dem Nachttisch stand eine leere Flasche Chantré neben einer halb vollen Flasche Rotwein.

»Bah, mit so einem Zeug …«, sagte Bartmann, doch Wenzel stieß einen Schrei aus.

»Oh Gott, sieh mal!«, rief sie entsetzt.

Vor dem Bett, unterhalb des Nachttisches, lagen mehrere Tablettenschachteln, die meisten Blister durchgedrückt.

Bartmann fackelte nicht lange, riss sein Handy aus der Hosentasche und wählte die Nummer von Enno Wolters. Der nahm glücklicherweise gleich ab.

»Bartmann hier, Sie wissen schon, der Koch von Felthuis. Wir brauchen sofort den Arzt in der Wohnung von Frau Felthuis. Sie hat eine Tablettenvergiftung. Am besten alarmieren Sie den Rettungshubschrauber gleich mit.«

Wolters schien irgendetwas zu fragen.

»Nee, Herr Wolters, ganz ehrlich. Es ist keine Zeit für lange Erklärungen. Frau Felthuis atmet schwer, sie lebt. Aber vielleicht nicht mehr lange. Sie hat eine Riesenladung Tabletten und eine Pulle Schnaps eingeworfen.«

47

Die Juister Rettungssanitäter hatten Frederike Felthuis erfolgreich erstversorgt. Ihr Zustand war kritisch, der Blutdruck zeigte Werte in schwindelerregender Höhe. Die Überdosis Tabletten in Zusammenwirken mit Alkohol hätte den Exitus bedeuten können, wären Mario Bartmann und Jutta Wenzel nicht rechtzeitig in die Wohnung von Frederike Felthuis eingedrungen. Der Weg in die Klinik nach Oldenburg war unvermeidlich, der Rettungshubschrauber stand schnell mit drehendem Rotor bereit und hatte abgehoben, sobald das Opfer festgeschnallt am vorgesehenen Platz lag.

Enno Wolters hatte sehr bald, nachdem er in der Wohnung von Frau Felthuis eingetroffen war, Tanja Itzenga und Ulfert Ulferts alarmiert. Der laufende Laptop auf dem Schreibtisch war ihm aufgefallen. Ein Blick darauf, nachdem er den Bildschirmschoner verscheucht hatte, sagte ihm schnell, was geschehen war. Frederike Felthuis hatte ihren Abschiedsbrief sehr ordentlich mit Word schreiben wollen. Sie hatte ihn zwar nicht beendet, aber die wichtigsten Fakten deutlich beschrieben. Wolters fragte sich, ob sie möglicherweise vorgehabt hatte, den Brief nach Fertigstellung noch per E-Mail zu verschicken? Ähnlich dem Anruf bei einem Freund oder Bekannten, wenn der Selbstmord nicht endgültig durchdacht war, Zweifel oder Panik im Augenblick der Tat doch überwogen und die innere Stimme rief: Melde dich, vielleicht kommt doch noch die Rettung!

Der Brief brach abrupt ab, aber er enthielt alles Entscheidende, begann klassisch mit »Ich, Frederike Felthuis, wähle den Freitod …« Darauf erläuterte sie in kurzen Sätzen ihre Beweggründe. Wolters überflog die Zeilen, mit der Maus nach unten scrollend. Was er las, reichte, um die Auricher Kommissare zu alarmieren. Eine Tragödie!

»Die Datei war noch offen«, wies Wolters Tanja Itzenga auf den Computer hin, nachdem sie sich einen Überblick verschafft und den Inselpolizisten nach dem Brief gefragt hatte. Sie las, sah zwischenzeitlich auf, atmete durch, las weiter. Unfassbar!

Wortlos ließ sie Ulferts an den mobilen Computer, der, nachdem er das Schlafzimmer intensiv inspiziert hatte, schon nervös neben ihr wartete. Er sah Wolters und Itzenga an, dass in diesem Schriftstück Sätze von der Sprengkraft einer ganzen Ladung Dynamit enthalten waren.

»Gibt's doch nicht«, nuschelte er vor sich hin. Wolters hatte mit Itzenga ein paar Worte gewechselt, war dann ans Fenster getreten und starrte über den Deich auf das Wattenmeer.

»Frau Felthuis hatten wir nur mal zwischendurch auf dem Schirm«, stellte Ulferts ernüchtert fest, nachdem er den Brief vollständig gelesen hatte.

»Das erklärt den Tod von Willi Felthuis. Aber es erklärt einige andere Dinge nicht«, schlussfolgerte Tanja Itzenga.

»Es bleibt offen«, pflichtete Ulferts bei, »was Giesbert Focken im ›Future House‹ gesucht hat. Alles Zufall? Oder meinst du, er hat gemeinsame Sache mit Frau Felthuis gemacht, hat sich mit ihr gegen ihren Mann verbündet?«

»Nee, unmöglich«, warf Wolters ein, der mitgehört hatte. »Das kann ich mir beim besten Willen nicht vorstellen.«

»Es wäre schwer zu glauben«, meinte Itzenga, »aber wir können es nicht ausschließen.«

»Nicht Frau Felthuis und Focken, unmöglich. Die hätten niemals zusammenarbeiten können«, untermauerte Wolters seine Meinung. »Ich bin echt geschockt. Sehen Sie, wenn man diese Leute seit Jahren kennt …«, ergänzte er, beendete den Satz jedoch nicht, wand sich wieder dem schönen Blick über den Deich zu.

»An diesem Abend waren die Jugendlichen von proUmwelt und Willi Felthuis im ›Future House‹. Frau Felthuis war ebenso vor Ort, wie sie schreibt. Weshalb haben die Jugendlichen Frau Felthuis nicht bemerkt?«

»Wir müssen die Reihenfolge beachten. Die Jugendlichen sind, wenn wir Reemt glauben, erst später eingetroffen. Es war bereits alles gelaufen.«

»Was ist gelaufen? Frau Felthuis ersticht ihren Mann. Okay, das sagt sie hier aus. Und dann?«

»Frau Felthuis hat sich panisch aus dem Staub gemacht. Dann haben die Kiddies die Leiche gefunden.«

»Die Jugendlichen haben Willi Felthuis jedenfalls nicht umgebracht, Frederike gibt ihnen ein Alibi. Das gilt auch für alle anderen, die wir auf der Liste der Verdächtigen hatten, einschließlich Giesbert Focken. Verdammt, was wollte der aber am nächsten Tag im ›Future House‹?«

»Wir müssen ihn fragen. Vielleicht stimmt der Tathergang nicht so, wie sie ihn beschreibt.«

»Ich finde das nachvollziehbar. Wie sie es darstellt, war es Notwehr. Zwar wollte sie ihren Mann zur Rede stellen und erreichen, dass die Jugendlichen an ihrer Aktion am Hafen nicht gehindert werden. Dass er offenbar sehr hart reagiert, sie ignoriert und wegstößt, mag ihre Wut rasant erhöht haben. Er packt sie, sie sticht zu. Ich glaube nicht, dass sie es wirklich so wollte. Sie hätte eine bessere Tatwaffe mitgebracht.«

»Das ändert nichts daran, dass sie es getan hat.«

»Wenn es so stimmt.«

»Du zweifelst an ihren Worten?«

»Nicht unbedingt, aber es erklärt nicht alles.«

»Es gibt da noch etwas«, riss Enno Wolters die beiden Kommissare aus ihren Gedanken.

»Bitte?«, fragte Itzenga.

»Der Grund … ich meine, ach verdammt!«, Wolters tat sich schwer damit zu akzeptieren, was er erst vor Kurzem in dem Abschiedsbrief von Frederike Felthuis gelesen hatte. »Ich meine, der eigentliche Grund, warum Frau Felthuis ihren Mann umgebracht hat. Dass sie ihn hindern wollte, der Umweltgruppe ihren Auftritt am nächsten Tag zu vermiesen, ist ja nur das eine. Das andere …«, Wolters schien die Tatsachen nicht in klare Worte packen zu wollen, »muss doch auch irgendwie geregelt werden. Irgendjemand muss es Klaus Andresen sagen. Und Gerda Andresen muss wissen, dass alles bekannt ist.«

»Können Sie das übernehmen?«, hoffte die Hauptkommissarin den Inselpolizisten zu dieser unangenehmen Aufgabe überreden zu können.

»Oh, bitte nicht, Frau Itzenga. Ich kenne die Andresens seit Jahrzehnten. Und Herr Andresen und ich sind immer super miteinander ausgekommen. Frau Andresen war aus meiner Sicht eine angenehme, nette Insulanerin. Bis ich gerade diesen Brief gelesen habe, hätte ich ihr nichts, gar nichts vorwerfen können. Dass sie ihren Mann mit Felthuis hintergeht, hätte ich mir niemals träumen lassen. Mannomann, holl mi up«, er sah nach unten, fasste nicht, was geschehen war.

»Und letzten Endes«, setzte Wolters nach kurzer Zeit fort, »hatte ich auch ein gutes Verhältnis zu Felthuis und seiner Familie. Ich habe mich aus dem Querelen um den Küstenentwicklungsplan, die Deicherhöhung und diese ganzen Diskussionen immer rausgehalten. Man weet ja vandaag neet mehr, wat recht is und wat nich. Aber deshalb konnte ich mit beiden gut, Andresen und Felthuis. Bitte verstehen Sie, dass ich jetzt nicht zu Andresen gehen kann, um ihm zu erzählen, dass seine Gerda mit …«, Wolters brachte es nicht über seine Lippen. Wie konnte man sich so in den Menschen irren?

»Herr Wolters, das gehört zu Ihren Dienstaufgaben«, drängte Itzenga.

Wolters starrte aus dem Fenster. Eine knappes Jahr noch, und er wäre in Rente gewesen. Und jetzt addierte sich zum Mord noch ein Selbstmordversuch, ganz abgesehen davon, was als Folgewirkungen auf ihn zukam. Es war alles in allem ein faustdicker Skandal, Juist würde erbeben. Und sie alle würden ihn fragen, was und wie es denn passiert sei. Insulaner, Badegäste und, noch schlimmer, Journalisten. Er erschauerte vor dem Gedanken an die nächsten Tage und Wochen.

»Frau Itzenga, ich will hier meinen Lebensabend verbringen, da will ich es mir mit niemandem verderben. Können Sie nicht …?«

Tanja Itzenga sah zu Ulferts hinüber, der zuckte mit den Schultern.

»Also gut. Trotzdem gehen wir erst zu Giesbert Focken, damit wir das vom Tisch bekommen.«

»Wenn er nicht wieder so gesprächig ist wie ein Kanten Brot«, warf Ulferts ein.

»Danach werden wir die Andresens mit den Tatsachen konfrontieren müssen. Ich kann mir zwar beim besten Willen nicht vorstellen, dass das Verhältnis zwischen Gerda Andresen und Willi Felthuis niemanden aufgefallen ist, aber es hat Frederike Felthuis um den Verstand gebracht«, sie hielt kurz inne und sagte dann, zu Ulferts gerichtet: »Das bestätigt übrigens die Beobachtung vom Kollegen Thiesfeldt. Er hat tatsächlich Gerda Andresen und Willi Felthuis gesehen, als diese sich innig im Hinterhof küssten.«

Ulferts nickte stumm.

Tanja Itzenga ging die Schilderung von Frederike Felthuis gedanklich durch. Am Todesabend folgte sie ihrem Mann zum ›Future House‹. Er hatte ihr gegenüber angekündigt, die Jugendlichen von ihrer Aktion abzuhalten. Das wollte sie verhindern. Sie wartete an der Seitenwand, als Willi durch die Hintertür das alte Gebäude betrat. Sie schlich zum Fenster des Zimmers, in dem sich die Jugendlichen trafen, doch es war noch niemand da. An der Wand stand einer der Plakatentwürfe, weitgehend fertig: Der Klimawandel bedroht Juist! Richtig so, bejahte sie im Gegensatz zu ihrem Mann diesen Slogan wie auch die anderen, die sich die Jugendlichen auf die Fahnen geschrieben hatten. Diesmal, das stand für sie fest, würde sie Willi daran hindern, mit den Jugendlichen zu streiten. Sie wollte ihm sagen, dass sie zu ihnen hielt, nicht zu ihm. Und es gab es einen weiteren Grund, mit dem sie ihn gleich darauf konfrontieren wollte: Gerda Andresen! Ausgerechnet Gerda!

Tanja Itzenga überlegte kurz, warum sie auf all diese Zusammenhänge nicht gekommen waren – aber es hatte schlichtweg keine Hinweise gegeben, die in diese Richtung gewiesen hätten, oder? Sie las noch einmal das Ende des Briefes und rekonstruierte den weiteren Tathergang.

Frederike Felthuis musste zurückgeschlichen sein, wollte durch eines der kleinen Hallenfenster lugen. Aber es war schmutzig, von innen und außen. Auf dem Boden fand sie einen alten, rostigen Zelthering. Sie hob ihn auf und kratzte behutsam den Schmierfilm vom Fenster. Es reichte, um hineinzusehen. Willi sah sich in der Halle um, wartete, dass die Umweltgruppenmitglieder kamen, um sie mit seiner Anwesenheit zu überraschen. Aber nein, pochte es in Frederikes Kopf, er würde die Aktion der Umweltgruppe nicht verhindern. Diesmal nicht. Heute würde sie ihm vorhalten, was sie von ihm, von all dem dachte. Heute wollte sie ihm offenbaren, was sich aufgestaut hatte, seitdem sie wusste, dass er und Gerda ein Verhältnis miteinander lebten, das weit über das hinausging, was sie lange Zeit angenommen hatte. Ja, sie würde ihm eine Szene machen, die sich gewaschen hatte. Seine arrogante Art, auch ihr gegenüber, wollte sie ihm an den Kopf werfen, und dass er sich wie selbstverständlich darauf verließ, dass sie die Häuser in Ordnung hielt, nie fragte, ob es ihr nicht zu viel wurde, während er große Politik machte. Damit hätte sie sogar leben können, aber sein Verhalten gegenüber pro-Umwelt war ihr gar nicht recht. Als sie herausfand, dass Willi und Gerda sich heimlich trafen, waren ihre Synapsen nicht mehr in der Lage, ruhig und gelassen zu reagieren. Sie hatte es versucht und gehofft, es wäre sicher bald vorbei. Jetzt, wo er Bürgermeister war, wollte sie keinen

Skandal provozieren, der Frieden im Haus und auf der Insel waren ihr zunächst noch heilig. Aber es war mit den beiden weitergegangen. Sie war ja nicht blöd, spürte, was mit ihrem Mann los war.

Als er ihr am Abend eröffnete, er würde ins ›Future House‹ gehen und den Jugendlichen den Marsch blasen, hatte sie beschlossen, dass es an der Zeit war, den bleiernen Zustand des Schweigens, Akzeptierens und Hinnehmens zu beenden. Im alten Bauhof würde sie niemand sehen und hören, falls es lauter wurde, und das war bei Willi nicht unwahrscheinlich. Einen lautstarken Streit wollte sie in der Wohnung nicht vom Zaun brechen, Hotelgäste und Bedienstete hätten unweigerlich etwas mitgekriegt. Jedenfalls musste Willi endlich Farbe bekennen. Wenn er sich von Gerda trennte, wäre viel gewonnen. Es musste alles auf den Tisch, endlich!

Den Rest konnte sich Tanja Itzenga lebhaft vorstellen. Frederike Felthuis huschte zur Hintertür des ›Future House‹, öffnete sie, wobei sie deutlich knarzte. Willi hörte es, drehte sich um.

»Was zum Teufel machst du hier?«, fuhr er sie an. Sein Blick verriet, dass ihm die Anwesenheit seiner Frau überhaupt nicht passte.

»Du wirst die Jugendlichen nicht hindern, ihre Aktion morgen am Hafen durchzuführen«, erwiderte sie giftig.

Willi Felthuis lachte laut auf.

»Bitte? Willst du mich daran hindern?«

»Das will ich allerdings.«

Felthuis setzte ein schäbiges Grinsen auf.

»Sag mal, hast du sie noch alle?«

»Sie haben recht! Du bist ein Narr, wenn du nicht einsehen willst, was sie sagen.«

»Ein Narr? Wo hast du das denn her? Lass den Blödsinn, Frederike, die Jugendlichen reden dummes Zeug und ich werde sie hindern, das morgen öffentlich zu verbreiten«, beharrte er.

»Du bist ein unbelehrbarer Dickkopf, sie werden morgen am Hafen stehen, wenn es sein muss, gehe ich mit.«

»Mach dich nicht lächerlich.«

»Du als Bürgermeister müsstest vorangehen.«

Erneut lachte Felthuis auf, diesmal lauter als zuvor.

»Ich? Vorangehen? Frederike, du verlierst den Verstand. Was ist denn los?«

Sie zögerte, den nächsten Vorwurf auszusprechen, aber jetzt musste es geschehen, jetzt!

»Noch etwas: Seit wann geht es schon so?«

»Hä? Was meinst du?«

»Das mit ihr?«

Die Züge von Felthuis veränderten sich. Aus dem fiesen Grinsen wurde ein eisiger Blick. Frederike Felthuis erschauerte, so hatte sie ihn niemals zuvor gesehen.

»Wie kommst du darauf?«

»Egal«, rief sie, »wie lange schon?«

»Keine Ahnung, worauf du anspielst.«

»Du und Gerda – wie lange schon?« Sie zitterte vor Wut und Abscheu.

»Woher weißt du …?«

»Ich bin doch nicht so blöd, wie du vielleicht denkst.«

»Komm, das spielt doch keine Rolle.«

»Sag es mir, sonst …«

»Was sonst? Du drohst mir? Womit? Geh bitte nach Hause. Ich komme später nach, dann reden wir über alles.«

»Nein, so kommst du mir nicht weg, diesmal nicht«, zischte sie.

»Es ist nichts Ernstes. Ich habe meine Bedürfnisse. Wir haben beide nicht vor, dass daraus etwas Ernstes wird.

Also … Lass mich bitte meine Angelegenheit regeln. Die Jugendlichen werden bald hier sein.«

Frederike Felthuis gerann das Blut in den Adern. So wollte er sie abspeisen? Wechselte von seinem Liebesverhältnis zu den Aktionen der Umweltgruppe, als sei Ersteres ganz normal? Sie war erschüttert, ihr Inneres vibrierte, sie konnte nicht begreifen, wie er derart gefühllos auf ihre Anklage reagierte.

»Du bist ein selbstverliebtes, arrogantes und egoistisches Schwein«, presste sie zwischen ihren Lippen hervor.

Seine Augen blitzten auf. Er packte sie an den Oberarmen, drückte fest zu, senkte den Kopf vor ihr Gesicht. Sein Atem und die Speicheltropfen, die ihr im nächsten Moment entgegenschlugen, waren ihr plötzlich zuwider, sie ekelte sich.

»Das sagst du nicht noch einmal. Nicht mir, nicht Willi Felthuis!«, brüllte er.

Im nächsten Moment steckte der rostige Zelthering, den sie die ganze Zeit in der rechten Hand gehalten hatte, in seinem Bauch. Er erstarrte, blickte sie mit großen Augen an. Sie zog den Hering heraus und stach erneut zu. Er hielt sich die Wunde, aus seinem Mund kamen keine Worte, nur ein Blubbern. Er kippte zur Seite, doch er hielt sich auf den Beinen. Sie dolchte ein drittes Mal. Dann packte sie die Panik. Er fiel, und sie ließ ihn liegen. Mit dem Mordwerkzeug in der Hand stürzte sie aus der Halle in die Dünen.

Hauptkommissarin Itzenga verharrte stumm vor dem Bildschirm.

»Ulfert!«, rief sie plötzlich den Kollegen, erregt.

»Was ist?«, fragte er, als er herangekommen war.

»Sie hat ihn erstochen und ist auf und davon. Von Fesseln und Knebeln steht hier nichts.«

48

»Sie?«, fragte Giesbert Focken, nachdem Itzenga und Ulferts erneut mehrere Male geschellt hatten, bis er die Haustür öffnete.

»Ja, Herr Focken«, erwiderte Ulferts und trat, ohne auf ein Hereinbitten Fockens zu warten, in den Hausflur.

»Wir kennen den Weg«, sagte Tanja Itzenga und beide gingen am verblüfften Focken vorbei in die Küche. Giesbert Focken folgte ihnen und stellte sich an die Spüle.

»Es hat sich alles geklärt, Herr Focken. Wie, werden wir Ihnen auch sagen. Aber eine Frage ist noch offen, die Sie uns beantworten müssen. Warum haben Sie nach dem Tod von Willi Felthuis das ›Future House‹ aufgesucht? Dabei sind Sie auf Reemt Günter gestoßen. Warum haben Sie uns nichts davon gesagt?«, leitete Ulferts ein.

Fockens Gesichtsausdruck veränderte sich in keiner Weise.

»Sie wissen, wer Felthuis umgebracht hat?«, fragte er.

»Vielleicht fällt Ihnen die Antwort auf unsere Frage leichter, wenn ich Ihnen sage, dass wir nicht davon ausgehen, dass Sie Willi Felthuis getötet haben«, fügte Tanja Itzenga hinzu.

Focken sah auf, doch nichts verriet, ob er erstaunt oder zumindest neugierig war.

»Frau Felthuis hat Ihren Mann getötet, in Notwehr. Wir wissen das, weil sie daraufhin für sich nur einen Ausweg gesehen hat. Sie wollte sich das Leben nehmen …«

»Ist sie tot?«, erschrak Focken.

»Sie wurde rechtzeitig gefunden, aber wie es mit ihr weitergeht, ist vollkommen unklar. Frau Felthuis hat einen Brief hinterlassen, in dem sie schildert, was vorgefallen ist. Sie kommen darin nicht vor«, übernahm Ulferts wieder.

Focken blickte unbeeindruckt zu den Kommissaren, bevor er scheinbar abwesend murmelte:

»Sagte ich doch immer, dass ich es nicht war.«

»Was ist, wenn wir annehmen, dass Frau Felthuis Sie in Schutz nehmen will? Man munkelt, dass sie Sie öfter verteidigt hat, gegen all die Verleumdungen, die Sie über sich ergehen lassen mussten. In ihrer Selbsttötungsabsicht war es ihr ein Leichtes, die Verantwortung für die Tat zu übernehmen.«

»Sie interessiert, was getratscht wird?«

»Beantworten Sie doch bitte unsere Fragen.«

»Ihm geschieht es recht, ihr nicht«, Focken sprach leise und undeutlich.

»Ihr nicht? Ist sie Ihnen nicht egal?«

»Nein.«

»Wir dachten, Ihnen ist einerlei, was auf der Insel passiert?«

»Frau Felthuis war nicht schlecht, ihr Mann schon.«

»Das könnte bestätigen, dass sie Sie in Schutz nehmen wollte.«

»Er hat sie betrogen.«

Ulferts und Itzenga sahen sich für einen Moment verblüfft an.

»Woher wissen Sie das?«, fragte die Hauptkommissarin.

»Ich kenne alle hier. Je älter sie werden, desto oberflächlicher, vergrätzter und pingeliger werden viele von ihnen. Nicht alle, aber die meisten. Karl Maier ist eine Ausnahme. Andresen auch. Ich wusste immer, dass Frau Felthuis besser ist als ihr Mann.«

»Wer hat Ihnen erzählt, dass Willi Felthuis seine Frau betrog?«

»Scheepker hat es einmal erzählt. Ich stand nur in der Nähe, habe es aber gehört.«

»Sven Scheepker? Der wusste das?«

»Hätte er es sonst erzählen können?«

Himmel, dachte Tanja Itzenga. Es lief tatsächlich auf die alte Leier hinaus. Lügen, Intrigen, Gerüchte und darüber der große Schirm des Schweigens? Es gibt Dinge, über die redet man nicht, weil sie das vermeintlich harmonische Zusammenleben stören?

»Wenn wir annehmen, dass das, was Frau Felthuis in ihrem Brief schreibt, dem wahren Tathergang entspricht«, wollte Ulferts die Sache vorantreiben, »dann haben Sie Willi Felthuis nicht umgebracht. Gut für Sie. Dennoch waren Sie bei der Begegnung mit Reemt Günter im Haus. Nun sagen Sie uns doch endlich mal, was Sie dort wollten.«

»Zufall.«

»Quatsch!«, rief Ulferts, »Sie hatten ein Motiv, Felthuis umzubringen. Haben Sie Frau Felthuis die unangenehme Mordtat abgenommen und Frederike Felthuis wollte Ihnen posthum danken und die Schuld auf sich nehmen, bereits in der Absicht, sich selbst das Leben zu nehmen? Und haben Sie daraufhin das ›Future House‹ nochmals aufgesucht, um Spuren, die Sie möglicherweise hinterlassen haben könnten, zu entfernen?«

»Ich kann doch sowieso machen, was ich will. Mir hängt man es an«, resignierte Focken.

»Wenn Sie uns erklären, warum Sie im ›Future House‹ waren, kommen wir der Wahrheit vielleicht ein Stück näher.«

»Was ist schon Wahrheit.«

Jetzt reichte es Ulferts.

»Schluss jetzt«, regte er sich auf, »zum Teufel noch mal, ich habe die Nase voll von diesen Sprüchen. Erklären Sie uns klipp und klar, was Sache war. Ansonsten wird unsere Annahme, dass Sie Spuren verwischen wollten, doch wohl stimmen. Sie sind in der Tatnacht in der Nähe des ›Future House‹ gesehen worden, Sie waren einen Tag später dort, Sie hatten ein Motiv. Wenn Sie hier nicht reden, geht es morgen in Untersuchungshaft nach Aurich, das verspreche ich Ihnen!«

Giesbert Focken wurde unsicher, seine Augen zuckten heftiger. Er dachte angestrengt nach. Sie würden nicht Ruhe geben. Und er wollte nicht in Untersuchungshaft, auf gar keinen Fall. Er kam nur hier zurecht, anderes machte ihm Angst.

»Ich muss nichts sagen«, sagte er.

»Gut. Tanja, wir nehmen ihn mit«, Ulferts zückte die Handschellen.

»Was werfen Sie mir denn vor? Ich habe ihn nicht ermordet. Das ist doch bewiesen.«

»Es gibt noch offene Fragen, Herr Focken. Herr Felthuis ist in der Halle erstochen worden. Gefunden haben ihn die Jugendlichen in dem Vorratsraum, der neben deren Besprechungszimmer liegt. Wie kam er dorthin? Frau Felthuis hätte den mächtigen Körper ihres Mannes nicht dorthin bewegen können. Wozu auch? Es muss jemand anders gewesen sein. Klar, die Jugendlichen hätten das machen können – aber warum? Sie wollten ihn weghaben, also wäre es doch dumm, ihn quer durch die Halle zu schleifen und dann noch auf einen Teppich, der sich mit seinem Blut vollsog, oder? Und noch etwas: Herr Felthuis war, wie Sie wissen, gefesselt und geknebelt, als man ihn fand. Reemt und Mirko haben gestanden, dass sie die Leiche in diesem Zustand zum Strand geschafft haben. Frau Felthuis hat schriftlich mitgeteilt, dass sie ihren Mann erstochen hat. Weder sie, noch die Jugendlichen haben irgendwo, irgendwann erwähnt, dass sie den Mann gefesselt und geknebelt hätten. Es gäbe für beide auch keinerlei Grund dazu. Frau Felthuis ist in Panik davongerannt, die Jungs wollten die Leiche aus dem Haus haben. Es muss jemanden geben, der sich außer diesen Personen mit der Leiche oder dem sterbenden Willi Felthuis beschäftigt hat«, Ulferts holte Luft.

»Es können doch die Jugendlichen gewesen sein? Warum sollen sie ihn nicht in den anderen Raum geschleppt und gefesselt und geknebelt haben? Sie hatten sicher große Wut auf ihn«, Focken blickte nervös zu Ulferts.

»Sagen Sie mir einen plausiblen Grund, warum sie das hätten tun sollen?«, erwiderte der gelassen.

»Was weiß ich ...Es könnte auch jemand ganz anderes gewesen sein.«

»Herr Focken«, sagte sie mit ruhiger Stimme, »wir müssen die Jugendlichen vorladen, um sie zu diesen Sachverhalten zu befragen. Sie werden es schwer haben, gute Gründe zu liefern, dass sie, aus welchen Absichten heraus auch immer, Herrn Felthuis nicht vorher gefesselt und geknebelt und seinen Tod hingenommen haben. Aber was wichtig ist: Möchten Sie das? Sie können doch Conny, Marina, Mirko, Reemt und Carsten nicht etwas anhängen wollen, was sie nicht getan haben? Wir glauben Ihnen, dass Sie damit nichts zu tun haben. Dann müssen es die Jugendlichen gewesen sein. Wenn es jedoch nicht so war, dann müssen Sie wissen, ob Sie mit dieser Lüge leben wollen und die jungen Menschen möglicherweise unberechtigt die Schuld übernehmen.«

Focken setzte sich. Schweiß stand auf seiner Stirn. Er stöhnte.

»Was passiert ihnen dann?«, wollte er wissen.

»Sie werden verurteilt und bestraft. Es geht darum, dass sie dem Sterbenden die Hilfe versagt, ihn im Gegenteil mit Fesseln und einem Knebel malträtiert haben, um daraufhin die Leiche verschwinden zu lassen. Die Jugendlichen haben ihn sterben lassen, was grausam, kaltblütig und gesetzlos ist.«

»Grausam, kaltblütig und gesetzlos«, wiederholte Focken eintönig. Er sackte in sich zusammen, machte einen zunehmend erbärmlichen Eindruck.

»Reemt und Mirko haben eine weitere Straftat begangen, weil sie die Leiche …«, aber Itzenga wurde von Focken unterbrochen.

»Ich … ich war in der Nähe. Ich habe gesehen, wie Felthuis zum Haus ging«, begann er, »und wenig später folgte seine Frau. Da wusste ich, dass etwas Ungewöhnliches im Gange war. Das hat es noch nie vorher gegeben. Ich bin um die alte Halle geschlichen.«

Schleichen kann er ja, dachte Ulferts.

»Ich sah, wie sie in der Halle heftig stritten. Er packte sie. Plötzlich hatte er etwas im Bauch stecken. Sie stach noch einmal zu. Er fiel zu Boden. Frau Felthuis nahm reißaus, durch die Hintertür. Es ging alles sehr schnell.«

»Und dann? Konnten Sie noch mehr beobachten?«, forderte Ulferts.

Focken schwieg.

»Haben Sie das Haus betreten?«, sagte Itzenga streng.

»Ich bin ins Haus gegangen. Ich sah Felthuis dort liegen, er blutete stark.«

»Warum, Herr Focken, finden sich Hautpartikel und Haare auf seiner Kleidung, die von Ihnen stammen? Wenn Sie ihn nur angesehen hätten, wäre das kaum der Fall gewesen.«

Focken glotzte in eine Ecke seiner verwahrlosten Küche.

»Herr Focken?«, rief Itzenga ihn aus seiner plötzlichen Starre.

»Ich … ich weiß nicht …«

»Sie können nichts dazu sagen?«

Focken sprang auf, zitterte vor Aufregung.

»Es kam alles aus mir raus«, rief er, »verdammt noch mal!«

»Wie meinen Sie das?«

Focken wurde bleich, er musste sich wieder setzen, begann etwas zu stammeln, aber niemand verstand ihn.

»Bitte, reden Sie deutlicher!«, forderte Ulferts ihn auf.

Focken holte Luft.

»Die Jugendlichen … sie sind unschuldig. Tun Sie ihnen nichts, bitte!«

»Was ist passiert, Herr Focken, Sie wissen alles, oder?« Itzenga behielt ihre ruhige, warme Tonlage bei.

»Ich wollte, bevor er starb, ich wollte …«

»Ja?«

»Es kam aus mir raus … ich weiß nicht, warum …«

»Sie müssen schon in ganzen Sätzen sprechen.«

Focken wand sich.

»Ich sage nichts dazu.«

»Okay«, Ulferts erhob sich, zückte die Handschellen, hatte im Nu die Hände Fockens auf dem Rücken und die Schellen schnappten zu.

»Bitte nicht«, wimmerte Focken.

»Es nützt nichts. Es könnte immerhin sein, dass Herr Felthuis, nachdem seine Frau ihm den Hering in den Bauch gesteckt hat, noch lebte. Sie waren danach in der Halle. Und Frau Felthuis hat ihren Mann nicht gefesselt und geknebelt.«

Ulferts schob Focken in den Flur. Er ging nur widerwillig mit.

»Nun gehen Sie schon …«, forderte der Kommissar Focken auf.

»Ich gehe nicht hier weg.«

»Ich denke nicht, dass Sie das entscheiden«, entgegnete Ulferts. Tanja Itzenga passte das Vorgehen des Kollegen nicht ganz, aber nun hatte er den Schritt getan.

Focken ging ein, zwei Meter, dann stoppte er jäh.

»Ich wollte ihn leiden sehen. Er hat mich auch gequält, jahrelang hat er mich schlecht gemacht, beleidigt. Er hat mich … entehrt.«

»Sie wollten ihn leiden sehen?«, wiederholte Ulferts Fockens Aussage.

»Er sollte leiden. Er sollte sich vor seinem Tod erinnern, dass er Menschen tyrannisiert hat. Mich hat er gequält mit seinen Diffamierungen, und genauso hat er seine Frau gequält, er hat sie nicht ernst genommen, obwohl sie ihm so viel Arbeit abgenommen hat. Ich weiß das. Niemanden von uns hat er ernst genommen. Er war der Größte, der Allwissende. Dabei war er selbstgerecht und wollte alles bestimmen, alles. Nur er hatte recht, niemand sonst.«

»Wie meinen Sie das – Sie wollten ihn leiden sehen?«

»Er ist tot, es spielt keine Rolle mehr.«

»Aber selbstverständlich spielt das eine Rolle. Schließlich ist nicht klar, ob er an den Stichen seiner Frau gestorben ist oder ob er noch lebte und Sie …«

»Nein, er ist erstochen worden. Das haben Sie doch gesagt! Er wäre so oder so gestorben, das können Sie mir glauben. Er blutete so stark, das konnte er nicht überleben. Das lag an den Stichen.«

»Das können Sie sicher nicht beurteilen. Können Sie etwas zu den Fesseln und dem Knebel sagen?«

»Sie können natürlich einen Verteidiger verlangen«, warf die Hauptkommissarin ein.

»Brauche ich nicht«, entgegnete Focken prompt.

»Bitte, wenn Sie meinen.«

Focken wand sich, murmelte Unverständliches. Ulferts spürte, wie er die Hände auf dem Rücken knetete.

»Ich lasse keine Ausrede mehr gelten, Herr Focken, es geht jetzt in die Polizeistation von Herrn Wolters und morgen ans Festland.«

Focken schloss die Augen, atmete schwer.

»Ich ...«, Focken kämpfte, »ich habe ihn geknebelt und gefesselt.«

Ulferts atmete tief durch. Endlich etwas Brauchbares. Er entschloss sich, die Handschellen wieder abzunehmen, ein Zeichen der Ermunterung für Focken weiterzureden.

»Ich wollte ihn leiden sehen«, winselte Focken, »leiden.«

»Das sagten Sie bereits. Ist Ihnen klar, was das heißt?«, fragte Itzenga.

Focken erwiderte nichts.

»Wenn Herr Felthuis schon tot gewesen wäre, hätten Sie ihn nicht leiden sehen können. Dann wären das Fesseln und Knebeln überflüssig gewesen.«

»Er hätte nicht überlebt, bestimmt nicht ...«

»Sie haben einen schwer verletzten, hilflosen Menschen gequält und ihn bewusst sterben lassen.«

»Es waren doch nur ein paar Minuten, ich wollte ein einziges Mal bestimmen, was er zu tun und zu lassen hat, ihn einmal leiden sehen ... ich weiß, dass es falsch war.«

»Straftaten dauern manchmal nur Sekunden, Herr Focken, dass ist kein Maßstab. Gelitten hat er tatsächlich. Er hatte höllische Schmerzen, krallte sich in den Teppich und hat Sie sicherlich um Hilfe gebeten. Sie hätten seinen Tod vielleicht vermeiden können. Ob sie ihn mochten oder nicht, spielt dabei überhaupt keine Rolle. Das ist menschenverachtend.«

»Über meine Eltern hat Felthuis schon gelästert. Ich weigerte mich jeden Morgen, in die Schule zu gehen, weil mich die anderen hänselten. Ich bin erst gegangen, wenn mein Vater mit Schlägen drohte«, murmelte Focken kraftlos. Tränen zeigten sich in den Augen, er fand kein Taschentuch, zog den Rotz hoch.

»Ich wollte ihn einmal, ein einziges Mal verzweifelt sehen… Ich war all die Jahre verzweifelt, weil mich niemand … Ach, Scheiße! Sie müssen mir glauben. Danach wollte ich alles abnehmen, die Fesseln, den Knebel. Ich wollte ihn befreien, kurz danach, das müssen Sie mir glauben. Und ich wollte Dr. Peters alarmieren. Ich wusste, nur nicht, wie …«

»Warum haben Sie es nicht getan? Weshalb haben Sie nicht sofort Dr. Peters geholt?«

»Sie … kamen doch …«

»Die Jugendlichen von proUmwelt?«

Focken nickte still.

»Haben Sie den schwer verletzten Felthuis aus der Halle in den Vorratsraum gezogen?«

Focken nickte erneut.

»Weshalb?«

»Da machen sie doch ihre Aktionsabende.«

»Sie hatten einen spontanen Einfall: Wenn sie es schafften, ungesehen zu verschwinden, würde man es den Leuten von proUmwelt in die Schuhe schieben.«

»Ja … nein … ich weiß nicht …«

»Sie sind auf und davon, sollte man denen doch die Stiche anhängen«, resümierte Ulferts.

»Sie hätten mich gesehen und sofort Wolters geholt. Der hätte mich ungefragt nach Norden ins Gefängnis gebracht … Ich hatte Angst, plötzlich wurde mir klar, was ich getan hatte. Aber ich hatte ihn ja nicht umgebracht … und doch hätten sie es mir angehängt. Niemand hätte mir geglaubt, wie immer.«

Ulferts trat hinter ihn, nahm seine Arme, und ohne jegliche Gegenwehr schnappten die Handschellen erneut zu. Focken stammelte Skurriles vor sich hin. Immer wieder hörte man »ein einziges Mal nur« und dazwischen »warum, warum? Einmal nur … ich bin kein Unmensch.«

Tanja Itzenga zog ihr Handy aus der Hosentasche. Sie wollte Wolters bei der Festnahme von Giesbert Focken hinzuziehen. Er mochte als Insulaner, der, wie er selbst sagte, eigentlich zu allen ein gutes Verhältnis pflegte, eine beruhigende Wirkung auf diesen Mann haben, dessen Ruf sein Leben lang unter ungerechtfertigten Verleumdungen und Gerüchten gelitten hatte, den er mit dieser Tat jedoch bestätigen würde. Einmal, ein einziges Mal hatte er sich vergessen. Alle aber würden sagen: Der Focken, ja der! Wussten wir's doch!

49

»Dass sich Ihr Hinweis so schnell bestätigen würde, hätte ich nicht gedacht«, sagte Tanja Itzenga und nahm einen Schluck aus dem Bierglas, das vor ihr stand.

»Wenn es ein Baustein in der Erklärung dieser ganzen Geschichte ist, war es meinen Spaziergang wert«, erwiderte Lasse Thiesfeldt.

Ulferts bestellte ein zweites Bier bei Jutta Wenzel, nachdem Itzenga und Thiesfeldt verneint hatten, denn ihre Gläser waren noch halb gefüllt.

»Und so etwas passiert auf diesem netten Eiland«, dachte Thiesfeldt laut nach.

»Töwerland – diesmal hat's am Zauber gefehlt.«

»Letztendlich sind die Menschen alle gleich, überall auf der Welt«, schloss Ulferts und genoss das Essen. Die Scholle, in Parmesan-Ei-Hülle gebraten auf Schaumweincreme-Spinat und Steinpilz-Risotto, die Mario Bartmann ihnen kredenzt hatte, war ein Gedicht. Jutta Wenzel und Mario Bartmann hatten den Betrieb des Restaurants auf Bitten der Tochter von Frederike und Willi Felthuis einstweilen übernommen, so lange, bis klar war, ob Frederike Felthuis überleben und danach überhaupt noch entscheiden konnte, wie es mit den Felthuisschen Immobilien weitergehen würde. Die Tochter war nach einem Studium des Tourismus-Managements an einer Hochschule im Harz in Hamburg tätig. Sie würde sich Gedanken machen müssen, ob sie nach Juist zurückkehren sollte, um die Arbeit ihrer Eltern fortzuführen.

»Jetzt steht dem Küstenentwicklungsplan nichts mehr im Wege«, sinnierte Tanja Itzenga, »und Klaus Andresen steckt aus heiterem Himmel in einer tiefen Lebenskrise.«

»Felthuis hatte Anhänger. Man muss sehen, wie die in Zukunft reagieren«, gab Ulferts zu bedenken.

»Ich glaube, ohne Felthuis ziehen sie schnell den Schwanz ein«, urteilte Thiesfeldt und fügte an: »Entschuldigung, ich wollte sagen …«

»Schon gut«, sagte Ulferts, »es wäre nicht das erste Mal, dass eine Bewegung auseinanderfällt, weil der Leithammel nicht mehr da ist.«

»Bewegung ist ein wenig übertrieben, oder?«, meinte Itzenga.

»Jetzt, wo Felthuis gestorben ist, werden die Gegner der Planungen schneller überzeugt werden. Sie haben alles abgenickt, was Felthuis sagte. Er lärmt nicht mehr, und dann sind die sogenannten Anhänger schnell still, glauben Sie mir! Die Einsicht in die Tatsachen muss so oder so kommen«, war Thiesfeldt überzeugt, »auch in meiner Heimatstadt Lübeck wird man sich Gedanken machen müssen, wie man mit dem unvermeidlichen Meeresspiegelanstieg umgeht.«

»So ist es«, bestätigte Ulferts und verspeiste den letzten Happen der Scholle. Plötzlich hielt er inne, schluckte den Bissen herunter und fragte:

»Esse ich gerade Mikroplastik?«

»Mach dir keine Gedanken. Die Scholle hat prima geschmeckt, oder?«, erwiderte Tanja Itzenga.

»Hervorragend«, bestätigte Thiesfeldt, »man muss sowieso beachten, dass fast Dreiviertel aller Fische und Schalentiere, die in Deutschland angeboten werden, aus Aquakulturen in Asien stammen«, gab er zu bedenken.

»Aber diese Schollen doch nicht. Und ist das nun gut

oder schlecht mit den Aquakulturen?«, erkundigte sich Ulferts.

»Je nachdem. Es gibt durchaus naturnahe und nachhaltige Aquakulturen. Aus Aquakulturen kann man natürlich Mikroplastik fernhalten, ein Vorteil gegenüber den Ozeanen. Das sollte uns keinesfalls verleiten, beim Einbringen von Müll und Schadstoffen in die Meere so weiterzumachen wie bisher. Die Fischerei gehört schließlich zur Küste, und der Fisch ist so gesund wie das Wasser, in dem er schwimmt. Also müssen wir dafür sorgen, dass die schädlichen Einträge endlich aufhören. Und zu den Aquakulturen: Wenn es so zugeht wie in Ställen, in denen Tausende Tiere auf engstem Raum gehalten werden, dann sollte man Abstand nehmen. Das ist für Lachse, Saiblinge oder Forellen ebenso wenig gut wie für Schweine, Hühner oder Rinder.«

»Bislang habe ich mir tatsächlich kaum Gedanken darum gemacht«, meinte Ulferts nachdenklich, schob dann aber scherzhaft hinterher: »Na ja, aber im Moment fühle ich mich nach diesem Fischgericht ziemlich gut.«

»Leider ist es ernster, als viele wahrhaben wollen. Ich habe angefangen, mich mehr mit dem Thema Meeresschutz zu beschäftigen, habe ja die Zeit dazu. Deshalb fand ich die Aktionen der proUmwelt-Gruppe auch sehr ansprechend«, sagte der Pensionär.

»Was wird wohl aus unseren Jugendlichen? Sie haben sich ein großes Ei ins Nest gelegt«, wechselte Ulferts das Thema.

»Die kriegen noch gehörig Ärger«, erwiderte Itzenga.

»Und dieser sogenannte Sonderling, Giesbert Focken?«, wollte Thiesfeldt wissen.

»Es ist tragisch. Er ist über so viele Jahre falsch eingeschätzt worden, und jetzt begeht er doch noch eine solche

Straftat und macht sich sein beschauliches Leben auf der Insel kaputt. Der Staatsanwalt in Aurich hat ihn sich vorgenommen. Wir müssen morgen leider auch die Insel verlassen und nach Aurich. Der Fall wird ein Nachspiel haben, für die Jugendlichen und für Focken. Die Justiz muss es regeln.«

»Ja, ja, die Anwälte und die Richter«, warf Ulferts ein, »das möchte ich alles nicht entscheiden. Aber die Juristerei wäre eh nichts für mich gewesen.«

»Frau Andresen, was ist mit ihr?«, erkundigte sich Thiesfeldt.

»Schock. Sie ist in Norden in der Klinik.«

»Viel Elend in so kurzer Zeit und für so eine kleine Insel, Frederike Felthuis ist ja auch in kritischem Zustand«, bemerkte Thiesfeldt.

»Und falls sie überhaupt wieder gesund wird, muss sie sich wegen Totschlags verantworten. Schön ist etwas anderes. Aber Sie, Herr Thiesfeldt, Sie können endlich hier Urlaub machen, ohne Mord und Totschlag.«

»Nur dass er schon fast vorbei ist«, erwiderte der Hauptkommissar a. D.

»Wenn Klaus Andresen sich nach diesem Schock einigermaßen berappelt und er an seinen Arbeitsplatz zurückkehrt, wird er die anderen vom Küstenentwicklungsplan überzeugen. Seine Argumente sind schlüssig. Die Leute von pro-Umwelt haben mich durchaus umgestimmt«, warf Mario Bartmann ein, der ein Tablett mit drei Aquavit brachte. Er entfernte sich schnell wieder, weil er eine Bestellung zu einem der anderen Tische bringen musste, an dem Gäste warteten.

»Nun lasst uns nicht Trübsal blasen«, versuchte Tanja Itzenga, die ernste Stimmung aufzuhellen. »Irgendwann musste alles rauskommen. Besser eher als später. So ist es immer.«

»Apropos, Sie sagten, lasst uns. Wir sollten zum Du übergehen, oder?«, schlug Thiesfeldt vor, »auch so unter Kollegen. Okay, bin außer Dienst, aber …«

»Gute Idee, also, ich bin die Tanja«, ließ die Hauptkommissarin aus Aurich den Hauptkommissar aus Lübeck gar nicht ausreden.

»Und ich bin Ulfert.«

»Ulfert Ulferts, das ist seltsam, oder?«, schmunzelte Thiesfeldt.

»Nee, in Ostfriesland gar nicht. Da gibt es oft solche Namenskombinationen: Eilt Eilsen, Mamme Mammen, Jens Jensen, sogar tolle Namen wie Schwittert Schwitters.«

»Die spinnen, die Ostfriesen«, lachte Thiesfeldt, »also ich bin der Lasse«, er schaute in die Runde und nahm sein Glas Aquavit. »Das besiegeln wir dann mal, oder?«

»Puuh, Aquavit«, kommentierte Ulferts, aber man sah ihm an, dass er gut einen gebrauchen konnte. Er hob das elegante, schlanke Gläschen und sagte »Prost«.

»Prost«, stimmten Itzenga und Thiesfeldt ein und die wohlschmeckende Spirituose aus dem dänischen Aalborg rann mit weichem, wärmenden Abgang ihre Kehlen herunter.

»Das tat gut«, befand Ulferts.

»Jo«, bestätigte Itzenga.

»Noch einen?«, fragte Thiesfeldt und winkte Jutta Wenzel herbei, die gerade in die Gaststube trat.

»Einen noch, dann ist aber auch gut«, stimmte Ulferts zu. Tanja Itzenga hatte diesmal nichts gegen einen zweiten Schnaps. Die Fähre am nächsten Tag fuhr kurz nach Mittag, sie wollte ein wenig länger schlafen als sonst, frühstücken, am Vormittag vielleicht ihren Bericht zum Fall Felthuis beginnen, aber auch noch einmal für eine halbe Stunde Strand und Meer genießen.

Lasse Thiesfeldt hob das leere Aquavitglas und zeigte mit der anderen Hand drei Finger. Jutta Wenzel verstand ohne Worte und verschwand hinter der Theke.

ENDE

DANK OK!

Disse Vertellsel is för Barbara, Steffen, Mareike un Hannah. Ick segg dat mal free na Sülvermaan: ji sünd dat Best, wat mi jemaals geböhrt is.